発火点

C・J・ボックス

ワイオミンク州[illegible]ー・ピケットの知人で、工務店経営者ブッチの所有地から、2人の男の射殺体が発見された。殺害されたのは合衆国環境保護局の特別捜査官で、ブッチは同局から不可解かつ冷酷な仕打ちを受けていた。逃亡した容疑者ブッチと最後に会っていたジョーは、彼の捜索作戦に巻きこまれ……。大自然を舞台に展開される予測不可能な追跡劇の行方と、事件に隠された巧妙な陰謀とは。手に汗握り、一気読み間違いなしの大迫力冒険サスペンス！　全米ベストセラー作家が贈る大人気〈猟区管理官ジョー・ピケット〉シリーズ新作登場。

登場人物

ジョー・ピケット……………………………ワイオミング州猟区管理官
メアリーベス・ピケット…………………ジョーの妻
シェリダン・ピケット……………………ジョーの長女
ルーシー・ピケット………………………ジョーの次女
エイプリル……………………………………ピケット家の里子
ネイト・ロマノウスキ……………………鷹匠。ジョーの盟友
ダルシー・シャルク………………………郡検事長。メアリーベスの友人
マット・ドネル………………………………不動産業者
フランク・ツェラー…………………………ビッグストリーム牧場の所有者
マイク・リード………………………………郡保安官。ジョーの友人
ジャスティン・ウッズ……………………郡保安官助手
ゲイリー・ノーウッド……………………鑑識官
ブッチ・ロバートソン……………………〈メドウラーク工務店〉経営者
パム・ロバートソン………………………ブッチの妻

ハナ・ロバートソン……………ブッチの娘。ルーシーの親友
フアン・フリオ・バティスタ……合衆国環境保護局地区本部長
ハインツ・アンダーウッド………環境保護局管理特別捜査官
ティム・シングウォルド
レノックス・ベイカー……………}環境保護局特別捜査官
キム・ラブ…………………………陸軍工兵隊員
チャック・クーン…………………ＦＢＩ特別捜査官
スペンサー・ルーロン……………ワイオミング州知事
リーサ・グリーン－デンプシー（ＬＧＤ）……同州狩猟漁業局新局長
ビル・ヘイリー……………………猟区管理官。ジョーの同僚
カイル・マクラナハン……………元郡保安官
デイヴ・ファーカス………………ブッチの工務店の元従業員
ジミー・ソリス……………………マクラナハンの元部下の弟
ブライス・ペンダーガスト
ライアン・マクダーモット………}シェリダンの元クラスメート
ハリー・Ｓ・ブレヴィンズ………元国税局監督官

発火点

C・J・ボックス
野口百合子 訳

創元推理文庫

BREAKING POINT

by

C. J. Box

This edition is published by TOKYO SOGENSHA Co.,Ltd.
This edition published by arrangement with
G. P. Putnam's Sons, an imprint of Penguin Publishing Group,
a division of Penguin Random House LLC
through Tuttle-Mori Agency, Inc.,Tokyo

発火点

マイク＆シャンテル・サケット夫妻に捧げる。
そしていつものようにローリーに……

悪の凡庸さ――

政治哲学者ハンナ・アーレントが唱えたこのフレーズは、歴史上の強大な悪は概して狂信者や反社会性パーソナリティ障害者がなしたのではなく、むしろ現状の前提を受けいれているので自分たちの行動を普通と考えて手を下した、普通の人々がなしたものだという趣旨である。

天国でもガソリンは入れられるし、
来世でも酒は飲める。
それまでは、銃の手入れをしていよう。
――マーク・ノップラー「クリーニング・マイ・ガン」

一日目

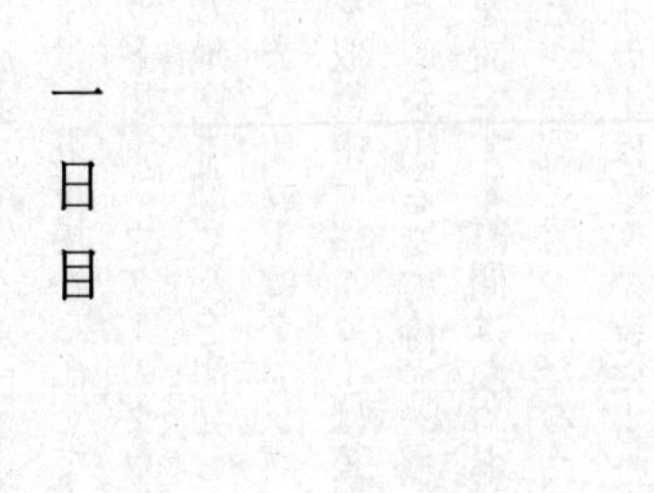

1

八月なかばのある朝、合衆国環境保護局特別捜査官ティム・シングウォルドとレノックス・ベイカーは、駐車場から出してきたハイブリッド・セダン、シボレー・マリブSAに乗って、コロラド州デンヴァーのダウンタウンのウィンクープ・ストリート一五九五にある環境保護局第八地区本部ビルを出発した。シングウォルドが運転して高層ビルの影を次々と抜けていき、一方ベイカーはダッシュボードに設置したGPS装置を起動していた。

「衛星通信を取得中」ベイカーは装置からの音声コマンドをくりかえした。

「ダウンタウンを出るまで待て」シングウォルドは言った。「ビルが電波をブロックしている。目的地を設定する時間はたっぷりあるよ。それに、おれはめざす場所を知っている。一度行ったことがあると言っただろう?」

「ええ」ベイカーは座席の背にもたれた。「わかっていますよ。ただ、どのくらい時間がかかるのかと思って」

「永遠に近いな」シングウォルドはため息をついて、州間高速道路二五号北線へ続くスピア・ブールヴァードへ曲がった。「ワイオミング州はとてつもなく広いんだ」
衛星との接続を完了したことを、GPSが伝えた。ベイカーは住所を打ちこんで少し待ち、うめき声を上げた。「六百七十五キロだって。六時間と二十七分。やれやれ」

シングウォルドは言った。「途中シャイアンで男を拾わなくちゃならないのは、勘定に入っていない。それでも五時ごろに仕事は終わるはずだ、落ち着けよ」

「どこに泊まるんです？　まともな食事ができる店はあるんですか？」

シングウォルドは耳ざわりな咳ばらいを一度して、首を振った。「〈ホリデイ・イン〉で連邦政府割引が使えるが、あそこのバーはひどい。だが町中（まちなか）に二軒ほどいいのがあるよ、カントリーがかかっているのを気にしなければ」

「ぼくはカントリーなんか嫌いですよ。六時間半か」ベイカーの嘆きをよそに、シングウォルドはシボレーを高速道路の入口へ向け、北へ走る車の流れに加わった。

よく晴れた夏の朝。西方の山々は朝のスモッグで揺らめいているが、気温が上がればスモッグは上昇して消える。二人ともスポーツジャケットにネクタイを締め、後部座席には送達する公文書をおさめたスーツケースが置いてある。翌日の帰りのドライブのために、それぞれ着替えも一着入れていた。

ティム・シングウォルドの砂色の髪は薄く、目は小さく、血色の悪い顔にうっすらと口ひげをはやしている。レノックス・ベイカーは十五歳年下で、シングウォルドは彼のことをよく知らなかったが、熱心すぎる男という印象を受けていた。浅黒い肌、黒い髪と黒い目、体格は小柄で引き締まっている。職場の先輩と話すときに見せる不安のちらつく陽気さと純真そうな表情は、〝昇進や異動のときはぼくを忘れないでくださいよ〟と訴えているようだった。

ベイカーが結婚指輪をはめているのにシングウォルドは気づいていたが、妻の名前は聞いたことがなかった。シングウォルドは六年前に離婚していた。

ベイカーについて知っているのは、国じゅうに赴任しているほかの数千人と同じ若手で、行動に出るときには熱くなるタイプだということだ。

ベイカーは環境保護局特別捜査官（十二級）で、同じ職にある者は三百五十人以上おり、さらに増えつつある。年俸九万三千五百三十九ドルプラス給付金を受けとっており、シングウォルドと同じ十五級に昇進したいと願っている。シングウォルドの年俸は十五万四千六百十五ドルプラス給付金だ。

デンヴァーの中心部を抜けてブルームフィールドに入ると、シングウォルドは左手でネクタイをゆるめて外し、ジャケットのポケットに突っこんだ。ベイカーはそれを見て、同じようにした。

「これから行く場所でネクタイは目立つ」シングウォルドは言った。

「みんななにを着ているんです？　クリップ留めの蝶ネクタイ？　ストリング・タイ？」

「ネクタイは締めない。ジーンズをはいて〈ホス〉のベルトを締めている」

ベイカーは笑った。「シャイアンで拾う予定の男ってだれです？」

「合衆国陸軍工兵隊の隊員だ」シングウォルドは肩をすくめた。「おれの知らない男だ」

「どうして同行するんですか？」

「知らない。聞きもしなかった」

「キャリアを長く続ける秘訣ですね」

「そのとおり」

「ほかにも秘訣がありますか？」ベイカーは無邪気な笑みを浮かべた。

「あるさ」シングウォルドは答え、それ以上は言わなかった。

捜査官たちはさらに一時間北へ進み、州境を越えてワイオミングへ入った。たちまち、車は激しい風に翻弄されはじめた。

「木はどこなんです？」ベイカーが尋ねた。

「吹き飛ばされたのさ」シングウォルドは答えた。

シャイアンの連邦ビルの駐車場に車を入れたとき、シングウォルドはウィンドブレーカーを着てサングラスをかけた初老の男が入口に立っているのに気づいた。男はわざとらしい仕草で腕時計を確認し、駐車スペースを見つけた彼らのほうへ目をやった。

「彼にちがいない」シングウォルドは言った。

「なんて名前でしたっけ？」

「ラブだ。それしか知らない」

ラブとおぼしき男はレンガの壁から離れて、ゆっくりと彼らの車に近づいてきた。シングウォルドはパワーウィンドーを下げた。

「環境保護局の人？」男は尋ねた。

「シングウォルド捜査官とベイカー捜査官だ」

「おれはキム・ラブ。今日、同じ場所に行く予定のようだな」

シングウォルドはあごで後部座席を示した。「出かける前にトランクに入れる荷物はあるか？」

ラブはかかとに体重をかけて親指をベルトループにかけ、かぶりを振った。

「あんたたちについていくよ」ラブは言った。「自分の車がある」

「同乗しなくていいのか？」シングウォルドは念を押した。

「ああ」

「好きにしてくれ。行き先はわかっているな?」

「ああ、残念だがね」

シングウォルドはとりあわなかった。ジャケットのポケットに手を入れてラブに環境保護局の名刺を渡した。

「そこにわたしの携帯番号が書いてある。出発したらかけてくれ、そっちの番号がわかるように。そうすれば離れてしまっても連絡できるから」

ラブはため息をついて首を振った。「なんだ、これから不毛地帯へ行くとでも思っているのか?」

「そうだよ」ベイカーが小声で答えた。

「キャスパーで昼飯を食わないか」ラブは提案した。「知っている店があるんだ」

「あんたについていくよ」シングウォルドは肩をすくめた。

ラブが合衆国政府のナンバープレートがついた自分のセダンに歩いていって乗りこむと、ベイカーはシングウォルドに尋ねた。「彼、含むところでもあるんですかね?」

シングウォルドはまた肩をすくめた。「知らないし、どうだっていい。ただの下っ端さ。おれたちと同じだ」

二時間半後、ラブのセダンのブレーキライトが点滅してキャスパーのセカンド・ストリートへの出口へ進み、トラックサービスエリアに入ったとき、ベイカーはぶつぶつ文句を言った。

「あいつ、ぼくたちをおちょくっているんだ」ベイカーは身を乗りだしてあたりを見まわした。広大な駐車場の南側には、トレーラーがずらりと並んでうるさいアイドリング音をたてていた。レストランとコンビニのある建物から、運転手が自分のトラックに持ち帰るソフトドリンクの半ガロン容器を持って出てきた。

「ラブはなにか知っているんだろう」シングウォルドは言った。「ここは、磨けば光る宝石かもしれないじゃないか」

「トラックサービスエリアですよ」

「それでも友好的にやらなくちゃな、彼から離れるわけにもいかないんだから」そう言って、シングウォルドはエンジンを切った。

ベイカーはため息をついた。「ぼく、このまま車にいようかな。この場所と出入りしている連中を見ただけで動脈硬化になりそうだ」

「中に入らなくてもいいぞ」シングウォルドはベイカーに車の鍵を渡そうとした。「ラジオでも聴いていたいならな」

ベイカーは手を振った。「ぜったい、このあたりじゃ聴くに値するものなんかかかっていませんよ。こっちはバック・オーウェンス（一九六〇年代を代表するカントリーシンガー）の大ファンでもないし」

シングウォルドは鍵をポケットにしまった。

「ああもう、わかりました」ベイカーはうめき声とともに車のドアを開けて降りた。

背もたれの高い仕切り席で、三人はフォーマイカのテーブルを囲んだ。キム・ラブが片側、シングウォルドとベイカーが反対側にすわった。ほかのテーブルやブースはすべて、トラック運転手と、建設現場や石油掘削所から車で町へやってきたらしいすさんだ風貌の地元民で占められていた。ネクタイをはずしていても、この三人は目立つとシングウォルドは思った。ラブはよそよそしい態度で、自分たちにいくらか敵意を抱いているように思えた。シングウォルドはそれを組織間のライバル意識のせいにして、気にしないことにした。友だちになる必要はないのだ。ラブに会ったのは初めてだし、今日の午後の共同作業がすめば、きっと二度と会うことはあるまい。

隣では、レノックス・ベイカーがプラスティックのメニューを眺めてため息をついていた。

「なにかお勧めはありますか？」ベイカーはラブに尋ねた。

「フライドチキンのサンドイッチだな」ラブはメニューを見もしないで答えた。「ワイオミング中部では一番だ。おれはテキサスの出で、フライドチキンのサンドイッチにはうるさいんだよ。ここのはちゃんとしている。前もって揚げてあるようなクソチキンじゃない」

ベイカーはたじろいだ。

シングウォルドもサンドイッチを注文し、ベイカーはシェフ・サラダのレタスには保存料がかかっているかとウェイトレスに聞いた。にこりともせず、注文が忙しいほかのテーブルを一瞥して、彼女は答えた。「さあ、どうかしら」

「シェフに聞いてもらえます？」

「ここにシェフはいません。コ、コ、コックに聞いてみます」彼女はきびすを返すとキッチンへ向かった。

「ああいう化学調味料を口にすると下痢を起こすんで」ベイカーはシングウォルドに説明した。

「そいつはいけないな」彼は答えた。

食べおえた皿を脇に寄せてすわりなおしたとき――ベイカーはサラダをつついただけで腹いっぱいだと言った――ラブは正面からシングウォルドを見た。「今日おれたちがやることは、どうも気にくわない」

シングウォルドは肩をすくめた。「われわれはただのメッセンジャーなんだ」

「だとしてもだ」

「決めたのはわれわれじゃない。裁定を届けにいくだけだ」

「ああ」ラブは首を振り、丸めたペーパーナプキンを仔グマがやるように叩きつぶした。

「おれは読んだよ。じっさい、二度読んで、二度目はさらに気にくわなくなった」

「わたしは読んでいないんだ」シングウォルドは言って、ベイカーの頭ごしにウェイトレスに合図しようとした。「届けるだけだ。わたしの給与等級じゃ読む権利はない」

「聞くところじゃ、相手は頑固な男らしい」ラブは言った。

シングウォルドはうなずいた。

「黙って引き下がらないんじゃないかな」

ベイカーがジャケットの前を開いて口を出した。「だからぼくたちはこれを持っている」

彼が示したのは、ホルスターからのぞく四〇口径のセミオートマティック・シグ・ザウエルの台尻だった。

ラブはぽかんと口を開けて、シングウォルドに向きなおった。「あんたたち、銃を持ち歩いているのか?」

「訓練を受けているし、許可を得ているんだ」シングウォルドは低い声で答えた。

「ぼくたちの車のトランクの中を見るといいよ」ベイカーが言った。ケースに入った複数のコンバット・ショットガンとスコープ付きセミオートマティック・ライフルのことを、シングウォルドは思った。

ラブは眉を吊りあげた。「じゃあ、そっちは必要なら彼と撃ちあって決着をつけるつもりなのか？」

「必要ならね」ベイカーは目を細くして答えた。

「そういう事態は考えないようにしている」シングウォルドは弁解がましく言った。この話を続けたくはなかった。ベイカーがはやる気持ちをこれほどむきだしにしなければいいのに、と思った。それから彼は手を上げてウェイトレスを呼んだ。彼女に無視されているような気がしはじめた。

「おれたちが執行を命じられているこの男に、会ったことは？」ラブはシングウォルドに聞いた。

「ない」指を鳴らせばウェイトレスの注意を引けるかと考えながら、シングウォルドは答えた。「彼に最初の裁定が伝えられたとき、わたしはその場にいなかった。聞いたところでは、とにかく混乱していたそうだ。まあ、頭のいい男じゃないんだろう」

「だが、いまは彼もいやってほどわかっている」ラブはかぶりを振った。「こういうことがあると……いったい自分たちはなにをやっているのかと思うよ。おれが仕事と考えていたこととは間違いなく違う」

「なにが問題なんです？」ベイカーは突然ラブにつっかかった。信じられないという口調だった。「その男はあきらかにどうしようもなく頭がおかしいんだ。でなければぼくたちがそこへ行くわけがない。あんたがなにを言っているのか、さっぱりわかりませんよ」

ラブはテーブルの上に身を乗りだして拳を固めた。「彼を知っているのか？」

「もちろん知りませんけど」ベイカーは歯切れの悪い口調になった。

「彼についてなにを知っている？」

「住所だけ」

「おれたちがそこへ届けようとしている書類に、一度でも目を通したことは？」

「ないですよ」ベイカーはラブから視線をそらしてシングウォルドを見た。

急ぎ足で通ったウェイトレスが会話を中断させて、テーブルに勘定書を乱暴に置いた。

「すみません」シングウォルドは呼びとめた。

彼女は振りかえった。

「勘定書を別々にしてもらいたいんだが。一枚は彼とわたし」シングウォルドはベイカーのほうを示した。「あと一枚は彼だ」ラブのほうにうなずいてみせた。「それから領収書も頼む」

「別々の勘定書と領収書」じろじろとシングウォルドを見て、ウェイトレスはくりかえした。

「そうだ」

「ちょっと待ってください」彼女はいらいらしていた。

「いいよ」シングウォルドは仕切り席からすべり出た。「入口のカウンターでやってもらうから」

ベイカーを従えて、シングウォルドは合衆国政府発行のＶＩＳＡカードを出しながらレジへ向かった。ちらりと後ろを見ると、キム・ラブはまだブースの中にすわっていた。

一時間後、キャスパーから百キロほど走ったワイオミング州ケイシーの近くで、ラブは二人に追いついてきた。シングウォルドは目を上げてバックミラーに映る工兵隊員のセダンを認めた。

ベイカーはシングウォルドの仕草を見て後ろを確認した。「ああ、よかった。相棒のご到着だ」

シングウォルドはうなった。

「彼、なにが気に入らないんでしょう？」

「おれたちのしていることがいやなんだろう」

「なんだって気にしたりするのかな？」

「彼に聞いてみろ」

「このことは報告書に書くべきだと思いますよ」

北上するにつれて、地形は変わってきた。猫背のような稜線の青い山々が西の平原の向こうに現れていた。いくつもの頂から高地の白い雪が筋となって流れくだり、黒い森に消えている。

ベイカーは、窓の外でゆっくりと揺れる丈の高い草のあいまにいくつか見える明るい茶と白の点を指さした。「あれがプロングホーン（別名エダツノレイヨウ。北米西部に分布する）？」

シングウォルドはそうだと答えた。

「あんなふうにただ立っているんですか？　百頭はいますよ」

「州のこのあたりでは人間よりプロングホーンの数のほうが多いと聞いたことがある」

「へえ、少なくともそいつはちょっといい話ですね」ベイカーは言った。

「ティートン山脈ですか？」ベイカーは山々を指さして尋ねた。

「ビッグホーンだ」シングウォルドは答えた。「ビッグホーン山脈だよ」

「じゃあ、あそこが目的地か」ベイカーはＧＰＳ装置を見て、それから腕時計に目を落とした。「五時にホテルにチェックインできるように、仕事がすむといいな。時間外労働をする必要なんかないですよね」

「そのつもりだ」

「ちゃんとした料理のある店が見つかるかな」ベイカーは言った。「腹がぺこぺこだ」

「まずやるべきことが先だ」シングウォルドはそう言って、サドルストリングの町に近い最初の出口へ車を向けた。バイパスを通って山々へ、ダル・ナイフ貯水池付近の分譲地〈アスペン・ハイランズ〉へ向かう二車線の州道に出た。

シングウォルドがバックミラーを見ると、ラブのセダンは姿を消していた。

「ラブに電話してどうしたのか聞け」シングウォルドはベイカーに携帯電話を渡した。

ベイカーは最近の履歴をスクロールして発信を押した。少しして、彼は言った。「こちらベイカー捜査官。われわれは山への上りにかかっている。そちらはいつ合流する予定ですか」

通話を切って、ベイカーは言った。「留守番電話だった。はぐれたか、町へ行ってホテルにチェックインすることにしたか、どっちかでしょう」

シングウォルドはラブが州間高速道路二五号線をそのまま走りつづけたか、確認していなかった。

「おれたちだけでやることになりそうだ」

「あのばか野郎」ベイカーは罵った。「ぜったいにこれは報告書に書かないと。そうでしょう？」


一時間後、ティム・シングウォルドはあおむけで草の上で身をよじり、自分の血で窒息しかかっていた。脚は痙攣してかかとが地面をむやみに叩いていたが、彼には感じられなかった。やっとのことで右側に体を向けた。

レノックス・ベイカーも一メートルほど離れた場所であおむけに倒れていた。ベイカーの目は開いていた、遅い午後の雲を眺めているかのように。銃弾の開けた穴が三番目の目のごとく左の眉からのぞいている。彼は息をしていなかった。

自分も長くない、とシングウォルドはわかっていた。最初の二発でおそらく肺がつぶれた。どんなにがんばっても息を吸うことができない。自分の血で溺(おぼ)れかかっている。声を出そうとしたが、のどが鳴っただけだった。

ベイカーの銃は二人のあいだの地面に落ちていた。シングウォルドは自分の銃を抜く前にやられていた。

遠くで、叫び声がした。そのあとトラクターが動きだす音がした。

二日目

2

翌日の午後、猟区管理官ジョー・ピケットはビッグホーン山脈の長い東側の斜面にいた。山の上方から続く密生した森の先陣であるマツが、ヤマヨモギと牧草の野原に姿を見せていた。そこで、ジョーはブッチ・ロバートソンに会った。ブッチのまなざしから、なにかがきわめてまずい状況にあることをジョーは察した。

八月なかばの午後にしては日が降りそそぎ、広大な青空は雲一つなく澄みわたり、消えていく霞がはるか上方に一ヵ所見えるだけだった。風のない暖かな大気にはビャクシン、ヤマヨモギ、マツ、インディアンペイントブラシやオダマキといった高山植物の香りが漂っている。草原では虫たちが鳴き、ジョーのいるところは州道からはほど遠いので、ときおり通る車の音も聞こえなかった。

ジョーが乗っているのは十四歳のぶち毛の去勢馬トビーだ。いい日和と周囲ののどかさのせいで馬の足どりは弾み、トビーはなかなか仕事に集中できないでいた。狭い登山道の両側には草が豊富にあり、しょっちゅう首を下げて一口食べようとするのを、ジョーは制止しなければならなかった。ジョーにこらっと注意されても、トビーの糞を嗅げるように後ろをうろついていた。この新しい犬は、一歳半の黄色のラブラドール犬デイジーは、そばを軽やかに走るか、ピケット家に迎えられた。コーギーとラブラドールの雑種で決して散歩好きではないチューブのあとから、前の冬に、犬の働きぶりにうんざりしたペンシルヴェニアの鳥専門ハンターたちによって、だ、と彼らは主張した。デイジーは獣医の診療所の前に遺棄された。この牝犬は役立たずを連れてかえって育てることにした。一歳ぐらいのラブラドールは役立たずだと知っていたジョーは、犬靴を齧っていた。そして今日のところは、デイジーはなじんだようで、いまや家にあるすべての靴を齧っていた。そして今日のところは、馬糞を食べようとする以外はよくやっている、とジョーは感心していた。

めったにない完璧な日だった。じっさいあまりにも完璧すぎて、昨年の体験や出来事のあとでは、見せかけだけで嘘っぽく、なぜか自分には不相応に感じられた。三本柱の有刺鉄線のフェンスで示された農務省森林局の管理地の境界を馬で進みながら、なにもうしろめたく思う必要はない、と内心言い聞かせたほどだ。こういうことはめったにないし、次はいつあるかわからないから、この瞬間をただ楽しめばいいのだ、と。よく晴れ、からっとして暖かく、雲一つなく、静穏だ。なんといっても、快晴のビッグホーン山脈に馬と犬とともにいて、愛する場所で愛する仕事をしている。担当地区の狩猟シーズンの始まりは何週間も先で、ジョーはこの夏、去年の十月に手錠をむりやり外した際に折った左手の回復につとめていた。ウィンチェスターの南でプロングホーンの射殺死体が発見されたこと以外、当面の捜査案件もない。だが、その悪質さにジョーは憤(いきどお)った。その牡(おす)は何十発もの弾で文字どおり真っ二つにされていた。そして犯人がだれにしろ、あきらかにプロングホーンが死んだあとも頭部を近距離から何度も撃っていた。ああいう血に飢えた犯罪は、犯人の心の窓のようなものだ。ジョーはやった人間を見つけてできるかぎりの罪に問うつもりだった。とはいえ、手がかりはないに等しい。固い皮の下に弾は何発か残っており、彼は分析に出した。しかし、薬莢(やっきょう)も足跡も目撃情報もなかった。やった人間が自分で話し、それが噂となって伝わってくるのを待つだけだ。

それに、山中のエルク(別名ワピチ)の数の予備調査をし、釣り人の許可証を確認し、野生動物用の人工貯水設備をチェックした上でも、夕食までに帰宅して妻のメアリーベスや三人の娘たちと過ごせそうだ。まるで、自分はホームドラマの登場人物で、シーンは優しいソフトフォーカスで撮影されているようではないか。

こんな日でも、気がつくと彼は入道雲の凶暴な鼻面(はなづら)が出現していないかと地平線に目をこらし、突風や風速百六十キロのマイクロバーストなどのトラブルを警戒して、広大な森を見渡していた。

あとになって、なにかが近づいていてそれはいいものではないという予感を持ちつづけるべきだった、とジョーは後悔した。

ブッチ・ロバートソンと出くわす前、ジョーはビッグストリーム牧場の西側の境に沿って馬を進めていた。ビッグストリーム牧場は昔からの地元民フランク・ツェラーの所有で、ワイオミング州北部でいまだに創立者の一族が所有している数少ない牧場の一つだ。フランク・ツェラーはがっしりした寡黙な男で、愛情をこめて牧場を運営していた。アンガス牛の大群を飼育し、ワイオミング州とモンタナ州にたくさんある観光牧場用の乗用馬を何百頭も放牧している。エルクとミュールジカのために、ワイオミング州狩猟漁業局が森の境に人工貯水設備をいくつか作るのを許可するように、地主たちを説得したのは彼だった。それはツェラーが野生動物を気にかけているからだけでなく、谷間の大きな川のそばで家畜が野生動物とひんぱんにまじりあえば、ブルセラ菌をうつされるかもしれないからだ。

人工貯水設備は地面に掘った浅いくぼみで、雨水と地面の流去水を溜めるポリエチレンの布が敷かれており、各設備には五百から八百ガロンの水が蓄えられている。ジョーは五、六年前に建設資金を環境保護局に申請した。局は許可してデンヴァーから技師をよこし、ジョーの作業を手伝わせた。人工貯水設備はうまく機能しているようだった。旱魃の年には水に飢えた群れが山から下りてきて、プロングホーンやナゲキバトも谷間から上ってきた。ジョーの仕事は一年に一度設備をまわって、布が破れていないか、冬の猛烈な風で吹き飛ばされていないか、くぼみに泥が詰まっていたり腐った死骸で汚染したりしていないか、確認することだった。

年間平均三百ミリ強の降水量——おもに雪による——しかない州では、水はもともとめったにない貴重な資源なので、野生動物は水のある場所に集中する。各貯水設備に近づくとナゲキバトやライチョウがいっせいに飛びたち、ジョーはデイジーが興奮するのが心配だった。それだけでなく、シカはヤマヨモギを押しわけて走り去り、エルクは猛烈な勢いで森へ逃げていく。去年、シカの死骸を食べていたクロクマを驚かせてしまったことがあった。クマはウーとうなり、トビーはピョンと跳ねあがってもう少しでジョーを落馬させるところだった。だが、片方の手綱(たづな)を引いてトビーを後ろ向きにしたときには、クマは驚くべき速さと勢いで木立へ逃げこみ、戻ってこなかった。

今日、ツェラーからは牧場に入っていいという許可を事前に得ていた。牧場本部に寄ると、ツェラーがぜひとも食べていけと勧めたので、彼とメキシコ人の牧童四人と朝食をともにした。そのあと、ジョーは緑色の狩猟漁業局のピックアップと牽引(けんいん)している馬運車を、取水ゲートの近くに並ぶ貯水設備の三キロほど下に止めた。

やはり、森林局の管理地との境からこれほど遠くに止めなければならないのは頭痛の種だった。そうなったのは比較的最近だった。貯水設備を作ったとき、牧場の轍道（わだちみち）はフェンスの反対側で森林局の道路とつながっていた。ジョーも技師も器財や道具をフェンスのそばまで持ってこられたので、起伏の多い丘陵地帯を横切って運ぶ必要はなかった。ところが二年前、森林局は道路を進入禁止にしてしまった。ゲートを強化し、鎖をつけ、ダイヤル錠で鍵をかけた。そのあと、ゲートの向こうで森林局はショベルカーを持ちこんで道路に深い穴を掘り、出た土を防壁がわりにして車を通れなくしてしまった。とどめの一撃は小さな長方形の茶色い金属の掲示で、〈通行禁止〉と記されていた。

ジョーは馬に乗って九ヵ所のうち七ヵ所の設備を調べおえていた。三ヵ所目は多少の土掘りが必要だったが、からの鞍用（くらよう）銃ケースに柄つきのシャベルを入れてあったので、たいして時間はかからなかった。

七ヵ所目から八ヵ所目へ向かいながら、腿（もも）の高さまであるアスペンのスペード形の葉の静かな茂みを通っていたとき、左側の三本柱の有刺鉄線のフェンスが切断されているのに気づいた。何本もの有刺鉄線は丸まって、森林局のフェンスに大きな穴を開けていた。ジョーは舌を鳴らしてトビーの向きを変え、低い茂みを上って壊されたフェンスへ向かった。

下馬してブーツが地面にどすんと当たったとき、一声うなった。トビーの腹を締めつけていたため、ひざが痛かった。草を食べられるようにロープにたるみを残してトビーをマツにつなぎ、歩いて痛みをやわらげながらフェンスまで行った。

足を引きずりながら、この手のことには年をとりすぎたとぼやきたくなった。

ワイオミング州狩猟漁業局のプロングホーンの肩章がついた赤い制服のシャツ、薄い革手袋、はきふるした〈ラングラー〉のジーンズ、すりきれたカウボーイブーツ、汗じみのあるグレーの〈ステットソン〉のカウボーイハットというのが、ジョー・ピケットの服装だ。ベルトには手錠、辛子スプレーを装着し、四〇口径グロックは乗馬中は気になるので右側の鞍袋に入れている。無線機、召喚状、まだ食べていないランチ、ノートは左側の鞍袋の中だ。

フェンスを調べる前に銃を持っていくべきかと一瞬思ったが、やめておいた。ジョーはグロックが嫌いで、それは性能のせいではなく、自分がその銃ではなににも命中させられないからだ。寛大な射撃場担当官がいなければ、局から公式に資格なしと判定されてもしかたがない場面がこの二、三年で何度かあった。ライフルなら慣れていてかなり正確に撃てるし、ショットガンで近距離なら百発百中なのだが。ジョーはグロックを威嚇目的と考えており、避けられるものなら残りのキャリアで二度と抜くまいとかねてから決意していた。

有刺鉄線はついさっき鋭い道具、おそらくはワイヤカッターできれいに切断されていた。切断された端はまだ光っているし、角は鋭い。切断されたとき一本一本がくるっと丸まるのが目に浮かび、パチンと切る音とはねる鉄線の音が想像できた。

ジョーは手にした有刺鉄線をまた草の上に落として、あたりを見まわした。いちばん近い道路はジョーがピックアップと馬運車を止めてきたところで、四キロ離れている。あそこにほかの車は止まっていなかった。有刺鉄線を切った者は州道から歩いてきたか——おそらく十一、二キロはあるだろう、それに地形はぬかるんだ牧草地と蛇行した小川だ——上の国有林から下ってきたかだ。タイヤの跡がないので、犯人は騎馬か徒歩だろう。だが、開けた場所を車で通りぬけるのでないなら、フェンスを切断する意味はどこにある？　ジョーは首をひねった。

デジタルカメラで破壊現場を撮影し、そのあと有刺鉄線の切られた端のクローズアップを何枚か撮り、時間と場所をノートに記録した。フランク・ツェラーに連絡しようと思い、胸ポケットから携帯電話を出した。フェンス自体は森林局のものだが、官僚組織がかかわると修理に何週間も、ひどいと何ヵ月もかかるのを、ジョーは経験上知っていた。報告書が作られて各部署を経由し、フェンス修理の稟議書が作成され、民間の請負業者の入札になる場合とならない場合があり、結局新たに調達された有刺鉄線の束とともに連邦政府職員の小部隊が山を上ってくるだろう——きっとそのころには最初の冬の嵐が襲っているはずだ。

それなら、フランク・ツェラーに知らせれば日暮れまでに彼が従業員をよこして、ビッグストリーム牧場の牛や馬がフェンスの穴から出て国有林に迷いこむこともない。フランクはあとで森林局に請求すればいい、とジョーは思った。

ところが、携帯の電波のシグナルが立っていなかった。ここまで人里離れた場所ならよくあることだ。ジョーは携帯をしまって手持ち型無線機を鞍袋から出した。雑音のせいで、五百キロ近く離れたシャイアンの通信指令係と無線が通じない。ジョーは雑音の少ない回線を試みたが、通信可能な周波数を見つけられなかった。ガーガーと会話の断片は聞こえるが、法執行機関の人間がなんの話をしているのかはわからない。ため息をついて無線を切った。家に帰ったらかならず電池を交換して、もっと性能のいい無線機を要求しよう。この機械はいかれている。

あとになって、なぜそのままピックアップを止めた場所まで馬で下り、車内の無線機を使ってフェンスの件を報告して応援を求めなかったのかと、ジョーは聞かれた。だがそのときは、自分がなにを見つけることになるか予測できなかったので、それは考えもしなかった。フェンスの切断は迷惑行為で軽罪にあたるが、応援を要するような大きな犯罪ではない。それに、彼はワイオミング州猟区管理官であって、広大な州内で働く五十四人のうちの一人にすぎない。一万三千平方キロメートル近い担当地区を単独でパトロールし、ほかの法執行機関の所在地からきわめて遠い場所にいるのが普通なので、呼びだしても意味がないというものだ。ジョーは奥地で武装した住民に自分だけで対応することに慣れており、都会なら応援を呼ぶであろう状況を日常的にさばいている。

聞かれたとき、ジョーはこう答えた。「フェンスが切られていただけだったんだ」

だから彼はトビーに乗ってフェンスの切れ目を通って森へ進み、私有地から公有地へ入った。デイジーは後ろからついてきた。

ロッジポールマツの森は密生しており、幹と幹の間隔は狭かった。頭上の枝が開けるのはキクイムシという害虫がはびこっている場所だけで、松葉が枯れて丸まり、枝から落ちて地面には錆色(さびいろ)の分厚いカーペットができていた。害虫の寄生の進行は予想されていたもののゆっくりで、この十五年のあいだにロッキー山脈の南から北へ広まったようだ。ニューメキシコからブリティッシュコロンビアまで、小さな甲虫はロッジポールマツにもぐりこんで幼虫や菌類を繁殖させ、最終的に立ったまま木々を枯らした。ワイオミング州だけで一万二千平方キロメートル以上の森が害虫に汚染されたという概算報告をジョーは読んでおり、立ち枯れた木々のせいで山腹全体が光沢のある赤に染まってしまったのを見ている。進行をくいとめる唯一の方法として、冬期に気温が五、六日連続してマイナス三十度から四十度に下がれば、幼虫は死ぬのだそうだ。さもなければ、寄生された兆(きざ)しが見えたところで木に殺虫剤を散布するかだ。寒さはそれほどは続かず、森林局の役人は予算と官僚的システムにとらわれすぎていて真剣に防御策を講じなかった。いまとなってはもう手遅れで、火のついていないたくさんのタバコのように、立ち枯れの木が見渡すかぎり広がっている……マッチ一本で大火事になるだろう。

火事が起きたらどうなるか、ジョーは考えたくもなかった。火災が発生したとき、森林局が責任を問われるだろう。それが完全に公正だとは思わないが、たとえ責任を追及されても職員や役人が辞めさせられる事態にはおそらくならないとジョーは経験から知っており、うんざりしていた。なにしろ、そういうことは連邦組織ではまず起きないのだ。自然は自然であり、いかなる地域管理者や森林監督官よりも大きな存在だと、ジョーは思っていた。たとえ、彼らはその評価に同意しないとしても。

カナダからメキシコまで広がる火災の結果から生じる世界の終わり(ハルマゲドン)について考えていたとき、木が燃える臭いがした。それは薄いけれど刺すように山の空気に漂っていた。

ジョーは馬首をわずかに北東へ向けた。煙を乗せた微風が吹いてくる方向へ。煙は森林火災にしては薄すぎるし近すぎる。デイジーも煙に気づいた。松葉のカーペットに垂れる牝犬のよだれから、かすかすぎて自分にはわからない食べものの匂いがまじっているにちがいない、とジョーは思った。

水のない場所で野営している人影が見えたとき、ジョーは叫んだ。「やあ」

話しかける前にもっと近づけたが、相手にこちらが行くことを知らせておきたかった。自分の領域である野営地でおそらく武装している人間を驚かせるのは、やりかたとして最悪だ。

空き地では、分厚い迷彩服の男がこちらに背を向けて小さなたき火の前にしゃがんでいた。

枯れたマツの枝に大きな包みが吊るされていたが、テントも全地形型車両(ATV)も見当たらない。

ジョーの呼びかけに、男はさっと振りかえって包みのほうへ体を向けた。そのとき、ジョーはスコープ付きのライフルが枯木に立てかけてあるのに気づいた。

「いい日和だね」親しげな口調で話しかけつつ、トビーの右腹を脚で押してちょっと横歩きさせ、自分と野営している男とのあいだに二本の木を置くようにした。これもずっと前に学んだことだった。見知らぬ人間に決して正面から近づいてはいけない。相手の意表を突くようにつねに少し横から接近する。

男はゆっくりと立ちあがってジョーに向きあった。ずっと体を丸めていたかのように、こわばった姿勢だった。小さなたき火の煙が男の体にまとわりついている。

ジョーは彼を知っていた。

「ブッチ?」

「ジョーか?」

ブッチ・ロバートソンは驚いていると同時に威嚇(いかく)するようでもあり、どこか悲しそうでもあった。次にどうしなければならないか観念している、というような風情だった。

頑丈な体格、厚い胸、落ちくぼんだ茶色の目、濃い不精ひげ、顔をじっさいより大きく見せるがっしりしたあご。ブッチの黒い髪には白髪がまじり、一度骨折している鼻のせいでボクサーを思わせる。両脇に腕をつけて少し前傾して立つ癖があるので、挑発されたらいつでも反撃するという構えだ。だから、口を開いたときのものやわらかな口調が意外な感じを与える。

ブッチはサドルストリングで〈メドウラーク工務店〉を経営している。小さな会社で、いくつか新築の家も建てているが、たいていはリフォームだ。ジョーと同じような年齢で、四十代なかばかもう少し上だろう。ジョーがブッチを知っているのは、ジョーの末娘の大親友ハナの父親だからだ。ルーシーが出演する演劇やコンサートで顔を合わせることが多く、学校の行事や、たがいの家へ娘たちを車で迎えにいったりするときに言葉をかわしている。だが、ハナが特別許可で免許を取得し、傷だらけの古いセダンを運転してピケット家に来るようになったため、この一年彼がハナの両親と会う機会は減っていた。

ジョーはハナが好きで、メアリーベスもそうだった。ハナは最近馬に興味を持ちはじめ、メアリーベスは家の裏の囲いでの餌やりや毛梳(けす)きに手伝いが増えて喜んでいた。

ブッチは仕事熱心な働き手であり、愛情深い夫で父親であり、狩りと釣りに傾倒してアウトドアに生きる男でもある。そういう点では、ワイオミング州トゥエルヴ・スリープ郡によくいるタイプだった。

いままで娘たちを介しての社交的な場でしか会話がなかったので、ブッチが道から遠くはずれた場所でたき火をしているのを見て、ジョーはとまどいを感じた。

ブッチも落ち着かない様子だった。ジョーが一度も見たことのない表情をしていた。

ジョーは尋ねた。「どうしてここへ?」

ブッチはどう答えようかと考えているようで、彼がライフルのほうへちらりと視線を向けたのにジョーは気づいた。それが無意識の仕草であることを祈った。野外で猟区管理官と対峙した男たちは、しばしば日常では見せない癖や態度を示す。規則を守り、倫理とスポーツマンシップに誇りを抱いている善良なハンターや釣り人でも、疑われているかもしれないと思うと動揺して、不安や心配を見せるときがある。だが、有罪の可能性が高いのは、得意げでむやみに親しげで表面的には自信ありげな愛想のいい者たちなのだ。ジョーにはわかっていた。

「エルクを偵察しているんだ」ブッチはようやく答えた。

ジョーはうなずいた。「それはかまわないよ。見つけたか?」

ブッチは左の肩ごしに漠然と西のほうを示した。「六本六本と、六本七本と、牝と仔が十頭以上いたよ」両方の枝角が六本の牡と六本角と七本角の牡がいたという意味だ。

「それは前途有望だな」ジョーは馬から下りはじめた。「これからここを上っていって、エルクの数を数えなくちゃならないんだ。だが、あんたが見たとわかってよかった」

ブッチはうなずいたが、ジョーの顔を見据えたままだった。ほかにまずいことを言われるのを予期しているかのように。

地面に下りて、ジョーはまたうめいた。腰の痛みがひざと腿にも伝わった。それでも、馬から下りてブッチと目線を合わせるのが重要だと思えた。見下ろしながら話すのは横柄（おうへい）と受けとられるからだ。

「ビッグストリーム牧場であんたの車を見なかったな」ジョーは言った。「どうしたんだ、国有林をここまで歩いてきたのか？」

「道路からだ」ジョーの肩の向こうに視線を上げてブッチは言った。

「相当な距離だな」

「たいしたことはなかったよ」

「十一、二キロはあるだろう？」

「狩りをするときは一日三十キロ以上歩く」ブッチは自慢するでもなく言った。事実を述べているだけなのだ。狩りや積雪やまだ山と峡谷地帯に入れる道や娘たち、どんな話題であろうと、ブッチがこういう話しかたをすることにジョーは前から気づいていた――ユーモアもなく、微妙な含みもない。多くを語らないまじめな人間で、おしゃべりは時間とカロリーの浪費だと考えているふしがある。その点で、ジョーは自分と同類と見なしていた。

ジョーはトビーを連れてさらにブッチに近づき、枯れていない木に馬をつないだ。そのあいだにデイジーはしっぽを左右にばたばたと振りながら勢いよく走っていき、ブッチの迷彩服のズボンの匂いをクンクンと嗅いだ。他人のキャンプに入るには礼儀があり、それは招き入れられるまでは距離を置くことだ。デイジーはルールを破ってしまった。

「デイジー」ジョーは低い声で注意した。

「大丈夫。犬は好きなんだ。この子は狩りをするのか？」

「どうかな。鳥のシーズンが解禁になるまで訓練して、試してみるつもりだ。あんたがいま料理しているものは食べさせないでくれ」

「コーヒーを沸かしているだけだよ。昼飯はもうすませた。あんたは腹が減っていないか？」

「いや、お気遣いありがとう」

「ここでたき火をしちゃいけないのはわかっているんだ」

ジョーはうなずいた。枯木が多いせいで、森林局はこの夏の初めに付近を火気禁止とする看板を立てていた。この決定にキャンパーやハイカーは不満たらたらだった。一帯の何十ものキャンプ場が閉鎖され、さらに多くがこれから閉鎖されるという噂だった。火気禁止は連邦政府が決めたことで自分の権限外なので、ジョーはなにも意見を述べてはいなかった。

ジョーが答えないでいると、ブッチはうなずいてなにかを予期するように立ちあがった。

ジョーは相手になんでもないと言いたかった。そのかわり、共通の話題を探した。

「けさ家を出てきたとき、ハナとルーシーはまだ居間の床で寝ていたよ。寝袋に入って映画を見るのが好きなんだが、見るのをそっちのけでしゃべっているんだろう」ジョーは言った。

ルーシーとハナは二人とも、これからサドルストリング・ミドルスクールの九年生になるところだ。小学生のころから友だちで、演劇、聖歌隊、ダンスと趣味も同じだった。ルーシーは、ハナがうらやましいと率直にジョーとメアリーベスに話していた。ハナは町に住んでいて自転車でどこへでも行けるからだ。ルーシーとは違う。彼女は、友人たちの行動範囲から十三キロも離れた砂利道沿いの狩猟漁業局官舎から動けない。

「十代の子はよく寝る」ブッチは言った。

ジョーは笑った。「うちには三人いるんだ。娘が三人。あんたの言うとおり——よく寝るよ」

「それがいちばんの得意技らしい」ブッチは急にせつなそうな顔になって間を置いた。「ハナはかつておれの小さな相棒だったんだ。夜明け前に起こして、一緒に出かけて獲物を探したり釣りをしたりした。そういうことに興味をなくしてしまったのは……」

ジョーは視線を上げて続きを待った。だが、ブッチは顔を赤らめて目をそらした。そのとき、続きはルーシーに関係があるにちがいないとジョーは悟った。

「どうでもいいことだ」ブッチは低い声で締めくくった。

ジョーは黙っていた。彼の気持ちはわかった。長女のシェリダンは、子どものころよく一緒に野外へついてきた。あたしも猟区管理官かタカ狩りの名人か馬の調教師になりたい、と一度は宣言していた。それはシェリダンがワイオミング大学の一年目を終える前までだった。もっとも、専攻をなににするかはまだ決めていない。シェリダンもよく寝るし、二年生になる前の夏にバイト代をかせぐために〈バーゴパードナー〉でウェイトレスをしていない日は、寝ているだけだ。

十七歳になる里子のエイプリルは、罰として外出禁止になっていないときはウェスタン衣料の小売店でアルバイトをしている。そして、家にいて外出禁止のときは……寝ている。

「あの子はいつ行ったんだろう？」ブッチは尋ねた。

「ハナ？」

「ああ」

「昨夜のいつかだろう。ハナの車が正面に止まっているのを見たよ」

ブッチはうなずいてから、唐突に言った。「あんたがここでなにをしているのか聞いてもかまわないかな」

貯水設備の点検をしていて切断されたフェンスを見つけたことを、ジョーは説明した。話しながら、注意深くブッチを観察した。

かすかに反応があり、ブッチの口の隅がぴくついた。

「そのことについて、あんたは知らないだろうね？」ジョーは軽い口調で聞いた。

ブッチは首を振った。「あんなふうにフェンスを建てて道を封鎖する必要はなかったんだ。おれたちは百年前から、公共の土地と見なされてきたここで狩りをしていた。ところが、連中がアクセス道路に土盛りを作って入れないようにしてしまった。それのどこが公共のためなんだ?」

ジョーは相手の口車には乗らなかったし、いまのは聞きたかった答えではなかった。狩猟地域へのアクセス問題については、ブッチは強硬な感情と意見を持っていた。それもとくにめずらしくはない。ワイオミング州、そしてこの一帯の住民は天然資源にかんする決定を個人の問題として受けとめ、決定を下す内務省土地管理局をしょっちゅう罵(ののし)っている。ジョーは数えきれないほど議論を聞いてきたし、ある程度共感していた。そして連邦政府ではなく州政府の役人なので、自分は中立的な立場だと感じることもたびたびあった。だから、いまも違法なたき火について指摘しなかったのだ。

ジョーは顔を上げた。「まだ通報はしていない。あんたとおれしかフェンスの件は知らないんだ。だが、だれかがストレッチャーとプライヤーを持ってあそこへ行って、壊されているのに気づかれる前に修理できるんじゃないかな。連邦政府が調査チームをよこすような事案じゃない」

ブッチは顔をそむけてうなるように答えた。「言いたいことはわかるよ」

「よかった」

「で、あんたがここへ上ってきた理由はその貯水設備だけなのか?」

ジョーは質問に驚いた。「ほかになにが?」

ブッチは肩をすくめた。「おれがたき火を消して出発する前に、ほんとうにコーヒーはいらないか?」

「ああ」

それを聞くと、ブッチはブリキのカップに残っていたコーヒーを地面に捨てた。

「ストレッチャーを貸そうか?」ジョーは尋ねた。

「いや。ハイスクールのときずっとフェンスを張っていたんだ。修理の方法は知っている」

「それじゃ、ブッチ」

「じゃあな、ジョー」

ジョーはいまの会話全体にとまどいながらきびすを返し、馬の手綱をほどいてデイジーを呼びもどした。

鞍にまたがったとき、ブッチはなにか言ったがジョーには聞きとれなかった。

「なんだ、ブッチ?」

「ハナを面倒みてくれてありがとう、と言ったんだ」

「面倒みているのはほとんどメアリーベスだよ」

「そうだろうな」ブッチは重そうな包みを背負いにかかった。

日帰りで獲物を偵察するにしては、荷物はあまりにも大きくて重そうだった。

最後の貯水設備二ヵ所の点検を終え——両方とも満水でちゃんと機能していた——ジョー

はトビーに乗ってゆっくりとピックアップへ向かって下山しはじめた。デイジーは後ろからついてきた。疲れて、舌を垂らしていた。暑くて気温は三十度近く、ジョーは汗が背筋をつたってジーンズの中に流れ落ちるのを感じた。クリーム色の泡のような汗が、鞍とトビーのぐっしょり濡れた背中のあいだに溜まっている。木立を抜けたときジョーは振りかえり、森林限界の上が禿山（はげやま）になっている一つの頂上を見た。八月でも、あそこにはまだ雪がある。

ため息をついて、馬のゆっくりとした足どりに身をまかせた。去年の十月、積雪シーズンの始まりに、彼は狩猟漁業局のピックアップであの山頂に上り、ぜったい横切ってはいけなかった雪原でスタックした。あそこへ行ったのは友人のネイト・ロマノウスキに手を貸すためだった。ネイトはアウトローの鷹匠（たかじょう）で、連邦政府から追われており、当時やっかいな状況に陥（おちい）っていた。その後のなりゆきでジョーは左手首を骨折し、負傷したネイトが車で去っていくのを見送った。それ以来ネイトから連絡はなく、あの出来事と死者の数からして、当然だとジョーは考えていた。心身ともに回復するまで、彼自身十ヵ月が必要だったのだ。

　地元の牽引トラックの運転手と一緒に二度あの山頂まで行き、ピックアップを回収しようとした。厚い雪の吹きだまりに阻（はば）まれて、二度とも引きかえした。狩猟漁業局は、コンディションと走行距離三十万四千キロのせいで売却する予定だった別のピックアップをよこした。新しかったあのピックアップを回収するまで、それで我慢するしかない。この状態は、州の車両の破壊数におけるジョーの記録のせいで、シャイアンの本部ではジョークとひそひそ話の種になっていた。いつ新しい狩猟漁業局局長が知事に任命されて、自分の記録を見て電話してきてもおかしくない、とジョーは考えていた。そのときまでにはピックアップを掘り出しておきたかったが、実現できるとは思えなかった。

まだ距離があるのに、古い代わりのピックアップから音が聞こえていた。ボンネットの上のスピーカー装置が中の無線機につながれており、法執行機関の相互協力チャンネルの交信を伝えているのだ。自分の車を離れている猟区管理官と連絡できるようにするためだが、ジョーは切っておく方法がわからないでいた。

近くまで行くと、言葉の一つ一つは聞きとれなかったが交信の多さと切迫感に驚いた。なにか重要なことが起きたらしい――ハイウェイの高速チェイス、郡内の白熱した追跡、あるいは進行中の重罪。

なんであれ、自分に関係がないことを祈った。家に帰ってメアリーベスや娘たちと一緒に夕食を囲みたい。

そして、彼はトビーの手綱をしぼって鞍の上で振りかえり、遠い山腹の森を見上げた。最後にブッチ・ロバートソンと会ったあたりを。

3

友人の郡検事長ダルシー・シャルクに歴史的建造物〈サドルストリング・ホテル〉を内々で案内していたとき、メアリーベス・ピケットはすぐ外のメイン・ストリートを急行する車のサイレンを聞いた。話の途中だったが、携帯を出してジョーからなにかメッセージが入っているか確認した。なにもなかったので、サマードレスのポケットに携帯を戻した。

「いつも無意識にそうするわね」ダルシーが言った。

「そうなのよ。夫が法執行官でどこか外に一人でいて、サイレンが聞こえるとどうしてもね」

「わかるわ」

メアリーベスは顔から髪をかきあげ、建物の中のすべてをおおっていてすぐついてしまうほこりを落とすために、布で両手をぬぐった。古いホテルの中を歩くだけでも清潔ではいられず、トゥエルヴ・スリープ郡図書館での午後のシフトによごれたまま行くのはいやだった。ダルシーも地味な黒っぽいビジネススーツがよごれないか心配していた。

ダルシーは引き締まった健康的な体格で、髪は黒っぽく、つねに気を張っている。ジョーは彼女をタフな検事でやりかたが厳格すぎると見なしていたが、個人的には好いていた。メアリーベスはダルシーと一緒に働いたことは——対立したことも——ないが、西部流の馬術とただ馬のそばにいることが好きという、共通の趣味があった。ダルシーが預けていた厩舎(きゅうしゃ)が閉鎖されたとき、メアリーベスは自分の家の厩舎のスペースを提供した。いまや、二人は一日に二度顔を合わせている。ダルシーが自分の年老いた去勢馬ポークに餌をやりにくるときだ。ダルシーは独身で、彼女の結婚願望と性的嗜好(しこう)は地元の酒場で噂の種だった。だが、メアリーベスは友人が異性愛者で、慎重なだけだと知っていた。それにトゥエルヴ・スリープ郡では、恋愛対象は限られている。

メアリーベスはダルシーにお相手を見つけてロマンスに発展させられないかとひそかに考えており、あらためてそう思ったとき、ダルシーが言った。「続きをお願い」

「ええ、どこまで説明した？」

二ヵ月前、地元の不動産業者のマット・ドネルが図書館でメアリーベスに近づいてきて、シャイアンの抵当流れ物件のオークションで〈サドルストリング・ホテル〉を買った話を持ちだした。そこはかつて郡内で最高のホテルで、有名人が一帯に泊まるときの定宿(じょうやど)だった。カルヴィン・クーリッジ大統領、アーネスト・ヘミングウェイ、ゲイリー・クーパー、ジョン・ウェイン。ホテルの最盛期にはみんなここに泊まったものだが、いまの状態を見るととうてい信じがたい。節だらけのマツ材でできたぐらぐらの三階建て、傾斜の急な屋根、切妻(きりづま)

造りの窓、以前は揺り椅子が並んでいた広い屋根付きのポーチ。全体的に、色褪せたフロンティアの優雅さを醸しだしてはいるものの、この十年間は廃屋としてのっそり建っているだけだ。

家屋の売買が不調で、歴史的建造物の修復にメアリーベスと同じく熱心だったため、ドネルは地元のためになるホテルの利用法を考え、いまは景観を壊している建物を有益なものに復元したらどうか、と計画していた。それに、金もうけもしたいと思っていた。自分はずっとメアリーベスのビジネスセンスと起業家としての才能に敬服していたと言い、この新たな事業の二五パーセント分のパートナーにならないか、と持ちかけてきた。メアリーベスはかつてスモールビジネスのコンサルタント会社を経営しており、人脈も経験も豊かなので、まず彼女を候補に考えたのだとドネルは言った。

その申し出にメアリーベスは驚いたが、可能性に魅力を感じた。いまの自分の一日は、三人の十代の娘の母親業、家事の切り盛り、二頭の馬の世話、ジョーのための無給の調査助手、受付、スケジュール管理人、相談係で占められている。家計の助けになっているのは図書館でのパートだけで、一家の経済状態はかつてなく苦しかった。経験上、平等ではないパートナーシップには緊張と不安が生じがちだとわかっていたが、彼女には条件を交渉するだけの資金がなかった。シェリダンはこれからワイオミング大学の二年生になるし、エイプリルもルーシーも次に控えている。図書館でのパートの収入は少なく、ジョーの猟区管理官の給料は局全体が賃上げを凍結している。そのすべてのせいでメアリーベスは一家の状況——古ぼけた官舎に住み、よりよい生活のために切り詰める——にいらだっていた。そして、現状を打破したいと思っていた。それに、リスクを恐れずけんめいに働けば報われると、娘たちに教えてやりたかった。なんといっても、娘たちが知っている唯一の裕福な人間はメアリーベスの母親のミッシーで、ミッシーは金持ちの男からさらに金持ちの男に乗り換えて結婚をくりかえすことで、富を築いたのだ。

考えてみる、と彼女はドネルに返事をした。ドネルは〈サドルストリング・ホテル〉開発有限会社を設立する書類手続きを始めると言った。

その晩ジョーとメアリーベスは夜更かしをした。考えるほど、二人で話しあうほど、彼女は興奮した。ドネルの役割は経理、コンプライアンス、許可取得、資材調達、メアリーベスの役割は復元、人材募集、管理になるだろう。その構想に魅了された。

契約はまだ交わしておらず、メアリーベスは先に進む前に友人のアドバイスがほしかった。だから、ダルシーをホテル内ツアーに招いたのだ。

「それで、あのサイレンがなんだったかあなたは知っている?」メアリーベスはダルシーに尋ねた。

「いいえ。重要なことなら、連絡が入るはずよ」

メアリーベスは青写真の束の輪ゴムをはずして、計画案をダルシーに見せた。

ダルシーは微笑した。「もしジョー・ピケットと結婚していたら、わたしもきっと警戒心でピリピリしているわ」

「そうでしょうね」

「こうするなら、すべての古い部屋の中をすっかり壊して、あいだの壁の半分をなくさなくちゃならないの」メアリーベスは二つの木挽き台にのせた古いドアに青写真を広げ、指を走らせた。

「最後の所有者がここを渡り労働者や日雇い労働者のための簡易宿泊所に変えてしまったのよ。わたしたちは昔日の栄光を復元したいの」メアリーベスは青写真の一ヵ所を示した。

「昔のロビーを中央レセプションエリアに改造する。そうすれば、個人事務所のテナントに共同受付と秘書サービスを提供できるし」

ダルシーは賛成してうなずいた。「じゃあ、余った部屋や古い家で仕事をしている人たちをとりこむことを考えているのね？　建築家や弁護士や保険屋？」

「そのとおりよ。ほんとうに快適な環境ですぐ仕事にとりかかりたい人たち。自分が〈MBP〉を経営していたとき、こんなスペースがあったらいいなと思っていた場所にしたい」不況の前に数年間みずから設立して経営したビジネスコンサルタント会社を、メアリーベスは例に挙げた。「もちろん、まずはビジネス仕様に改築しなくちゃならないけど」

ダルシーは両手を腰に当て、目を細めてあたりを見まわした。「実現したらサドルストリングは劇的に変わるだろうし、ダウンタウンは活性化するでしょうね。いま、このホテルは隅っこにいるよぼよぼの酔っぱらい同然よ。どんなふうに変われるのか、思い浮かべようとしているんだけど」

「想像力を駆使しないとむずかしいわよね」メアリーベスはさりげなく答えた。

内部は相当の工事が必要だ――傷だらけのしっくいの化粧ボードは取り替え、天井を高くし、新しい配管と電気設備を入れなければならない――とはいえ、基礎の全体的な構造はしっかりしていると、基礎工学の専門家が保証してくれたのは心強い。コストを抑えるために、夜と週末にジョーの手を借りて準備作業をできるだけ自分でやろうと、メアリーベスは考えていた。マット・ドネルは大工仕事や修復の面ではたいした助けにはならないが、たしかに自分の時間をつぎこんではいた。町や州や連邦政府と交渉して許可や同意を得るのは、メアリーベスより上手(うわて)だった。じっさい、今日の午後マットは建物検査官と州の防火責任者に会っていた。許可を出せる適材適所の人間に太いパイプがある、と彼から聞いていた。

ダルシーは古い暖炉の炉棚の上の大きな花束を指さした。「あれでこの場が明るくなるわね。だれが送ってきたの?」

「カードを見て」

ダルシーは読みあげた。「〈きみの新しいホテルにお祝いを、メアリーベス。きみが誇らしい。愛している、ジョー〉。あらまあ」

「いま花にお金を出す余裕はないって彼に言ったんだけど、きれいね」

「わたし、こういうところで働きたい」ダルシーは想像力を働かせながら言った。「郡庁舎であてがわれているあの独房みたいな部屋よりはるかにいいわ」

トゥエルヴ・スリープ郡庁舎もまた一九二〇年代の遺物で、ダルシーのオフィス、二つの法廷、道路橋梁局、保安官事務所が入っている。

ダルシーは続けた。「マクラナハン保安官がいなくなったいま、雰囲気は前よりずっといいけどね。秘密主義やばかげた仲間意識がずいぶん減った」

メアリーベスはうなずいた。去年の選挙で、マクラナハンは十票に満たない差で保安官助手マイク・リードに負けた。リードは車椅子から動けない身だが——勤務中に撃たれて脚が動かなくなってしまった——周囲の士気を高める、責任感の強い明るい気質の持ち主だ。それに、リードとジョーは友人同士だった。

二人の携帯が同時に鳴った。気づいて微笑をかわしあってから応答した。ダルシーは背を向けて声が聞こえないところまで歩いていき、メアリーベスは番号が自宅のものだと気づいた。

十五歳の次女ルーシーからだった。

「ママ、今晩ハナが泊まっていっていい？」

メアリーベスはすばやく冷凍庫と冷蔵庫にある食料を思い出した。ジョーが大量に蓄えている獲物の肉以外、六人の夕食に充分な材料がない。

「いいわよ、でも帰る途中で買物しなきゃ」

「ピザをテイクアウトしてきたら？」

「そうね。ハナはどうしてまた泊まるの？」

「あたしの親友なのよ、ママ」ルーシーは気を悪くしていた。

「もちろん」メアリーベスは天を仰いだ。「ハナのお母さんはいいって言っている？　今週はもう二度もうちに泊まっているのよ」

「ハナのお母さんの考えなの」

「あら、そうなの？」メアリーベスには奇妙に思えた。パム・ロバートソンはブッチと共同経営している小さな工務店の事務を任されている。だが、娘の生活や行動にかかわるように努力しているし、一人っ子のハナをかなりきびしくしつけていた。ルーシーと同じく、ハナは聡明で魅力的だった。ただ、最近メアリーベスは彼女の変化に気づいていた。ハナは馬に興味を持ちはじめ、メアリーベスはひそかに喜んでいた。ルーシーもエイプリルも馬に関心はなく、メアリーベスはハナを指導できると思うとわくわくした。ルーシーは好みが違うので、この新たな展開がハナとルーシーのあいだに溝を作らなければいいが、とメアリーベスは案じていた。

「そうよ、ハナのママがちょっと前に電話してきてハナと話をしたの。家に警官が大勢来てるって」

「え？　警官が？」

「そう言ってた」

さっきのサイレン、とメアリーベスは思った。

「ルーシー、ハナとかわってくれる？」

「できない」

「なぜ？」

「ママ、彼女はバスルームにいるの。泣いてるんだと思う」

4

ジョーはブーツのかかとでトビーの腹をけり、貯水設備に沿って大急ぎでブッチ・ロバートソンを見かけたところまで山を上らせた。デイジーは遅れており、舌を横に垂らしている。全力を出すとトビーは驚くほどなめらかな走りを見せ、並足(なみあし)や骨を揺さぶるトロットより、ジョーの痛むひざと股間には楽だった。トビーのひづめはやわらかい地面の上で弾み、ジョーは顔に風を感じた。手を伸ばして、飛ばないようにしっかりと帽子をかぶりなおした。

ジョーは叫んだ。「ブッチ！」

その名は森林局のフェンスの向こうの木立の壁にこだました――フェンスは修理されていなかった。

無線で聞いた内容は安心できるものではなかった。環境保護局の職員二人が前夜から行方不明だ、と保安官事務所に匿名の通報があった。だれがかけてきたにしろ、その二人の男は〈ホリデイ・イン〉の予約した部屋にチェックインせず、車もないという。保安官助手一人が、環境保護局の二人が行く予定だった場所へ向かった。そこは、ダル・ナイフ貯水池近くの〈アスペン・ハイランズ〉という分譲地の中の約八千平方メートルの地所だった。

郡庁舎の事務員がすぐに確認すると、地所の所有者はブッチ・ロバートソン、パム・ロバートソン夫妻だった。到着したとき、保安官助手は砂利と――新しく掘られた土が盛られている以外、なにも発見できなかったという。一帯をすばやく偵察し、連邦政府のナンバープレートをつけた最新モデルのシボレー・マリブSAハイブリッド・セダンを見つけた。セダンがあった場所はロバートソンの地所から五キロ以上離れていた。何者かが、砂利道からやぶの密生した谷へ車を転落させていたのだ。中にはだれも乗っていなかった。未舗装道路に轍が残っていなければ、自分は気づかずに通りすぎてしまったかもしれない、と保安官助手は言っていた。牽引トラックと鑑識チームが、すでに現場に呼ばれていた。

また鞍にまたがる前に、ジョーは車の無線で通信指令係を呼んだ。

「こちらジョー・ピケット、GF48。ビッグストリーム牧場にいる……」自分の位置を正確に伝えた。「参考人のブッチ・ロバートソンと、一時間前に出会った。これから引きかえして彼を探す。このことをリード保安官に伝えてくれないか」

通信指令係に聞かれると、彼は答えた。「応援は必要ない。どのみち、ここまで来るのに時間がかかりすぎる。GF48、以上」

GF48とは、州に五十四人いる猟区管理官のうち、ジョーは先任順位で四十八番目という意味だ。上役とぶつかって、職と先任順位を失う前はGF21までいっていた。ルーロン知事みずからの指示で復職したとき、悪意に満ちた官僚組織は以前の番号に戻すのを拒否した。「GF48」と口にするたびに、彼はくやしい気持ちになる。

ジョーはけんめいに、一時間前のブッチとの出会いを思いおこそうとした。ブッチがなにか知っているのは間違いない。突然、ブッチが言ったことのすべてが、さっきとは違ったもっと不吉な様相を帯びはじめた。それでも、ジョーは彼を探しだして〈アスペン・ハイランズ〉でなにが見つかったか知らせたかった。自分にはロバートソンを逮捕する権利も相当の理由もないが、質問したり町まで同道を求めたりはできる。

ジョーはフェンスの切られた箇所を通って森に入った。

連邦政府の職員二人、と思った。新しく掘られた土。だれも乗っていなかった車。

ブッチには答えたくない質問がいくつもあるはずだ。

ブッチがたき火をしていた場所は冷たくなっており、囲っていた石は崩されていた。ジョーは下馬してトビーを木につなぎ、慎重に野営地の周辺を歩いた。自分のブーツの足跡、デイジーの足跡、ビブラムソールのハンティングブーツの大きな凹凸のある跡はブッチのだろう。だが、たき火を消したあと彼がどこへ向かったのか、ジョーには判断がつかなかった。

「ブッチ？」大声で呼んでみた。

足を止めて両手を腰に当て、西方にどこまでも広がる国有林を眺めた。国有林内の道路のほとんどは閉鎖されているので、中を車で移動するのはたいへんだ。ブッチはこのあたりで育ち、ずっとこの山々で狩りをしてきた。山頂の向こうには山脈、峡谷、深い原生林が波のように続いている。

ジョーは苦い微笑を浮かべた。トゥエルヴ・スリープ郡の名前は、山々の西側から東側の斜面まで徒歩か馬で行くには〝十二夜眠る〟必要がある、というインディアンの言葉に由来する。けわしい荒地の連続なのだ。

ジョーは野営地、足跡、たき火の跡の写真を撮った。町、郡、州、連邦政府の人間がこれらの写真を見たがるはずだ。撮影しながら、ブッチ・ロバートソンとかわした会話について自問した。自分は故意になにかを見逃しただろうか？　ブッチと知り合いなので注意を怠ったただろうか？

ジョーはため息をついてデジタルカメラの電源を切った。それからつないであったトビーにまたがると、ゆる駆けでピックアップへ向かった。〈アスペン・ハイランズ〉のブッチの地所へ車で行くつもりだった。

5

ビッグホーン・ロードにある自宅は、ビッグストリーム牧場とダル・ナイフ貯水池へ行く幹線道路との中間にあるので、ジョーは家に寄ってトビーを囲いに入れ、馬運車をはずすことにした。囲いにいたダルシー所有の去勢馬ポークが、トビーの尻をふざけて嚙んであいさつした。トビーはポークを蹴ろうとしてはずした。メアリーベスのもう一頭の馬ロホは、囲いの隅から尊大な態度で二頭を見ていた。

ジョーの担当地区は狩猟漁業局から〝馬二頭〟と見なされている。つまり、馬二頭、二頭分の馬具一式、餌、獣医の診察代を受けとれる。二頭なのは、地区が広大だからだ――四千七百平方キロメートル近くある。ジョーはまた、スノーモビル、船外モーター付きボート、ドリフトボート、四輪駆動ATVも支給されている。そしてもちろんピックアップもだが、それはいま山頂でスタックしていて、もはや回収できない可能性がきわめて高い。

三頭を牧草地に放したとき、メアリーベスのヴァンが表側の私道へ曲がってくる音が聞こえた。ジョーは腕時計を見た――午後四時三十八分――どうしてこんなに早く帰ってきたのだろう。

ピックアップから馬運車をはずしにかかっていると、メアリーベスのヴァンが表側に止まる音がした。あきらかに仕事を抜けてきたのだ。まもなく裏口が開いてばたんと閉まり、彼女が家から出てきた。きれいだ、とジョーは思った。金髪、すらりとして引き締まった肢体、緑の目、高い頰骨。

「やあ」クランクを回して馬運車の連結器をピックアップからはずしながら、彼は声をかけた。

「ブッチ・ロバートソンと会ったのね?」メアリーベスは聞いた。

彼は背筋をのばし、ハットバンドから顔に流れる汗をぬぐった。「どうしてもう知っているんだ？」

「ダルシーから聞いた。あなたが通報したって、彼女が」

「ああ」

「ジョー、なにがあったか知っている？」

「いくらかは」無線で聞いた報告をくりかえした。

「ブッチが関係していると思われているの？」

「そのようだ。断定するには早すぎるが。まだ、だれもなにもわからないんじゃないかな」

「彼、どんな様子だった？」メアリーベスは不安そうに尋ねた。

ジョーは肩をすくめた。「妙だった。いつもと違っていた。怯（おび）えていた、と思う」

「でも、あなたにはなにも言わなかったのね？　告白しなかった？」

「なにも。そして、撃ってもこなかったよ」

「いまのは面白くないわ、ジョー」

彼はにやりとした。

「ハナが家にいるの」メアリーベスは家のほうを示した。「まだ話していないの。話したがらないのよ。ロバートソン家でなにが起きているのか知らないけれど、どうやら警察が来てパムを尋問しているみたい」

「なんだって」ジョーはかぶりを振った。あからさまに疑われている人々の身近にいるのは奇妙なものだ。

「ハナがかわいそう」メアリーベスは彼の考えを読んだかのように言った。「なにが起きているのか、あの子、ちゃんとわかっていないと思うの」

「もう少ししたらもっとはっきりするはずだ」山の上の〈アスペン・ハイランズ〉へ行ってみるつもりだ、とジョーは妻に告げた。「あそこの土地をロバートソン一家が買っていたとは知らなかったよ」

「パムに一度話を聞いたわ。引退後の家を建てるための土地を買うのに、二人はこつこつお金を貯めていたそうよ。でも、まだなにも建てはじめてはいないと思う。その余裕がないんじゃないかしら。建設業はこのあたりでは景気が悪いもの、あなたも知っているでしょう」

「少しはましになるかもしれない。これからは歴史あるホテルの復元工事ができるかもしれないんだから」

メアリーベスのけわしいまなざしにジョーはハッとして、神経にさわる発言だったと気づいた。

「ただの冗談だよ」耳がほてるのを感じた。

「楽しくない冗談ね」

「なにかわかったら電話する」彼はメアリーベスにキスしたが、返ってきたキスには熱がこもっていなかった。

「ハナは夕食までいるし、きっと泊まることになる。わたしのシフトが終わったら、帰ってきてみんなに食事を作るわ」

「シェリダンとエイプリルは家にいるのか？」

「じきに戻ってくる。シェリダンは六時上がり、エイプリルは六時半上がりなの。シェリダンがエイプリルを車で拾う予定」

「なにかあったら知らせて。それから、おれを待たずに食事を始めてくれ」

「あら。あなたもいると思っていたのに」

「こんな状況だからな」ジョーはピックアップに乗りこんだ。デイジーはもう座席で待っていた。

ジョーはヘイゼルトン・ロードをビッグホーン山脈方面へ向かい、ダル・ナイフ貯水池をめざした。砂利道の上にはほこりの雲が立っていた――彼の前にたくさんの車両が通ったのだ――薄れていく夕日がほこりに溶けこんで、あたりをきらきらしたオレンジ色に染めている。両側に迫っていた木々が開けて、牧草地に出た。そしてまた木々が迫り、ジョーはホテルについてタイミングの悪い冗談を言ってしまったのを悔やんだ。あれは余計だったし、メアリーベスや計画の見通しにかんしてなにも含むところはなかった。じっさい、妻のビジネスセンスを信用していたし、粘り強さを賞賛していた。そしてときには、この仕事とこの山山をこんなに愛していなければ、家族にもっと楽をさせられる事業に対して自分も野心的になれるのに、と思った。

「あとであやまるのを思い出させてくれ」彼はデイジーに言った。デイジーは了解という顔で見かえした。

木立の中に〈アスペン・ハイランズ〉と記された分譲地の看板がある角で、砂利道から均された轍の道に入った。道は森になった湿地帯を急角度で下り、貯水池へ近づくにつれて平坦になっていった。ミドル・フォーク・パウダー川をせきとめて流域に水を供給する目的で、ずいぶん前にダル・ナイフ貯水池は造られた。東側と西側には以前から少しキャビンが建っていたが、〈アスペン・ハイランズ〉はあきらかにもっと前から計画されていた。分譲地を通る道路は幅広くまっすぐで平らに均され、すでに木立の中の各八千平方メートル強の区画には十二、三軒の家が建っていた。

ロバートソン家の地所は簡単に見つかった。取り付け道路の一つから少し離れた草むらに、法執行機関の車が何台も止まっているのが見えた。保安官事務所のSUV三台、薄緑の森林局のピックアップ一台、ハイウェイパトロールのパトロールカー一台。ジョーはその横に乗りつけ、デイジーに中にいろと命じて、牝犬のために窓を少し開けておいた。

美しい午後だった。温暖で風はなく蒸し暑いほどだ。大気はマツ、花粉、野生の花の匂いに満ちており、貯水池の黄褐色の水面の匂いも感じられる。

自分が最初に到着したつもりで目と耳を全開にして、ジョーは現場に近づいた。

地所は長方形で境界線ははっきりしていた。東側と西側の両方に家が建っている。片側がオーストリア風のシャレー・スタイルの家、もう片側がA字形の家。ロバートソンの地所の上方には、丸太の光沢と緑色の金属の屋根の輝きから判断して、この二年以内の建築と思われる二階建てログキャビンがあった。そのキャビンからは、きっと下の貯水池の美しい景観がよく見えるだろう。

ジョーはしばし足を止めてほかの家々を観察した。閉まった日除けと車がないことからして、いまはだれも在宅していないのだろう。地所のまわりに立って眺めている近所の人間もいないし、敷地内で保安官助手や法執行官と話している人間もいない。

前にも車で看板の横を通っていたが、ここまで来たのは初めてだ。もっと牧歌的で広々とした雰囲気を想像していたが、家々が接近して建っていることに驚いた。

ロバートソンの地所の北側が〈アスペン・ハイランズ〉分譲地の端にあたるらしく、その先は境なく国有林へ続いている。だれかが――ブッチか?――斜面になった土盛りの前にハーフカットの合板を立てていた。合板には小さな穴がいくつも開いており、あきらかに射撃練習に使われていた。紙の標的ははがされていた。合板の隣には干し草の山があり、こちらはアーチェリーの練習用らしい。ジョーは空薬莢が光っていないかと草むらを探したが、一つも見つからなかった。だれが練習していたにしろ、きちょうめんに掃除していたようだ。練習場は安全でよく考えられているとジョーには思えた。トゥエルヴ・スリープ郡ではよく見かける光景だ。

木の幹にめぐらせた黄色い犯罪現場のテープをくぐって、地所に入った。草と、前にローダー、後ろにバックホウバケットの付いたオレンジ色のクボタのトラクターと、新しい土盛りしかなかった。土盛りの横には法執行官たちが集まっており、彼らはいっせいにこちらを向いた。制服を着た保安官助手の一人が——ジョーは彼を知っていた——会釈(えしゃく)してほかの男たちから離れて近づいてきた。

ジャスティン・ウッズ保安官助手は若く、背が高く、骨張った体つきをしている。マクラナハンが雇っていたごろつきどもをリード保安官が一掃したあと、比較的最近雇われた新顔だ。ウッズはダグラスのワイオミング州法執行機関アカデミーで訓練を終えたばかりで、制服はぴんとして真新しい。彼はジョーにあいさつして帽子を後ろに傾けた。

「ジョー」

「ジャスティン」

ウッズは土盛りのほうへ手を振った。「リード保安官は鑑識を連れてこっちへ向かっています。ぼくたちは掘りはじめる指示を待っているところですよ」

ジョーは土盛りがよく見えるように横へ近づいた。長さ二メートル、幅一メートル半ほどで、土は掘りおこされたばかりなので、突き出しているいくつかの大きな石はまだ完全には乾いていなかった。切断された木の根が土にまじっていた。

「まるで墓みたいに見えますよね？」ウッズは言った。

「ああ」ジョーはうなずいた。

土盛りの周囲の地面にはV字形のトラクターのタイヤ痕が刻まれていた。

「鑑識が来たらすぐに、あのバックホウの指紋をとらなくちゃ。でも、昨夜この穴を掘るのにだれかがあれを使ったのはまず間違いないでしょう」

ジョーは同意して顔をしかめた。

「ぼくが車を見つけました」ウッズは肩ごしに漠然と南の方向に手を振った。ウッズが示した砂利道をジョーはよく使う。けわしい山腹を削って作られており、片側は斜面、もう片側は深い谷だ。気の弱いドライバーが引きかえせるように、待避所がいくつもある。ウッズは続けた。「何者かが車をあの道へ運転していって、道端から谷へわざと転落させたようです。おそらく、谷底まで落ちて何ヵ月も見つからないと思ったんだろうが、木立に引っかかって下の川まで転落しなかったんです」

「だが、中は無人だったんだな？」ジョーは尋ねた。

「無人でした。でも、道路から連邦政府のナンバープレートは容易に見えましたよ」

「それで、きみの考えではこれは昨夜の出来事だったと？」

ウッズは肩をすくめた。「まだ確証はないけれど、そうだったと思います」

ジョーはふたたび土盛りを眺めた。

「ええ」ウッズは言った。「もしだれかが生き埋めにされていたら……」最後のほうは消えいるような声だった。

午後の遅い日ざしの中でシャベルに寄りかかっている同僚たちのほうに、ウッズはうなずいてみせた。「暗くなる前に仕事にかかりたいんですが」

ジョーもいらだちを感じた。シャベルを持っている保安官助手たち、ハイウェイパトロールと話しこんでいる森林局のレンジャーを一瞥した。山脈の反対側のメドウラーク湖で最近釣ったという魚の大きさを、レンジャーが手振りで示しているらしい。法執行機関の仕事の大半はただ傍観しているだけだ、とジョーは思った。

タイヤで砂利がはねる音がして、目を上げると木立を抜けてくるマイク・リード保安官のヴァンのヘッドライトが見えた。身障者仕様に改造された十年もののフォードで、リードが使うためにビリングズのオークションで特別に購入された車だ。リードが運転しているのが見え、助手席には新しく雇われたゲイリー・ノーウッドという鑑識官が乗っていた。リードが銃で撃たれて入院中に、去年の選挙はおこなわれた。彼は両下肢が麻痺した新しいトウェルヴ・スリープ郡保安官として退院した。郡委員会はヴァンを買うことで合意したが、リードが要請した電動車椅子の購入はためらっており、そのためリードはスロープ板を下りてすぐに柔らかな土に前進を阻まれた。ノーウッドが手助けしようと駆け寄ったが、保安官は手振りで断わった。そして前傾して大きな両手で細い車輪をつかみ、押し出した。彼は腕の力でもっと硬い地面に進み、ジョーはそこで出迎えた。

「まったくいやになる」リードは小声でぼやいた。「事務所では問題ないんだ。動きまわれる。しかし、外のここは別だ。おれは保安官なんだぞ。野外に出なくちゃならないんだ」

「そうだな」ジョーは道を開けた。

「そしてあんたも含めて、だれの手助けもほしくない」

「わかっている」

「はたしてこれに慣れる日が来るのか、わからないよ」リードは言った。ジョーにもわからなかった。破れかぶれになった容疑者に撃たれる前、リードは背が高くがっしりとして、優雅で軽やかな足どりで歩いていた。撃たれてから一年もたっていないが、リードの脚から筋肉がすっかり失われていることに、ジョーは気づいていた。制服のズボンは骨ばった腿にはだぶだぶだ。

リードはウッズのほうへ体を向けて、補足情報を聞いた。

ウッズの報告に、ジョーは横で耳を傾けていた。ノーウッドは爪先立ちで現場を歩き、デジタルカメラで撮影し、証拠マーカーを置いていた。リードはようやくうなずき、部下たちに大声で命じた。「よし、慎重にやるんだ。シャベルに体重をかけるな。土をより分けてビニールタープの上に置け。そのシャベルでなにも突き刺したりするんじゃないぞ、いいな」

保安官助手たちはうなずいて作業にかかった。リードは腕時計を見ると、壁のあるアウトフィッター用テント、発電機、ポータブルライトを保安官事務所に用意させるようウッズに命じた。

「こいつはしばらくかかるかもしれない」リードはつぶやいた。

ウッズが無線連絡のために自分のSUVへ戻っていくと、リードはジョーに言った。「なにが見つかるか、わかっていると思うんだ」

「え？」

「デンヴァーから来た環境保護局の職員が少なくとも二名」保安官の口調は重々しかった。

ジョーは現場を振りかえった。保安官助手たちは命令どおり用心深く掘りすすめている。青いビニールタープに土が落とされていく、ザッザッという音がした。

「で、彼と会ったんだな」新しい土が一度に二、三センチ分土盛りからとりのぞかれていくのを見ながら、リードはジョーに言った。

「ブッチ・ロバートソンか？　ああ。今日の午後ビッグストリーム牧場の少し上で出くわした。エルクを偵察していると話していたよ」

ジョーはブッチの服装、装備、ライフルについて説明した。

「徒歩だったのか？」

「ああ」

「それであんたは彼の話を信じた？」

リードは抑揚のない口調で聞いた。

「信じない理由はなかった」ジョーは少し言い訳がましく答えた。

「あんたが彼をしょっぴいていたら、この件の解決の糸口をつかめていたかもしれない」リードはジョーと目を合わせずに言った。

ジョーは答えなかった。

「すまない」リードはかぶりを振った。「おれがそう言う理由はなかったし、彼をしょっぴく理由もなかった。そのとき、あんたはなにも知らなかったんだ。だが、彼とは知り合いだよな？」

「娘を通じてね。釣り仲間とか、そういうのじゃない」

リードはため息をついて、車椅子の上で左から右へ体重を移した。そうしながら保安官が顔をしかめるのにジョーは気づき、痛むのだと知った。リードがまだ銃創のせいで痛みを抱えているとは、思っていなかった。

ロバートソンの地所を調べろという匿名の通報を保安官事務所が受けたのはいつだったのか、ジョーは尋ねた。

「けさだ。何者かが電話してきて、昨夜ここへ向かっていた連邦政府の職員二人が〈ホリデイ・イン〉にチェックインしていない、と言った」

「だれがかけてきたんだろう？」

「最初は名乗らなかったが、こっちで探りだした」リードは胸ポケットからメモ帳を出して開いた。「シャイアンから来た合衆国陸軍工兵隊員で、キム・ラブという名前だ。ここで環境保護局の二人と落ちあう予定になっていたが、怖気づいたのか、ぐあいが悪くなったのか、寝こんでしまった。言うことが一貫していないので、彼の話は若干疑わしい。シャイアンに帰る前にもう少し話が聞けるように、あと一晩ホテルにいてくれないかと頼んだんだ。ラブは上官に相談すると言った。頭にきたので、今晩おれの郡から出ていこうとしたら逮捕すると言ってやった」リードの声にはいらだちがにじんでいた。

「そもそもなぜその男と環境保護局の二人がここに来たのか、彼は話さなかったのか？」

「順守命令を送達するためだとか。最初はよくわからなかった。パム・ロバートソンの話を聞くまではね」

ジョーはとまどった。「ロバートソン家と環境保護局のあいだでもめごとがあるなんて、初耳だな。メアリーベスもパムからなにも聞いていない、でなければ、おれに話していただろう。どうして環境保護局がこのあたりのことに横槍を入れるんだ？」

リードは鼻を鳴らした。「聞いてもあんたは信じないよ。パムが言っていたことがほんとうなら、長くなるからすわったほうがいい」

ジョーは待ったが、リードは話題を変えた。

「これはおれの保安官としての最初の殺人事件捜査になりそうだ。マクラナハン保安官のやりかたに前はさんざんけちをつけてきた。だが、いまやおれに考えられるのは、自分たちがなにを見逃しているか、なにをやり忘れているかだ。被告人側の弁護士が法廷でこっちの手落ちをあばきたてないようにな。こいつは簡単じゃないよ、ジョー。そして、おれの郡で連邦政府の職員の遺体が二つ見つかったらどれほどひどい騒ぎになるかは、言うまでもないだろう」

ジョーは顔を上げた。「ああ、わかるよ」

「連邦政府のやつらはいまこっちへ向かっているそうだ。デンヴァーの地区本部のお偉いさん二人、ワシントンDCからも何人か来る。ここまでやってきて、おれたちが仕事をちゃんとやれるか見たいんだろう。おれが捜査をしくじらないように確実を期したいわけだ」

「あんたはしくじらないよ」ジョーは友人であるリードを思い、うしろめたい気持ちになった。

「あいつらにUターンして帰れと言うべきなんだ。自分たちでやれるからと」

「なぜ言わない？」

「なぜなら、あいつらはおれの許可なんか求めなかったからさ」リードは怒りで目をけわしくした。「あいつらがどんなだか、知っているだろう」

土盛りを掘っていた保安官助手の一人が叫び声を上げ、ゲイリー・ノーウッドが駆け寄った。ジョーとリードはカメラのフラッシュが数回光るのを目にした。それから、鑑識官がなにかを証拠袋に入れて、保安官に見せにきた。

鑑識官が袋の口を開け、ジョーは中をのぞきこんだ。

「助手の一人が四〇口径シグだと言っている」ノーウッドは告げた。「臭いを嗅いだが、発砲されてはいないようだ。研究所に持っていってテストすれば確実にわかる」

リードは車椅子にすわりなおして口笛を吹いた。

ジョーは言った。「待ってくれ。この男たちは武装していたのか？　環境保護局の職員が武装？」

「遺体はまだ見つかっていない」ノーウッドは注意した。

「それにしても」ジョーは信じられない思いだった。

十分後、シャベルを手にした保安官助手の一人が叫んだ。「遺体が出た」

リード保安官は口元を引き締め、いったん車輪を後ろに回してから、車椅子を前に出した。悪い知らせを聞いたあと足を踏みかえるような、リードの無意識の反応なのだ、とジョーは思った。リードはつぶやいた。「くそ」

別の保安官助手が言った。「二体あるのは間違いなさそうです」

ノーウッドは穴のまわりに張りついて写真をとり、何度もフラッシュをたいた。

ジョーはリードのそばを離れて土盛りへ歩いていった。いまは浅い穴になっていた。目を開けたまま土の中から外を見上げているような、若く青白い、あごのがっしりした顔が見えた。額に黒い穴が一つ開いていた。その顔のそばには別の男の横顔があった。年齢は少し上で横を向き、目は眠っているように閉じられていた。年上の男の腕は、抱きしめるように若いほうの男の胸にまわされていた。二人の皮膚は汚れ、血の気がなく、プラスティックでできているかのように乾いていた。ノーウッドのカメラのフラッシュの閃光が、死者の白い肌を照らしだした。

ジョーは思った。ひどすぎる。忌まわしすぎる。あまりにも尊厳に欠けた死だ。ノーウッドはリードのヴァンの後部から遺体袋を二つとりだし、草の上に広げた。

「掘りつづけろ」リードが穴の縁(ふち)で命じた。「これ以上出ないことを祈ろう」

ジョーは胃が引きつるのを感じた。身を翻(ひるがえ)し、黄色いテープの下をくぐって地所からよろめき出た。吐き気をこらえたが、それも新人の保安官助手の一人が吐く音を聞くまでだった。次の瞬間、彼は両手をひざに当てて、胃がからになるまで吐いた。

ヘリコプターの重いローター音がして、見上げると静かな夕空にライトが光っていた。S

UVの中から、ウッズがリードに声をかけた。「連邦政府の連中です。デンヴァーからヘリを飛ばしてきて、どこに着陸できるか知りたがっている」

「空港を教えてやれ」リードは苦々しく答えた。

「保安官」これ以上かかわりたくないように、ウッズはマイクを離しててのひらでおおってから言った。「彼らはここに降りたいんだと思います」

「なんだと、ここがヴェトナムのジャングルでおれたちが降下地点を作れるとでも思っているのか？」リードは聞いた。「どうしてもというなら、道路に降りろと伝えろ」

「わかりました」ウッズは答え、ヘリの騒音が森じゅうに轟いているので車の中に入った。

梢から三十メートルほど上をホバリングしているヘリに、ジョーは視線を向けた。一陣の風が木々を揺らし、松葉の雨を地面に落とした。スポットライトがつき、地所とテープ内の全員に目もくらむ白光を浴びせた。

「こちらFBI特別捜査官チャック・クーンだ。ただちに犯行現場から出ろ」増幅された声がヘリから響いてきた。「ただちにだ。シャベルを置いて、われわれが命じるまでテープの外にいろ」

保安官助手たちは全員リード保安官のほうを見た。リードは罵り声を上げた。リードの悪罵はめずらしく、ジョーは驚いた。だが、ヘリの音がやかましすぎて、唇の動きが「連邦のくそったれ」と読めただけだった。

しぶしぶ、リードは部下たちに下がるように合図した。彼らは不平を鳴らしながらも従った。

「クーンだ」ジョーはリードに言った。「彼を覚えているか？　いつもならこんなに強硬じゃないんだが」ジョーは考えた。ヘリの中に上役が乗っていて、命令をどなりまくっているにちがいない。

クーンは、ＦＢＩのシャイアン支局を数年にわたって束ねている。張り切りすぎるタイプで、少年のような面立ち（おもだ）で、愛妻と子どもたちがいる。ジョーとチャック・クーンはいくつもの事件で協力し、官僚組織につきものの緊張感はまぬがれないものの、うまくやってきたし、ジョーはクーンに敬意を払っていた。

頭上のヘリは一瞬動きを止め、それから機体を傾けると道路のほうへ向きを変えた。そのとき、ジョーはポケットの中の携帯電話が振動するのを感じ、騒音に背を向けて携帯を出した。通信指令係が言っていることはほとんど聞きとれなかったので、メッセージをくりかえすよう何度も頼んだ。

「知事がこっちへ向かっています」彼女は叫ぶように言った。「そして、新しい局長を連れてくるそうよ」

「新しい局長？」

「あら」通信指令係は言った。「聞いていなかった？」

6

なにか情報が得られないかと、〈新しい局長ってなんの話だ？〉というメールをジョーが同僚の猟区管理官ビフ・バートンとビル・ヘイリーに出しているあいだに、ジャスティン・ウッズがヘリの乗員たちを着陸した幅広の道路からロバートソンの地所へ案内してきた。

ジョーは顔を上げて、ウッズの後ろにいる三人の男たちを見た。最後尾にいるのはチャック・クーンＦＢＩ特別捜査官で、前の二人のあとを警戒するような表情でゆっくりと歩いている。ジョーは携帯を胸ポケットにしまい、リード保安官が車椅子を回して彼らと向かいあうのを手助けしようとした。

「大丈夫だ」リードはいらだった口調で制し、自分でやった。

ウッズは犯罪現場のテープを上げて脇に寄り、男たちを通した。

環境保護局の地区本部長——名前はフアン・フリオ・バティスタとすぐに知れた——はテープをくぐって足を止め、リード、ジョー、草の上の遺体袋をうろんな目つきで眺めた。細身、豊かな漆黒（しっこく）の髪、縁なしめがねのせいで実際より大きく見える小さな目。ボタンダウンの水色のシャツにスポーツジャケットをはおり、プレスされたカーキパンツをはいている。

ハイキングシューズはおろしたてだ、とジョーは気づいた。

バティスタの視線はすばやく顔から顔へ移り、意思疎通ができるほど長くは留まらなかった。ジョーに対しては、恐れと憤りと軽蔑が等分に感じとれた。口元を引き締めてから、バティスタはリードに言った。「わたしはファン・フリオ・バティスタ。フリオと呼ばれている。きみが責任者の保安官か？」

リードは自己紹介してから部下たちも紹介しようとしたが、バティスタにさえぎられた。

「遺体はどこだ？」

「遺体袋の中だ。あなたがたに身元を確認してもらうために、袋は開けてある」

バティスタは罠を感じたかのように立ちどまった。

「きみはわたしが彼らを個人的に知っていると思うのか？」

リードは肩をすくめた。「知らないのか？　同じ仕事場で働いていたんだろう？」

「環境保護局は仕事場ではない。われわれはひじょうに大きな組織で一万八千人の正規職員がいる。だから、わたしは雇用者全員を個別には知らない」

「失礼」リードは言った。「わたしはただ……」

「もういい」バティスタは保安官から地面の穴へ目を向けた。大きく息を吸うと、後ろにいた男を振りむいた。「ファイルを出せ」

リードは二人目の男に手を差しだした。「そしてあなたは……？」

「環境保護局管理特別捜査官ハインツ・アンダーウッドだ」バティスタが部下にかわって答えた。アンダーウッドはそっけなくうなずき、リードの手を握りかえさなかった。六十ぐらいだろうとジョーは見当をつけたが、ハインツ・アンダーウッドは頑丈そうな体格で姿勢は直立不動だった。短くした銀髪、強そうな白い口ひげ、昔ひどかったにきびの跡らしいあばたのある頬、がっしりしたあご、鋭いまなざし。上役と違って、彼は相手が目をそむけるまで凝視を続けて萎縮させるのを楽しんでいるようだ。ウッズとリードをじっと見つめたあと、彼は視線をジョーに向けた。ジョーは意図してまばたきせずに見かえした。少しして、アンダーウッドはかすかに微笑した。この勝負はなんだったのだろう、だれが勝ち、いつまた始まるのだろう、とジョーは思った。

バティスタはアンダーウッドについてくるように合図し、二人はジョーのそばを通って遺体袋のほうへ行った。横を過ぎるとき、アンダーウッドはジョーをもう一度見た。こんどは、ジョーは微笑を返した。アンダーウッドは仕事を楽しんでいるタフなプロだという印象を、彼は持った。

チャック・クーンはその場を動かず、自分の靴のひもに突然魅せられたかのように目を伏せた。ジョーはそっとクーンに近づいて、皮肉な口調でささやいた。「こちらFBI特別捜査官チャック・クーンだ。ただちに犯行現場から出ろ……」

「いまはよせ、ジョー」クーンはぴしゃりと言った。

「政治ってわけか？」

「もろさ。けさ、ワシントンの司法省の次官から、ＦＢＩ長官の頭ごしにぼくに電話があった。次官は、いまの仕事をすべてストップしてうちのヘリでミスター・バティスタをここへ案内するように言ったんだ。だからちょっと待ってくれ、ジョー」

「それじゃ、ＦＢＩはいま環境保護局の使い走りか？」

「そのようだな。だが、司法省から直接連絡があったら、ぼくだって言われたとおりにするよ」

ジョーはうなずいて、親しみをこめてクーンの肩をたたいた。

「いまのをやつらの前でするな」クーンは警告した。

バティスタとアンダーウッドが遺体の顔を人事ファイルの写真と比べるのを、二人は見守った。バティスタがみんなに聞こえる大声で言った。「なんということだ」さっきのバティスタの言葉からは聞きとれなかったわずかなヒスパニック系のアクセントに、ジョーは気づいた。

「彼はどこの出身だって？」ジョーはクーンにひそひそと尋ねた。

「政治がらみの任命さ。経歴は知らないが、たっぷりコネがありそうだ」

「なるほど」

バティスタは向きなおり、慎重な足どりでジョーからすると近すぎるほどリードに近づいた。バティスタが至近距離から見下ろしているので、保安官は相手を見るために顔を上げなければならなかった。

「あそこにある遺体は仕事でここへ来た環境保護局の特別捜査官たちだ」バティスタは言った。

「われわれもそう思っていた、お悔やみを申し上げる。二人の名前は？」リードは聞いた。

バティスタはアンダーウッドを振りかえり、アンダーウッドはファイルを開いた。「ティム・シングウォルドとレノックス・ベイカー。シングウォルドは十二年間局に勤務し、ベイカーは二年半だった。ベイカーには年若い妻と子どもがいる」

バティスタはアンダーウッドに言った。「かならずきみが近親者に連絡しろ。わたしからの深甚なる哀悼の意を伝え、心からのお悔やみを述べるんだ」

アンダーウッドはきびきびとうなずいた。「あなたからも直接話しますか？」

「いや、わたしはこっちで忙しい。あとで手紙を送らせる」

「ここでこんな事件が起きて、たいへん遺憾に思っている」リードは割りこんでバティスタに言った。「殺人犯に裁きを受けさせるように全力をつくす所存だ」

バティスタは最悪の懸念を確かめたかのようにうなずき、アンダーウッドにそばへ寄るように合図した。ジョーは興味を持ってやりとりを観察していた。アンダーウッドはリードとバティスタの横に来て言った。「保安官、このあとはわれわれがこの犯行現場を仕切る。こちらの人員を配置につけられるまで、きみの部下を下がらせてもらいたい」

リードは平静に答えた。「そういうわけにはいかない、諸君。こういうケースは承知している。ここはわたしの郡で、わたしの管轄だ。われわれは殺人事件の捜査中であり、証拠を採取し、現場を保存している。わたしの郡をあなたがたに渡すように命じる、判事がサインした裁判所の正式な文書を提示されれば、考えよう」

バティスタは保安官を上からにらみつけ、驚きのあまり言葉が出ないようだった。彼は不安そうにアンダーウッドを見たが、相手は無表情だった。

「それまでは、あなたとあなたの……助手は犯罪現場のテープの外に出て、われわれの仕事を邪魔しないでいただきたい」リードは告げた。

バティスタは反駁(はんばく)した。「ミスター・アンダーウッドは助手ではない、保安官。彼はわが局の法執行部門の責任者で、FBI、CIA、特殊部隊で経験を積んでいる。このような捜査を遂行するのにこれ以上信頼できる人間はいない」

ジョーはアンダーウッドを値踏みし、非情かつ有能そうだと思った。アンダーウッドはバティスタの賞賛になんの反応も示さなかった。

バティスタは半歩下がり、あきらかに応援を期待してチャック・クーンに向きなおった。目の隅で、ジョーはクーンが肩をすくめるのを見た。バティスタは平手打ちされたかのような表情になった。

「心配することはなにもない」リードは部下たちに聞こえるように言った。「われわれは自分たちの仕事を心得ている。悪人を捕える、ちゃんとした方法で。こちらのミスター・クーンに連邦法執行機関の助力を要請するかもしれないが」リードはクーンにうなずいてみせた。

「それはこちらから持ちかけることで、あなたがたではない」

「この事件は連邦政府にかかわる犯罪だ」バティスタは言い張った。「合衆国政府の職員二人が残忍なやりかたで殺されたんだぞ。わたしの局でこんなことが起きたことは一度もない──皆無だ。田舎の保安官と部下のど素人どもに捜査を引き渡すリスクはおかせない。わかってもらいたい。個人的な含みはないが、きみのところは小さな部署だ。わたしなら連邦政府のマンパワーと専門知識を投入できる」

ジョーはリードの顔が赤くなるのを見たが、保安官は冷静さを保った。「あなたがそのように感じるのは残念だが、ミスター・バティスタ、この捜査は渡さない。ここでは、殺人の犠牲者が連邦政府の職員だろうと、地元のカウボーイだろうと同じなんだ。すべての犯罪に真剣に対応し、精力的に捜査して犯人を検挙する。それに、二人の武装した男を撃つことが残忍な殺人と見なされうるか、かならずしも確かではない」

リードは冷ややかな口調で続けた。「いまの時点では、ミスター・バティスタ、まだなにが起きたのかわからない。じっさい、あなたとあなたの局が状況解明のヒントを与えてくれるのを期待しているんだ。この気の毒な二人が私有地に警告もなく現れて銃をふりかざしたために正当防衛で、もしくは正当防衛だという思い込みで撃たれたのか、あるいは二人が待ち伏せでもされたのか、わからない。だからわれわれが捜査をおこなう」

　ジョーはフリオ・バティスタを見つめた。いまにも卒中を起こしそうだ、手が震えている。アンダーウッドがバティスタの肩に触れてなだめようとしたが、彼は振りはらった。

「この件で失職させることもできるんだぞ」バティスタはリードに詰め寄った。

「そういう脅しは無用だ」リードは静かに答えた。「そのために選挙があるんだ。さあ、頼むからこっちが仕事にかかれるようにミスター・アンダーウッドを連れて現場から出てくれ。穴の中にほかの遺体がないか確認したいし、見つかるかぎり物的証拠を集めたい」

　ふたたび、バティスタは援護を求めてクーンを見た。クーンは穏やかに告げた。「そうしたほうがよさそうですよ、バティスタ本部長。暗くなりはじめているし、できるうちにこの男たちに仕事をやってもらうのが一番じゃないかな」

　バティスタはあからさまに裏切られた表情でクーンをにらんだ。そしてリードにこう言った。「きみにはブッチ・ロバートソンの発見に全力をそそいでもらいたい。わたしの部下たちにしたことに対して、ただちにやつを檻に放りこんでやる」

「こっちはこっちの仕事をする」リードは歯をくいしばって答えた。

「われわれがその男を捕えたがっている事実を周知させる」バティスタは言った。「公僕を殺害したらどうなるか、見せしめにしてやるんだ。ただちに逮捕につながる情報を提供してくれる者にはだれにでも、賞金を出すと告知する」

「賞金を出すって?」リードは信じられないという口ぶりだった。大きく息を吸い、とっさの反応をこらえているようだ。そして低い声で続けた。「忠告するが、やめたほうがいい」

「なんでも好きなように忠告したまえ」バティスタは言い放った。「われわれは殺人犯を法廷に引きずりだすためにできることはなんでもする」

ジョーはバティスタの激しさに当惑して首を振った。クーンを見やると、彼はあてつけがましく視線を合わせるのを拒んだ。ジョーには理解できない理由で、バティスタはリードを敵視しているようだ。アンダーウッドもクーンも同調しているらしい。

バティスタが自分に向かってきたとき、ジョーは驚いた。「きみがやつを行かせた、そうだな? 容疑者とちょいとおしゃべりして、そのまま行かせた猟区管理官だろう?」

ジョーは答えた。「わたしです」

「きみの仕事もとりあげてやる、保安官と同様に」バティスタは言い渡した。

「あなたがたにぽんと渡せたらと思うときが何度もありますよ」ジョーは肩をすくめた。ジョーに黙っていろと促す、クーンの威嚇するようなまなざしを感じた。バティスタの背後の彼から見えないところで、アンダーウッドが右手を上げてピストルを構えるように人差し指をジョーに向けた。そして親指で撃つ真似をした。

「見たぞ」ジョーはアンダーウッドに言った。アンダーウッドは悪意のこもった微笑を返した。

やがて、バティスタとアンダーウッドはしぶしぶリード保安官から離れ、犯行現場のテープぎりぎりまで下がった。クーンも加わった。バティスタはしばし無言で怒りをたぎらせ、さらに後退すると携帯電話を出して興奮した口調でだれかと話しだした。

「発電機とライトが来ました」ウッズが叫んだ。二台の車が木立を抜けて山道を下ってくるところだった。

「よし」リードはバティスタ、アンダーウッド、クーンに背を向けて部下たちに呼びかけた。「掘りつづけるんだ、みんな」

合衆国陸軍工兵隊のキム・ラブが到着してセダンから降りた。恐怖に駆られた表情で、ふらついた足どりでジョーとリードに近づいてきた。

「おれも彼らに同行していたかもしれない」ラブは言った。

「なぜあなたは来なかった?」リードは鋭い口調で聞いた。

ラブは下を向いた。「二人がしていることに加担したくなかった。それに若いほうは銃を抜きたくてうずうずしていたんだ。おれはそういうのには年をとりすぎた」

リードは、ラブに車で町まで戻って保安官事務所で供述するように要請した。「連絡先をかならず残してくれ。もっと聞きたいことが出てくるかもしれない」

「そうしたら家へ帰ってもいいか?」ラブの気分は少しよくなったらしい。

「かまわない」

「よかった。このあたりはどうかしているよ」

一瞬後、ジョーは背後に気配を感じて振りかえった。ハインツ・アンダーウッドがいた。

「なにか?」

アンダーウッドはまたもや目の高さを合わせてジョーを見つめた。「あんたにはやるべきことを最後までやってもらわないとな、ピケット。明日、あんたが最後にブッチ・ロバートソンと話した正確な場所を見たい、そうすれば前進作戦基地を作れる。徒歩ではそう遠くまで行けないはずだ——ほんとうに徒歩ならだが」

「おれが会ったときはそうだった」ジョーはそっけなく答えた。「どこかにピックアップとかATVとか馬を隠していたのかどうかは、知らない。おれが彼と会ったのは国有林の中だ。キャンプのようなものを設営するつもりなら、森林局と話をつけるべきだ」

「前進作戦基地だ」アンダーウッドは訂正した。

「なんでもいい。車両で森の奥までは進めないだろう。わずかな道も森林局に閉鎖されている。だから、山に入る計画なら馬が必要だ」

アンダーウッドはげんなりした顔になった。「どうして道が閉鎖されているんだ？」

「彼らに聞けよ」ジョーは答えた。「それから、現場へ行くにはビッグストリーム牧場を横断しなくちゃならない、私有地だ。牧場の所有者と話をつけないとだめだ。フランク・ツェラーという」

「対処しよう」アンダーウッドは言った。「バティスタ本部長はすでに農務省に連絡して、メンバーに引き入れている。朝には森林警備隊ＳＷＡＴチームがここでわれわれと合流する予定だ」

「ＳＷＡＴチーム？」ジョーは眉を吊りあげた。「環境保護局には武装した捜査官がいて、森林局にはＳＷＡＴチームがあるのか？　いつからそうなったんだ？」

「二、三年前からだ」アンダーウッドははねつけるように答えた。「だが、そっちの知ったことじゃない。現場を確認して基地を設けたら、あんたは自由の身だから自分の仕事に戻ってくれ。そしてまわりをうろちょろしないでもらいたい」

ジョーは首筋が火照(ほて)るのを感じた。「あんたは頼んでいるのか、あるいは命令しているのか？　それによって違う」

「どちらにしても、結果は同じだ。それから、われわれはそちらの知事と新しい狩猟漁業局局長に話を通してある。彼らはあんたの全面的な協力を約束した」

ジョーはまばたきした。知事が？　七割が共和党員である州で二度当選した民主党員であるスペンサー・ルーロン知事は、気まぐれで狡猾でけんかっ早く口が達者で論争好きで、大いに人気がある。数年にわたり、狩猟漁業局内の組織を操ってジョーを現場における自分の個人的な代理人兼偵察員として使った。ただし、ジョーがへまをやらかしたときにはシャイアンの知事周辺に影響が及ばないように、用心深く一定の距離を置いて。ジョーがあまりにも“危険”な――知事の首席補佐官によれば――存在になったときには、ワイオミング州中央部の南へ一時的に追放し、ルーロン知事はいっさいの連絡を絶った。その後ジョーはトゥエルヴ・スリープ地区の担当に復帰したが、それ以来知事とは話していない。

「新しい局長がだれなのかも、おれは知らないんだ」どれほどまぬけに聞こえるか知りつつ、ジョーは言った。

アンダーウッドは肩をすくめ、少し前傾して鼻をジョーの鼻のすぐそばまで近づけた。

「あんたのことは知っているよ、ピケット」

「会ったことがあったか?」

「いや、だがあんたの名前はおれの友人何人かに知れている。いろいろ経験しているじゃないか」

「ただの猟区管理官だ」

「おれの承知しているところでは、うるさい猟区管理官だ」

ジョーも肩をすくめた。

「明日な」アンダーウッドは言ってきびすを返し、バティスタのそばへ戻っていった。

アンダーウッドの話には得心がいかなかったし、自分と環境保護局管理特別捜査官の接点がわからなかった。これまでの仕事で、自分がほかの州や連邦政府や官僚組織と衝突する状況は多すぎるほどあった。無数の連邦組織——土地管理局、森林局、国立公園局、インディアン事務局、魚類野生動物局、開墾局、内務省、農務省——が半分の面積を所有して管理するワイオミング州では、避けられないことだった。そしていまはどうやら、環境保護局もそこに加わったらしい。

もし前に会っていたら、ハインツ・アンダーウッドをぜったいに覚えているという確信がジョーにはあった。記憶に残る男だからだ。

やってきたのはライトとテントを持ってきた郡の職員たちだけではなかった。小型ヴァンの後ろには傷だらけのジープ・チェロキーがついていた。運転席と助手席にいるのは、週刊〈サドルストリング・ラウンドアップ〉の二十六歳の編集者シシー・スカンロンと日刊〈ビリングズ・ガゼット〉のワイオミング州北部担当特約記者ジム・パーメンターだった。二人は厳密にはライバル同士だが、記事を一緒にカバーできるように限られた資源を共同利用している。

「記者どもの登場ですね」ウッズはジョーに向かって嘲笑気味に言った。

スカンロンとパーメンターは、バティスタ、アンダーウッド、クーンが集まっているところへ寄っていった。ささやき声の会話がジョーのところまで聞こえてきた。バティスタはアンダーウッドを脇に連れていって一分ほど話しこんでから、後ろへ下がった。バティスタが自分で記者たちに対応せずアンダーウッドにまかせたらしいことに、ジョーは驚いた。奇妙に思えたのだ。

アンダーウッドは二人の記者に近づき、咳ばらいした。記者たちは話を記録しようとノートとデジタル録音機をとりだした。アンダーウッドが彼らに一枚の名刺を渡し、二人が肩書きを読むあいだ黙っているのを、ジョーは見守った。スカンロンは名刺からバティスタに視線を移し、声に出さずに「ワオ」とつぶやいた。

「アンダーウッドは賞金を出すと二人に話している——ブッチを捕まえるために手を貸す者には大金を出すと」ジョーはリードに言った。「やっかいな事態になったな」

「わかっている」リードは両手で顔をこすった。「こんなの、前に見たことがあるか？　くそ」

「あんたはよくやったよ」ジョーは言った。「越えてはならない一線を示した保安官を、部下たちは誇りに思っている」

「おれの影がすっかり薄くなっても、まだ誇りに思ってくれるといいんだが」

ジョーはくすりと笑った。

「あのバティスタってのはどういうやつなんだ?」リードは声を抑えて言った。「おれに執拗な悪意を持っているようだ」

「いまは興奮しているんだろう。彼が日頃接している状況とは違うからね。それに確かに部下を二人失っている」

「それからあのアンダーウッドは? 彼はあんたに悪意を持っているようだが」

ジョーはうなずいた。「わけがわからない。一度も会っていないと思うんだ。彼のことは知らないよ」

「彼はあんたのことを知っているみたいだな」

「ああ、それも合点がいかない」ジョーは言って、暗くなっていく空に目を向けた。「おれにはわからないことがたくさん起きているらしいよ、マイク」

胸ポケットの中で突然ジョーの携帯が振動し、四つのメッセージを次々と受信した。彼は携帯の画面を見て、新しい局長がだれなのか知った。

7

ヘッドライトをつけた車両がヘイゼルトン・ロードをロバートソンの地所へ上ってくる一方、ジョーは流れに逆らって山を下っていった。保安官事務所の車、地元の警察、別のハイウェイパトロール、森林局と土地管理局のピックアップやSUVが増えている。何台かはサドルストリングの空港で借りたレンタカーらしい。その中にはデンヴァーからの六時四十分着の便で着いた環境保護局、FBI、その他の法執行官が乗っているのだろう。レンタカーのドライバーたちはジョーとすれ違うとき手を振りかえさなかった。同じ道路を通るだれもが手を振ってあいさつする地元の習慣を知らないからだ、とジョーは思った。一本の道路にこれほど多くの州政府と連邦政府の車両が集まっているのは見たことがない。昨年ネイト・ロマノウスキが逃亡して郡のあちこちに死体がころがったときでさえ、こんなではなかった。

携帯のメッセージを読んだあと、ジョーはリードとクーンの肩をたたき、役に立てることがあれば連絡してくれと言った。現場の混雑はさらにひどくなっており、自分がこれ以上留まる理由は見当たらなかった。テントが立てられ、ポータブルライトが狭い地所を照らしだしていた。穴から別の遺体は発見されなかったが、掘っていた者たちがブリーフケース一個と殺された捜査官二人のバッジを発見した。犯人が身分証をとりはずして遺体と一緒に穴に入れたか、捜査官たち自身が出して持ったまま殺されたのか。身分証のおかげで被害者の身元はより確実になった。

ジョーの携帯に来た最初のメッセージはメアリーベスからで、帰りにウェスタンウエアの店でエイプリルを拾ってきてというものだった。二番目と三番目は州の別々の場所にいる同僚のビフ・バートンとビル・ヘイリーからだった。

バートンのメッセージはこうだった。〈リーサ・グリーン－デンプシー。〝LGD〟と自称。彼女についてはこれっぽっちも知らないし、どこから来たのかもわからない〉

ヘイリーのはこうだった。〈リーサ・グリーン－デンプシー。知事は今回ばかりはへまをこいた。おれの引退まであと二十二週だ。指折り数えて待っている〉

ではビル・ヘイリーは彼女を知っているのだ。今晩あとでヘイリーに聞いてみよう、とジョーは思った。

四番目は、番号は非通知になっていたがリーサ・グリーン－デンプシー自身からだった。〈こちらLGDよ、ジョー。ルーロン知事と一緒に向かうところ。わたしの興味深い猟区管理官の一人に会うのが楽しみ。電話して〉

「〝興味深い〟？」ジョーは声に出して読んだ。

彼はためらってから発信ボタンを押した。留守電につながったのでほっとした。知事と一緒にシャイアンから飛びたって機内にいるので、圏外なのだろう。自分もお会いするのを楽しみにしているとたどたどしく伝え、ジョーは通話を切った。

サドルストリングでもっとも古い小売店の一つである〈ウェルトンズ・ウェスタン・ウエ

ア〉の前のメイン・ストリートに空きスペースを見つけ、車を止めた。外は暗いが、〈本日の営業は終了しました〉の札が出ているのに店内の明かりがすべてついているので、通行人は大きなショーウィンドーの中のジーンズ、ブーツ、帽子、長袖シャツをのぞけるし、店の中も水族館のようによく見える。

ジョーはカウンターの向こうにいるエイプリルをすぐに認めた。反対側にいる地元の少年二人に笑顔を向けている。少年たちはワイオミング州の非公式のユニフォームといえる服装だ。Tシャツ、野球帽、色褪せたジーンズ、大きなバックルのついたベルト、ランニングシューズもしくはすりきれたブーツ。少年の一人がなにか言い、エイプリルは頭をのけぞらせ、そのあと彼女が発した笑い声をジョーは挑発的だと感じた。ジョークを言わなかったほうの少年はもう一人の胸を強く小突いたので、だれがからかわれたのか容易に察しがついた。ピックアップの後部座席でデイジーがエイプリルを見てクーンと鳴き、しっぽをパタパタと振った。

「さあ、エイプリル、おいで」ジョーは叫んだ。外を見て、彼が待っているのに気づいてくれるといいが。自分が店の中に入ってエイプリルを引っ張りだし、二人の少年と気まずくなりたくはない。

なぜ十代の少年二人が営業時間終了後の店内にいるのかジョーにはわかっていたし、それは〈シンチ〉のシャツや〈アリアト〉のブーツを品定めするためではない。エイプリルはとびきり魅力的だった。短いスカート、装飾のあるベルト、ヒールの高い赤のカウボーイブーツ、慎み深さとはほど遠いきつすぎるシャツ。そして髪を後ろへ振るあの仕草……ジョーは気にくわなかった。

先週、あの二人と同じような別の少年がジョーの家へピックアップでやってきて、エイプリルを映画に連れだそうとした。そのときジョーは少年を脇に呼んで耳もとでささやいた。「おれにはライフルとシャベルと四千平方キロ以上の土地があるんだよ、坊や」少年は十時までにエイプリルを送ってきた。

クラクションを鳴らすと、店内の三人は外へ目をやった。ジョーはスポットライトで少年たちを照らしだし、彼らがひるむのを見た。エイプリルは天を仰いで二人に帰ってと合図し、店を閉めるあいだちょっと待ってとジョーに手振りで伝えた。

ジョーのピックアップの横を通るとき、少年たちはおどおどした視線を向けた。

「いいや、彼女に会ったことはないよ」エイプリルが鍵を閉めて店から出てくるのをジョーが待っているあいだに、電話の向こうでビル・ヘイリーは言った。二人の猟区管理官の携帯は電波が弱く雑音が多かった。「いろいろ聞いているだけだ」

「どんなことを?」

「ごたいそうな計画をお持ちの政治改革屋で、こう言ったそうだ。『局を二十一世紀に引きずりだす』」

ジョーは間を置いた。「それはそう悪くもないんじゃないか、ビル」

「ばか言え、ジョー」ヘイリーは言いかえした。「こっちはいまだに二十世紀と格闘しているんだぞ」

ジョーは笑った。

「本気で言っているんだ。彼女は自分を進歩的だと考えているそうだ。狩猟漁業局を昔ながらの仲間組織と見なしていて、全体を刷新したがっている」

ジョーは肩をすくめた。「ときには多少の刷新が必要だよ」

「まあな、だがおれは年をとりすぎたし、そういうのにはついていけない。長らくやってきて、前にも爆弾発言をした局長たちを二人ほど見てきた。おれたちの役職名を〝自然保護官〟とか、もっとひどいことに〝資源管理官〟にしようという動きがあったとき、あんたはまだいなかった。当時、おれは自分が彼らより長生きすると思い、たしかに長生きした。今回、おれは疲れているし、もう抜けたい。ああいうタイプには心底くたびれるんだよ、ジョー。おれはくそじじいの猟区管理官だが、いい猟区管理官だ。そしてずっとそうありたかっただけだ」

「わかったよ。ところで、知事はどこで彼女を見つけてきたんだ?」

「知事の奥方がらみらしいぞ」ヘイリーは秘密めかして言った。「ファーストレディは上流社交界に多くの友人をお持ちだそうだ。知事は奥方にちょいとばかり借りがあるんだろう」

「ふうむ」

ジョーはビル・ヘイリーのようにシャイアンのゴシップには通じていないが、知事のオフィスに電話して、かつてジョー自身を誘惑したステラ・エニスが出たときのことを思い出した。ステラは首席補佐官に任命されており、いま知事のひざの上に乗っていると言い張った。〈キャスパー・スター・トリビューン〉の記者が、首席補佐官になる資格があなたにあるのかとステラに尋ねたとき、彼女はこう答えて問題を大きくした。「この唇を見てわからない？」

それはジョークだったが、噂ではその答えは知事夫人によく思われなかったらしい。

「とにかく、退いてあんたら若い者に道を譲る潮時だってことだ。時代は変わっているが、おれは一緒に変わるつもりはない」ヘイリーは言った。

「おれはそんなに若くないよ」ジョーは答えた。そのとき、エイプリルがきどった足どりで歩道をやってきて、ピックアップの助手席にすべりこんだ。

「冗談でしょ」聞いていたエイプリルは言った。「化石同然よ」

ジョーは彼女を黙らせ、ビル・ヘイリーにじゃあなと告げて通話を終えた。

ビッグホーン・ロードへ向かう途中の角にある〈サドルストリング・ホテル〉の印象的な大きな建物の前を通ったとき、ジョーは言った。「ここだな」

メールに気をとられていたエイプリルはなま返事をしただけだった。

不機嫌で陰気でまわりを威嚇するようなティーンエイジャーから、快活でおしゃれなカウガールへのエイプリルの変身はあまりにも突然だったので、ジョーとメアリーベスはいまだに混乱していた。まるで新しい人間になろうとしているかのようだ、とジョーは思った。新しいエイプリルになって自分自身が彼女を気に入るかどうか、見ようとしているようだ。ジョーは慎重ながらも楽観的で、このまま続くのではないかと考えていた。ゴシック・ファッションやエモ・ファッションにはまるよりはましよ、とメアリーベスは彼に言い、二ヵ月前には一家の里子は全身黒を着て唇と爪も黒く塗っていたのを思い出させた。もっとひどかった、もっとずっとひどくなったかもしれないのよ、とメアリーベスは言っていた。

ジョーも同意し、いまもそう思っている。しかしカウガールがやっかいなのは、付きものであるカウボーイだ、と彼は知っていた。

自宅の私道に車を乗り入れてエンジンを切ったときには、すっかり暗く蒸し暑くなっていた。

「だれが来てるの？」十年もののフォード・エクスプローラーが家の正面に止まっているの

を指して、エイプリルが聞いた。フォードはハナの傷だらけのセダンの隣にある。

「あれはパム・ロバートソンの車だな」ジョーは答えた。

「こんなに遅くどうしたっていうの？」

「ご主人がえらいことになっているんだ」


家に入って玄関で帽子とブーツをぬいでいると、キッチンテーブルでの会話が聞こえてきた。デイジーがジョーの脚のあいだをすり抜けていき、居間の真ん中でチューブとただいま、お帰りのあいさつのじゃれ合いを始めた。ジョーはグロックをはずして、山を下にしたカウボーイハットと一緒にいちばん上の棚に置いた。

深呼吸してから、奥に進んだ。小さな家は夏休み中の娘たち三人にハナと母親が加わって、さらに狭く感じられた。あらゆる平らな表面は本、デイパック、ペットボトル、ＤＶＤ、雑誌、ノートパソコンなどに占領されているようだ。家の中全体にヘアケア用品の匂いがする。

エイプリルはいつものようにだれにも声をかけず、まっすぐ自室へ行ってドアを閉めた。シェリダンとルーシーは廊下の反対側の寝室をシェアしていたが、二人ともそれで満足しているようだ。どちらもはっきりとは言わないが、エイプリルと部屋をシェアするのはいやらしかった。メアリーベスは「聞かない。命令しない」とジョーに説明した親の心構えで、寝室の割当てを子どもたちにまかせた。

メアリーベス、シェリダン、パム・ロバートソンがキッチンテーブルを囲んでアイスティーを飲んでいた。三人とも期待するように顔を上げ、ジョーは一瞬パムを見つめて表情を読もうとした。顔色が悪く疲れているようで、いつもよりやせて見えたが、彼女はいつもどおりこざっぱりとしていた。骨ばって日に焼けた顔、高い頬骨。肩まである豊かなストロベリーブロンドの髪を、一九八〇年代初期に流行した下のほうを先細りにカットするスタイルにしている。ノースリーブのトップス、ジーンズ、肩にはそばかすがある。あと一歩で魅力的なんだが、とジョーは思った——十代、二十代のころは魅力的だっただろう——だが、いまだにその時代から年をとっていないかのような外見と服装にこだわっている。

夫と同様、パムははっきりとものを言い、率直だ。賢く、正直で、働き者だ——たとえ大学は出ていなくても。一年ほど行ったが、ブッチと出会ってドロップアウトしたと彼女は言っていた。娘には大学を卒業させたいと願っている。目に入れても痛くないほどハナをかわいがり、努力してなにかを成しとげるように励ましていた。パムは学校行事に積極的にかかわり、野外学習やダンスや慈善活動バザー用のクッキー作りのために監督役が必要なときは、いつも買ってでていた。すべてをうまく進めるために陰で活躍する母親たちの一人だ。

ハナを送り迎えするためにピケット家には何度も来ていたが、仕事で外に出ていることが多いので、ジョーはめったにパムとは会わなかった。彼女がキッチンテーブルの前にこれほど慣れた様子ですわっているのを見るのは奇妙な感じで、娘たちが友情で結ばれているこの二年間、しょっちゅうこうしていたにちがいないと彼は思った。

「うちの地所で二人の遺体が見つかったそうね」ようやくパムが口を切った。

「ニュースが伝わるのは速いね」ジョーは言った。

「ダルシーよ」メアリーベスが携帯をかかげてみせた。「彼女が内情を知らせてくれるの」

ジョーはうなずき、メアリーベスは自分が容疑者、少なくとも容疑者の妻と情報を共有していることに気づいているのだろうか、と思った。

「あなたは今日ブッチと会ったそうね」パムはジョーに言った。

「会った」

「彼……いつもと同じようだった？」

「直接連絡は？」

パムはかぶりを振り、目を伏せた。

ジョーは会話を続ける前に、じっと観察して聞き耳をたてているシェリダンを一瞥した。シェリダンを巻きこみたくなかった。家族を巻きこみたいと思ったことは一度もないが、いままでもそうはいかなかった。シェリダンは父親の視線の意味を察して、ぐるりと目玉をまわした。

彼ら全員にとっていまはぎごちない時間だった。シェリダンは一年間一人で大学生活を過ごし、現在帰省中だ。もう大人とはいえ、かならずしもそうではない。彼女がどんな存在なのか理解するのに、家族全員が苦労していた。母親が料理するとき、シェリダンはたいてい家族と一緒に食事をするが、よく友人たちと町へ出かけたりもする。何度も独立を宣言しているのに、自分が望むときには家族に頼る。長女に対してどうふるまったらいいのかジョーにはよくわからず、シェリダンのほうも自分の立場がよくわからないように見えた。ジョーとシェリダンは、彼女が子どものころにはもっと親密な関係だった。シェリダンが自分のあとを継ぐのではないかと、ジョーが思った時期もあった。いまはそこまで確信はなく、娘のほうも自分がどうしたいのか迷っているのではないかという気がしていた。

二週間後にはシェリダンはララミーに戻って大学二年生になる。いまのところ、ジョーはそれを考えたくもなかった。

「冷蔵庫にピザがあるけど」メアリーベスが言った。

「サラダを作ろうか」シェリダンが申し出た。まだ〈バーゴパードナー〉のロゴが胸に入ったTシャツを着ていた。

ジョーは眉を吊りあげた。

「仕事で作ってるの」シェリダンは続けた。「注文をとったあと、サラダを作ってスープとパンの用意をしなくちゃならない。だから、いまやちょっとしたサラダ係よ」

「サラダは食べない」ジョーは言った。「知っているだろう」

「食べるべきよ」シェリダンはにやにやした。「人間は肉だけじゃ生きられない」

「おれは生きてきた」

彼はピザの皿を前にしてすわり、パムを横目で見た。「さて……」

「シェリダン……」メアリーベスが促した。

「わかった、わかったって」シェリダンは椅子から立ちあがった。「お会いできてよかったわ、パム」

シェリダンがミセス・ロバートソンではなくパムと呼んだことに、ジョーは気づいた。

それからシェリダンはジョーとメアリーベスに言った。「新しい鳥と一緒に外の納屋にいる」

「新しい鳥？」ジョーは驚いた。

「小さなチョウゲンボウよ」シェリダンは肩ごしに答えて裏口から出ていった。「あとで見にきて」

ジョーとメアリーベスは視線をかわした。シェリダンは以前ネイト・ロマノウスキにタカ狩りを習っていたが、もう興味を失ったものと思っていたのだ。あきらかにそうではない、とジョーは悟った。

メアリーベスが言った。「ジョー、パムがあなたと話をしてアドバイスをもらいたいって」

ジョーは目を細くした。「おれは弁護士じゃない」

「わかっているわ」パムはうなずいた。

「まだ法律的な助言は必要ない」メアリーベスは続けた。「でも、あなたは今日一日この……ことにかかわっていたから、なにか考えがあるんじゃないの」

「ないかもしれない」

「あなたとメアリーベスを信頼しているの」パムは言った。「いまのところは、ほかにだれが信頼できるのかわからない。環境保護局のお偉方がブッチの首に賞金をかけたってほんとう？」

「ああ」

「そんなことできるの？」パムは目を見張って尋ねた。

「彼はできると思っているらしい」

「ジョー、どうなっているの？」

ジョーはわざとゆっくりとピザを嚙んだ。呑みこんでから答えた。「どうなっているのか、あなたが話してくれると思っていたんだが。リード保安官は、こんなことが起きるとは信じられないと言っていた」

パムはうなずき、大きく息を吸った。

彼女が口を開く前に、ジョーは言った。「パム、話しはじめる前に頭の中を整理したほうがいい。おれは――おれたちは――きみの友人だ、でもおれは法の執行官でもある。誓いを守らなければならない。公式にあなたを尋問しないし、あなたも話したくないことをおれに話す必要はない。しかし話すなら、ただの友人同士の会話というわけにはいかないことを、心に留めておいてくれ」

パムは絶望的な表情になり、メアリーベスを見た。

メアリーベスは言った。「わたしは席をはずしたほうがいい？」

「いいえ。いてほしい。でも、もう保安官にすべて話したの。隠していることはなにもない。ただ、ジョーのこういう態度が予想外で」

「しかたがないのよ」メアリーベスはパムの手の甲をやさしく叩いた。「個人的に受けとめないで」

「そうするようにするけど」パムは気力をかき集めて、肩をそびやかした。それから、ジョーのほうを向いた。「最初から始めるわね」

「それがいい」彼は待ちうけた。

8

「ブッチは山の中の湖畔(こはん)に引退後の家がほしかったの」パム・ロバートソンは話しはじめた。「そしてワイオミングを離れたくなかった。モンタナかアイダホでもよかったのかもしれないけれど、自分が狩りや釣りをする場所の近くに家を持つのが夢だったのよ。じっさい、そういう趣味のために生きていた、知っているでしょう。百五十年前に生まれてきたかったたって、よく言うの」

ジョーはうなずいた。しょっちゅう聞く話だ。働き者で、ほかへ移ればもっと高い収入を得られる男たちを大勢知っている。たとえばノースダコタ州は景気がいいし、それほど遠くない。だが、彼らがワイオミング州に住んで働きつづける理由は、アウトドア文化、少ない人口、豊富な天然資源だった。とくに、大物狩りやマス釣りが大きな理由なのだ。強い風やこの天候が好きで住んでいるわけでは決してない。

「それで五年前、彼は〈アスペン・ハイランズ〉の開発業者と話をしたの。販売促進のために、業者は彼に建売住宅を建ててもらえないかと言った。ご存じよね、わたしたちは裕福じゃないし、うちの工務店は自転車操業みたいなもの。最近は家を建てない人も多いし、建てたくても銀行でお金を借りられないから、経営はきびしかった。だから、すぐ売れる保証なしで建売住宅を作るのは、わたしたちには経済的にとうていむりだった。でも、開発業者は取引を持ちかけてきたの。六万ドルの価値のある土地と引き換えに建ててくれないかって。業者はまず何軒か売って現金をほしがっていたから、わたしたちが最初に地所を選ぶことはできなかったけれど、ブッチがずっと山の中にほしがっていた土地を手に入れるチャンスだと思った」

「あなたはどうなの？」メアリーベスが尋ねた。

「あなたも夢は一緒？」

パムは顔をそむけ、ようやく答えた。「わたしはブッチに幸せでいてほしい。憧れるものを持っていてほしいの、わかってもらえるかどうか。彼のこういう面は知らないでしょう、よくふさぎこむのよ。父親がやさしい言葉一つかけてくれないつらい家庭で育ったの。言葉一つもよ。ときおり彼は自分に自信が持てなくなる。持つべきなのに。だって、いい夫でいい父親だし、たいていのときは岩みたいにしっかりしているんだから。でも、ブッチは自分自身を責めすぎてしまうことがある、そしてそういうときの彼は、そばにいるのがつらいほどなの」

「それを聞いて驚いたよ。おれはいつも彼は飾り気がなくて肝が据わっていると思っていた」ジョーはそう言いながら、今日の午後のブッチ・ロバートソンの憑かれたような目を思い出した。

「そんなふうになるのよ。しゃべるのが好きじゃないし、ときどきわたしはなにか言ってと彼にどなるときもある。だけど、自分にとってなにがいちばん大切か――ハナとわたし以外に――を彼が話すとき、それは山の中のすてきな家なのよ。ええ、わたしは彼の夢がかなうようにできるだけのことをしてあげたかった。だから〈アスペン・ハイランズ〉の取引に賛成したの、たとえ建売住宅が売れないリスクを背負っても。わたしたちは銀行に頼みこんでローンの上限を最大にしてもらわなくちゃならなかった。銀行や資材業者が返済に不安を抱いているのはわかっていたわ。でも、わたしたちはやってのけた」彼女は誇らしげにほほえんだ。「建売住宅が売れるまでは長すぎるほど長かった、一年半近くかかったの。あそこのA字形のすてきな家を見た？」パムはジョーに聞いた。

「見たよ」

「あれがそうよ。売れたとき、わたしたちはみんなに支払いをして、あの地所の権利を手に入れたの。ブッチがあんなに嬉しそうなのは初めてだったと思う。まるで小さな男の子みたい、だって自分自身の不動産を持ったのは生まれて初めてだったから。なにか建てる資金はまだないけれど、彼は仕事のあとや週末にぶらぶら歩くためだけにあそこへ行くの。アーチェリーと狩猟用ライフルの的を立てて、ハナを一緒に連れていく。彼がどれほど幸せか、誇らしいかと思うと、泣きたくなるくらい」

ジョーはメアリーベスをちらりと見た。友人の話を聞いている妻の目は濡れていた。

「なるほど、五年前にその話は始まったんだね」ジョーは言った。「しかし、最近まであそこはなにも工事していなかったようだが」

パムはアイスティーのグラスを両手で包むようにして、じっと見つめた。

「去年まではね。あの日ブッチはうちの会社のトラクターをトレーラーにのせてあそこへ運んで、基礎の土均しを始めたの。あのときまでは、必要なあらゆる許可をとったり家の設計をしたりすること以外、なにもしていなかった。夜には間取り図を描いたり計算したりしていたわ。あなたにプランを見せなくちゃね、メアリーベス」パムは言った。「二階建てで、寝室三つ、バスルーム三つ、家全体をテラスが囲んでいるの。ほんとうにすてきよ」

「見たいわ」メアリーベスはうらやましそうに答えた。

ジョーは胸を突かれた。メアリーベスも、現在の自分たちにはかなわない同じ夢を抱いているのだろうか。

パムは話を続けた。「じっさい家が完成するまでに何年もかかるかもしれない、とわたしはブッチに言ったんだけど、彼はアルバイトを始めた——スクールバスの運転と〈ビッグホーン酒店〉のパートタイム——せめて基礎を固められるだけの資金を作るために。建築のほとんどを彼がやればかなり節約できるし、ハナが大学へ行くころにはあの土地に住めるかもしれないと思っていたの」

「ハナはあそこに住みたがらなかったの?」メアリーベスは聞いた。

「まさか!」パムは咳きこんだ。「誤解しないでね——あの子は父親とあそこへ上っていくのは好きだった、でもそれは一緒にいたかっただけだと思う。あの子がもっとも望まないのは、友だちのいる町から遠く離れた場所に引っ越すことよ」

「ルーシーみたいね」メアリーベスは笑った。「パーティ大好き人間」

「まさにそう」

「それで……」ジョーは促した。

「ええ」パムは話を元に戻した。「ブッチは土を掘って枠組みしてコンクリートを流しこむだけのお金をためたの。そこで去年のある金曜日、あそこへ行って掘りはじめた。そして出た土を捨てた、貯水池側に斜面がたくさんあったから」

「約八千平米の地所だったね？」ジョーは尋ねた。

「そう。たいして広くないけれど、充分よ」

「それじゃ、この件に環境保護局がどうかかわっているのか教えてくれ。関係がよくわからない」

パムが彼を見た表情は猛々しかった。「なにがあったか話しても、関係は呑みこめないわよ。まあ、とにかく。ブッチが地所を均しはじめてから三日後の月曜日――戦没将兵記念日で休みだったからハナも一緒に行っていたの――ブッチがトラクターに乗っていて顔を上げると、一台の車が道をやってくるのが見えた。中年の女が三人降りてきて、一人が彼に手を振った――呼びつけるみたいに――来るようにって。ブッチはエンジンを切ってトラクターを降り、三人が車を止めた場所へ歩いていった、わたしたちの地所のすぐ右側の道」

「あなたもその場に？」〝中年の〟〝呼びつける〟という言葉の使いかたに、パムは目撃証人なのか、間接的に話を聞いたのか確かめようと、ジョーは尋ねた。

「わたしはいなかったけれど、ブッチとハナから同じ話を聞いた。ハナはやりとりを全部横で聞いていたの。

で、その三人の女は車から降りてそこに立って、夫をにらみつけていた。三人にとりたてて変わったところはなかった——スーツや制服のようなものは着ていなかったそうよ。最初は迷子になった観光客かと思った、とブッチは言っていた。

で、彼が近づくと、女たちの一人が自分はシャイアンの環境保護局から来たと言ったの。ブッチはただちに土を動かすのをやめなければならない、地所は公式には湿地帯で、すぐ地面を元通りにしないと、法律を破ることになるって」

ジョーはすわりなおし、まばたきした。「なんだって？」

「あの人たちがそう言ったの。わたしたちの土地は湿地帯でブッチはそこの地形を変えているから、水質浄化法に違反しているって。自分たちは口頭で順守命令を伝えているのであって、一握りの土もすべてトラクターを使う前の原状に戻さなければ——そしてもとあった草や木を植えなければ——それがすむまで毎日罰金を科されることになるって」

「待ってくれ」ジョーは首を振った。「きみたちはなにかする前にあらゆる許可をとったと言っていたよな」

「とったわよ！」パムはてのひらでテーブルを叩いた。「自分で申請したもの。わたしたちは建設業者よ——こういう場合の手続きは知っている。郡と州の許可をとり、登記調査会社を通して土地の権利もクリアした。湿地帯のことなんか、だれもなにも言っていなかったわ。あなたも見た、そうでしょ？」

ジョーは見たと答えた。

「湿地帯みたいに見えるものはなにかあった？　水の流れとか、沼とか？　あるのは自然の傾斜地だけでしょう？」

「なにもなかったよ」地所の様子を思い出しながら、ジョーは答えた。小川や流去水の溝のようなものはなにもなかった。それに近所の家はかなり近くに建っていたので、石を投げれば当たる距離だ。

「だから、その晩帰宅したブッチは茫然自失状態だった」パムは言った。「わたしは四回ぐらい同じ話をくりかえさせたわ、だってその三人がひょいと車を乗りつけてわたしたちの家を建てるのをやめろと命令するなんて、信じられなかった」

「ゆっくり話して。いまを理解しようとしているところなんだ。だから段階を踏んでいくよ、いいね？」

「いいわ」

「環境保護局から事前に電話や手紙はあった？」

「いいえ」

「分譲地のほかのだれか、あるいは開発業者がトラブルになったことは？　ほかのだれかが家を建てるときなにかとくべつなことが必要だったケースは？」

「ない。わたしたちが建売住宅を建てたから知っているの。そのとき許可はスムーズにとれた」

「その三人の女だが――全員がシャイアンの環境保護局から来たのか？」

「二人はブッチにそう言ったわ。三人目は合衆国陸軍工兵隊だと名乗ったそうよ」

「正確にどういう人たちだったんだろう？　三人はブッチに政府からの文書か手紙を渡したのか？」

パムはきっぱりと首を振った。「一人の名前はわかっている。ショーナ・ナウースよ。ブッチに名刺を渡して、そのあとわたしは彼女と話した。ほかの二人が名乗ったかどうかブッチは思い出せないの。あの人たちが置いていったのはショーナ・ナウースの名刺だけ。ああ、それから一日七万ドルの罰金を科されることになると言っていたって」パムは落ちを語るかのようにさりげなく締めくくった。

「もう一度言ってくれ」聞き間違えたと思って、ジョーは頼んだ。

「一日七万ドル」パムはくりかえした。「あの月曜から計算が始まって、わたしたちが命令を遂行するまで」

「あなたたちの土地の値段は……」

「六万ドル」

「なんてことだ」

「三人は彼にそう言って、車で帰っていった。地面を三日前とまったく同じ状態に戻さないと——雑草や牧草を含めて——わたしたちは一日七万ドルの罰金を払うことになる。これ、土を掘りはじめて三日後なのよ。わかるでしょ、建設現場に草を植えなおして完全に自然な状態に戻すのは、ここじゃ数ヵ月かけないとむりよ。たとえブッチが土を全部戻して傾斜を同じ角度に調整しても、魔法みたいにまた草を生やすことなんてできない」

「パム」ジョーはきっぱりと言った。「その三人の役人がシャイアンからはるばる車で北上してきて、裁判所命令も令状もなにも持たずに現れて、名刺を一枚だけ置いて、あなたたちの所有する土地での作業をやめないと一日七万ドルの罰金を科されると申し渡したんだね？」

「そう言っているじゃない、ジョー。誓うわ」

「アイダホ州のサケットの事例と似ているな」

メアリーベスが尋ねた。「なにと？」パムも顔を上げ、表情からすると彼女もその件を知らないらしいので、ジョーは驚いた。

「サケット家の話だ。夫妻はプリースト湖の近くの分譲地に家を建てていた。青天の霹靂のように環境保護局の連中が現れて工事の中止を命じたが、どんな書類も提示しなかった。土地を元通りにしないと巨額の罰金を日割りで科されると、彼らは夫妻に言った。いまこの案件は法廷に持ちこまれていて、おれの知っているところでは最高裁までいったはずだ」

「前にもこういうことが起きたってこと？」それがいい知らせなのか悪い知らせなのかわからない様子で、パムは尋ねた。

「似ているのは確かだ」ジョーは答えた。「パム、正直に話してくれ。おれは地所を見たが、精査したわけじゃない。じっさいそこが湿地帯である可能性は？　ブッチが貯水池に続く沼地や流去水の小川を埋めたてたとは考えられないか？」

「ありえないし、それだけじゃないの。このとんでもないナウースという女がやっと電話に出たとき、わたしたちの土地が湿地帯だという情報をどこで知ったのか聞いてみたの。彼女が言うには、それはおおやけの情報で、合衆国陸軍工兵隊全国湿地帯一覧データベースで見られるって。開発業者がチェックを怠ったのかと思ってわたしは頭にきた、だからパソコンで調べてみたの。そうしたら、どうだったと思う？」

「どうだったんだ？」

「わたしたちの土地は湿地帯の一覧になかった。ナウースに電話してそう言ってやったわ、そうしたらなんて答えたと思う？」

パムはジョーの返事を待たなかった。

「全国湿地帯一覧データベースは未完成だって。わたしたちの土地が載っていないからって、そこが湿地帯ではないことにはならないって」

ジョーは椅子を引いて立ちあがった。キッチンを横切って食料棚へ行き、尋ねた。「ほかにもバーボンの水割りがほしい人は？」

「いただくわ」パムは言った。

「わたしももらう」メアリーベスは言った。「バーボンは好きじゃないけど」

ジョーはグラスを三つテーブルに置いた。パムは自分のを一口飲んで顔をしかめたが、グラスを押しやりはしなかった。

「それで、工事をやめろと命じられたとき、ブッチはショーナ・ナウースになんて言ったんだ？」ジョーは聞いた。

「なにも」パムはため息をついた。「ただ押し黙って、三人が帰るのを待っていただけ。聞かされたことにあまりにも驚いて、なにも言えなかったんでしょう。彼の夢がその場で砕け散って、起こっていることが信じられなくて、凍りついたようになっていたのよ。ほんと、その場に自分がいたらと思う。すぐさまはねつけて、わたしたちの土地から出ていけ――そこにいる権利はあんたたちにはないって――言ってやったのに」

さもありなんとジョーは思った。

「わたしたちはずっと政治に無関心だった。この十年、ブッチが投票に行ったのかどうかも知らないわ。そういうことに興味がないだけよ、でも二人とも愛国心はあって保守的なの。わが国の政府がこんな仕打ちをするという事実を、彼は受けとめられないにちがいないわ」

「あきらかに二度目だな」ジョーはかぶりを振った。「話を聞けば聞くほど、サケット夫妻に起きたこととまったく同じに思えるよ。同じ連中が両方の背後にいるのかな？」彼は考えてから自分の問いに自分で答えた。「いや、ここは環境保護局の第八地区でアイダホは第十地区だ。だから、同じ連中のはずがない」

彼はメアリーベスを見た。妻はきっぱりとうなずいた。ジョーのほのめかした意味を理解したのだ。

「明日少し調べてみる」彼女はジョーに言い、パムに尋ねた。「そのあとどうなったの？」

パムはバーボンをもう一口飲んだ。「ハナと一緒に帰宅してなにがあったか話したあと、ブッチは首を振って音を消したテレビの前の椅子にすわりこんだ。帰るあいだもずっと無口だったとハナは言っていたわ。わたしは話しあおうとしたけれど、彼は落胆のあまりそのことを話題にもできなかったの。あの夜の彼が、わたしは怖かった。家の中に銃はたくさんあるけれど、全部集めて地下室に隠そうと思ったのはあれが初めてよ。彼が銃を持ちだしてあの女たちを追っていくと考えたんじゃなくて——自分自身になにかするんじゃないかと心配で。叫んでどなって、あの女たちと環境保護局を罵ってほしかった。でも彼はただそこにすわって、ぼんやりテレビを見ていた。あんなふうに感情をためこんでほしくなかったけれど、そういう人なのよ」

ジョーは聞いた。「ブッチはあそこをどうにかしたのか？　土を埋めもどすとか？」

「いいえ」パムは悲しげに答えた。「あの午後、なにもせず立ち去って二度と行かなかったの。そして翌日は、なにごとも起きなかったみたいに仕事に出かけた」

メアリーベスはかぶりを振った。

「でも、わたしはブッチとは違う」パムは言った。「翌日、一時間おきにナウースに電話してメッセージを残したの。わたしと話したくなかったのか、オフィスにいなかったのか。一週間電話しつづけたわ。とうとう、金曜日に彼女は午後四時五十分に折り返してきて、話せるのは十分だけだと念を押した」

「どんな女なの？」メアリーベスは尋ねた。

「いらだった口調だったけれど、そうじゃないふりをしていた。自分の貴重な時間をわたしに浪費されているみたいな感じ。しつこく電話しなかったら、あの女は決して折り返してこなかったと思う」

パムは一呼吸置いた。「最初、彼女の説明のしかたを聞いて、ブッチが誤解したのかもしれないと思わせられたわ。合衆国陸軍工兵隊が調査をしてうちの土地が湿地帯でないと結論を出せば、いわゆる事後許可を出すことですべて解決できるかもしれないと、ナウースは言ったの。わたしにはばかげて聞こえた、だってほかのだれも事後許可を得る必要はなかったんだもの。でも、わたしはメモをとって、事後許可を得るのに問題があるはずはないと思った。なぜなら、目の見える人ならだれでもうちの土地に水はないとわかるんだから。

調査を始めてもらうのにどこへ頼みにいけばいいのか彼女に聞いたら、まずわたしたちが要請して、そのあと手続きには何年もかかるし何万ドルも費用が必要だと言われたの――なおかつ環境保護局がそれに同意する保証はないって」

「冗談だろう」ジョーはあきれ果て、怒りがこみあげてきた。

「そうならいいと思うけど」パムはため息をついた。「調査の結果が湿地帯ではないとなっても、そのときはわたしたちが湿地帯開発許可というものを環境保護局に申請して、認可されるか却下されるか待たないといけないと、ナウースは言うのよ。それで、認可されたら工事を始められる。却下されたら、わたしたちは法廷に訴えて彼らが間違っているのを証明するわけ。裁判にどれくらいかかるのか聞いたら、何年もかかると彼女は答えた。しかも、申請料と弁護士費用をこっちが払わなくちゃならないし、二十五万ドルぐらいになるんじゃないかって。そして湿地帯開発許可が却下されたら、わたしたちにできるのは連邦裁判所に環境保護局を訴えることで、そうなればもっと長い年月とさらに巨額の費用がかかるだろうって」

「にっちもさっちもいかない状況に追いまれたわけだ」ジョーは言った。

「そうよ」パムはすわりなおしてグラスを干した。「わたしとブッチは、自分たちの税金で雇われた弁護士団を抱えた連邦政府の組織と対決することになる。彼らにはたっぷりの時間とお金があり、一人として、わたしたちのように個人の銀行口座や生活を危険にさらすわけじゃない。そしてそのかん、わたしたちが手続きを始めて事後許可を申請しているあいだも、一日七万ドルの罰金がたまっていくのよ。だから、あの女と話しながら、わたしはどんどん動揺がひどくなって泣きだしてしまった。彼女に言うべきでないことも口にしたかも。じっさい、口にしたのはわかっているの」

ジョーは混乱していた。「まだ理解できないんだ。一人の人間が名刺を出しただけで当日から自動的に罰金が科されはじめるのか？　書かれたものがなにもなしで？」

「こっちになにか送ってくれとけんめいに頼んだわよ。向こうがわたしたちにしていることとその理由を明記した文書を求めて、ナウースのオフィスに何度も配達証明郵便を送った。ところが相手は無視して、わたしの電話にだれも出ようとしないの。二ヵ月後、電話するのをやめた」

「彼女の上役と接触しようとしてみた？」

「手紙やメールを送ったけれど、返事はないわ」

「ファン・フリオ・バティスタという名前に聞き覚えは？」

「ある。彼が親玉よ。電話帳で名前を見つけたけれど、電話しても秘書に阻まれた。メールにも彼は一度も返信してこない」

「ハインツ・アンダーウッドは？」

「その名前は聞いたことがないわ」

「ブッチはこれをどう受けとめている？」

「ひどいものよ。自分の殻に閉じこもっているだけ。仕事に行って帰宅して夕食を食べるけれど、じっさいにはそこにいないみたい。わたしたち、事態を打開するきっかけを待っていたの――なにかが起きて弁護士が見つかるとか、知事や助けてくれそうな政治家に電話できるとか。一人の弁護士に相談してみたけれど、環境保護局からのなんらかの文書を見ないとなにもできないって。じっさい、その弁護士はわたしたちが被害妄想に陥っているか誇張していると思っていたみたい。だから、わたしたちは環境保護局が取立てかなにかしてくるのを待っていたのよ、でもなにも起こらなかった」

メアリーベスは尋ねた。「だから、わたしにもほかの人にもなにも言わなかったの？　あなたを信じないかもしれないと思って？」

パムはその質問にちょっと間を置いてから答えた。「複雑なのよ。自分たちはなにも悪いことをしていないって自信があっても、なお……なぜかうしろめたく感じるの。あなたたちが聞いてくることだって――この話には別の側面がある、そうでなかったらどうして彼らはあんなふうにわたしたちを追いつめるんだろうって思っているんじゃないかって気がして。でも、別の側面なんてないのよ。こっちが知らないなにかや、考えてもみなかったことがあるのなら別だけれど。ブッチもわたしも、だれかが『おいおい、こんなのばかげている。アメリカで起こるわけがない』って言ってくれて終わった話になるものと、ずっと信じていたと思う」

ジョーは尋ねた。「最初にその女たちが来て以来、環境保護局からは手紙の一通も届いていないということか？　電話も？」

「なにも。全部なにかの悪夢だと思えてきたところだった。でなければ、いま言ったように終わった話だと。きっとショーナ・ナウースと環境保護局は書類をなくしたか、案件自体が埋もれてしまったんだと思った。彼女が解雇されたかなにかして、すべてが彼女と一緒に消えてしまったのでありますように、と祈ったわ。そのあと、連邦政府の職員はぜったいに解雇されないと気づいたの。それでも、また少し希望を持ちはじめていた。とはいえ、一日七万ドルの罰金のことを考えない日はなかったわ。そうしたら、二ヵ月前にブッチが出ていったの。とにかく一人になりたいからって」

メアリーベスは息を呑んで口元を手でおおった。「パム、なぜ話してくれなかったの？」

パムはかぶりを振った。「恥ずかしかったの。だれにも知られたくなかった。毎日、彼が帰ってきて普通の暮らしが戻ってくるんじゃないかと期待していたんだけど。会社では一緒に働いているのに、一日が終わるとわたしは家へ帰り、彼は自分のところへ帰る。あなたに話さないようハナに約束させたのよ、でもきっとルーシーには話したわね」

「ルーシーは一言も言わなかった」メアリーベスはささやいた。

「彼女はハナのいいお友だちね。ハナが普通の家族と一緒にここで長い時間を過ごせて、ほんとうにありがたく思っているのよ」

「あら、うちにだっていろいろ問題はあるわ」メアリーベスは笑った。「でも、わたしたちはハナを家族の一員みたいに思っているの。とてもいい子ね」

「あの子もあなたが好きよ」

「ブッチはどこで暮らしているんだ？」ジョーは尋ねた。

「ダウンタウンよ。〈ストックマンズ・バー〉の上のみすぼらしい小さなアパート」

「そこなら知っている」以前の事件でそこに押し入ったのを、ジョーは思い出した。

パムは言った。「さいわい、ブッチは先週家に帰ってきたの。一年あまり環境保護局からなにも言ってこないから、きっとなにもかも官僚組織が大へまをこいたにちがいないって。おれたちがされたことに対して、せめて謝罪の一つもあってしかるべきだと文句を言ったけれど、じっさい期待してはいなかった」パムは間を置いた。「昔のブッチが戻ってきたようだったわ」彼女は悲しげに微笑した。「黒雲が彼の頭上から去っていったみたい。わたしたちを置いて出ていったことに怒っていないわけじゃないのよ。それについてはまだ話しあわなくちゃならないし、彼の望みどおり簡単に許す気はない。だけど、きのうの朝早くブッチがうちの地所へ行って作業を再開すると宣言したとき、うれしくなかったと言ったら嘘になるわね。彼が行って三時間もしないうちに、ショーナ・ナウースから電話があったの」

ジョーはハッとした。

「わたしが求めていた文書を送達する、すべてまとめるのに少し時間がかかっていたんだって」

「あなたが頼んでから一年以上たったあとで？」メアリーベスはあきらかに憤慨していた。

「そして、わたしたちの罰金はふくれあがっていて二千四百万ドルを超えているというのよ」パムは甲高い笑い声を上げた。「二千四百万ドルを超えている！　いまうちは一文なしに近いというのに、罰金が二千四百万ドルだって。わたしはナウースに言ったの、土地を渡すから――契約書にサインして土地を環境保護局に譲るからって。ところが、彼女はそうはいかないと答えた」

聴いているメアリーベスが怒りをつのらせるのにジョーは気づいた。

彼はパムに尋ねた。「ナウースがかけてきたのはきのうだね？」

「そうよ。文書を手渡しするためにデンヴァーから特別捜査官を派遣したと言った」

「それをブッチに話した？」

「話そうとしたの。彼の携帯にかけたけれど、出なかった。向こうでトラクターを運転していて聞こえなかったんだと思う」

ジョーは緊張で胃が引きつるのを感じた。「では、あの二人の捜査官がおたくの地所へ行ったとき、ブッチは彼らが来るのを知らなかった？」

「知らなかったわ」

「ブッチがあそこにいると、どうして捜査官たちはわかっていたんだろう？」

「見当もつかない。だれかが見張っていたとも思えないし」パムは答えた。

「パム、二人を見たとき彼はキレたと思うか？」

涙をいっぱいに浮かべたが、彼女は泣かなかった。「それはわたしがずっと自問していることよ、ジョー。でも、そうならないわけがある？」

「そのあとブッチから連絡はなかったんだね？　昨夜は家に帰ってこなかった？」

「そうなの。彼はあまりにも落ちこんで、また殻に閉じこもってしまったんだと思った。電話してくるか戻ってくるのを待っていたの、自分でその文書を読んで弁護士に連絡したかったから。でも、ブッチじゃなくてリード保安官が現れて、わたしを尋問しはじめた」

ジョーはバーボンのグラスをじっと眺めて、もう一杯飲みたいと思った。

「で、わたしはどうしたらいいの、ジョー？」

「あなたはおれに話すのをやめるべきだ。弁護士を呼んで、ほかのだれにもなにも言ってはいけない」

「それだとよけいこっちに非があるみたいじゃない？」パムはジョーからメアリーベスに視線を移した。「いま話したのがすべてよ――どうしてわたしに非があるみたいになっちゃうの？　わたしたち、なにもしていないのに」

メアリーベスは言った。「パム、ブッチは連邦政府の捜査官二人を殺したかもしれないのよ」

パムは平手打ちされたかのような顔になった。メアリーベスが言ったことの意味をついに悟ったかのような。

ハナとルーシーも同様だった。二人はルーシーの部屋から角を曲がってキッチンへ入ってきたところだったが、ぽかんと口を開けてその場に立ちつくした。

ハナ・ロバートソンの顔は、豊かな黒い巻き毛に彩られている。ルーシーより背が低く、明るい青の目をして——いまは縁が赤くなっている——話しかたは柔らかく音楽的だ。

「ママ？」ハナは尋ねた。「パパに懸賞金がかけられてるって、ほんと？」

ジョーは少女の言葉にぎくりとした。

パムはため息をついた。「それをどこで聞いたの、ハニー？」

「メールで」

「公式にじゃないの」パムは言った。「でも、どこかのばかがそんなようなことを言ったのよ」

「間違ってる」ハナの目は怒りに満ちていた。

「そうよね、ハニー」

「だって、パパはきっとやってない」ハナは叫んだ。「みんなそうは考えないの？」

「いまはみんな考えていないのよ」パムは言った。「たんに反応しているだけ」

「彼はあたしのパパよ。みんな、パパのことを獣かなにかみたいに言う」

パム、ハナ、メアリーベス、ルーシーは集まって泣きだし、ジョーは顔をそむけた。立ちあがってグラスにおかわりを注ぎ、なんと言えばいいのかわからないでいた。涙の輪に加わるつもりはぜったいにない。パムの話には合点のいかない点がたくさんあると思ったが、サケット事件との共通点が多すぎるのは驚きだった。あんなことが二度も起こるとは、とても理解できない。しかし、この話がほんとうだとしたら？

その可能性を受けいれるのはむずかしかった。

「すぐに戻るよ」ジョーは裏口からそっと出ていった。

シューシュー音をたてているコールマン・ランプの下、からっぽの馬房でシェリダンはチョウゲンボウに生の鶏肉の切れ端を食べさせていた。鳥は頭巾をかぶせられて、シェリダンが自分で設置したらしい棒に止まっていた。小型のタカのために彼女がしつらえた、四角いウサギ用の檻が古い木挽き台の上にのっている。

チョウゲンボウはすべてのタカの中でもっとも小さく、大きさはナゲキバトとあまり変わらない。灰色がかった青の翼、赤っぽい背の羽。頭巾より下の黒と白の模様も見える。

「若い雄なんだね」ジョーは言った。

「ネイトは前に小さいのから始めるように言っていたけれど、あたしはいやだったの。ソウゲンハヤブサかアカオノスリか、いっそハヤブサがほしかった。でも、いまならネイトが言った意味がわかる」

シェリダンはタカのほうにうなずいてみせた。「この子はおそらくうんと手がかかる、だってけがをしてるし、四六時中食べたがるから。ずっと檻に入れなくてすむように、本物の禽舎（きんしゃ）をここに作るの、手伝ってくれる？」

「いいよ。しかし――」

「大学へ戻ったらこの子をどうするつもりか？」彼にかわってシェリダンは言った。

「そうだ」

「まだわからない。今日、手に入れたばかりなの。レストランのお客のトラックにはねられて、フロントグリルに引っかかってたのよ。翼が折れてると思う。どこかに捨てられることになると思うと、放っておけなかった」

「わかるよ。だが、リハビリには長い時間と忍耐がいる」

「知ってるって、パパ。でも、ほかにどうすればよかった？」

ジョーは肩をすくめた。年に二十回から三十回、彼は傷ついた動物や鳥のいる現場へ呼ばれる。連絡してくる人間はつねにけがをした生きものをうれしそうにジョーに渡し、それっきりだ。稀（まれ）に、生きものを引きとってくれるシェルターかボランティアが見つかることもある。だが、たいていは殺さざるをえない。心は痛むが必要な仕事の一部なのだ。

「できるときは手伝うよ」ジョーはシェリダンに言った。「タカのことはネイトから少し習った。だが、おまえがララミーへ戻る日が来たら、決断しなければならないだろう」

「ありがとう」

彼は近づいて、餌を食べている鳥の背をそっと撫で、同じことを翼にもした。右の翼の羽の下にはっきりと瘤を感じた。

「やっぱり。折れていると思うよ」

「自然に治らない？　ときどきそういうことがあるって聞いた」

「治らない場合もある」ジョーは答えた。翼が治癒しない鳥がどうなるか、二人とも知っていた。一帯のどの獣医も、固定する以外にできることがほぼないのでけがをした野生の鳥は治療しない。ジャクソンにリハビリセンターがあり、アイダホ州にも一ヵ所あるが、どちらかに行く時間をジョーがいつとれるかわからない——あるいは、どちらかが鳥を引き受けてくれるかどうかも。

「すぐ戻る」そう言って、納屋を出て家を回るとピックアップへ行った。救急箱から弾性包帯を一巻き出し、持って戻るとシェリダンに鳥が動かないように押さえていろと命じた。翼がしっかり固定されるように、注意深く弾性包帯を巻いた。そのあいだ鳥は金切り声を上げたりせず、ジョーは自分の手際に満足した。

「このままにしておこう。そして翼が治るかどうか様子を見るんだ。わからないよ。もしかしたら、また飛べるかもしれない」

ジョーはシェリダンの肩に手を置いた。彼女はタフで、自然界の命の輪をよく知りながら育ってきた。これがどんな結果になっても、シェリダンなら対処できる。

「だといいけど。この雄をもう好きになりかけてるの。ネイトは自分の鳥に名前をつけてた？」

「いや」

「あたしはつけたい」

ジョーはうなずき、家へ戻りかけたとき、シェリダンが言った。「環境保護局はすべてにおいて悪じゃない」

ジョーは戸口ではたと立ち止まった。「悪だとは言っていないよ。彼らは貯水設備の費用を支払ってくれた」

「たいていの場合は善意でやってると思うの」シェリダンは言った。「やってることは善のほうが悪より多いんじゃないかな」

ジョーは振りかえってうなずいた。「たぶんね」それ以上は口にしなかった。

「それを言いたかっただけ」シェリダンは目をそむけた。「ああだこうだ議論するつもりはないの」

「おれはおまえと議論する気はない。どんな官僚組織にも悪い卵がある。組織が大きくなればなるほど、卵も多くなる。狩猟漁業局にも何人か愚か者がいるよ。でも、どうしてこういうことが二度も起きるのか理解できない」

「そうね。とにかく、聞いてくれてありがとう」

「いや」ジョーは納屋のドアを開けようとした。

「そうだ——あとで見せなくちゃならないものがあるの」

「なんだ？」

「ばかな連中がプロングホーンの牡を何度も撃って腐るままに放置した事件、捜査してるよね？」

「ああ」彼は意外に思いながら答えた。

「だれがやったか、あたし知ってると思う」

「レストランでなにか聞いたのか？」

「ううん。フェイスブックに写真を上げてるの」

ジョーは微笑した。「そうか、ぜひ見たいな」

「ミスター・ロバートソンは人を殺したの？」

ジョーはためらったが、娘にじっと見つめられたので答えた。「おそらく」

「かわいそうなハナ」シェリダンはつぶやいて、チョウゲンボウに鶏肉をもう一切れやった。

ジョーは首の後ろで両手の指を組んで横たわり、暗い天井を見ていた。山から吹き下りてくる冷たい風がカーテンをかすかに揺らしている。囲いの中で争っている馬たちのいななきが聞こえる。午前二時半だ。

パムは帰り、ハナはまた残った。ジョーがシェリダンと納屋にいたあいだに、リーサ・グリーン-デンプシーから携帯に電話があり、町にいるから明朝七時半に〈ホリデイ・イン〉で朝食を一緒にと伝言を残していた。誘いではなく命令だった。

シェリダンはフェイスブックのページを彼に見せていた。十九歳のブライス・ペンダーガストと二十歳のライアン・マクダーモットで、両名ともサドルストリング在住、シェリダンとはハイスクールでクラスメートだった。ペンダーガストのページには、バナナ形弾倉のついた古い二二三口径ルガー・ミニ14ライフルを持つ彼の写真があった。マクダーモットのページには成獣のプロングホーンが何発もの弾(たま)で倒され、映っていないだれかがはやしたてている動画があった。写真と動画は一週間前の同じ夜にアップされていた。先端が象牙(ぞうげ)色の内側に巻いた角で、ジョーはそれがあの牡だと確認した。

「あなたも眠れないの?」完全に目覚めているメアリーベスが聞いた。

「ああ」

「ロバートソン一家のことが頭から離れない。なんて恐ろしいことがあの人たちに降りかかったの」

ジョーはうなった。「パムが話した経緯がどこか引っかかるんだ」

「彼女が嘘をついていると思うの？　なにか隠していると？」

「嘘でないならいいんだが。でも、アイダホで起きた事件と似すぎているよ。これがただの偶然の一致であるはずがない」

「悪意のある政治的指示があったかもしれないじゃない？　違う州の人間を同じ方法で追いつめるようにって？」

「どうかな。やりかたがあまりにも常軌を逸していたので、サケット事件について環境保護局は非難されているし悪評も立っている。局内で同じようなことを奨励するなんて、ありえないよ。とにかく、共通点はあっても違うはずだ。どう違うのかがおれにはわからない。それに、なぜブッチとパムが巻きこまれたのかもわからない」

メアリーベスはため息をついて彼に体を寄せた。「そこは同感よ。何年も前からの知り合いに、想像すらしていなかった事情があるのがわかると、いつだって茫然とする。ロバートソン夫妻と環境保護局にいさかいがあったとか、そんなに長いあいだブッチがパムと別居していたとか、夢にも思っていなかったもの」

「ずっと秘密にしていたんだよ」

メアリーベスは裸の腕を彼の胸に置いた。「ときどき、この世に存在するいちばん不思議なものはおたがいの関係じゃないかと思うの。閉じられたドアの向こうで起きていることは、想像を絶している」

「ああ」

「ハナのことがいちばん心配よ」

「そうだな」

ジョーは、現場に到着したバティスタとアンダーウッドについて考えた。アンダーウッドは自分が以前にも相手にしてきたタイプに見えた。タフで非情なプロフェッショナル――ほかに選択肢がなければきたない仕事も手際よくやる。友人のネイト・ロマノウスキやネイトの友人たちに少し似ている。アンダーウッドの態度やあてこすりにもかかわらず、ジョーは彼とは折り合いをつけられると思った。

バティスタは別問題だ。どことなくジョーの気にさわる。

だが、目を閉じるとブッチ・ロバートソンの取りつかれたような顔が浮かんできた。害虫で枯れた森の暗闇のどこかで、間違いなく自分を追ってくる人間たちの最初の気配に耳をそばだてている。

三日目

9

翌朝早く、デイヴ・ファーカスはドアを叩く音がする夢から目覚め、ほんとうにだれかがドアを叩いているのに気づいた。そしてドアをたたかれると、幅三メートル半、長さ十八メートルのトレーラーハウス――軽量ブロックの上にのり、はがれかけた板金でおおわれている――は鋲の部分から外れてきて全体が壊れそうに揺れる。じっさい、シンクの上の食料棚の皿がカチャカチャ鳴っていた。

「待ってろ、くそ!」彼はどなった。「いま行く、いま行くよ……」

ファーカスはベッドカバーをはねのけ、上で寝ていた野良の黒猫はギャッとわめいてクローゼットへ逃げていった。立ちあがると背骨がポキポキと鳴り、彼は両手で顔をこすった。Tシャツと毛玉だらけのスエットの上下を着てカウボーイブーツをはき、両側の壁に手をついてバランスをとりながらバスルームの横を通り、狭い通路を歩いていった。

デイヴ・ファーカスは五十七歳。下半身ががっちりした体型、しょぼしょぼした目、肉の垂れた頰、こめかみから下あごにかけてびっしり生やしたひげ、だんご鼻。左上の門歯には釣り糸を嚙み切ってきたせいで細い溝ができている。ガス台の上のデジタル時計に目をやると、六時二十九分だった。こんなに早く訪ねてくるなんて、いったいだれだろう。彼の経験では、何者かが朝七時前か夜九時過ぎにドアをたたいたら、ポーチでトラブルが待ちうけている。

金属製のドアのルーバー式の窓の隙間から、大きなシルエットが見えた。カウボーイハットをかぶっている。ファーカスは思った、おれをどやしにきたんだ。

ファーカスが借りているトレーラーハウスは町の南のヤマヨモギの生えた空き地にある。片側には町のゴミ捨て場、反対側には砂利の採取場が見える。かつてだれかが外に庭を造ろうとしたが、川辺の石で地面に長方形の輪郭を描いただけで終わっていた。エンジンのない一九五三年製シボレー・ピックアップがトレーラーハウスの横にタイヤもなく鎮座している。長年にわたってトレーラーハウスはここにあり、わずかに南へ傾いている。高緯度の太陽の光でカーテンは色褪(いろあ)せ、まるで羊皮紙のように見える。フォーマイカのテーブルの表面は前のオーナーのタバコの火の焦げ跡だらけで、床はざらざらしている。だが、衛星アンテナはある!

「どちらさん?」

「カイル・マクラナハン保安官だ」野太い西部風の話しかたで、相手は答えた。

「最近はなにもしちゃいない」ファーカスは言った。「それに、あんたはもう保安官じゃないだろ」

深いため息が聞こえた。「とにかくドアを開けるんだ。話がある」

「朝早すぎるよ」

「なんだと——ヨガでもやらなくちゃならないのか？　開けろ、ファーカス」

彼はためらった。地元の不動産業者と同棲を始めた〈ストックマンズ・バー〉の女性バーテンダーから、五ヵ月前にこのトレーラーハウスを借りた。何度も取りにくると約束したのに、彼女の荷物がまだたくさんクローゼットの箱に残っている。荷物を持っていくまで、今月の賃料五百ドルは払わない、とファーカスは彼女に宣言していた。じゃあ、あの女は自分を脅すために元保安官を雇ったっていうのか？

それとも別れた女房のアーディスか？　彼がクビになったのを知っているくせに、離婚手当を渡せと言っている。アーディスがマクラナハンを集金によこしたとか？

でなければ、マクラナハンは〈ビッグホーン・フライ・ショップ〉のつけの集金人になったのか？　ファーカスの借りを現金か、合計三百ドル相当になる野生の雄のニコライキジの皮、雄のオシドリの羽、観光客か田舎者用のフライに使うクジャクの尾羽かで、取りたてにきた？　マクラナハンが〈ビッグホーン・フライ・ショップ〉の近くをぶらついているのを、ファーカスは一度見かけていた。だからきっと、店主のトラヴィスは元保安官を集金によこしたのだ。

ファーカスは言った。「女たちがみんな髪に羽を編みこんでいるせいで、最近毛鉤用の羽がそこまで高くなってるなんて、ぜんぜん知らなかったんだ。おれは流行の犠牲者だ、フェアじゃないよ！」

マクラナハンは言った。「なにをほざいているのかさっぱりわからない。おまえに提案があるんだ、だからドアを開けろ、、、！」

デイヴ・ファーカスは寝癖でまだ斜めになっている髪をかきあげて、ドアのハンドルに手を伸ばした。

カイル・マクラナハンはファーカスが最後に会ったときよりも太っており、赤錆色(あかさびいろ)のたっぷりとした頬ひげをはやしていた。一年にも満たないあいだに、元保安官がどんな辛酸(しんさん)を舐(な)めてきたのか想像するのは簡単だった。なぜなら、マクラナハンが馬にニンジンをやっている写真と、〈われらが保安官カイル・マクラナハンの再選を〉というキャッチフレーズが描かれた看板が、サドルストリングの町境にまだ立っているからだ。そこを車で通るたびに、この男は悪態をついているんだろう、とファーカスは思った。

マクラナハンは、散らかったテーブルの片側のビニル樹脂のベンチに太った体を押しこんだが、帽子はぬがなかった。テレビの大河西部ドラマの主人公のような折り目をつけた上等の帽子で、さっそうとした開拓時代の雰囲気をマクラナハンに与えていた。頬ひげも雰囲気作りに役立っていた。

「コーヒーを淹れてくれないか？」マクラナハンは言った。「牛を持ちあげられるくらい濃いやつがいい」

「え？」

「いや、いい」マクラナハンは間延びした口調で言った。

マクラナハンはじっさいはウェスト・ヴァージニア出身なのに、いつのまにか西部開拓時代の人物を演じる俳優めいてきたと、ファーカスは聞いている。また、彼がずる賢く冷酷で野心的であることも知っている。マクラナハンが選挙で負けたあと、なにもかも不当だとわめき散らしながら二ヵ月間飲みつづけて、最後にはミーティートスの留置所に入れられたのは公然の秘密だ。ワイオミング州では噂が伝わるのは速い。

ファーカスがカラフェに水を満たしていつもの二倍の量の粉をフィルターに入れていると、マクラナハンは言った。「ブッチ・ロバートソンのことを聞いたか？」

その名前にファーカスはぎくりとし、蛇口の水で手を濡らしてしまった。振りむいて尋ねた。

「いや、彼がどうしたんだ？」

「どうやら一昨日、冷酷にも二人の連邦捜査官を殺害して丘陵地帯へ逃げたらしい。ほんとうに知らないのか？」

ファーカスは首を振った。三キロ以上先の町まで出かけていく理由もないので、三日間トレーラーハウスにこもっていたのだ。障害手当の月ごとの小切手はまだ来ないし、現金は手元にほとんどない。ガソリンもビールもなにも買えない。だから、ただじっとしてフライを巻き、前の所有者が食料棚に残していった缶詰を食べ、郵便配達人が救いの神の小切手を届けてくれるのを待っていた。職を失ってから、これが彼の毎月の習慣だった。

「捕まったのか？」ファーカスは尋ねた。

「けさの時点では捕まっていない。連邦政府の連中がシャイアン、デンヴァー、ワシントンDCから押し寄せている。しかし、彼らはまだ組織立っていない。噂では、今日このあと進軍命令を受けて、ロバートソンが最後に目撃された国有林の大規模捜索を始めるそうだ」

ファーカスはかぶりを振った。「おれにはさっぱりわからない。ブッチ・ロバートソンが逃亡者？」

「おまえは以前彼のところで働いていたな？」マクラナハンの保安官時代の不快な目つきと口ぶりはちっとも変わってない、とファーカスは思った。

「しばらくね」

「解雇されたと聞いたが」

「不当解雇で訴えてる」ファーカスは言った。「首のけがでおれにはできないことをやれと、彼に命じられたんだ」

マクラナハンは残忍な笑みを浮かべた。口ひげのせいで唇は見えづらかったが、ひげ全体が少し動いたのでファーカスにもそうとわかった。

「ああ、医者が見つけられない首の損傷ほど始末の悪いものはないな。いらだたしいだろう、どこも悪いところを見つけられないのに首がどんなに痛いか訴えつづけなくちゃならないのは」

ファーカスは半分満たしたカラフェをマクラナハンのほうに振ったので、テーブルの上に水が少しこぼれた。「提案があると言ったのに、あんたはおれの神経を逆なでしてばかりだ」

「これは失敬。おまえがそんなに繊細(せんさい)だとは知らなかったよ」

「首は痛むんだ」ファーカスは言い張った。

「おれのほうはきわめて頭の痛い問題を抱えていてな。やつの名前はマイク・リード、そしておれのバッジをつけておれのオフィスにすわっている足萎(あしな)えだ。おれはやつを〝車椅子探偵(ディック)〟と呼んでいる。車椅子に乗っていて、九人の同情票でおれを負かした野郎だからな」

この話はどこへ向かうんだろうと思いつつ、ファーカスはうなずいた。

テーブルの端が腹に当たらないように、マクラナハンは体をずらした。

「おまえはブッチ・ロバートソンと狩りにいっていたと聞いた。そうなのか？」

ファーカスはうなずいた。彼の元雇い主はシエラマドレ山脈でのファーカスの手柄を耳にしていた。無法者の兄弟二人を追うために、ファーカスが殺し屋チームの案内役になった事件のことだ。案内しているあいだほとんど迷子になっていたにもかかわらず、あとで話を粉飾したのでファーカスはかなり名を上げた。〈ストックマンズ・バー〉の客に、ウケを狙って自分は〝地上先導員(パスファインダー)〟と呼ばれていたと話したほどだ。ウケなかった。それにもかかわらず、ブッチ・ロバートソンはファーカスに彼の山を見せたがり、ファーカスもボスの頼みなので行くことにした。

「とんでもなくひどかったよ」ファーカスは答えた。「五日間ぶっ通しで山を登り、森の中を這いずりまわったんだ。人生でいちばんつらい体験さ。ブッチ・ロバートソンは頭がおかしいよ。日が昇る一時間前に狩りを始めて日が沈んで一時間たつまで続けるんだから。あの山々を隅から隅まで知ってる。最悪だったのは、狩りを続けたいからって六回もエルクを見逃したんだ。一種の……強迫観念にとりつかれてるみたいだった」

マクラナハンはにやりとした。「おまえはなにか学んだか?」

「なにを?」ファーカスはコーヒーメーカーに水を入れた。「学んだのは水ぶくれのできた足とずきずきする筋肉は、おれにとって楽しい時間じゃないってことだ」

「おれが聞いたのは、ビッグストリーム牧場の上の山々の地形について学んだか? ってことだ。お気に入りのエルク狩り地帯をロバートソンはおまえに教えたか?」

「ああ、あそこはピクニック気分で行くとこじゃない。上のけわしい場所だ」

「そこへ戻れば一帯の様子がわかると思うか?」

ようやく、ファーカスは話の核心を理解した。

「懸賞金がかかっている」マクラナハンは続けた。「連邦政府が出している、大金だ――噂が正しければ何十万ドルも。きっと景気対策資金から出るんだろうよ」彼は笑った。「だが、とにかくすごい大金だ」

「いくらだって?」

「それはどうでもいい。大事なのは、おれがブッチ・ロバートソンを見つけて捕まえるか、彼の死体を山から下ろすかだ」

ファーカスは首をかしげた。「でも、ブッチは人としてはかなりいいやつだったよ。ただ、エルク狩りバカってだけだ」

マクラナハンは蛾を払うように手を振った。

「ブッチ・ロバートソンについてはどうだっていい。おまえと山分けしようとしている賞金だって、じつはどうだっていいんだ」

効果を狙って間を置いてから、元保安官は続けた。「大事なのは、次の選挙のときの九票だ」

「なるほど」

「乗るか？」

ファーカスは、トレーラーハウスの中の色褪せたカーテンと傾いた壁を見まわした。ガス台のフードの下側に厚くこびりついた油を、マクラナハンのブーツのそばの床の隅にある猫の糞の山を。

「彼を見つけられると約束はできない」ファーカスは言った。

「約束しなくていい。ただ政府のやつらが首を突っこんでくる前に、おれに正しい方角を教えるだけだ」

マクラナハンは苦労して太った体を動かし、ファーカスがついだコーヒーのマグをとった。

「三時間後に馬と銃と装備を用意して戻ってくる。それまでに、ちゃんと準備ができるか？」

「できると思う」

「二昼夜分の荷物を詰めろ、そんなに長く山にいることにはならんと思うがな。ブッチは徒歩だって話だ。それほど遠くには行けないだろう」

ファーカスは尋ねた。「三〇‐〇六を持っていったほうがいいか？」

「そのライフルでなにかに命中させられるのか？」

ファーカスは肩をすくめた。ブッチと狩りに行って以来照準の調整もしていないし、あのときスコープを岩や木に何度もぶつけたのを思い出した。

マクラナハンは彼の表情を読みとった。「心配するな。おれが充分な武器を用意する」

ファーカスはかぶりを振った。「ブッチ・ロバートソンがなあ――どうも合点がいかない。彼はいつだって、ほら、家族思いに見えた。建設現場ではおれをこき使ったけどね。あんたがやったと言ってることを、彼ができるとは思えないんだ。どういう話になってるんだ？」

「おれが彼を告発したんじゃない。〝車椅子探偵〟と連邦政府のやつらだ。こっちはただ話に乗るだけさ」

「おれたちだけ？　おれとあんただけか？」

マクラナハンは警告した。「こまかいことをぐだぐだ言うな、デイヴ。計画を立てるのはおれにまかせておけ。おまえの仕事は案内することで、考えることじゃない。いいな？」

ファーカスはうなずき、マクラナハンが出ていったあともうなずいていた。マクラナハンがドアのステップに体重を乗せたとき、トレーラーハウスは揺れた。

自分は正しかった。トラブルは朝早くやってくる。

10

新局長と朝食をとるべく〈ホリデイ・イン〉へ向かう途中で、ジョーは町を見下ろす段丘の上にあるトゥエルヴ・スリープ郡空港のそばを通った。高い金網フェンスが敷地を囲んでいるのだが、プロングホーンの小さな群れがまた森から来て二本の滑走路のあいだで草を食んでいた。成獣のプロングホーンの体重は三十五キロから七十キロ近くあるので、群れはあきらかに着陸してくる飛行機と自分たちを危険にさらしていたが、ふだんは遠く離れているだけの分別がある。

約束がなければ、立ち寄って空包を撃ってプロングホーンを追いはらうのだが。プロングホーンが滑走路のあいだから動こうとしない場合、移動させて担当地区のどこかへ運ぶ必要が出てくる。小さなプロペラ旅客機が一頭か二頭にぶつかる可能性を思って、ジョーは身震いした。

そして草を食むプロングホーンの向こうでは、州所有の格納庫の前に止まった八人乗りのセスナ・アンコール・ジェット機が輝いている。尾翼にははね上がる馬と乗り手の見慣れたロゴが描かれている。あれは〈ルーロン・ワン〉――知事の専用機だ。

ホテルの奥にある古びたアトリウムをレストランへ向かって歩きながら、ジョーは腕時計を見た。時間どおりだ。新局長の女性はどんなだろう？　きちんとしているがしゃれた服装、ビジネスライクでプロフェッショナルな雰囲気、やる気まんまんの熱心な態度にちがいない。

壁ぎわのブースに一人ですわり、〈キャスパー・スター―トリビューン〉を速読している女性が目に留まった。コーヒーのカップの横のすぐとれるところにiPhoneが置いてある。

彼が近づくと、リーサ・グリーン－デンプシーは顔を上げた。当人であることに疑いはなく、すぐわかるようにプロファイリングができた自分を、ジョーはほめてやりたかった。彼女はあわててつまずきそうになりながら立ちあがり、新聞を脇に放ってカーペットの上をジョーのほうへ大股で歩いてきた。彼の差しだした右手を両手で包むように握って、上下に振った。「これが悪名高いジョー・ピケットね——会えてとてもうれしいわ」

「悪名高い？」

「言葉の選びかたがよくなかったようね」彼女はジョーの手を握ったまま自分のブースへ導いた。「わたしのことはLGDと呼んで」

「わかりました、LGD」彼は帽子をぬいで山を下にして横に置いた。

「LGD局長よ」彼女は硬い微笑を浮かべた。

すらりとして背が高く、まっすぐな薄茶の髪を額の真ん中できっちりと分けている。白髪がまじっており、あごの線でカットしてあるので、長くないのにロングヘアのような印象を受ける。頬骨は高く、デザイナー・ブランドのめがねは、大きすぎる青い目をさらに際立たせている。口全体が動く意気ごんだほほえみ、上下の歯を囲む薄い唇。熱意があふれすぎて、押しつけられているような気分になる。相手の計算された誠意のほとばしりに、ジョーはいささか圧倒された。

彼が向かいの席に腰を下ろすか下ろさないかのタイミングで、彼女はしゃべりだした。

「朝日が山々を照らしだすころランニングしていて、思ったの。ここはなんてすばらしいところだろうって」指を空中で振ってみせた。「山々と新鮮な空気、川の澄んだ水、小道沿いでミュールジカまで見かけた。二頭の牝と仔ジカたちが、走っていくわたしを眺めていた。思ったのよ、この環境を未来の世代に残していかなければならないって。わたしたちと同じように、彼らも自然を見て体験する必要があるわ。そしてときに、いまあるものを当然として受けとめているのがわたしは不安になる、わかるでしょ？」

ジョーは答えた。「ええ」

「わが局の重要な任務の一つは、生存可能な野生動物が感じさせてくれる賞賛と驚嘆の念を広めていくことだと思うの。ベタぼれすぎだと思われないといいけれど、そう信じている」

ジョーはうなずいたが、相手と視線を合わせているのに苦労した。なぜなら彼女のまなざしは……真剣すぎるからだ。ウェイトレスが注文をとりにきたときには、ほっとした。

「彼、メニューがまだよ」グリーン‐デンプシーはいたずらっぽくウェイトレスに言った。

ウェイトレスの女は中年で太りすぎで、幅広の顔に頑丈な脚、口元には冗談を受けつけない雰囲気が漂っている。名札には〈メイヴォンヌ〉とあった。ジョーが赴任したころからレストランで働いており、無礼な接客で知られていた。口を閉じているのがとてつもない苦労であるかのように大きく息を吸うと、ジョーを横目で見て、次に彼のボスに視線を向けた。

「いいんだ」敵意が爆発しあうのを避けようと、ジョーは急いでメイヴォンヌに言った。

「おれはいつものを頼む」

メイヴォンヌが彼のコーヒーカップを満たして言った。「裏返して片面も軽く焼いた（オーバーイージー）卵二個、ハム、ハッシュブラウンなしの小麦トースト？」

「ああ」

「ケチャップとタバスコも？」

「そう、お願いするよ」

彼女は一声うなってきびすを返し、キッチンへ向かった。

「ここのサービスはもっと向上の余地があるわ」グリーン－デンプシーは下がっていくウェイトレスを見ながら言った。「それに料理は……」顔をしかめて、丹念に調べたらしいフルーツの皿を示した。「新鮮とは言えない。いつから奥に置いてあったものかわかりゃしないわ」

「ここは果樹園からも海からも遠いですからね。近くでとれたもの以外、わたしはあまり食べない」ジョーは肩をすくめた。「それが一つの常識なんです」

グリーン－デンプシーは、メイヴォンヌが通ったばかりのキッチンへのスイングドアを一瞥（いちべつ）した。

「彼女は態度をあらためるべきよ」

ジョーは肩をすくめた。「メイヴォンヌの息子はアフガニスタンへ出征しているし、夫は職が見つからない。彼女は仕事を掛け持ちしているんですよ。わたしは大目に見ています」

「あらそう」ＬＧＤはとまどっていた。

グリーン－デンプシーは言った。「当面の問題を話しあう前に、あなたと狩猟漁業局のあいだを完全にすっきりさせておきたいの」

ジョーは顔を上げた。「すっきりさせるべきことがあるとは知りませんでした」

彼女はぎごちなく笑った。「もちろんあるのよ、でも心配しないで。わたしの考えのもとでは、みんなが新たなスタートを切るの。まったく新しい日の始まりだし、局のイメージはすぐに一新される。そしてわたしの部下全員――わたしのチーム全員――に知っておいてもらいたい、過去に起きたことはすべて過去のこと。言ったように、みんなが新たなスタートを切る。過去は清算される」

その口ぶりは勝利感に満ちていた。

ジョーが答えないでいると、グリーン－デンプシーは続けた。「これまであったことに引っかかっていた人たちもいるでしょう。前局長が野蛮な殺されかたをしたとき、ある猟区管理官があまりにも現場近くにいたとか、近くに住んでいた連邦政府からの逃亡者と少し親しすぎたとか、口にする人もね。勤務記録に方針への反抗と明白な不服従があった者は将来も方針に反抗し、不服従をくりかえすと言う人もいるかも。でも、そういう人たちはたぶん間違っている」

ジョーが口を開いて〝そういう人たち〟とはだれかと聞く前に、グリーン－デンプシーは言った。「あなたに持ってきたものがあるの」

「なんです――わたしの解雇書類ですか？」

LGDは大声で笑い、ジョーの手の甲をたたいた。「ほんとうに面白い人」

自分がしかめつらになるのが彼にはわかった。

「ほら」大きな分厚い法律文書サイズの封筒を、彼女は差しだした。

ジョーは受けとった。

「開けて」グリーン－デンプシーは目を輝かせていた。

ジョーは指で封を切って開き、中身をテーブルの上に出した。入っていたのはラミネート加工されたカード、狩猟漁業局のバッジ、それにもっとサイズの小さい封筒だった。

「バッジはもう持っていますが」彼はとまどった。

「ナンバーを見て」彼女は楽しさを隠しきれなかった。

一瞬にして相手の言葉の意味を理解し、彼はバッジに〈ジョー・ピケット、猟区管理官、#21〉と記されているのを見た。

「番号は、数年前の不運な出来事がなかったらそうであるべき位置に戻ったのよ。わたしのスタッフに調べさせた結果、いまあなたはナンバー21に返り咲いた。そしてそれが本来のあなた。おめでとう、ジョー。復帰を歓迎するわ」

彼はバッジをなでた。ラミネート加工されたカードにも、新しい――元に戻った――番号が記されていた。自分は一気に二十七人を飛びこえたのだ。

「ありがとうございます」

「封筒の中には、すべてを公式に認めるわたしからの書類が入っている」

「感謝します」

グリーン-デンプシーはうなずいた。「猟区管理官にとってこのナンバーがとても大切なこと、もっとも低いナンバーこそが長い勤続年数を表していると知ったとき、あなたがどれほど地位を剝奪（はくだつ）されたと感じたか、よくわかった。だれでもそう感じるはずよ」

考えるという行為をことさら強調するように、彼女は人差し指を上げてあごの横に触れた。

「そこで考えたの、猟区管理官が不適切な行動をとってしまう原因はなんなのか？　あらゆる点で優秀で信頼できる職員が、大きな組織の中のほかのだれよりも州の財産に三倍もの損害を与えてしまうのは、なぜなのか？　最初は不思議だったの、でもあなたの過去を聞いてみたら、前局長があなたからキャリアをとりあげたことがわかった。文字どおり、地位を剝奪されていた。だから、わたしは考えあわせて正しい結論を出したの」

ジョーは当惑で顔が赤らむのを感じた。

「こんなことをしていただく必要はほんとうにないんです」彼は言った。「自分のバッジナンバーに不満はありません」

「あなたはそう言うけど」わかっているわよ、というふうな茶目っ気のある口調だった。

「ほんとうです。でも、おはからいには感謝します」

「もちろんよ。言ったように、まったく新しい日の始まりなの。あなたみたいな人をうまく辞めさせるのが、組織の変革にあたっては最善だと考えていた人たちはいたわ」

「いつもそういうことを言う人たちはだれなんですか？」

「それはどうでもいいの」彼女はそっけなく答えた。「知事はあなたをとても高く買っている」

「そうですか？」

「直接わたしにそう言った。かつて自分のためにしてくれた特殊な任務についても知事は触れたけれど、くわしくは話さなかったわ」

「なるほど」ジョーも説明は避けた。もし知事が、取り決めの件や自分のために彼がした仕事についてグリーン＝デンプシーに話さなかったのなら、それはジョーも彼女には話すなというメッセージだろう。

「ところで、知事はいまどこに？」ジョーは周囲を見まわした。レストランもロビーも無人だった。

「ああ、ここにいるわよ。昨夜一緒にチェックインしたの。じつは、同時にね」彼女は目をぐるりと回して、ほのめかしたことに赤面したが、ジョーは無反応だった。「だから、きっと自分の部屋で仕事をしているか、地元の役人と会っているんじゃないの。わたしの局のような組織を束ねていくのがどれほどのストレスか、あなたには想像もつかないわよ。ましてや、州全体となればね」

ジョーには想像がついた。だが、LGDに〝わたしの〟局、〝わたしの〟チーム、〝わたしの〟スタッフと言うのをやめてもらいたかった。たんなる言いまわしで、真意ではないといいが。

「それはそうと、変革とはどういう意味でしょう?」ジョーはビル・ヘイリーの勇退の決断を思いおこした。

「猟区管理官の任務を再検討したの。三分の一は資源の管理、三分の一は地主と地域社会の調整、三分の一は法の執行。そうね?」

「ええ」

「でも、わたしの見るところ、ほとんどの猟区管理官はほかの二つを犠牲にして、法の執行に比重をかけすぎている。そして、野生動物の評価はその中に押しこまれている状態」

彼は用心深くうなずいた。同意はしても、話がどこへ向かうのか心配だった。

「わたしは狩猟漁業局をよりよい方向へ変えたいの、ジョー、そしてあなたに助力を頼みたいのよ」

「助力?」

「新しい地位を設けたところなの、現場連絡担当官。現場連絡担当官はわたしの直接の指揮下に入り、わたしの目となり耳となり、州全体の猟区管理官と生物学者に向けた新たな政策の代弁者となる。ああいう人たちの多くが、自分たちのやりかたに頑固にこだわっているのはわかっている。でも、彼らが知っていて信頼していて——賞賛している人間がその地位につけば、きっと説得できる。彼らと同じ場所にいたことがあり、彼らの問題をよく知っている人間がつけばね。その人間とはあなたよ」

「わたしに新しい仕事をしろと?」

「いますぐ返事をしなくてもいいけれど、本気で考えてみて。いい、シャイアンの本部にはわたしの頭がおかしいと思っている人たちもいるのよ。彼らのあいだで、あなたの人気は高くない。たとえば、州支給の車両の破壊記録を指摘する。でも、猟区管理官たちのあいだでは——悪口なんて一言も聞かない。あなたが言うことなら、彼らは耳を傾ける」

ジョーは黙っていた。

「年俸は一万八千ドル上がるし、階級も二つ上がる」

「その仕事はどこで?」

「シャイアンよ、もちろん。じつはわたしの隣にオフィスもう用意してあるし、二人で同じスタッフを使える」

「シャイアン？」

「わたしたちのオフィスがあるのは、そこ」

ジョーはこれまで本部へ行くのを極力避けてきた。退職するまで狩猟漁業局の敷居をまたがなかったことを誇りにしていた往年の猟区管理官を、何人も知っている。

「わたしを選んでくださったのはうれしく思います。だが、この件はじっくり考えなければならないし、妻とも相談しないと。彼女はいまここで事業を始めたばかりで」

「奥さまと相談するのは当然よ。そう思っていたわ」

「あなたが提案するさまざまな変革について、もっと伺う必要がある。もしわたしがそれに賛成できないときは、ひどい代弁者になりますよ」

「もちろんよ」グリーン－デンプシーはすわりなおした。「あとで時間をとりましょう。でも一つ断固として決意しているのは、現場の猟区管理官の数を減らして、かわりに新しい考えかたに適応した人たちを配置することなの」

彼はグリーン－デンプシーを見つめた。「わたしの仕事がなくなるだろうと言うんですか？」

「なにごとも不変ではないわ」

彼女はテーブルごしに身を乗りだし、大きな目をさらに大きくした。「ジョー、いまは二十一世紀で、新しいパラダイムの時代なの。もはや開拓時代の西部ではないし、ずっと前から違うのよ。かつては、野外に出る猟区管理官がほぼ完全な自主性を与えられていたのはわかっているし、狩猟（ゲーム）と漁業（フィッシュ）が獲物をとることと同義だったころには、たぶんそれでよかったんでしょう。でも、わたしたち全員が、もう狩猟許可証を調べてまわるためにここにいるのではないと自覚するべきなの。ここにいるのは、貴重な資源を救い、守るためよ」

「わたしたちがやっているのは狩猟許可証を調べることだけだとお考えですか？」

「いいえ、もちろん違う。だけど、それはすべてあとで話せるわ。山の中のどこかでいまだにスタックしたままの、局の車両を回収するあなたの計画についてもね」

「雪原の中です。掘りだす必要がある」

「ええ、そうね」彼女の顔がほんの一瞬きびしくなり、すぐに元に戻った。「でもまずは、捜査の面で全面的に協力するとわたしがミスター・バティスタとミスター・アンダーウッドに請け合ったことを言っておく。つまり、あなたが協力するのよ」

　ジョーは口笛を吹いた。

「問題ある？」彼女は尋ねた。

　メイヴォンヌが彼の朝食を持ってきた。ジョーが食べているあいだに、グリーン－デンプシーはウェイトレスに皿を下げさせて、新鮮そのものの果物だけを持ってくるように命じた。メイヴォンヌはまた大きく息を吸い、足音も荒くキッチンへ戻っていった。

捜査の状況をLGDに聞かれて、ジョーは答えた。「彼らは高圧的すぎる。恐ろしい犯罪がおこなわれ、犯人を見つけなければならないのはわかっています。しかし、このバティスタのやりかたは……」

「彼らは必要と思うことをしているの。そしてわたしたちは協力と支援を約束した。知事もこれには全面的に同意しているのよ」

「知事が？」異論の多い問題をめぐる連邦政府を相手にしたルーロン知事の伝説的な闘いぶりを、ジョーは知っていた。たとえば、オオカミに関するワイオミング州と連邦政府の対立に決着をつけるために。知事は一度内務長官に腕相撲を挑んでいるのだ。

「この件に政治的な雑事を持ちこむことはないわ。巻きこまれる必要のない事件よ。でも、ミスター・バティスタとミスター・アンダーウッドには全面的な支援と専門知識をあなたが提供する、確約できるわね？」

ジョーはコーヒーを一口飲んだ。「ええ、彼らが少し冷静になってくれるなら。ブッチ・ロバートソンを捕えるのに懸賞金を出そうとしているんですよ。あんなのはこの事件に対処する方法じゃない」

「文句はなし」彼女はふたたび鋼（はがね）のような口調になった。「あなたの確約はもらえるの？」

ジョーは大きく息を吸った。「ええ。まだ合流を求める連絡はありませんが、今日じゅうには来るでしょう。彼らに手を貸すと同時に、これが一種の処刑にならないようにすることは、たぶんできる。あのアンダーウッドという男をわたしは信用していません。ブッチを喜んで射殺しそうなタイプに見える。アンダーウッドを阻止して、ブッチを彼がいるべき留置場に――とにかく彼自身の安全のために――入れることはできると思います」

「それでいいわ、ジョー」彼女は言ったが、さっきのような熱意はこもっていなかった。

「バティスタたちの動機に、あなたは疑問を持っているようね」

「動機はまったく疑っていませんよ。彼らは二人の特別捜査官を殺されたんだ。もしそれが二人の猟区管理官だったら、わたしも同じようになるでしょう。だが、彼らは保安官に自分の仕事をさせるべきだ」

グリーン-デンプシーの怪しむような視線を受けて、ジョーは続けた。「この種のケースはいやというほど見てきました。そして大きな問題だ。ときどき連邦政府はあまりにも早々と押しよせてきて、地元の人間をみんな無能と見なしがちです。だれがボスなのかはっきりさせたくて、不在地主が過剰に反応するようなものだ」

「でも、これは連邦政府の事件で、地元の事件じゃない」

「事件の背後についてご存じですか?」

「多少は聞いたけど」

「わたしが聞いたうちでも最悪の話の一つです、もしほんとうなら。そしてこの手のことが起きたのは初めてじゃない」

「目下、それはわたしたちの関心事じゃないの。さまざまな局面で州と連邦政府が争っているのは、あなたも知っているわね。ルーロン知事の決定が原因で、司法省と内務省がワイオミング州を訴えるという噂さえある。知事だって問題を増やしたくはないのよ」

「みんなそうです」

「もしかしたら」彼女はテーブルの向こう側から彼の手に触れた。次に言うこととはうらはらな奇妙な仕草だった。「もしかしたらあなたはこの件の関係者にちょっと近すぎるかもしれない」

その言葉に含まれる真実に胸を刺されて、彼は視線を返した。「そして、もしかしたらあなたは遠すぎるかもしれない」

グリーン-デンプシーは微笑したが目はまったく笑っていなかった。そのとき、ジョーは彼女が新しい仕事を提供している理由の一つは、〝友人は近くに置け、敵はさらに近くに置け〟というたぐいのものだと知った。

テーブルの上でiPhoneが振動し、彼女は画面を見た。

「この電話には出ないと。ストレスが多いって言ったの、わかるでしょう?」グリーン-デンプシーはブースからすべり出た。スマホで話しつつ、空いている手を大仰に振りまわしながら、彼女がすたすたとアトリウムを横切っていくのをジョーは見送った。

ジョーが朝食を終えたとき、ＬＧＤは戻ってきた。新しいフルーツの皿が運ばれてきていたが、見たところ最初と同じ皿で、さっきより湿っているだけだ。メイヴォンヌとコックがつばを吐きかけたわけではあるまいな、と彼は思った。

リーサ・グリーン－デンプシーは皿をにらんで脇にどけた。「たとえ自分でスーパーへ行かなければならないとしても、この町のどこかに新鮮な食材が手に入る場所があるはずよ。残念ながらわたしは空港から知事の車に同乗してきたし、彼がいまどこにいるのかわからない。あなたの町にタクシーは走っていないわよね？」

「ええ。でも、喜んでお連れしますよ」ジョーは言った。

「ほんとう？」彼女は心底うれしそうだった。

「まず最初にすまさなければならない用事があるんですが、さしつかえなければ」

「ぜんぜんかまわないわ」

ジョーは勘定書きを手にした。グリーン－デンプシーは食事していないのに、自分の朝食を払わせるのは不適切に感じた。

「組織変革の計画をすべて立てる前に、わたしに同行してどんな仕事をしているか、少しご覧になりませんか？」

「そのあとスーパーへ連れていってくれる？」彼女は腕時計を見た。

「ええ。行きましょう、ＬＧＤ局長」

「上着をとってくる」

レジで、メイヴォンヌはジョーを見てかぶりを振った。

「あなたも大変ね」

「新しいボスだよ」

「彼女がこのあたりの出身じゃないのはわかった。長く滞在の予定？」

ジョーは肩をすくめた。

「だって、もしそうなら、あたしと彼女は濡れた靴下二足みたいに乾燥機の中をぐるぐる回ることになるから」レジを打ちながらメイヴォンヌは言った。

ジョーはにやりとした。相手がなにを言っているのかさっぱりわからなかったが、意味は汲みとれた。

「もう一つ」メイヴォンヌは声を低め、その様子にジョーは思わず身を乗りだした。「もしあたしが聞いたようなことをやつらがブッチ・ロバートソンにしたのなら、彼がくそったれども全員をやっつけるように祈る」

「知事と会ったら、それは言わないほうがいいよ」

「もう言った」

「え？」

「けさ会ったから」彼女はゆがんだ笑みを浮かべた。「グレイヴィ添えのパンを注文して、チップをはずんでくれた」

「どこへ出かける（ゴーイング）か言っていた？」

「ええ」彼女はしたり顔で笑った。「頭がおかしくなりそう（ゴーイング・クレイジー）だって」

11

「彼の名前はブライス・ペンダーガスト」ジョーはリーサ・グリーン－デンプシーに告げた。「そして共犯者はライアン・マクダーモット」

　セーターをはおり、ブリーフケースをひざに置き、携帯を手に持っている新局長を乗せて、ジョーはサドルストリングの町を車で走った。一緒に来たことで、彼女は親しみやすい人間と思わせようとしているようだ。運転台のいたるところに詰めこまれている装備や書類のだらしないありさまを、彼は恥ずかしく感じた。けさはチューブもデイジーも連れてこなくて幸いだった。

「わたしのオフィスのようなもので」彼は弁解した。

「わかる。それで、なにをしようというの？」

「卑劣な密猟者二人を調べにいきます。このあたりで見かけている連中です。簡単な仕事についていては、たいてい気に入らなくてやめてしまう。二人ともハイスクールを中退しているが、ブライスは高卒の学力検定試験に受かっているかもしれない。ライアン・マクダーモットは飲酒運転で何度か捕まっているのを警察の記録で見ました。ブライス・ペンダーガストは車上荒しで一度検挙されていたと思います。だが野外で会ったことはない、だからわたしは二人を町のトラブルメーカーで、密猟者ではないと考えていました」

グリーン－デンプシーは残念そうに言った。「機会を奪われた若者たちがどうなるかは、悩ましいわね」

ジョーは首を振った。「ブライスの両親はハイスクールの教師で、ライアンの父親は聖公会の主教だ。二人には山ほど機会があった——たんに求めなかっただけです」

「あらそう」彼女はすばやく言って顔をそむけた。

「ときには人はただ卑しくなる。だれもそうならないように防ぐ方法を考えようとすると、気が変になりますよ。われわれにできるのは悪いやつらを捕まえて、できれば隔離することだけです」

グリーン－デンプシーは共感を示した。「それには同意できる」

「共通点が見つかりましたね」ジョーは微笑した。「狩猟漁業局の規則を破る者たちは、往々にして善良な住民に本物の危害を加えるようになる。まるで、さらに悪質な犯罪に走るゲートウェイ・ドラッグのようなものだ。法執行機関の〝割れた窓〟理論をお聞きになったことは？」

彼女はうなずいた。「ごくささいな犯罪でもきびしく訴追すれば、そういう雰囲気が作られてより大きな犯罪を防止できる、というあれね？」

「そのとおり。まあ、これはそれの西部バージョンです。禁猟期に理由もなくスリルを求めて動物を殺す者は、たいてい規則や法律への敬意を欠いており、もっと悪いことをする前段階にいる。だから、そういう人間を捕まえたらわたしはきびしく処罰します」

グリーン－デンプシーは彼の言ったことを考え、同意したように思えた。

町の西の境界のぎりぎり外にある、どこの自治体にも属していない地域へ、ジョーは進んでいった。舗装道路はでこぼこの土の道になり、郊外の整然とした住宅街は、じつにさまざまなタイプの家やトレーラーや、廃車と雑草だらけの空き地へと変わっていった。

ジョーは犯行の内容とシェリダンがフェイスブックで見つけた写真について、グリーン－デンプシーに説明した。ＬＧＤは興味深そうに耳を傾けていた。「写真をネットに上げるほど彼らはばかだと本気で思っているの？」

「ああ、ええ」

「うんざりする」

「そうですね。動物を虐殺して腐るがままに放置するほど、わたしにとって腹のたつことはない」

「だけど、フェイスブックに上げるなんて……どこまで頭が悪いの？」

「悪いんです。たいていの犯罪者はたいして利口じゃない――それが犯罪者になる理由だ。非合法の記念品の獣の頭部を剝製にして居間に飾っていたので、捕まえたこともあります。だがこれは新機軸だ、サイバー空間にトロフィを飾るわけですからね」

「こういう人たち」風に吹き飛ばされないようにタイヤを屋根に置いている、いまにも倒れそうな家やトレーラーハウスを窓から見て、グリーン＝デンプシーは口を開いた。そのあと自制して続けた。「言いたいことはわかるでしょう」

「みんなが悪いわけじゃない」ジョーはかばうように答えた。「われわれが捜査しているたぐいの犯罪は、じっさいはかなりめずらしいんです。このあたりの大多数の人々は、わたしと同じく密猟者を憎んでいて、通報してくれる。彼らは野生動物を資源とみなしているんです。みんなと同様に、乱獲されるのは望んでいない。乱獲にもさまざまあって」踏みこみすぎているのを知りつつ、ジョーは続けた。「家族に食べさせるためにシカを殺した男を見つけたら、枝角がほしいからシカを殺した男よりも、わたしはたいてい手加減を加えます。だが、こういう事例――死骸を放置していくこと――にはまったく同情の余地がない」

彼女はジョーを見ずに言った。「つまり、あなたは自分のルールに従っているということ？」

「そのあたりは裁量だと考えています」

「わたしの猟区管理官たちはみんな自分のルールを持っているわけ？」

「それはわかりません」相手の燃えさかる火に燃料を注いでしまったことに、ジョーは気づいた。

「住民たちと親しくなりすぎると、わたしの部下たちは……そこの土地っ子になってしまうんじゃないかと、心配なの」グリーン－デンプシーは彼の反応を確かめるように見つめた。「ほら、たとえば前の晩にＰＴＡの役員会で会った相手は逮捕しづらくなるかもしれない。さもなければ、地元の牧場主と同じソフトボールチームにいたら、彼が損害賠償を要求してきたときいつもより思いやり深くなるかもしれない」

ジョーは肩をすくめた。「奉仕している人々のことを知っていれば、われわれはいい仕事をすると思います――地域社会に参加していれば」

「だれに奉仕しているかを、あなたがたが忘れなければね」彼女は言うと、話は終わったというように座席の上で体をずらした。

フォース・ストリートで曲がり、茂りすぎたハコヤナギの古木の林の中で、車の速度を落とした。ブライス・ペンダーガストの最新の住所、ジョーが探していたメゾネット・アパートがあった。アパートの半分が彼の住まいだった。左側と右側のメゾネットでは様子が大きく違っていた。右側はペンキ塗りたてで、ポーチの横には花が植えられ、窓には花柄のカーテンがかかっていた。右側の芝は緑でよく手入れされていた。カーポートの下には年代もののビュイックが止まっている。

アパートの左側にはジャッキアップされたフォードF－150が縁石の正面に止まっていて、歩道をふさいでいた。ペンキを塗られていないピケット・フェンスと玄関のあいだの狭い庭は干からびて、門とドアをつなぐ壊れた歩道の両側には黄色い楕円形の焦げ跡が続いていた。

「どっちがブライスの家かわかりますね」ジョーは車を路肩に寄せてエンジンを切った。

そして自分の居場所を通信指令係に伝え、野生動物虐待の容疑者を尋問する予定であることと、相手の名前と住所を教えた。

「GF48、以上」そう告げて無線のマイクを戻した。そのあと思い出して、グリーン－デンプシーに向きなおった。「GF21と言うべきでしたね」

彼女は不安そうにうなずき、ジョーと暗いメゾネットを交互に見た。

ジョーは小型デジタル録音機を床のかばんから出して電池を確認し、スイッチを入れると胸ポケットにおさめた。

「それは合法なの？　そんなふうにだれかとの話を録音するのは？」

「ええ。会話が録音されていることを一方が承知していれば、合法です」彼は辛抱強く説明した。

「じゃあ、これからいきなりあそこの家へ行ってドアをノックするわけ？　助けを呼ばないの？　応援を？」

「応援はいません」冷静さを失わないようにして彼は答えた。「それに、保安官事務所はいま大忙しだと思いますよ、そうでしょう？」

「でも……」

「落ち着いて。いつものことです。わたしはあそこへ行ってブライスがいるかどうか確認し、いたら尋問します」

「どうやって？　あなたには令状も……」

「わたしはこうしているし、何度もやったことがある。標準的な手順です。もしブライスかライアン・マクダーモットが出てきたら、愛想よくプロらしくふるまって、こう言う。『やあ、きみたち。おれが来た理由はわかると思うが』それからなりゆきを見る、彼らが知らないふりをするか、嘘をつきはじめて饒舌（じょうぜつ）になるか、あるいは別の手に出るか。その場で自白するケースも何度かありましたよ。ときには、わたしが知りもしない犯罪を告白することもあるし、共犯者を白状することもある」

グリーン＝デンプシーはあからさまな疑いをこめて彼を見た。「この件は二、三日置くべきじゃないの。その——保安官事務所が手を貸せるようになってからにしたほうが」

ジョーは考え、かぶりを振った。「プロングホーンが撃たれてから一週間たっている。おそらく彼らは逃げおおせたと思っている。だが、野生動物を殺したせいで、彼らの多くは人を撃ったよりもひどく動揺するんです。残っているひとかけらの良心が、おまえたちはほんとうに悪いことをしたと告げるんですよ。だから、尋ねるだけでしばしば自白を始める」ジョーはデジタル録音機に指先で触れた。「そして自白すれば、わたしはここに記録する。彼らが嘘を並べてなに一つ認めず、わたしを中に入れなくても、自分たちは疑われていると知る。それだけであとから出頭してきたり、仲間を密告したりすることがあります。こちらが現れるだけで、ものごとは正しい方向へ動いていく」

彼女はかぶりを振って、頭がおかしいんじゃないかという目をジョーに向けた。

「あなた、一日じゅうこれをやっているんじゃないわよね」

「違います」彼は車のドアのハンドルに手を伸ばした。「あなたはここにいてください。たぶん二、三分で戻ります」

「いいえ。見届けたい。わたしの猟区管理官たちがなにをしているのか、見たいの。現場でものごとがどう動くか知らなかったら、わたしはちゃんとした局長にはなれない」

「わかりました」ジョーは車から降りて帽子をかぶった。「あなたが応援要員になってください」

彼女はぎごちない笑みを浮かべた。

朝から気温が上がって、また暑い八月の一日になっていた。ハコヤナギの古木の茂みから飛んでくる透明なワタが草の先端に引っかかり、どこかへ運んでくれるそよ風を待っている。壊れた門に近づきながら、ジョーは本能的に手を下げ、ベルトのグロック、手錠、クマよけスプレーに触れた。装備がちゃんとあるのを確認しただけだ。開けると、門の蝶番(ちょうつがい)がきしんだ。リーサ・グリーン-デンプシーは三メートルほどの距離を保って後ろから庭に入った。

共用の庭の左側の草についている焼け跡はなんだろうとジョーが考えていると、一人の女が右側の網戸を開け、内側に立った。

「猫のおしっこのことで来てくれたの?」女は聞いた。「来るころだと思っていた」

女は七十代ぐらいで、厚いローブをまとってピンクのスリッパをはいていた。片手にコーヒーのカップ、片手にタバコを持っている。

「なんですって?」ジョーは尋ねた。

「猫のおしっこみたいなひどい臭いなの」女は首を傾けて隣家を示した。「こういう風のないときには、臭いで気分が悪くなるのよ。掃除するように言っても、あの人たちは笑って猫なんか飼っていないと言うだけ」

そのときジョーも臭いを嗅いだ。アンモニア臭を。

「猟区管理官をよこしたとは驚きだわ。でも、文句は言わない。保安官が来ると思っていたんだけど、きっとあなたがこのあたりの動物の責任者なのね」

「そのようなものです」ジョーは答えた。「だが、わたしが来たのは別の用事なんですよ」

「やっぱり」彼女は天を仰いだ。「だれもあたしの問題にはとりあってくれないようね。この家主でさえ、肩をすくめて、彼らはきちんと家賃を払ってくれるからなにもする気はないと言った。賃貸契約書にペット禁止と書いてあるのを見せたのに、家主はまったく相手にしてくれないの」

「残念だが、わたしが来たのはそのためじゃないんです」

「とにかく彼らに猫のことを忘れずに聞いてみて」

「わかりました」ジョーはうなずいた。

女はあとじさって網戸を閉めた。一瞬後、このあとのなりゆきを見られるように花柄のカーテンを少し開けた。

ジョーはグリーン－デンプシーに向きなおり、肩をすくめた。彼女はアパートの左側部分を不安そうに眺めていた。

「車で待っていてくれていいですよ」彼は言った。

彼女は首を横に振った。

「では、かならず後ろの脇のほうに下がっていてください」

ポーチでドアをノックしたとき、悪臭はさらに強くなっていた。前にフォード・ピックアップが止まっているから、だれか在宅しているはずだとジョーは思った。顔をドアに近づけると、ラジオかスピーカーからのベースのリズムが聞こえた。

もう一度ノックすると、あわてたような足音がした。右側で、よごれた窓にちらりと顔がのぞいた。捕まえたぞ、というようにジョーは手を振ってみせた。

それから、ドアの反対側から中に一人以上いるのを示す低いささやき声がして、ボルトをいくつも動かす音がした。ボルト？　ジョーは思った。

そしてブライス・ペンダーガストが半分ドアを開けて彼の前に立った。ブライスの顔は引きつったしかめつらだった。上半身裸でやせこけており、腕には刺青を入れていた。ワックスかグリースでてかてかさせたぼさぼさの長髪。首の腱はギターの弦のように張りつめ、呼吸は速く浅い。ペンダーガストの右半身はドアの陰に隠れている。強烈な悪臭がポーチにいるジョーを襲った。

「なんの用だ？」ペンダーガストの声は甲高く緊張していた。

ジョーは微笑して愛想よく言った。「おれがここにきた理由はわかると思うがな、ブライス」

「わかると思うよ」ペンダーガストは答えた。

そして、猫の尿のような臭いはじつは精製していないアンモニアの臭いで、草の上の焦げ跡はメタドンを作る化学薬品の焼け跡だとジョーが気づいた瞬間、ブライス・ペンダーガストはドアを開け放った。その右手には、ドアの陰に隠れていた大型拳銃が握られていた。拳銃は突然ジョーの顔に突きつけられた。

背後で、グリーン－デンプシーのあえぎ声が聞こえ――ジョーはさっと身を沈めて両手を振りまわし、ブライスの腕を打って狙いをはずさせたが、その刹那（せつな）、耳のそばで銃声が轟（とどろ）いた。

思考というより本能と恐怖による動きで、ジョーはペンダーガストの手首を右前腕でドアの枠に押しつけ、前へ出ると背中から体当たりして、両手でペンダーガストの両手首をつかんだ。ペンダーガストの腕はジョーの左脇の下に押さえこまれ、銃は枯れた芝生に向けてふたたび発砲されたが、ジョーの右耳の中はしんとして、銃声はほとんど聞こえなかった。ペンダーガストの武器は古い四五口径アーミー・コルトＭ１９１１セミオートマティックで、これがどんなダメージを与えられるか、ジョーは知っていた。

ペンダーガストの手首を何度もドアの枠に打ちつけ、銃を落とさせようとした。だが、相手は彼より若く力も強かった。背中を圧迫してくる体のたくましさが感じられた。ペンダーガストはいまや自由なほうの拳でジョーの頭、首、背中に打ちかかっていた。銃を落とさせるだけの力か勢いが自分にあるか、ジョーは自信がなくなってきた。

銃声のせいで右耳は一時的に聞こえないし、顔の片側も麻痺した感じだが、背後の家の中からの叫び声と、「911に電話して！　911に！」と隣の女に叫んでいるグリーン－デンプシーの甲高い声はわかった。

ペンダーガストの拳がジョーの頭頂部に命中し、帽子が目の上まで落ちてきて、視界には次々と火花が散った。ペンダーガストを早く――なんとかして――倒さないと死ぬ、と彼は悟った。家の中にいるほかのだれかが出てきて殴りあいに加わらないことを、自分の銃を持ちだしてこないことを祈った。

ジョーはペンダーガストの手首を放して手を伸ばし、四五口径のグリップを握っている相手の親指をつかんだ。そしてできるかぎりの力で反対側に曲げた。鈍い音とともに骨が折れ、皮膚だけでつながっている親指はぶらんと垂れた。ペンダーガストと背中合わせになっているため、苦痛に貫かれた相手の体がこわばるのが感じられた。

ペンダーガストはジョーの左耳に向かって悲鳴を発したが、四五口径はコンクリートのポーチに当たってはね、草の中に落ちた。そこで、ジョーはくるりと向きを変えて、最初に探りあてたもの――クマよけスプレーの大きな缶――をベルトからはずすと、ペンダーガストの目に噴射しようとした。だが、ペンダーガストはぎゅっと目を閉じてわめき、片足でぴょんぴょんはねた。骨折した親指がぶらぶら揺れている右手を、左手で包んでいた。目の隙間は見つからない。そこでジョーは後ろへ下がると、スプレーの缶で彼の鼻柱を強打した。ペンダーガストはふらついた。

相手がバランスを崩しているあいだに、ジョーは開いたドアから手を伸ばして彼の髪をつかんでぐいと下に引いた。ペンダーガストはジョーの横をよろめいていき、腕を振りまわしながらうつぶせに芝生へ倒れた。正気に返り、手の届くところにある四五口径をとろうとする前に、ジョーは彼におおいかぶさって地面に押しつけ、スプレーの缶でさらに三回頭を殴った。やがてペンダーガストが「もうやめてくれ、おい！」と叫んだ。

ジョーが動きを止めると、ペンダーガストは血走った目を開けて見上げた。ジョーはすばやく缶を突きだして、彼の顔にクマよけスプレーの赤い噴射を浴びせた。

十分後、ペンダーガストはうつぶせで手錠をかけられ、草の上でわめいていた。ジョーはピックアップのフロントグリルに寄りかかり、右側のメゾネットに住んでいる女がくれた湿った布を目に当てていた。９１１に電話した、と彼女は言った。ジョーはクマよけスプレーの吹き戻しを少し浴びていて、体内の水分すべてが鼻からあふれているようなありさまだった。

リーサ・グリーン－デンプシーは少し離れたところに怯（おび）えた顔で立っていた。両手を腰に当てて、ジョーをにらんでいた。

新局長の姿がぼんやりと判別できるようになったとき、ジョーは言った。「すべて見ましたね？」

「もちろん見た」彼女は怒っていた。「いまいましいすべてを見た。あなた、殺されていたかもしれないのよ」

「クマよけスプレーはかかりませんでした？」

「ええ」

「よかった。ひどいものですよ」

標準的な法執行官の自衛用辛子（からし）スプレーよりも、クマよけスプレーにはかなり多くの含油（がんゆ）樹脂トウガラシが入っており、襲いかかるグリズリーも撃退できる。人間に対して用いるためのものではないが、ジョーはかまっていられなかった。

「訴訟ごとにならないといいけれど」グリーン－デンプシーは言った。

「どんなぐあいだ、ブライス？」ジョーは大声で聞いた。

「目が見えない！　見えないぞ、くそ！」ペンダーガストは叫んだ。

「訴えさせればいい。彼はわたしを殺す気だと思った、クマよけスプレーは最初に手にできたものでした」

彼女は言った。「彼の仲間が裏口から逃げだして路地を走っていくのを見たわ」

「マクダーモットでしたか?」

「わたしにわかるわけがないでしょう?」彼女の声が大きくなった。

「やつを見つけますよ」近くで発砲されたジョーの頬はやけどでうずき、目、鼻、口は吹き戻しで火のようだ。右耳は高い口笛のような耳鳴りがして、なにも聞こえない。

「失礼」グリーン-デンプシーに断わって、彼女の横をよろめきながらピックアップへ向かった。「無線で連絡して、全部署にマクダーモットを警戒させないと。徒歩で遠くには行けないはずだ」

連絡をすませてマイクを置き、振りむくとグリーン-デンプシーが彼の前に立ちふさがっていた。

「あなたは殺されていたかもしれない」震える声でくりかえした。「わたしだって殺されていたかも」

「わかっています。いつもはこんなふうじゃない。西部流の展開になるとは想定外だった」

アドレナリンが筋肉から消えていき、痛みが出てくるのをジョーは感じた。グリーン-デンプシーも同じように感じていて、アドレナリンが切れた状態に対処する彼女の方法は、彼を非難することなのだろう。

「彼らはメタドンを精製していた――あるいは、しようとしていた。ペンダーガストの反応から考えて、まだ方法がわかっていなかったと思います。悪臭と草の上の化学薬品の焦げ跡から、察するべきだった」

遠くから、サイレンの音が聞こえてきた。

「マクダーモットを発見したのかもしれない」ジョーは言った。

「だといいけれど」

「密猟者全員がヤクの常用者じゃないんですよ」ジョーは彼女が言及していない点に対して弁解するように言った。まだ地面で叫んでいるペンダーガストにはこう言った。「おまえ、そこまでひどいけがじゃないよな、ブライス?」

「ちくしょう、目が見えない!」ペンダーガストはどなりかえした。

グリーン-デンプシーはジョーから容疑者へ視線を移し、彼女の怒りは警戒心に変わっていた。

「ジョー……」心配そうな口調だった。

ジョーはうなって彼女を迂回(うかい)し、ペンダーガストに近づいた。ペンダーガストは目が見えないと訴えつづけており、ジョーは彼のまわりを歩いて四五口径を回収し、自分のベルトに差した。ピックアップに戻る途中で、ペンダーガストのそばで向きを変えるといったんしまったスプレー缶にまた手を伸ばした。

「いやだ、よせ!」ペンダーガストは悲鳴を上げた。「しまってくれ!」彼は家のほうへ這いずって逃げようとした。

ジョーはきびすを返してグリーン－デンプシーに肩をすくめてみせた。「ほらね、彼は見えている」

彼女がなにか言おうとしたとき、手にしていたiPhoneが鳴った。画面を確認して目を上げ、「フリオ・バティスタよ」と告げてから出た。耳を傾けている彼女の様子が変わり、真剣そのものの表情になった。

グリーン－デンプシーは通話を切って携帯を下ろした。「向こうはあなたが来るのを待っている。町の外のなんとかいう牧場で落ちあう手はずだそうよ。彼、あなたは場所を知っているって」

「ビッグストリーム牧場です」ジョーは陰気な口調で答えた。

「そう、そこ」

12

デイヴ・ファーカスは、歯茎から歯が抜けてしまいそうなほどの揺れに翻弄されており、長い六頭用馬運車を牽引したピックアップ・トラックを運転している元保安官カイル・マクラナハンに、じきに速度を落とすよなと尋ねた。ピックアップは昔からある消防用の轍道を通っている。道は、春の流去水（りゅうきょすい）であちこちにできた溝のためでこぼこになっていた。センターラインがわりはバンパーまで高さのあるヤマヨモギで、黒板に長い爪を立てるようにピックアップの車台（シャーシー）をこすった。長いほこりの雲が馬運車のあとからついてくる。

「なぜだ？」マクラナハンは聞いた。

「一時間もこんな悪路だ」前部座席にいる二人の男の頭と肩のあいだから、ファーカスはほこりまみれのボンネットを見た。「車酔いしそうなんだ」

後部座席のファーカスの足元には、スペアの道具や缶ビールのプルタブが散らかっていた。

「おれたちは急いでいるんだ、ファーカス」

それからマクラナハンは助手席の男のほうを向いた。マクラナハンがファーカスを拾いにきたとき初めて見た色の浅黒い男で、この二時間ほとんどしゃべっていなかった。

「ジミー、おまえは大丈夫か？」

「大丈夫だ」ジミー・ソリスは答えた。

「ジミーは大丈夫だ」マクラナハンはファーカスに言って、バックミラーで目を合わせた。

「ガンベルトを締めてそれらしくしろよ、カウボーイ」

ファーカスは視線をそむけて窓の外のヤマヨモギの平原を眺めた。視界の果てまで、ヤマヨモギは揺れていた。

マクラナハンはピックアップに馬運車をつなぎ、助手席に謎の男を乗せて、ファーカスのトレーラーハウスに到着した。そして、州間高速道路を北へ向かってウィンチェスターで降り、ブッチ・ロバートソンが最後に目撃された山岳地帯に西から接近するという計画を話した。

「あの連邦政府のばか者どもはビッグストリーム牧場の東側斜面に集合して西へ向かう気だ。連中が来ると気づいたら——あいつらはきっと派手な音をたてながら森を移動する——立ち向かおうとするほどブッチはまぬけじゃないと思う。そうはせずに、連中を引き離して西へ進むはずだ。ブッチがどうするか、可能性は二つしかない。やつは最短で慣れ親しんだルートを使うだろう。おれたちはそこで待ち伏せして捕まえるんだ」

マクラナハンが想定しているルートを思い描けないまま、ファーカスはうなずいた。あきらかにとまどいが顔に出たのに、元保安官は気づいた。

「そこでおまえは一緒に狩りをしたんだろう？　あの鞍部(あんぶ)の西側斜面といくつもある峡谷で？」

「そうだと思う」ファーカスは答えた。「だけど、おれたちは反対側から行ったんだ、牧場側から。西側からは上らなかった」

マクラナハンは目玉をぎょろりとまわした。「同じ山だよ、ファーカス。別の方向から見たからって特徴は変わらない」

「あそこの上のほうはけわしい荒地なんだ。どうしようもなくて引きかえすことだって、ありうる」

ピックアップの運転台で、謎の男があざけるような笑い声を上げた。

「そいつはだれなんだ？」ファーカスはピックアップのほうをあごで示した。

「ジミー・ソリス。兄貴は以前おれの保安官助手だった、忠実ないいやつだったよ。車椅子探偵が撃たれたときに殉職したんだ。逆だったらよかったのにと、この先も悔やみつづけるだろう」

ファーカスはどういう話になるのかと、視線を上げた。

「彼は賞をとった長距離狙撃手なんだ」マクラナハンは言った。「国内を旅して、いくつものトーナメントで勝っている。カスタマイズしたライフルとスコープを持っていて、千メートル以上先の標的の真ん中に命中させるんだよ。来てもらうのにふさわしい男だし、彼も腕を試したがっている」

静かででかくて恐ろしいやつってわけだ、とファーカスは思った。これまでそういうタイプに大勢会ってきたが、あまり好きではなかった。ファーカスは落ち着かない気持ちで身じろぎした。

「三人組なのか――そいつは取り決めになかったな」

「一緒に行けば彼は役に立つ」

「だけど、三人だと意見が三つに分かれるかもしれないだろ」

「だから？」

「おれがこれをやるのは金のためなんだ、カイル。ブッチに対して個人的に含むものはない」

「やれやれ、あきれたな」マクラナハンはため息をついた。「これは金のためじゃない。そしておれをカイルと呼ぶな。保安官と呼べ」

ファーカスはトレーラーハウスのほうへうなずいてみせた。「おれにとっては金のためさ、保安官」

「さっき話しただろう、大金がかかっている。連邦政府の金が。たんまりと用意されている」

「どのくらいの額なんだ？」

「こまかい数字は知らない」――マクラナハンは皮肉な口調で答えた――「しかし、あきれるほどの高額なのは確かだ。昨今、金をいくらかでも持っているのは連邦政府だけだ、知らないのか。ガソリンを買うために障害者小切手がいつ届くか心配する必要はこんりんざいなくなる、充分な額だよ」

ファーカスは抜けようかと思った。しかし、自分に選ぶ余裕があるか？　仕事はほとんどないし、どのみち働きたくはなかった。自由な男でいるのが好きだし、汗水たらして働くのは負け組だ。それに、これはただで手に入る政府の金だ。政府にとっては痛くもかゆくもない。

「わかったよ」ファーカスはうなずいた。

「じゃあ、地図を出そう」マクラナハンは言った。「あそこに上って時間を浪費する前に、おまえが地形を知っているのを確認したい」

元保安官がピックアップのボンネットに地図を広げるあいだに、ソリスは無言で車から降りてきて横から荷台にかがみこんだ。掛け金が外される音がして、すぐにソリスは黒いマット加工のスコープが付いた、重そうなぴかぴかの長距離ボルトアクション・ライフルを手にした。ファーカスは目の隅で用心しながら見ていた。

「彼はなにしてる?」ファーカスはマクラナハンにささやいた。

「地図だ」マクラナハンはいらいらしていた。「地図をよく見ろ」

ファーカスは地図に集中しようとした。マクラナハンは大きな手でボンネットの上の地図を押さえていた。峡谷地帯の配置はたしかにどことなく見覚えがあった。ファーカスはかがみこんで、オター・クリークとトラッパー・クリークの合流地点を見つけた。合流地点の北には、のこぎりの歯のような峰々が続いている。覚えている自信はかなりあった。

「ここでキャンプしたんだ」ファーカスは指先をその場所に当てた。

マクラナハンは鉛筆でさっと印をつけた。「ここが目的地だな。ブッチがよくここでキャンプしているなら、行くのはかなり確実だろう」

ファーカスはうなずいた。

「そこまで上る道がないぞ」マクラナハンは言った。

「道はなかった。ブッチは大自然の中で狩りをするのが好きなんだ、車で入っていけるところじゃなくて。そんなふうにすごく変わってるんだよ、話したよね」

　地図を前に検討しながら、ファーカスはソリスのほうをちらちら盗み見た。ソリスはライフルに弾薬を装塡（そうてん）しおわり、いまはピックアップの最後部にいた。荷台の隅のゲートの上にライフルを設置し、かがみこんでスコープごしに遠くのなにかを眺めている。

「それじゃ、そろそろ出発するか」マクラナハンは言い、地形図を巻いてゴムで留めた。

　ファーカスが口を開きかけたとき、ソリスのライフルが火を噴いて銃声が大気をつんざいた。ファーカスは飛びあがって視線を上げた。町営のゴミ捨て場の先の砂を含む山で土くれが飛びあがり、黒いものが二つ残った。

「なにを撃ったんだい？」ファーカスは驚いてソリスに聞いた。

「黒猫だ」ソリスは空薬莢（からやっきょう）を排出した。「距離約八百メートル。真っ二つにしてやった」

「それはおれの猫だ」ファーカスは言った。

「もういない」ソリスは答え、ライフルをケースに戻した。

　彼らのピックアップが近づいていくとビッグホーン山脈の広大な暗い西の斜面がフロントガラス一面を占め、路面はひどくなるばかりだった。ファーカスは身を乗りだして開いた窓の隙間に口を押しつけ、新鮮な空気を吸って、吐き気をこらえようとした。後部座席で揺られているせいだ。目を閉じると、去年ブッチ・ロバートソンと一緒に狩りをした原野を思い浮かべようとした、ただし別の方角から。マクラナハンは簡単なことだと思っているらしいが、それは違う。花崗岩の峰々と深く黒い森があり、ときどきなにか——なんでもいいから——自分が認識できるものを探して樹間から見上げたのを思い出した。独特な形の峰、岩壁、草地、林間の空き地——自分がどこにいるのかわかる、目立つものを探していた。ある晩の真夜中近く、川の合流地点にあるエルク・キャンプに四時間遅れてなんとか戻ったことがあった。行き止まりの峡谷でUターンしたせいで、コンパスもGPSも持っていたのに計器が狂っていて自分が正しいと決めこんでいたのだ。ブッチ・ロバートソンはファーカスと再会して喜んだが、また迷子になるのではないかと心配した。

その晩以降、二人は一緒に狩りをした。それはブッチの好意だったとファーカスは思っている。

そしていま、自分は戻っていく。連邦政府の懸賞金さえなかったら、こんなことには……

どうすればジミー・ソリスが心を開くか、マクラナハンはどうやら探りだしたらしい、とファーカスは憂鬱な気持ちで思った。彼にライフルのことを尋ねるのだ。

「六・五-二八四カートリッジを使用するカスタムメイドの銃だ」ソリスは言った。「四・

五‐十四倍ズームのツァイスZ‐800コンクェスト・スコープを付けてある」

ジミー・ソリスの身長は二メートルを超え、体重は百キロ近くありそうだ。黄褐色の肌、黒い髪、アジア人のようななめらかな肌、間隔の離れた小さくて黒い目、つぶれた鼻。まったく生気のない平坦な口調で話し、すべての単語をまるで石に刻むかのようにはっきりと発音する。

「一四〇グレインのバーガー弾を使うと、初速は軽く秒速九百メートルを超える」ソリスは続けた。「千二百メートル近く離れた的（まと）のど真ん中に当てたことがあるし、千六百メートル以上離れた人形（ひとがた）にもなんなく命中させる。もちろん銃を安定させるベンチレストがあるほうがいいが、持ち運びを考えて二脚（バイポッド）を持ってきた……」

ファーカスはそっぽを向いた。あまりにも多くの男たちが愛する銃談義を彼は楽しんだことがなく、なにを言っているのかさっぱりわからなかった。話題が釣りのフライやストリーマー（小魚に似せ動かして使うフライ）や餌にする虫なら、ファーカスは喜んで乗る。だが、銃マニアの蘊蓄（うんちく）話？　彼はうんざりした。

それはともかく、あのツァイスのコンクェスト・スコープに狙われるブッチ・ロバートソンのことは考えないようにした。そして、飼っていた黒い野良猫のことを思った。真っ二つにされ、はらわたがはみ出し、砂の上で血を流している猫のことを。

森へ入る登山口に馬運車を置いて、マクラナハン、ジミー・ソリス、ファーカスは馬にまたがった。大気の中に、馬と革の匂いが地面から漂うマツの花粉と枯葉の匂いにまざりあっていた。マクラナハンが先頭、次が大きな荷籠(にかご)を運ぶ荷馬、次がファーカス、最後がジミー・ソリスだった。ソリスも馬を引いていたが、その馬はからの鞍(くら)と五、六束のロープのほかなにも積んでいなかった。乗せてにしろ、遺体を横たえてにしろ、ブッチ・ロバートソンを山から下ろすための馬だと、さっきマクラナハンは説明していた。

馬に鞍をつけたり準備をしたりするとき、ファーカスはたいした手助けができず、マクラナハンもソリスも何度か彼をにらみつけた。自分はうまい乗り手ではないし、馬上で過ごした時間はこれまでの人生で最悪だった、と彼は言い訳した。それに、自分が来たのは案内人としてであって、乗用馬係としてではない、と。ファーカスが思うに、意趣返しで二人は血走った目つきのつやつやした黒い悪魔のような去勢馬をあてがってきた。名前は怖いものなし(ドレッドノート)だった。またがると、ドレッドノートはぴょんと跳ね、もう少しで彼を落としそうになった。そして意地の悪い目つきで振りかえった。悪いことが起きるのは時間の問題だ、とファーカスは悟った。

出発の前にマクラナハンは、食料、キャンプ道具、電子機器、トゥエルヴ・スリープ郡保安官事務所の頭文字TSCSDが記されたたくさんの品物——無線機、防弾チョッキ、備品袋——を荷籠に詰めていた。辞めたときに〝借りてきた〟ものだろうと、ファーカスは思った。元保安官はファーカスに、彼の古い狩猟用ライフルを置いていかせ、かわりに二二三口径ブッシュマスター・セミオートマティック・ライフルと、三十発入りの弾倉を与えた。台尻にTSCSDと記されたタグがついているのにファーカスが気づくと、マクラナハンはだからどうした?とでも言うように眉を動かしてみせた。

ジミー・ソリスは自分の長距離ライフルをケースにおさめ、鞍にとりつけていた。腰に弾薬ベルトを留め、太い首にがっしりした双眼鏡を吊るしていた。


「一時十五分前だ」木立へ分け入りながら、マクラナハンが腕時計を見て告げた。「いいペースで来た。山の反対側の連邦政府の連中はまだまとまってもいないよ」

ファーカスはなにも言わず、ソリスはもちろん無言だった。頭上が木の天蓋でおおわれていくと、どれほど涼しく暗いか、ファーカスはあらためて気づいた。別の山々で別の逃亡者を騎馬で追った二年前の記憶が、どっとよみがえってきた。同時に、この山々でブッチ・ロバートソンと狩りをした去年の秋の記憶も。山が人生と言えるほど愛している、とブッチはファーカスに語っていた。

マクラナハンが尋ねた。「デイヴ、エルク・キャンプまでどのくらいだ?」

ファーカスは馬上からけんめいに前方の木立――そして両側の木立――を見た。わかるのは、もう振りかえってもピックアップも馬運車も見えないほど上ってきたことだけだ。

「三時間か四時間」ファーカスは推測で答えた。

「着くころには暗くなる、諸君」マクラナハンはファーカスとソリスに言った。「携帯を持っていたら電源を切れ。ブッチを追いつめているときに電話が鳴るのはごめんだ。そしておれたちがここにいるのに車椅子探偵が気づいたら、引きかえせと命じてくるだろう。今回は知らんぷりするのが最善なんだ、カウボーイ諸君。おれたちには使命がある」

ファーカスもソリスも携帯を出して電源を切った。

ファーカスは聞いた。「連邦政府の連中に見つかって向こうが撃ってきたら？　彼らもおれたちがここにいることを知らないと言ったよね」

マクラナハンは口ひげをぴくつかせて――にやりとしたのだろう、とファーカスは思った――答えた。「騎馬の三人と、孤独で必死の徒歩の男一人とでは、大違いだ。たとえあのまぬけどもでも、見分けぐらいつくさ。それに、おれたちはまぬけどもが前進を始めるよりずっと前に、いい位置についているはずだ。やつらがこっちの存在に気づくよりずっと前に、生死はともかくブッチをものにしているだろう」

山に入ってから一時間後、ファーカスはドレッドノートを登山道の脇に寄せて、ジミー・ソリスが追いつくのを待った。近づいてきたソリスは、ファーカスのはらわたに染みる敵意のこもった目つきでじろりとにらんだ。

ソリスの馬が横に来ると、ファーカスは並べるように自分の馬を促した。

「で、あんたはどうなんだ?」ファーカスは尋ねた。「これに参加したのは金のためなのか、おれみたいに?」

「まさか」

ファーカスは待ったが、ソリスはそれ以上言わなかった。前方で、木々は登山道の両側から迫っており、あまり長く馬を並べてはいられない。

「ブッチ・ロバートソンに恨みでもあるのか?」

「そいつには会ったこともない」

「じゃあ、なんなんだ? あんたと元保安官は仲良しなのか?」

「とんでもない」

木々が道を狭めはじめた。ドレッドノートがいまにも駆けだしそうに身構えるのを、ファーカスは感じた。

「わかったよ」ファーカスはいらだった。「あんたは口数の少ない男なんだな。じつは、おれはそうじゃない。そしてこの山に上ってく危険をおかそうっていうんなら、どんな仲間と一緒にいるのか知っておきたいんだ」

「その点は心配するな」

「本気で言ってるんだ」ファーカスは怒りで首筋が熱くなるのを感じた。

ソリスは彼を見ずに答えた。「おれは軍に志願しようとしたが、前科があるので採用されなかった。望みは国のために奉仕することだけだったのに、おれを入隊させなかった。イラクかアフガニスタンに行きたかったんだ」

ドレッドノートが駆けだしたりソリスの馬を木立へ押しやったりする直前に、ファーカスは舌を鳴らして自分の馬を前に出した。そして肩ごしに言った。「それじゃ、そのライフルでだれかを撃ちたいだけなのか」

「どんぴしゃだ」ソリスは冷ややかに答えた。

進みながら、ファーカスはだんだん大きくなるブーンという高い音を聞いた。最初は耳のそばを虫が飛んでいるのかと思い、やみくもに叩こうとしたが、やがて音は木々の梢の上から聞こえているとわかった。

「あれはなんだ？」彼はマクラナハンに尋ねた。

元保安官は肩をすくめた。「飛行機にしては音が甲高すぎるが、きっと政府の連中がブッチを探して偵察機を飛ばしているんだろう」

ブーンという高い音は頭上を過ぎていき、やがて小さくなった。

「なんにしろ、この森の上からじゃたいして見えないはずだ」マクラナハンは言った。

「おれの税金が働いているわけか」ファーカスはため息をついた。

「少しでも払っているならな」マクラナハンは答えた。

13

ブライス・ペンダーガストの逮捕以来、顔からショックが消えないリーサ・グリーン－デンプシーを、果物と野菜の入った紙袋とともにジョーは〈ホリデイ・イン〉へ送りとどけた。そのあと、メアリーベスのヴァンが〈サドルストリング・ホテル〉の外の通りに止まっているのを見つけて、その後ろに駐車した。マット・ドネルのレクサスも止まっている。

状況をメアリーベスに知らせておきたかった——自分がビッグストリーム牧場に呼ばれてブッチ・ロバートソン捜索チームに参加すること、新局長との初めての打ち合わせは……うまくいかなかったこと。

歩道のオレンジ色のビニール囲いが工事中だと示している。彼はその隙間を抜けて、壮麗な古い玄関から中へ入った。そのとき、メアリーベスとドネルの興奮した会話が聞こえてきて、はたと足を止めた。

マット・ドネルはネクタイをゆるめ、両手をズボンのポケットに突っこんで昔のロビーの片側に立っていた。太鼓腹で頭は禿げかけており、顔は紅潮していた。薄い髪を通して頭皮に汗をかいているのが見えた。

メアリーベスはドネルの向かい側に立っていた。両手を腰に当て、ドネルのほうに少し身を乗りだしている。上っ張りを着て、髪を赤いバンダナでまとめている。二人とも話すのをやめたが、ジョーはメアリーベスの顔つきに気づき、ドネルがトラブルに陥っているのを知った。これまでの結婚生活で、自分は彼女のあの表情を何度となく受けとめてきたのだ。

ジョーはドネルに言った。「一言だけでいい、『きみが正しい』と言うんだ。おれを信じてくれ」

ジョーは微笑が返ってくるものと思ったが、ドネルは靴の先に視線を落とした。あきらかに、二人がなにを議論していたにしろ、ジョーが思っていたより事態は深刻なのだ。彼は妻のほうを向いた。

「大丈夫か?」

ジョーを見て彼女は表情をやわらげた。「ハニー、その顔はどうしたの?」

「ボスに会い、殴りあいになった。あとで説明するよ」

「ボスと殴りあいに?」

「違う——ブライス・ペンダーガストとだ。メタドン精製とプロングホーン射殺の罪で逮捕した」

「あなたは大丈夫?」

「へっちゃらだよ。さて、こっちはどうしたんだ？　あまりよくなさそうだな」

「よくない」メアリーベスは短く答えた。「マットに聞いて」

「マット？」ジョーはドネルのほうを向いた。

「わたしはただのメッセンジャーなんだ」ドネルはつぶやき、顔を上げて訴えるようにジョーを見た。「彼女にメッセンジャーを殺さないように言ってくれ」

「彼に話して、マット」メアリーベスは促した。

「おれになにをだ？」

ドネルは語りだした。「建設を次の段階に進める融資を受けるために、話を通さなきゃならない局や部署に行ってきたんだが、大きな問題が起きた」

ジョーは理解できずにかぶりを振った。

「前任の州の防火管理責任者はわたしの知り合いで、話のわかる男だったんだ。だが、引退してしまった。新しい責任者はナチスみたいなやつで、ここは歴史的建造物なのに建物全体にスプリンクラーを設置する必要があると言うんだ。その点についてはこちらも考えていて、予算を組んでいた」彼は同意を求めてメアリーベスを見た。彼女はうなずいた。

「ところが、相手は変化球を投げてきた」ドネルは続けた。

怒りのさめやらないメアリーベスが割りこんだ。「スプリンクラーを設置するには、古いペンキがどんな鉛も含んでいないことを確認しないといけないのよ。つまり、サンプルを採取して古いペンキを分析するために特別なテスト・チームを雇わなければ、わたしたちはなにもできない」

「それは大変だな」ジョーは言った。「だが、どのみちペンキは塗りなおす予定だったんだろう？」

「もちろんよ。古いペンキを残すかどうかは問題じゃないの。八十年間人々がこの建物を使っていたあいだに、ペンキをひとかけら食べてぐあいが悪くなった人なんかいないのも問題じゃないの」

ドネルは天を仰いだ。「ペンキをはがすときかけらが落ちて、子どもが食べるんじゃないかと心配しているんだろう。だから、壁をはがすには、防護服を着た特別な資格のある連中を雇わなくちゃならないんだ」

ジョーが口を開く前に、ドネルは続けた。「しかも、最悪の部分はそこじゃない」

「最悪の部分を彼に話して、マット」メアリーベスは促した。

「責任者は古い建物のアスベストを心配している。壁材と断熱材にはアスベストが含まれているかもしれない。屋根板にも。そしてすべての配線をとりかえる必要がある」

ジョーは言った。「では、建物の内部全体をとりのぞかなくちゃならないのか？」

「もっと悪いんだ。われわれは特別な資格のあるアスベスト除去会社を雇って、レンガや構造にいたるまで建物全体の内部をとりのぞかなければならない。そのあとも、防火管理責任者がシャイアンから自分の検査官をよこして許可を出させるまで、われわれは動けない」

メアリーベスのまなざしのあきらかなパニックの理由を、ジョーはやっと理解した。

「そして、どの作業もわたしたちの手ではできないの」彼女は言った。「なぜなら、公認の訓練を受けていないし許可証も持っていないから」そのあとマットに目を向けた。「公認のアスベスト除去会社のこと、彼に話して」

マットはため息をついて視線をそらした。

「まったくないんだ」

ジョーは驚いた。「なに？」

「いちばん近いのでソルトレイク・シティだ」ドネルは言った。「そこはこの先一年半予約で埋まっているし、ホテルを解体するために彼らをここへ呼ぶ費用は……」

「マットの払える金額を超えているの」メアリーベスはパートナーのかわりに締めくくった。「こういう新しく発生した費用は、わたしたちがホテル再建のために組んだ予算をオーバーしている」

「なんてことだ」ジョーは顔をこすった。片側を発砲でやけどしたのを忘れていて、触れたときずきずきした。

ドネルは言った。「われわれがすべての許可と承認を得るまで、話に乗ってくれる銀行はないよ」

彼は後ろに下がり、どうしようもないという仕草で古いアーチ形の天井に向かって両手を上げた。

ドネルは続けた。「わたしは二十五年にわたってこの一帯の不動産を売り買いしてきた。浮き沈みはあったが、自由市場の商売だ。そういうものなんだ、一度も悪かった年について こぼしたことはない、なぜならよかった年が埋め合わせしてくれたから。それに、一生懸命働いてだれも搾取しなければ成功するとつねにわかっていた――成功してきたよ、いままでは」

ジョーは彼をさえぎって尋ねた。「どのくらいかかるんだ、マット?」

ドネルは苦しげな表情になった。「推測だが、われわれの望むようにこのホテルを再建するには、前の想定の四倍のコストがかかり、三倍の年月がかかるだろう」

ジョーは目を細めた。メアリーベスは打ちひしがれているように見えた。ジョーはマット・ドネルの頭を殴りつけてやりたかった。「あなたは専門家だったはずだ。こういうことを知っていてしかるべきだった。メアリーベスはあなたを信頼していたんだ」

「わかっている」ドネルは腕を下ろして、すでに敗北したように首を少し傾けた。「これがわたしの初めてのロデオってわけじゃない。だが、歴史的建造物を再建しようと試みたのは初めてなんだ。官僚組織はわれわれを助けてくれると思っていた。ほんとうに思っていたんだ――そして、きみの奥さんに確かにこう話したよ――小さな町の真ん中から荒廃した影をとり去って、そこにビジネスを育むものを建てるのは歓迎されるだろう、と。役所がありとあらゆる規制をかけて邪魔してくるとは思ってもいなかったんだ」

ジョーはまだ彼を殴りつけたい気分だった。

「なあ、何千人もの人々が長年にわたってこのホテルを通りすぎていったんだ。ここで食事をし、眠り、だれも病気になったり死んだりしなかった。ところが突然、また使えるようにわれわれが再建を計画したとたん、ここはとんでもない死の罠みたいに見なされはじめた。まるで、毒物で塗られて有毒廃棄物で汚染されているみたいに。われわれのいまの状況を知ったら、正気の人間はだれもなにかを建てたりなにかを修理したりしようとは思わなくなるだろう」

ドネルは顔を真っ赤にして、いまにもへたりこみそうな様子でジョーを見た。ジョーとメアリーベスは不安なまなざしを交わした。

メアリーベスは低い声で言った。「わたしたち、どつぼにはまったわね?」

ドネルは顔を上げて大きく息を吸った。「このプロジェクトはあきらめるべきだと思う。わたしの損失額が手遅れにならないうちに。向こうがすべてのカードを握っているんだから、反撃しようとしても無駄だ。お抱えの弁護士や監視役がいて、彼らはわれわれのようにこの建物に個人で財政的な賭けなんかしていない。デスクの前にすわって、われわれになにができてなにができないか、指図できるんだ。そしてこの案件を何年も、あるいはわれわれが破産するまで、引き延ばすことができる」

「計画からただちに手を引くべきだと言いたいの?」メアリーベスは尋ね、彼女の目に涙があふれるのにジョーは気づいた。

ドネルはうなずいた。「そうだ。わたしはホテルを物件の市場に戻し、いくらでも売れる額で売るよ、たとえ土地だけの売却になっても。町の中心のメイン・ストリートにある角地なら、それなりの価値があるはずだ。すでにわれわれが注ぎこんだ資金をいくらかでも回収するために、できることをやる、誓うよ。きみを巻きこんでしまって、申し訳ない」

ジョーは深いため息をついた。

メアリーベスはドネルに答えた。「あなたが損失をこうむるのは残念だし、わたしにチャンスを与えてくれたことには感謝している」彼女はジョーを見た。「ごめんなさい」

この計画がメアリーベスにとってどれほど大きな意味があったか、ジョーは知っていた。

「いいんだ。大丈夫だよ」

シャイアンでの仕事を引き受けない理由だったハードルが一つ減ってしまった、と彼は思ったが、口には出さなかった。

そして腕時計を一瞥した。「おれは行かないと」

「電話して」メアリーベスは彼の背中に声をかけた。

14

ふたたびトビーを馬車に乗せてビッグホーン・ロードを走っていると、〈サドルストリング・ホテル〉のロビーでジョーが感じた怒りは鎮まり、かわりにいらだちがこみあげてきた。メアリーベスの完全に打ちのめされた表情を思い出した。あんな顔はほとんど目にしたことがない。妻があれほど失望しているのは見たくなかった。

なんとかしてやりたいが、どこから手をつければいいのかわからない。LGD局長からの仕事の話をメアリーベスはどう思うだろう。答えの予測はついた。だから、彼女にまだ話さなかったのだ。

運転中、一つの問題から別の問題へと頭を切り替えつつ、ジョーは山の中にいるブッチの気持ちを想像した。妻子と離れ、地面で眠り、接近する追跡者の気配に耳をそばだてる。ブッチと違って、ジョーとメアリーベスは銃弾から身をかわした。もしホテルの交渉が成立したあとだったら、二人は失望どころか破滅していただろう。

自分の人生がもうなんの価値もないことをブッチは知っているはずだ、とジョーは思った。

工務店はまもなく破産し、家族は彼が想像だにしなかった影響を受ける。

自首すれば長い懲役刑を科されるとブッチにはわかっている。自分の行為を悔いているだろうか、あるいは正しいことをしたと感じているだろうか？

それを考えてもしかたがないと、ジョーはため息をついた。ブッチ・ロバートソンは二人殺害の唯一の容疑者だ――彼がなにを感じているかはどうでもいいことだ。


ビッグストリーム牧場のゲートの前で車が渋滞しているのを見て、彼は驚いた。馬運車をつけたピックアップ、ＡＴＶを牽引しているＳＵＶ、法執行機関の小型ヴァン、ほかにも十台以上の車が道路の路肩や右車線の上にかたまっている――停止を余儀なくされた隊列。制服姿の保安官助手が五、六人、アスファルトの上に立って交通整理をしている。

ジャスティン・ウッズ保安官助手に近づいたとき、ジョーはピックアップの速度を落として窓を開けた。

「どうしたんだ？　上の森の境界に司令部を設置するものと思っていたが」

「そのはずでした」ウッズは答えた。「ところが、牧場に入る許可が得られないんです」

「なに？」

「フランク・ツェラーが通そうとしないんですよ」ウッズはしたり顔の笑みをこらえようとした。

「責任者はだれだ?」

「フリオ・バティスタと彼のお付きです」

ジョーは礼を言うと舗装道路から外れて車を進め、車列の前へ向かった。バティスタとハインツ・アンダーウッドがゲートの柱の向こうにいるだれかにどなっている。ゲートは頑丈な鎖でロックされている。ゲートが閉まっているのを見たのは初めてだった。ジョーはリード保安官の身障者用ヴァンの横につけてエンジンを切り、車を降りた。

車椅子にすわったリードはスライドドアを開けたままにして、ゲートでのやりとりを面白そうに見ていた。ジョーに気づくと、あいさつがわりに眉を上げた。

「ウッズに聞いたよ。ここにいる天才たちはだれも、フランクに電話して彼の土地を横切って司令部を作る許可をとらなかったんだな?」

「そうらしい」リードは答えた。「ところで、彼らは前進作戦基地(FOB)と言っているよ」

「どのくらいここで待っているんだ?」

リードは腕時計を見た。「三十分ぐらいだ」

ジョーは口笛を吹いた。

「プライス・ペンダーガストの件を聞いたよ」リードはジョーの顔のやけどに目を移した。「だが、驚いたとは言えないね。ペンダーガストとマクダーモットはここ二年ほどコカイン常用者とつきあっていた。買う側じゃなくて売る側にもなりたくなったんだろう。

ちょっと前にノーウッドが連絡してきて、あのばかどもは必要な材料を全部家の中にそろえていたそうだ――スーダフェッド、ヨウ素、リン、コールマンの燃料、アセトン、変性アルコール、フラスコやビーカーをたくさん――だが、ノーウッドが言うにはまだ製造にはかかっていなかったらしい。どうやって作るか考えている最中のようだった、と。しかし、いままでのところすべて失敗していた。爆発して吹き飛ばされなかったのが不思議だよ」

「吹き飛ばされなくてよかった」ジョーは言った。「隣にすてきな老婦人が住んでいるんだ」

「そうか――あと、ペンダーガストと一緒にマクダーモットも牢に放りこんだよ。コンビニで有り金をはたいて温めたブリトーを買っているところを、捕まえた」

ジョーはうなずいた。

「あんた自身殺されかけたみたいじゃないか」リードは心配そうだった。

「ああ」

「クマよけスプレーだって?」信じられないという口調だった。

「大いに役立った」

リードはにやりとして首を振り、それから真剣な顔になった。「ゲートで彼らに手を貸してやったらどうだ。あんたはフランクをよく知っているだろう?」

「昨日、一緒に朝飯を食った」

「あんたなら説得できるかもしれない」

ジョーは前方に目をやり、バティスタがゲートの手すりごしに身振り手振りをまじえて話しているのを見た。

「フランクは頑固な爺さんだ」

「頼むよ、ジョー。やってみてくれ。おれたちみんな、ばかみたいにただここで待っているんだ」

ジョーがゲートにいるバティスタとハインツ・アンダーウッドのもとへ向かおうとしたとき、リードが呼びとめた。「ジョー、彼らは懸賞金をとりさげたよ」

ジョーはほっとして振りかえった。「よかった」

「許可を得られなかったらしい。お役所流の手続きが多すぎたんだ」

「では、彼らが理性をとりもどして、あまりにも強引すぎると気づいたわけじゃないんだな」

「もちろん違う」

「メディアには伝えたのかな?」

「それは知らない」

「じゃあ、噂はまだ流れているってことだ」

「早く公表してくれるといいんだが。前進作戦基地で記者会見をやるとか聞いた」リードは閉ざされたゲートのほうへうなずいてみせ、つけくわえた。「前進作戦基地ができるとしてだがな」

ジョーはかぶりを振り、深呼吸してからゲートに近づいた。

フランク・ツェラーはゲートの向こうに、ジーンズ、ブーツ、汗染みのある薄いベージュの〈ステットソン〉帽という格好で立っていた。レバーアクションの三〇‐三〇口径ウィンチェスター・ライフルを持ち、銃口はさりげなく横に向けていた。ジョーは昨日の朝、フランクの銃ケースにおさまっているそのライフルを見ていた。父親から受け継いだ、乗馬仕様の古いカービン銃だ。台尻は傷だらけで、赤錆防止の皮膜は長年の荒っぽい使用で剝げていた。ジョーはフランクがたくさんのライフルを持っているのを知っていた――牧場の家はどこもそうだ――だから、状況を重大と考えていなければシンボル同然のウィンチェスターを彼は持ちだしてこないだろう。

フランクは背が低く屈強で、長くいかつい顔のせいで写真では背が高く見える。コバルトブルーの目、真っ黒に日焼けしたしわだらけの肌、手袋をはめているように見える革並みに固い手。温かみのある気安い男とは言えず、ジョーの知るかぎり、二度離婚し、子どもが七、八人いて、二十四人の牧童を抱えている。フランク・ツェラーは、祖先が開拓したままの牧場をいまだに無傷で維持している数少ない相続人の一人だ。そして新来者をあまり歓迎しないことでも知られている。車ですれ違ったときフランクがジョーと目を合わせるまで三年かかったし、中指を立てる伝統的な挨拶を運転席からしてくるまで五年かかった。町で会うとジョーにうなずくようになるまでは七年、ジョーの名前を口に出すまでには九年かかった。だがここ二年は、ちゃんと話をするようになった。話題はおもにジョーが提案して設置した貯水設備のことで、フランクは賛成していた。

ジョーが知り合いになった多くの西部人と同じく、そして物腰や崩さないしかめつらや、長袖シャツと帽子とジーンズとブーツという牧場主の決まりきったいでたちとはうらはらに、フランクはじつは矛盾のかたまりであることがわかってきた。オペラが大好きで、ミラノのスカラ座に通うためにイタリアの大学へ行った。経済学の講座を開けるようにワイオミング大学に寄付をし、トゥエルヴ・スリープ郡空港の格納庫にしまってある高価なシコルスキー社製ヘリコプターをみずから操縦する。

しかし、フリオ・バティスタがそれらを知るすべはなく、ゲートごしのフランクとの話しかたからは間違いなく知らないことが伝わってきた。バティスタの言葉の終わりのほうをジョーは耳にした。「……われわれは必要なら最高責任者までこの件をもっていけるんだ、ミスター・ツェラー。あなたがいましているのは、二人の政府職員を冷酷に殺害した男の追跡捜査を、その権利を有する連邦法執行機関がおこなうことへのかたくなな妨害だ」

フランク・ツェラーは鼻を鳴らして目玉をぐるりと回した。「では、あんたがたはすでに彼を起訴したのか、ええ？　まずは逮捕するべきだと思っていたが」

「われわれはここを通る必要がある、それもいますぐ」

「おれの土地の通行は許可しない。裁判所命令と補償なしではだめだ。ここは私有地であって、あんたがたはおれの許可なく通ることはできない」

「あきれはてたな」バティスタは言った。「この場であなたを逮捕もできるんだぞ」

「やってみろ」フランクはまだライフルを持っていたが、銃口を上げたり狙いをつけたりはしなかった。「そのゲートを突破したら、そこのまぬけな部下たちはハエのようにバタバタと地面に落ちることになる」

「それは脅しか？」バティスタの声が大きくなった。「わたしを脅迫しようっていうのか？で、その脅しの裏には人種差別があるのか？」

「脅しじゃない」ツェラーは答えた。「確約だ」

「やあ、フランク」ジョーは声をかけた。

ツェラーは視線をジョーに向けたが、頭は動かさなかった。「ジョー」とあいさつした声はたんたんとしていた。

「なにが問題なのかな？」

「見ればわかるだろう？」バティスタがジョーに言った。

ジョーはとりあわなかった。

「このきどった政府のご一行は、おれの牧場にキャンプのようなものを作りたがっている」

ツェラーは言った。「おれの牧草地を彼らの車両で荒らし、おれの地所を彼らのお友だち全員に開放してほしいそうだ。条件も、交渉もしようとしない。ただこのゲートの鎖を解いて、パットンの戦車軍団よろしく彼らがなだれこんでくるあいだ、脇にどいていろと言う」

「ばかげたことを」バティスタはつぶやいた。

「おれが放牧のために森を借りたいときや、新しい囲いを作るために木を切りたいときは、この連中に金を払わなくちゃならない。ところが、彼らがおれの牧場を押し通って運動場のように使いたいときは、おれにはなにも払いたがらない」

「彼の言い分には一理ある」ジョーはバティスタに言った。

環境保護局地区本部長の目が光った。彼はジョーにささやいた。「条件を協議している暇はない。そういう手続きには何ヵ月もかかるんだ――知っているだろう」

「昨夜、懸賞金についてはすばやく決めていたじゃないですか」ジョーは反論した。

「あれはこれとはなんの関係もない」バティスタの声がまた大きくなった。「きみが来たのはわれわれに手を貸すためじゃないのか」

ジョーは肩をすくめた。

フランクがバティスタに言った。「あんたがたが追っている男は国有林にいるんだな? 森は連邦政府のものだ。だから、部下どもをUターンさせて山の反対側から入ればいい、おれに止める権利はない」

「言ったろう」バティスタは皮肉な口調で答えた。「彼が最後に目撃されたのは山のこちら側なんだ。反対側へ回ってそっちからこっちへ戻っていたら、一日以上無駄になる」

「政府が時間の浪費を心配しているのは初めて聞いた」フランクは言った。「あんたに面白い話をいろいろしてやれるよ」

「そんな話を聞く余裕はない」

ジョーは論じあう二人をかわるがわる見ていた。まるでテニスの試合を観戦しているかのようだ。

ジョーはバティスタのほうを向いた。「フランクと折りあう努力をしてみたらどうです、いばりちらすんじゃなくて」

「きみは役に立たない」バティスタはジョーを追いはらうように手を振り、別の方向へ歩きだした。「ここのほかの連中と同じだ」

バティスタはSUVへ戻っていったが、ハインツ・アンダーウッドに〝行け〟というふうにうなずいた。アンダーウッドは合図を受けた。間違いなく事前に打ち合わせてあったにちがいない。

厳しい、だがかすかに面白がっているような表情で、アンダーウッドはジョーに歩み寄った。「ついてこい」

ジョーは用心深い足どりでアンダーウッドに従い、二人は鉄条網の横を通ってフランク・

ツェラーにも車列の中のだれにも聞かれないところまで行った。

「あんたはあの牧場主と友だちなのか？」

「知り合いだ」

「彼にちょっとしたアドバイスをしてやってほしい」

「どんなアドバイスかによる」ジョーは答えた。

「いまツェラーがいくら支払ってほしかろうが、環境保護局第八地区本部が突然彼に照準を合わせたらどうなるかを考えたら、まったく比較にならないと言ってやったらどうだ」

ジョーは答えなかった。

「ここから見ただけで」アンダーウッドは谷間に広がる巨大な牧場を眺めた。「牛が小川に糞をたれているが、それは水質浄化法に違反しているかもしれない。腹が張った何百頭もの家畜が出すメタンの雲が見えるようだが、それは一九九〇年改正の大気浄化法に違反しているかもしれない。牧場の建物が規則どおりに建っていないように思うし、あのでかいランチハウスの古い屋根板にはたぶんアスベストが含まれている。ここの操業を停止させるか、支払いに何年もかかる罰金を科すことになる、ありとあらゆる違反を検査官の一大隊が摘発するだろうよ。

あの谷間には野生動物の生息地がたくさんある。保護種か絶滅危惧種の生息地かもしれない。トビハツカネズミとかキジオライチョウとか。この農業活動のせいで危機に瀕(ひん)している水生種だっているかもしれない」

アンダーウッドは低い声で続けた。「そればかりか、ミスター・ツェラーは環境保護的に持続可能な牧畜を営むには多すぎる牝牛を飼っているようだ。あの数を見ろ」

ジョーは天然の草地で草を食んでいるヘレフォード種の小さな群れを見た。

「そんなに多くない」ジョーは言った。

「いいや、おれはあんたほど確信はないな。草よりも牛の数のほうが多そうだ。あの草を食いつくして、あとには荒地しか残らないんじゃないか」

「フランクは四十年間この牧場をやっている。そしてその前は彼の祖父が、父親がやっていた。見てみろ。すばらしい牧場だ」

「あんたの目にはそうかもしれないが、われわれが家畜を数えて飼い葉を計算したら、話は違ってくるだろう」

ジョーは苦悩をあらわに相手を見た。

「あっというまにできるんだ」アンダーウッドは言った。「ドローンを使って」

「ドローン？　軍隊のようにか？」

「いま二、三機使っている。じつは、こうして話しているあいだにも一機か二機がこの山々の上空に入っているかもしれない」

「あんたはツェラーを脅迫しているのか？」

「脅迫ではない」アンダーウッドは穏やかに答えた。「たんに親切な役に立つアドバイスを提供しているだけだ」

「なぜあんたが彼に言わない？」

「だめだ。ツェラーの馴染みのお仲間であるジョーが言うのがベストだ」

ジョーは一瞬目を閉じた。午前中に感じた憤怒のかたまりがまたこみあげてきた。「あんたたちはどういうつもりなんだ？」

アンダーウッドは肩をすくめてバティスタのほうを示した。「トップからの指示さ」

ジョーは歯を食いしばった。「これは、あんたたちがブッチ・ロバートソンにしかけた一種の謀略じゃないか？　容疑や罪をでっちあげ、標的となった人間はそのあとの生涯をずっと、あんたたちの間違いを証明するために浪費するんだ」

アンダーウッドは首を振った。「われわれが法律を作ったわけじゃない。施行しているだけだ」

「これは法律じゃない。あんたたちが楯にしているのは規則だ」

「われわれが規則を作ったわけじゃない」アンダーウッドは疲れたような単調な口ぶりで言った。「施行しているだけだ。おれの理解するところでは、おたくの局長はわれわれの手助けをするように命令したはずだ。だから、われわれが仕事を遂行できるように、あんたは牧場主に親切なアドバイスをしたほうがいい」

「さもなければ、あんたたちは彼を破滅させる、と」

「そんなことは決して言っていない」アンダーウッドは微笑した。

開いたゲートを車列が勢いよく通っていくあいだ、ジョーはフランク・ツェラーと並んで立っていた。フランクは激怒していた。

「あとで彼らを告訴できるかもしれない」ジョーは言った。

「あるいは、牧畜業者協会の会合を開き、牧場主とカウボーイの軍隊を組織しておれの牧場を奪還する。彼らはおれのためにはやらないだろうが、ブッチ・ロバートソンの思い出のためにならやるだろう」ツェラーは言った。

「彼はまだ死んではいない」

「時間の問題だ」フランクはそっけなく答え、ゲートを通っていく黒衣の特別捜査官たちを乗せたSUVのほうにうなずいてみせた。

ジョーはツェラーを見た。「じゃあ、彼と会ったんだな」

「さあな。イエスともノーとも言わない」

「助けようとしているのか？」

ツェラーは肩をすくめた。

「軍隊の話だが——冗談なんだろう？」

フランク・ツェラーは視線を合わせようとしなかった。

ジョーは山々の向こうの地平線へ目を向けた。積乱雲が集まって夏の嵐が起きるのを期待したが、空は見渡すかぎり青く澄んでいた。

15

「あそこにいるぞ、ちくしょうが」ライフルのスコープをのぞきこんでいたジミー・ソリスが、畏怖（いふ）の念をこめて低い声で言った。

ちょっとだけうとうとしようとしていたデイヴ・ファーカスは、ハッと顔を上げた。体じゅうが痛い。カイル・マクラナハンがすわっていた場所から急いでやってくると、双眼鏡を構えてソリスと並んだ。

待ち伏せを始めてからこれほど早く、ブッチ・ロバートソンがキャンプに現れるとはだれも予想していなかった。

「いやあこいつは」マクラナハンは舌なめずりするようにつぶやいた。「おれたちの推測は正しかったようだ。彼は一晩じゅう移動していたにちがいない」

一行が広大な峡谷の東の崖っぷちに着いたときにはほぼ午後三時になっていた。正直なところ——ファーカスにはわかっていたが口に出しはしなかった——彼らが峡谷と、オター・クリークとトラッパー・クリークの合流地点を見つけたのは、計画というより偶然によるものだった。花崗岩の絶壁をのぞきこむまで、探している広いくぼ地はもっと南にある峡谷だとファーカスは信じていた。だが、とにもかくにも目的地を見つけ、彼らは下馬して、峡谷を望む岩壁の一メートルほどの割れ目に見張り場所を設けた。ソリスは望遠鏡付きのハイテク二脚（バイポッド）を長距離ライフルに入念にとりつけ、距離計を持って見張り場所にうずくまった。ソリスがスコープで地形を観察しているあいだ、ファーカスとマクラナハンは割れ目から岩だらけの平地へ出ると、涼しい日陰を探して腰を下ろし、待った。

さっき、ドレッドノートが張りだした枝をわざとくぐったとき、ファーカスは落馬していた。枝はファーカスの胸に当たり、彼はのけぞって頭と肩から地面に落ちて、いまも痛む。骨は折れていないが、落ちたときは息ができず、二度と馬を信用せずに用心すると固く誓った。

広々としたアスペンの木立の中に馬たちをつなぎながら、ファーカスはドレッドノートの無感覚な黒い目を見て言った。「あれをまたやったら、おまえをフランス人に食わせてやるからな」

ソリスが声を発したので、ファーカスはマクラナハンのあとから割れ目へ向かった。狙撃手は脚を長いV字形に広げて腹ばいになっていた。ころがしてきたフットボール大の岩にブーツを引っかけて、体を安定させていた。ツァイス・コンクェスト・スコープのレンズをのぞきこみ、左側のノブを慎重に調整してピントを合わせている。ファーカスは割れ目へ下りたときソリスの脚にぶつかってしまい、毒づかれた。

「また触れやがったら承知しないぞ」ソリスは振りかえらずに言った。「あんたがおれを押したりしたら、あの男を監視できない」

「ごめんよ」ファーカスはあやまった。そして、自分の大型双眼鏡の焦点を合わせているマクラナハンに聞いた。「ほんとうに彼なのか？」

「まだわからない」元保安官はささやいた。「うんと遠くだから」

「おれの距離計では一六四〇メートル弱だ」ソリスは言った。「ちょうどいい距離からはちょっと外れる」

「どこにいるか教えろ」マクラナハンは言った。

ソリスは地形を説明し、ファーカスも自分の目で探した。

峡谷の両側は切り立った崖で、縞（しま）のある花崗岩ででこぼこしている縁（ふち）には木が生えている。谷底に向かって木々は少なくなり、斜面には草が多くなる。草地を一本の小川が蛇行して流れていて、心電図の波形みたいに見えるとファーカスは思った。いつものように考えた――

あそこに魚はいるかな、きっとブルック・トラウトがいるぞ。

「あの小川を斜面の上へ向かってたどるんだ」ソリスは低い声でマクラナハンに教えた。「木立から流れでてくるところまで。見えるか？」

「ああ、わかる」マクラナハンはゆっくりと双眼鏡を右から左へ動かした。

「陰になったいちばん上の右側、南から流れてきた小川が、木立から出ている流去水の川と合流するあたり。そこで彼を見た」

「くそ」マクラナハンは独りごとのようにつぶやいた。「よく見えない……」少し間があった。「よし、見えた。エルクを吊るすための十字の棒が木立の中にある」

「そこだ」

自分の双眼鏡がないので、ファーカスにはまったくだれも見えず、もちろん棒も見えなかった。だが、谷間はブッチと狩りをしたときに行ったような覚えがあった。じつは、川岸のそばで草を食んでいた五本角の牡エルクを、ブッチは大きさが充分でないと言ってやり過ごしたのだ。もう家に帰りたくてテント泊のせいで背中が痛むファーカスは、それにいらだったのだった。

「ようし」マクラナハンはささやいた。「エルク・キャンプは見えた、だがだれもいないぞ」

「彼は立ち去った」たっぷり一分間黙っていたあとでソリスは断言した。「木立の中へ戻っていったんだ。それで見失った」

「いったいどこへ行きやがった？」マクラナハンはいらいらしていた。

「たきぎを探しにいったか、小便でもしにいったか」ソリスは言った。「おれにわかるわけがないだろう？」

「じゃあ、やつは戻ってくると思うんだな？」

「なにも確約はできない。だが、永遠にあそこを立ち去るつもりには見えなかった。ほんとうにぶらぶらとキャンプから木立へ歩いていったんだ」

「散歩するみたいにか」

「ああ、そんな感じだ」

「こっちに目を向けたか？　おれたちを見たり、音を聞きつけたりした気配は？」

「なかった。こっちの場所が遠すぎる」

マクラナハンは鼻から長い息を吐いた。「では、待つしかないな」

ファーカスはソリスの足から充分に離れた場所まで下がり、腰を下ろして岩肌に背中をあずけた。ひんやりとしていて、冷たさが服を通して伝わってきた。ブッチ・ロバートソンがそのまま歩きつづけてくれるように、彼は祈った。

待っているあいだ、マクラナハンはファーカスに向きなおった。「計画がうまくいって上上の気分だよ。やつがどこに現れそうか予測したら、そのとおりになった」

「見てもいいか?」ファーカスは双眼鏡に手を伸ばした。

「いまはだめだ。おれの目にぴったり合わせてある。やつがまた現れたときに焦点が狂っていたら困るんだ。だが、ここが例の峡谷に間違いないんだろう? おまえがブッチとキャンプしたのはここなんだな?」

「そうだよ」

「百パーセント確かか?」

「いまは違う角度から見ているからな。だけど、そう、二つの小川が合流するとこだ。あそこでキャンプしたよ」

マクラナハンは満足げにうなずいた。

ファーカスはため息をついてすわりなおした。落馬のときの右肩がまだうずいた。山の中にいると彼はいつも腹が減る。たっぷりのバーボンのグラスとステーキがあったら。それにフライドポテト。

くつろぐことにして目を閉じたとたん、「彼が帰ってきた」とソリスは告げた。

見張りをしないことにファーカスは満足していたが、ソリスとマクラナハンの会話は聞いていた。二人はブッチという男ではなくエルクを狩っているかのような話しぶりだった。

「一六四〇メートルというのはものすごい長距離射撃だ」ソリスは言った。「完璧なコンデイションで挑んでも、ミスしたことがある」

「いまはどのくらい完璧じゃないんだ？」マクラナハンは目から双眼鏡を離して周囲を見まわした。

「完璧なコンディションのときは、観測手がいて一、二発試し撃ちができる。そうすれば、おれがぴったり正確に狙えるように観測手が指示を出せるんだ」

「試し撃ちはだめだ」マクラナハンは怒った口ぶりだった。

「わかっている。最初の一発で決めないとな。さいわい、風はないからそれほど調整はいらない。しかし、下向きに狙うときには弾の落下を計算するのはややむずかしくなるんだ。とはいえ、左右の照準調整は問題ない。ホットロード（装薬量が普通より多い）の弾をたっぷり持ってきてよかったよ」

ソリスがなにを言っているのかファーカスにはさっぱりわからなかったし、質問するほど興味はなかった。

マクラナハンは言った。「崖に沿って南へ回ったらもう少し近づけるんじゃないか。しかし、おれたちが移動するところをやつに見られたり、これほど理想的な狙撃位置が見つからなかったりする不安はある」

「おれも同感だ」

「いまやつはなにをしている？」

「かがんでいる。火をおこしているんだと思う」

「撃てるか？」

「やりたくないな。あんなふうにかがんでいると、標的として小さくなる。立っていて完全に側面をさらしていなければ、発砲しようとは決して思わない。その場合でも……」

「くそ」双眼鏡の重さを壁で支えられるように、マクラナハンは岩に寄りかかった。「しゃべっているあいだに、やつを見失った」

「まだいるよ」ソリスは冷静に答えた。「迷彩服を着て草の上にしゃがんでいるから見えにくいだけだ。火に息を吹きかけて炎を大きくしようとしているんだろう。そうだ——煙が少し上がった」

「迷彩服か。着ているはずだ、うん」

ソリスは一声うなった。

事態の展開に落ち着かなくなって、ファーカスはつばを呑んでから声をかけた。「保安官？」

「なんだ、ファーカス？」

「彼と話をするべきだと思わないか？　自首するチャンスをやるとか？」

マクラナハンは鼻を鳴らし、それが答えだった。

ファーカスはもう一度試みた。「彼が立ってるほうが、車まで連れてくときよほど楽だよ。

「おれはただ……」

マクラナハンは疲れたように言った。「六年以上保安官をやった経験から得た知識だがな。武装した人間っていうのは、撃ちかえせるんだ。だから、おれたちが来るのを知る前に相手を倒すのがベストだ。わかったか？」

「負傷させただけで終わっちまったら？　傷つけてから彼が逃げだしたらどうなるんだ？」

「死体を見つけるまで、血の跡を追跡するさ」マクラナハンは答えた。「狩りと同じだ」

「おれは金のことを考えてるだけなんだ、わかるよね。懸賞金が木立のあいだを逃げちまうのを見たくないんだ」ファーカスは嘘をついた。

ソリスはファーカスに言った。「おれは負傷させるために撃つんじゃない、とろいやつだな。完璧に命中させるんじゃなきゃ、発砲しない」

ファーカスは嘆息し、ソリスはスコープに戻った。

そのとき、ファーカスは聞いた。甲高く訴えるようなエンジンの音。前に聞いたのと同じだった。

双眼鏡なしでも、見張り場所からすべてが見えた。小さな白いドローンが地平線から現れて梢のすぐ上をエルク・キャンプのほうへ飛んでいく。翼と尾翼に太陽が反射している。近づくにつれて、甲高い音も大きくなった。

「なんてこった」マクラナハンはいらだった。「連中、空からの目を持っているぞ。あの野郎ども、無人のドローンを使ってやつを探しているんだ」

ファーカスはドローンを初めて見た。遠いしあまりにも速く動いているので、はっきりとは見えない。ドローンの前部は卵形で、窓はない。どのくらいの大きさか判別するのはむずかしいが、暗い森の上では目立っていた。

マクラナハンは言った。「ドローンがやつを見つけたら、おれたちは有利な立場を失う。やつはまた木立へ引っこみ、おれたちは二度と見つけられないかもしれない。それに、政府のやつらはどこを探せばいいか知ってしまう」

「彼もドローンの音を聞きつけたにちがいないよ」ファーカスは言った。

「なんて間が悪いんだ」怒りのあまりマクラナハンはウェスト・ヴァージニア訛りが出てしまっていた。

「彼が立ちあがった」ソリスは静かに告げた。「だれもしゃべるな、息もするな。撃てるかもしれない」

ファーカスは思った。逃げろ、この頑固頭のちくしょうめ。やつらに見られるな。そして、おれたちのいるほうへ来るな……

ほんの一瞬、ファーカスは射撃音がドローンからのものだと思った。正確で迅速で、次々と繰りだされた。

パン、パン、パン、パン、パン。

彼が口を開いてなんだと聞く前に、ドローンは震え、高度を落とし、左へ傾いてから反対側へ急旋回し、やがて右の翼がマツの梢にぶつかると、松葉や枝を勢いよく散らして爆発した。

「げっ」マクラナハンはうめいた。

ドローンの本体は峡谷の反対側へと空を駆け、金属の薄板がつぶれる音と木の幹が裂ける荒々しい音とともに森へ落下した。まったく存在しなかったかのように、ドローンは暗い森に呑みこまれた。

そしてふいに静寂が訪れた。

「やつが撃墜したんだ」マクラナハンは畏怖の念をこめて言った。「あいつ、いまいましいしろものを空から撃ち落とした」

ファーカスはかろうじてソリスのつぶやきを聞きとった。「頼むから黙れ」そのあとドンという音がして、彼のライフルが揺れた。銃声は崖の割れ目の狭い空間ではよけい大きく響いた。

がんがんする耳を通して、ファーカスはソリスが勝ち誇ったように「やった」と言うのを聞いた。

16

多すぎる車両と法執行官の集まりから、じょじょに一種の司令センターができあがっていく。その混乱から離れたところで、ジョーはトビーに鞍をつけた。大きなキャンバス地のテント二張りを、保安官事務所の面々が——地元のエルク狩りのガイドたちから借りてきたのだ——立てていた。隣には側面に環境保護局（EPA）とマークのある最先端の移動式テント二張りがある。前進作戦基地（FOB）の場所は、森林局の境界フェンスから二百メートルも離れていない段丘の上だった。テントや車両の群がる中で、環境保護局の特別捜査官、保安官助手、森林局のレンジャーと特別捜査官、土地管理局職員、そしてジョーには判別できないし会いたくもない男女が動きまわっていた。

鞍をしっかりと締め、嫌がるふりをするトビーがジョーをにらむあいだも、基地から緊張と興奮が伝わってくる。あちこちで大声が上がり、会話がかぶりあい、笑い声がはじけ、それにときおりどなり声が響く。期待と流血への欲望がまざりあった、エルク狩りのキャンプやシーズン解禁日にくりだす車の中で、ジョーが見てきたものと同じだった。

前進作戦基地の端に作られた臨時の囲いにいる四人の男に、ジョーは注目した。黒衣をまとい、ほかの人間と違う落ち着きがあり、静かな威厳をもって自分たちの仕事に専念している。基地のほかのメンバーと交流する気はないようだ。彼らはかたまって立ち、馬たちを引いてきてそれぞれの性格や問題点を説明する地元のカウボーイの言葉に熱心に耳を傾けていた。四人が馬に不慣れなのはあきらかだ、とジョーは思った。彼らが馬にまたがると、そのカウボーイはあぶみを調節して一頭ずつ囲いから連れだし、ほかの馬がそろうまで待たせた。

ハインツ・アンダーウッドがカウボーイのすぐそばに寄って、彼とチームに小声で指示を出した。全員が騎乗すると、カウボーイがアンダーウッドの指図で荷馬二頭の荷籠に装備を入れた。ジョーには多すぎる武器に思えた。遠くにいたのに、アンダーウッドはジョーを見つけて馬で近づいてきた。

彼が来るのを、ジョーはとまどいながら観察した。馬の扱いを知らないのは間違いないが、それを悟られまいとしている。だが、手綱をぎゅっと握っていたり、方向を変えるとき高圧的にぐいと引っ張ったりするさまから、はっきりとわかった。

「馬に乗るのは初めて?」そばに来たアンダーウッドに尋ねた。

「前に乗ったことはある」

「そうか。のろまな乗用馬でよかったな。でなければ、そんなに口をぐいぐい引っ張ったら機嫌を悪くしている」

ほとんどわからないぐらい、アンダーウッドは手綱をゆるめた。

「用意はいいか？　部下たちは待ちくたびれている」

ジョーはうなずいた。「計画はどうなっている？」

アンダーウッドはとりあわなかった。「ブッチ・ロバートソンを最後に見た場所へあんたが案内し、おれたちはそこから彼がどこへ向かったか当たりをつける。その時点で、あんたの仕事は終わるはずだ」

「わかった」ジョーは言ったが、そんなにすぐ同意してしまったことがたちまち不安になった。特別捜査官チームはセミオートマティック・ライフル、拳銃、ショットガン、通信機器で武装している。まず先に撃ってそれから尋問する男たちに見えるが、もちろんアンダーウッドはそうとは認めないだろう。もし自分がついていけば、ブッチを生きて連れ戻せるチャンスが大きくなる、とジョーは思った。アンダーウッドは彼の不安に気づいたようだった。

「おれたちは先遣隊だ」アンダーウッドは言った。「ロバートソンの足跡を見つけるか――

彼を見つけたら――連絡して命令と応援を受けてから、ことを進める」

「そうだろうな」ジョーは苦々しく答えた。

意外にも、アンダーウッドはにやりとした。

ジョーがひらりと馬にまたがった瞬間、前進作戦基地の男女のあいだにささやきがさざ波のように広がった。彼が目を上げると、大多数が牧草地を通って前進作戦基地に続く道のほうを見ていた。彼らの視線を追うと、大きな黒の新型サバーバンがほこりの厚い雲を舞いあげながら走ってくるところだった。

ナンバープレートや運転席の男を見る前に、ジョーにはだれなのかわかった。新車なのに悪路をあんなふうに乱暴に運転する男は一人しかいない。

「だれかわかるか?」アンダーウッドはジョーに尋ねた。

「ああ、うちの知事だ」

黒のサバーバンはまっすぐ突っこむ気のように前進作戦基地へ突進した。テントの中にいた捜査官たち数名が脇によけるのが見えた。大型車は駐車スペースの手前でブレーキを踏み、横すべりして止まった。スペンサー・ルーロン知事が運転席から飛びおり、ドアを開けたままどなった。「わたしはこの州の知事だ、そしてここの責任者はだれなのか知りたい!」

知事から少し遅れて、リーサ・グリーン-デンプシーが助手席のドアをおそるおそる開けて降りてきた。知事について人込みに入っていく気はないらしい。

ジョーとアンダーウッドは視線をかわし、二人とも馬首をサバーバンのほうへ向けた。ルーロンは法執行官の群れを大股ですり抜け——彼らはさっと分かれて通した——まっすぐフリオ・バティスタに近づいた。バティスタは片手に携帯電話を持って環境保護局のテントから出てきており、不審そうな表情を浮かべていた。LGD局長は知事のあとに従っていた。

彼女はジョーを見てうなずいた。次になにが起きるか、グリーン－デンプシーは心配しているようだ。

アンダーウッドは低い声で言った。「おたくの知事はまともじゃないと聞いたが」

ジョーは激怒した知事を何度か――じつはあまりにも何度も――見ており、こいつは面白くなるぞとアンダーウッドに言ってやりたい衝動をこらえた。

バティスタは自己紹介し、近づくルーロンを受け流すように空いているほうの手を差しだして、携帯の通話を終わらせようと顔を横に向けた。ルーロンは差しだされた手の前ではたと足を止めたが、両手を腰に当てたまま、環境保護局の地区本部長をにらみつけた。胸を突き出すようにして、目をむいていた。

バティスタが通話を終えて握手しようとしても、ルーロンは動かずに叫んだ。「無人のドローンを許可もなくわが州の空に飛ばしておいて、わたしのオフィスになんの連絡もないと聞いたがどういうことだ?」

「われわれは作戦を遂行中で――」バティスタは冷静に説明しようとしたが、ルーロンはさえぎって話しだした。

「なにを遂行中なのか知らんが、ああいうものを元の場所に返すように命令しろ。さもないとわたしがワイオミング州軍に命令してここの上空から撃ち落とさせるぞ!」

ジョーは眉をひそめた。前に州軍の航空部隊を見たことがあるが、ヘリコプターとC－1

30輸送機以外、戦闘機が一機でもあったかどうか思い出せなかった。しかし、おそらくバティスタは知らないだろう……

「容赦はしない！」ルーロンはどなった。「ワイオミング州と環境保護局の戦争が始まってもかまわない、なにしろわたしはもう何年も始めるぞと脅してきたからな」

「いいですか」バティスタは捜査官やほかの者たちの支持を求めてあたりを見まわした。「二、三年前におたがい出だしを誤ったのは知っている。しかし、目下われわれは殺人事件の捜査中なのであって……」

ルーロンは地区本部長の鼻先に指を突きつけた。「わたしの州では、ものごとにはいい始めかたと悪い始めかたがある。おたくの職員二人がトゥエルヴ・スリープ郡で射殺されたと聞いて、わたしは応援を約束した。あんたがたと同様に、われわれもこの男を捕まえたいと思っている。だが、あんたがたクソ野郎を一人でも信用するとは、わたしはもっと分別があってしかるべきだったよ。あんたがたは前からそうだとわかっていた。一方的に権力を押しつける殺し屋どもだ」

ジョーは思わずにやりとして、かぶりを振った。狩猟漁業局局長グリーン‐デンプシーが歩み寄ってそっと腕をつかみ、知事をなだめるのを、もう少しで見逃すところだった。

ルーロンは続けた。「いま、わが州の住民の逮捕もしくは処刑に懸賞金を出したばかりでなく、あんたがたが家畜飼育場の操業をスパイしているネブラスカからくそドローンを呼び寄せたと聞いた。わが州の上空を飛ばしてわが州の土地と住民をスパイするためにだ。選挙によって選ばれたワイオミング州知事の頭ごしにことを進め、わが州の住民たちを踏みにじるとは、いったいぜんたい何様のつもりだ？」

ルーロンは顔を紅潮させてひと息ついた。そのすきにバティスタはすばやく口をはさんだ。

「まず申し上げるが、われわれは懸賞金を引っこめた。次に、わたしには自分の担当地区を管理する法的権限がある」

「知事」グリーン－デンプシーが彼を引っ張って訴えた。「お願いですから……」

するとルーロンは周囲に集まって驚愕(きょうがく)している集団に腕を振り、バティスタに叫んだ。

「彼ら全員をここから出せ！　おまぬけなテントをたたんでさっさと立ち去れ！　いまここにいるべき唯一の組織はトゥエルヴ・スリープ郡保安官事務所だ。ほかのあんたがたは」彼は捜査官やレンジャーを一人ずつねめつけた。「失せろ！」

バティスタはかぶりを振った。「わたしの外見があなたのようだったら、いまのような口をあなたがきいたかどうか」

「なんだと？」ルーロンはとまどった。

「聞こえたでしょう」バティスタは腕組みをして、もっと言ってみろというように知事を挑発した。

「あんたが非難しているのは……なんだって？　あんたが……」

「わたしがヒスパニック系アメリカ人だからだ」バティスタはつんとあごを上げた。

ルーロンは一瞬唖然として首を振った。「いいか、わたしは知事であるアメリカ人として、あんたがたにわが州からとっとと出ていけと言っている。われわれは犯人を見つけるし、彼は裁きを受けるだろう。あんたやあんたの殺し屋どもにはかかわってもらいたくない」言葉はともかく、知事の口調が和らいでいることにジョーは気づいた。

「やはりね、このわたしが理由だ」バティスタはまだしたり顔だった。

ジョーはやれやれと思った。短いやりとりのあいだに、ルーロンは勢いをなくしてしまったように見えた。そして周囲も同感のようだ。

グリーン－デンプシーがふたたびルーロンを引き離した。知事が向きを変えたとき、燃えつきた憤りととまどいがちの理解がその顔に交錯するのを、ジョーは見た。知事のそんな表情を目にしたのは初めてで、ルーロンはとうとうほんとうに負けてしまったのだろうかとジョーは思った。ルーロンもそう思ったらしく、肩をそびやかして気をとりなおしてから、一瞬だけ目を伏せた。

バティスタは局員たちに向かって言った。「ショーは終わりだ。仕事に戻る時間だぞ」

「なんてことだ」アンダーウッドは口笛を吹いた。「おたくの知事は確かにまともじゃないな」

ジョーは言った。「そうかもしれない。だが、彼は人種差別主義者じゃない」

アンダーウッドは答えた。「いまはそうだ」

アンダーウッドがチームを準備させるために馬首を返したとき、ジョーはトビーから下りて州の黒のサバーバンへ歩いていった。ルーロン知事は運転席で前かがみになって、首を振っていた。ジョーが車内をのぞきこむと、ルーロンは言った。「彼女はここにはいない。おれが人種差別主義者の怒りを爆発させたことを、ファン・フリオなんとかに謝罪するためにテントへ行っている」

ジョーはうなった。

「あれは予想外だった。先手を打たれて、へこまされた。あいつは狡猾（こうかつ）なちび助だ。ああいう傲慢（ごうまん）な連邦政府の人間は目の前でがなりたてる知事に慣れていないと思っていたが、間違っていたよ。

そしてあんなふうに人種カードを切ってくるとは……議論の最低の形だ、なぜなら話はそこで終わってしまうからだ。それに、あれは違う。おれはヒスパニックを憎んでなんかいない。おれが憎んでいるのは連邦政府の殺し屋ファシスト、ファン・フリオ・バティスタだ」

「知事？」ジョーはさえぎった。「一つ聞いていいですか？」

ルーロンは疲れたようにジョーを見た。「いいとも。おれはきみに嘘をついたことは一度もない」

ジョーはためらい、ルーロンは微笑してつけたした。「まあ、たいしてない」

「とにかく、わたしが不思議なのは……」

「なぜ彼女を雇ったか、だな」ルーロンは質問を誤解していた。だが、ジョーはそちらの答えも聞いてみたかった。

「雇えという圧力があった。だが、いまのを他言するなよ」

「しません。けさ一緒に食事をしました。そのあと、局長は任務にちょっと同行したんですよ」

ルーロンは笑いだし、手の甲でハンドルをたたいた。いつもの楽天的な雰囲気が戻ってきた。「そのことは聞いたよ。彼女、まだ少し茫然としている。クマよけスプレーだって、ジョー?」

「効果抜群です」

「そうらしいな。ともあれ、新局長もいくらか現実がわかったらしい。彼女はきみやきみの同僚はあまりにも地元に馴染みすぎていると考えている。きみたちがすっかり地元民になってしまった——住民と親しくなりすぎたと思っているんだ」

ジョーはうなずいた。

「そうなのか?」

「そうは思いません。われわれは地元のくたびれた警官みたいなものだ、というのがわたしの考えです。人々を知っているから、よりよい仕事ができる」

ルーロンはうなずいた。「『人々にもっとも近い政府が最善の政府だ』と、かつてどこかの賢人が言っていた。きみも同意するかね？」

「そうですね」

「おれもだ」ルーロンはきっぱりと言った。「次の質問は？」

ジョーはためらってから口を開いた。「グリーン－デンプシーは、わたしをこの捜査に送りだすこと、できるかぎり協力するのがわたしの義務であることに、あなたが同意したと言っていました」

ルーロンは眉を吊りあげた。「それで？」

「協力できるか自信がありません」自分の言葉に、ジョー自身が驚いていた。「わたしはブッチ・ロバートソンを知っている。彼らのやりかたについていけるかどうかわからない」

「なぜだ？　ロバートソンは無実だと思うのか？　LGD局長が恐れているのはまさにそういう馴れ合いじゃないのか？」

ジョーはかぶりを振った。「無実だとは思わない。わたしが知る範囲では」

「だったら、なにが問題だ？」

ジョーは当惑して黙りこみ、少ししてから答えた。「これ以上どのぐらい長く、続けていけるかわからないんです」

「なにを? 猟区管理官でいることをか?」

「州の役人でいることです。彼女はシャイアンでのデスクワークを提案してきました。わたしは内勤で働いた経験は一度もない」

ルーロンはめずらしく、すぐ次の質問をしなかった。そのかわりにこう言った。「正しいことをしろ、ジョー。それがきみの得意分野だ。この件はきみが決めることだ」

ジョーは待ったが、知事はそれ以上言わなかった。だが、ジョーも自分がなにを待っているのかわからなかった。

いつものように、ルーロンはまた話題を変えた。「おれたちは何度か興味深い冒険をともにしてきたな、ジョー?」

「ええ」

「きみのせいでおれは失職するんじゃないかと思った時期もあった。きみはトラブルのど真ん中へ突っこんでいく特殊な才能がある、違うか?」

ジョーはうなずいた。「メアリーベスは、その点でわたしには非凡な特殊技能があると言っています」

「彼女はきみには過ぎた利口者だし、美人だよ。きみにはもったいない」

「わかっています」

「友人はどうした、あの変人は? タカを飼っている冷酷な殺人者とつるんでいたじゃないか？　このことについて、彼ならどう思う？」ジョーがネイト・ロマノウスキについて話したがらないのを知っていて、ルーロンは尋ねた。

「彼から連絡はありません」ジョーは言った。「でも、気に入らないのは確かでしょうね」

「では、去年の事件以来、接触はないんだな」ルーロンはうなずいた。「たぶんそのほうがきみにとってもいいだろう。有名な逃亡者を助けたり、そそのかしたりしたくはないはずだ」

ジョーは気まずくなって身じろぎした。

「そういう男たちがおれのチームには必要かもしれない」ルーロンは考えこむようにつぶやき、前進作戦基地のほうを手で示した。「あの独裁者バティスタとやりあうには、本物の腕っぷしの強さが求められる」

ジョーはとまどって顔を上げた。ルーロンは本気で言っているのだろうか？

「あそこでなにをやっている？」ルーロンは突然運転席で身を乗りだした。バティスタがテントから走りでて通信設備のある白い小型ヴァンへ向かうのを、ジョーは見た。そのヴァンの屋根にはアンテナと無線用パラボラアンテナが立っていた。リーサ・グリーン－デンプシーが彼のあとから姿を現し、サバーバンのほうへゆっくりと用心深く近づいてきた。

ジョーを見たとき、彼女は不安の表情を隠しきれなかった。

ルーロンは尋ねた。「どうしたんだ？」

「バティスタの部下が、ドローンになにか起きたと言っています。山の上のどこかで通信不能になったとか」

「墜落したのか?」ルーロンは期待たっぷりの口ぶりだった。

「もっと悪いそうです」

ルーロンの笑みは熱狂的とさえ言えるものになった。「何者かが撃墜したんだな?」

「彼らはそう考えています」彼女はかぶりを振った。

「すばらしい!」ルーロンは叫んだ。「もっとやれ!」


ジョーがトビーに乗ってアンダーウッドと部下たちに合流したとき、ルーロンはサバーバンから飛びだしてきてジョーを呼んだ。

彼が振りむくと、知事は親指を二本立ててみせ、それからはずむような足どりでアンテナのついたヴァンへ歩いていった。

全面的な支持を示すその合図で知事がなにを伝えようとしたのか、よくわからなかった――すべてうまくいくという意味か、もしくは、たんにドローンが撃墜されたので有頂天になっているのか。ルーロン知事の言うことなすことすべてには、二つないし三つの異なった解釈があると、ジョーは学んでいた。

「さあ、諸君」アンダーウッドが馬上の特別捜査官四人に向かって言い、ジョーを指さした。

「この男についていくんだ」

17

峡谷の底を馬でエルク・キャンプに近づきながら、ファーカスは胃がむかむかしてきた。こういう旅は前にも経験がある。仲間のハンターがシカかエルクを倒したと主張し、みんなで探しにいったのだが、自分がこれと似た状況に陥ったのは一度だけで、それは二年前にシエラマドレ山脈で二人の凶悪な兄弟を探す似たような仕事に巻きこまれたときだ――そしてあれはまずい結果に終わった。ジミー・ソリスのひっきりなしのおしゃべり――彼はじつに生き生きしている――もファーカスを不安にさせた。

「見ろよ」ソリスは手を振って広大な地形を示した。「完璧な射撃にはどれほどここが遠すぎたか。くそ、一六〇〇メートル以上の距離だったんだ。その場に行くのでさえ三十分近くかかっている。まったく、なんてすごい射撃だったんだ、くそ」

二人はいま馬を並べていた。西部劇の無法者みたいだ、とファーカスは思った。峡谷の底は草と野生の花――だいたいがオダマキとインディアンペイントブラシ――の厚いカーペットにおおわれていた。浅い小川が草原を縫って流れていた。川底はオレンジ色の豆粒状の砂利で、水は冷たく浅く澄んでいる。小さなブルック・トラウトの影がいくつも草の生えた岸の下から矢のようにすっと出てきて、上流へひれを動かしながら泳いでいくのが見え、ファーカスは釣りができたらいいのにと思った。状況からして、いまは望めないが。

エルク・キャンプは前方にあり、谷間から少し高い場所だった。だが、火の番のいないキャンプファイアからかすかに煙が上がっている以外、なにも目に入らない。

「まだ遺体は見えないな」ファーカスはようやく口を開いた。

「倒れているからだよ」ソリスはいつのまにか麻薬常用者のような抑揚でしゃべっており、動きもアドレナリンよりも強力なものに影響されているみたいだ、とファーカスは思った。「見えないのは彼が倒れているからだ」

「あんたはしゃべらないほうがいいと思うけどなあ」ファーカスはぶつぶつ言った。

文句を言われたと感じなかったのか、ソリスは頭をのけぞらせて笑いだした。

少し間があって、マクラナハンがソリスに聞いた。「やつのどこに当たったと思う?」

自分たちのしたことの重みを少なくとも元保安官が理解しているらしいことに、ファーカスはほっとした。

ソリスは答えた。「おそらく心臓か肺だ——おれはそこを狙っていた。心臓だと思う、なぜなら哀れなあの野郎はセメント袋みたいにぶっ倒れたからな。もし肺を貫通したなら、二、三秒は立ってふらついたはずだ」

ファーカスは顔をそむけた。

「おれたちをおびき寄せるために、やつが撃たれたふりをした可能性は？」マクラナハンは尋ねた。「あいつはおれが思っていたよりもずる賢いし、射撃もうまい。あのドローンを撃ち落とした腕前を見ただろう」

「まさか、ありえない」ソリスは言った。「あの距離なら、銃声が聞こえるかなり前に弾は命中していた。おれがあんな遠くから引き金を引くと予測したとしたら、やつは魔法使いかなにかだよ。そして聞くところでは、やつは魔法使いじゃない」

マクラナハンはどうやら満足した様子でうなずいた。

「後ろを見ろよ」ソリスは鞍の上で振りかえり、遠くの峡谷の壁を指さした。「どんなにクソ遠かったか。まったく、すごかったよ……」

だいぶ近づいたので、ファーカスは煙の臭いを嗅ぐことができた。ぴりっとする刺激臭があり、おそらく葉のついた枝を燃やしたのだろう。一陣の風が吹いて煙を追いやった。だが、煙の中には別の臭いも含まれていた。

「気をつけろ」マクラナハンが警告し、手を伸ばしてブッシュマスターをおさめたケースの安全ストラップをはずした。そしてライフルを抜き、一発こめた。ファーカスはそれを見て自分も同じようにし、ライフルを鞍頭（くらがしら）に横向きに置いた。

「騒ぐことはない」ソリスはにっこりして、二人の用心に首を振ってみせた。「やつはどこにも行かないよ」

キャンプは谷間から少し高くなった場所にあるので、ファーカスにはまだよく見えなかった。だが、かまどを囲む石の大きさ、すわるためにチェーンソーで切って均(なら)したいくつかの切株は見覚えがあった。そのとき、ハッと思い出した。夕暮、西の地平線から木立を通して差しこむ最後の陽光、高く上がる炎、かがみこんでファーカスの金属カップにワイルドターキーをたっぷりと注ぐブッチ・ロバートソン。彼は娘の話や、病院で娘が生まれてその顔に見入った日に初めて、自分がほんとうの意味で人間になったと感じた話をしていた……

「あそこにいる」マクラナハンが言った。

ソリスが予告していたとおりに、遺体はそこにあった。ファーカスは馬を高みへ誘導しながらそれを見た。遺体は横向きで、顔は反対側になっていた。体はたき火を囲むように少し曲がっている。緑色の迷彩柄のカーゴパンツをはいた、伸ばされた脚。草の上に並んだ傷だらけのハンティングブーツ。

ブッチの腹から、服を通してソフトボール大の赤と灰色の腸がはみだしていた。では、あれがさっき感じた別の臭いだったんだ、とファーカスは気づいた。現場で処理されている殺された狩猟動物が放つ、土臭い麝香(じゃこう)のような臭い。

「当たったのは腹だ」元保安官は言った。

ソリスがなにか弁解するのをファーカスは待ったが、なにも聞こえなかった。きっと、標的は生きて呼吸している人間だったことがようやくソリスにもわかったんだろう、と思った。まだ荷馬を引いていたマクラナハンは二頭をかまどから少し離れた場所で止め、身を乗りだして遺体を観察した。ファーカスは回りこんで遺体の顔を見てはいなかったが、伸ばされた右手がぴくりと動くのを目にしたように思ってぎくりとした。二度深呼吸をしてから、手が動いていないのを確認した。

そのときマクラナハンが言った。「ちくしょう。違う男を殺っちまった」

ファーカスは恐慌をきたして馬から下り、ドレッドノートが勝手に草を食べにいってもかまってなどいられなかった。まだライフルを持ったまま突進して遺体の右肩をつかみ、こちらを向かせた。あおむけになった赤毛の男が、うめき声を発した。

「おい――まだ生きてるぞ！」ファーカスは叫んでライフルを落とし、飛びのいた。男の顔は四角く、頭の形はずんぐりとして、無精ひげが伸びていた。ファーカスの知らない男で、間違いなくブッチ・ロバートソンではない。男の目は大きく開いていたが、眼球は動かず、半分開いた口の上唇と下唇のあいだには血とつばのまじったピンクの筋が伝っている。

「やつじゃないだろう？」たんたんとした口調で、マクラナハンはファーカスに尋ねた。

「違う」

「くそ。ジミーが撃った男はだれなんだ？」

ファーカスは顔を上げた。ソリスは茫然としていたが、マクラナハンはこの事態を冷静に受けとめているようで、ファーカスは驚いた。

マクラナハンは鞍にすわりなおしてキャンプ全体をゆっくりと見渡した。「彼のバックパックがあそこの木に立てかけてある。ファーカス、身分証明書かなにか入っていないか、見てきてくれないか？」

「おれ？」

「おまえだ。だがまず、逃げられる前に馬をつないだほうがいいぞ」

なりゆきに愕然としながら、ファーカスは夢遊病者のような足どりでドレッドノートを太いロッジポールマツへ引いていき、枝にロープをかけてつないだ。バックパックのほうへ歩きながら、視線は馬上のマクラナハンとソリスに向けていた。重傷を負った男の顔を二度と見たくなかったからだ。ソリスは鞍の上でなにも目に入らない様子で、口を半開きにして体を硬くしていた。マクラナハンは目を細くして中空を見つめ、なにやら考えているようだった。

バックパックの横の視界に入っていなかった場所で、ハンドルと滑車がついた複雑な構造の化合弓（コンパウンドボウ）と、カミソリのように鋭いブロードヘッドの矢の束が、木の横に立てかけられていた。

ファーカスはマクラナハンに呼びかけた。「彼はエルク・ハンターだ。山のこちら側はアーチェリーのシーズンなんだろう」

「へえ、そうなのか？」マクラナハンは皮肉な口調で答えた。

「身分証明書は見つからない」ファーカスは荷物の中を調べながら言った。バックパックはキャンプファイアの煙と汗の饐えた臭いがした。中身はありふれたものばかりだった。迷彩服、雨具、寝袋と敷きパッド、一人用小型テント、フリーズドライの食料、地図……

「財布を身につけているかどうか見てみる」マクラナハンはうなりながら下馬した。そしてソリスに言った。「その馬から下りて手を貸せ、ジミー」

その頼みを拒むことで現実の状況をも拒むように、ソリスは首を横に振った。

ポケットを調べるためにハンターをうつぶせに戻しながら、マクラナハンは言った。「このあほうが。人狩りのさいちゅうに山へ入ったり殺人犯のキャンプを使ったりするべきじゃなかったんだ。とくに、殺人犯と同じ迷彩服を着るなんて」

ファーカスは調べるのをやめて、マクラナハンとハンターのほうへ向かった。なにかおかしいと思ったが、いまの出来事で頭がぼんやりしてちゃんと考えられなかった。

マクラナハンは、ハンターのカーゴパンツから財布をとりだして立ちあがった。財布は密封式のビニール袋に入っていた。元保安官はビニールを破って財布を開き、分厚いプラスティックでコーティングされた身分証明書を見つめた。マクラナハンの肩からふっと力が抜けた。

「メイン州から来たピート・ドゥヴァージョというよそ者だ」マクラナハンはあきらかにほっとしていた。「地元民だったらどうしようかと思っていた」

「だけど……」理解できずにファーカスは言った。

「おそらく家族は彼がいまどこにいるか、正確には知らないはずだ。荷物の中に携帯か衛星電話はあったか、ファーカス？」

「見なかった、だけどそんなによく調べたわけじゃない」

「ちゃんと調べる必要がある」

ドゥヴァージョが低いうめき声を洩らし、ファーカスもマクラナハンも彼のほうを向いた。ドゥヴァージョは動いておらず、目はまだ空を見ていた。

「どうするんだ？」ファーカスは聞いた。「だれかに連絡するか？　ヘリをよこして搬送してもらえるかな？」

「彼は長くはもたない」マクラナハンは当然のように言った。

ファーカスは両手で顔をおおってから、指を開いてマクラナハンの顔をのぞいた。「ここに置き去りにする気じゃないだろ？」

マクラナハンはさっと視線を上げた。「おれたちになにができる、ファーカス？　弾は彼の急所を貫通して、反対側にでかい穴を開けている。死にかけているんだ。あと数分の問題だ」

「じゃあ、ただここに突っ立って待つのか？」

「いまはな」

「そのあとどうする？」ファーカスは指のあいだから尋ねた。

「まだ決めていない」

「保安官、おれたちは無実の男を撃っちまったんだぞ」

「起きて当然の事故だとおれなら言うね、ファーカス。そして、まさにそのとおりなんだから。この気の毒な男はまずいときにまずい場所にいて、まずいことをしていた。

おれが学んだ教訓の一つは、物語を支配するのがいかに重要かってことだ――話術ってやつだ。一年前におれはそこで失敗した、だからいま、車椅子探偵がおれの仕事をだらだらやっている。二度とああいう失敗をする気はない」

マクラナハンはドゥヴァージョのほうを示した。「おれたちがブッチ・ロバートソンをしょっぴけば、こんなことだれも覚えていやしない。物語はこうなるだろう。政府のやつらや新米保安官がぐずぐずしていたあいだに、この郡を真に知り、理解している元保安官がみずから山に上り、犯人を引きずりおろした、と。迷彩服を着た殺人者を追跡していて、外見の合う男が連邦政府のドローンを撃墜する場面に出くわしたんだ。おれたちにとって、ほかにどう考えようがある？」

反論しようとしたとき、ファーカスはなにがおかしいのかハッと思いあたった。保安官も同時に同じことに気づいたにちがいない、なぜならマクラナハンは顔をこわばらせ、こう聞いたからだ。「ファーカス、ライフルを見たか？」

暗い森の上のほうから声がした。「全員武器を置いて後ろを向け。馬に乗っているやつ――下りろ」

その声にファーカスは聞き覚えがあった。

ブッチ・ロバートソンだ。

18

「ここで彼に会った」騎馬の六人がくぼ地に入ると、ジョーは言った。彼らは切断されたフェンスを抜けて、枯木と枯れかけの木のせいで光沢のある赤に染まっている森を進んでいた。「そのへんでコーヒーを飲んでいて、その木に荷物を立てかけていた。すぐ横に彼のライフルがあった」

アンダーウッドは手綱を引いて馬を止め、チームも従った。アンダーウッドは前かがみになり、鞍頭をつかんで凝った背中を伸ばした。そして周囲を見まわして言った。「じゃあ、あんたが会ったとき彼は下りてくるところだったのか?」

「いや」ジョーは下馬するとトビーを引いてキャンプの周囲を歩いた。「ブッチは山から下りてきたんじゃなかった。上っていくところだった、東側から」

「彼はビッグストリーム牧場を横切ってここに来た、ということか?」

「そうだ。さっきのフェンスを切断して進んできた」

「なぜ切断したんだ?」

「あんたもおれと同じ考えだろうが、ただいらついていたんだと思う。あんたたちの存在を思い出させるものすべてに、拳を振りあげたい気持ちだったんだ」

アンダーウッドは鼻を鳴らして首を振った。「牧場の人間はだれも、徒歩の男が自分たちの土地を横切っているのをおかしいと思わなかったのか? あのトチ狂ったフランク・ツェラーはカウボーイや牧童に見張らせていたんじゃないのか?」

「とても大きな牧場なんだ」ジョーは言った。「ブッチ・ロバートソンが姿を見られずに横切るのは簡単だったはずだ。向こうの牧草地には深い灌漑(かんがい)用の溝がいくつもあるし、隠れられる丘もたくさんある。あるいは、彼は日の出の前に横断したのかもしれない――わからないが」

「あるいは、手を貸す者がいたとか?」アンダーウッドは眉を吊りあげた。

「さあな」ジョーは馬上のアンダーウッドを見た。

「あんたが会ったとき彼が牧場から上ってきていたのなら、そもそもどうやって牧場まで来たんだ？」

「それはおれも知りたいよ。ブッチのピックアップは下のどこにもなかった。だが、彼はずっと歩いてきたようなことを言っていた」

「じゃあ、だれかが車で送ってきたってことか」

「そうだな」

「つまり、ほかの何者かが事件にかかわっているわけだ。だれなのか、心当たりは？」

ジョーは肩をすくめた。それは昨日から頭を離れない疑問だった。ブッチの友人か、会社の従業員か？　路上でヒッチハイクした他人か？　それとも、もっと近しいだれかか？

「何者だったのか知りたい」アンダーウッドは言った。

「おれもだ」

「では、ここまで来るのにだれかが手を貸し、さらにだれかが牧場を横切るのに手を貸したってことだな」

「終わるまでに、この共謀犯説はどこまで広がるんだ？」

「おれはこのあたりの人間を信用しない」

「そして彼らはあんたたちを信用しない」ジョーは言った。

「もっとも可能性の高い推論を聞かせろよ」アンダーウッドの目は探るようにジョーの顔を見ていた。「あんたが見逃したあと、彼はどこへ行ったと思う?」

「言っただろう」ジョーはむっとした。「おれは見逃したりは……」

「ああ、わかっているよ。そのときは彼が殺人犯だと知らなかったんだな」アンダーウッドは皮肉たっぷりに返した。「しかし、それは置いておいて、どこへ行ったと思う?」

ジョーは腰をひねってあたりを見まわした。乾いた森の地面と斜面を眺めた。

「東の幹線道路から来たんだから、ブッチはそのまま西へ進んで山へ登るつもりだったと思う。上のほうには未開の場所がたくさんあるし、隠れる場所も多い。ここで狩りをしてきた経験から、彼は山をよく知っている。おれにわからないのは、頂上まで登って西側の峡谷へ下る計画だったのか、こっちの東側に留まるつもりだったのかだ」

「なぜ彼は頂上まで行く?」アンダーウッドは尋ねた。

「あんたたちからできるだけ遠ざかるためだよ。ここと同様に、彼は向こうの地形を知っている。それは、並行して二つのエルク・エリアがあるからだ。三十五地区が山のこちら側、四十五地区が反対側、どちらも一般にエルクの狩猟が許可されていて、特別な許可証はいらない。三十五地区のほうが一週間早くシーズンが解禁になるから、ブッチはこちら側でまず狩りをして、その気になれば一週間後に西へ移動するんだろう。東側から西側へと狩りをしていくほうが、彼にとってやりやすいというのはよくわかる。こちら側のほうが地形的に楽だし、自然の牧草地や空き地があって斜面や森がとぎれている。こちら側のほうが水場も多い」

「あんたの言っていることはさっぱりわからない」

ジョーは嘆息した。「山を越えると、地形はけわしくなる。サヴェジ・ランをはじめ、切り立った峡谷がいくつもある。よくあるのは、こちら側にいるエルクの群れがハンターに追われ、逃げるために山越えしてけわしい向こう側に隠れるケースだ。おれの推測では、ブッチは同じことをしているんじゃないかな」

「たいへん興味深い」アンダーウッドは言った。「しかしあんたも言うように、推測だな」

「ああ」

アンダーウッドは身じろぎしてため息をつき、首からひもで吊るした衛星電話を持ちあげた。「ＦＯＢ１(ワン)に連絡を入れないと」その声にはかすかな疲れが感じられた。

「ＦＯＢ１(ワン)？」ジョーは聞いたが、答えはわかっていた。

「地区本部長バティスタだ。前進か後退か、指示がいる。彼がすべて仕切っているんだ」

アンダーウッドの後ろにいる捜査官たちが、ジョーを抜きにしてシニカルな視線をかわすのに気づいた。なかなか興味深い、とジョーは思った。

アンダーウッドがバティスタと話しているあいだ――しゃべっているより聞いている時間

のほうが長い――ジョーは森がまばらになってあたりが開けるまで徒歩で斜面を下った。眼下にはビッグストリーム牧場が広がっている。この距離からでは、前進作戦基地（FOB）はヤマヨモギと牧草の海の上の小さな点にすぎない。

木々の天蓋や家の天井やピックアップの屋根に頭上をふさがれていない、開けた場所にいるとき、自分の考えがもっとも明瞭になることを、長年のあいだにジョーは悟っていた。なぜか、集中するために彼の頭脳は開けた眺望を必要としているのだ。

ブッチと出会った昨日の午後から、事態は電光石火のスピードで推移している。とんでもない騒ぎが始まり、何百人もの役人たちがわさわさやってきた。捜査の背後に戦略があるとしても、それがなんなのかジョーにはわからない。彼に見えるのは、あらかじめ予定された結果にもとづいた、嵐のような作戦と行動だけだ。そして、こんどは知事もかかわってきた。目前の状況に困惑したとき、いつもならジョーはメアリーベスかネイト・ロマノウスキと話す。二人が同じ忠告をすることはめったにないが、彼が決断を下すために問題を明確にする助けになる。だが、メアリーベスがほかのことに気をとられているのはよくわかるし、ネイトの居所はわからず、ジョーはともづなを解かれて海へ漂流していくような心持ちだった。

今日二度目に、彼はブッチ・ロバートソンへの共感をおぼえ、なぜブッチがキレてしまったのか理解できる気がした。

「よし」アンダーウッドがジョーと自分のチームに声をかけた。「集まれ。命令を受けた」

〝命令〟という言葉には、隠された軽蔑の念がわずかに感じられた。

捜査官の一人がにやにやし、ジョーに見られていることに気づいてそっぽを向いた。

アンダーウッドは続けた。「ブッチ・ロバートソンを大至急追跡する。ジョー・ピケットは同行して案内に手を貸す。本部長が言うには、一時間過ぎるごとに一時間が浪費される、ゆえに少なくとも夜を徹して行動するつもりでいてほしい、と」

一人の捜査官がうめいたが、アンダーウッドからきびしい一瞥を浴びてすぐに黙った。

「ドローンが撃墜された場所のおおよその座標はわかっている。通信が途絶える前に、男――おそらく犯人――が空き地のようなところにいる映像が撮られていた。おれたちの任務は至急そこへ向かい、彼を捕えることだ。

そこへ行くまで、全員充分な警戒を怠らないように。目と耳をフル活用するんだ。足跡、地面の荒れ、折れた小枝、なにも見逃すな。この男は危険で、自暴自棄になっている。だが、彼は奥地をよく知っており、おれたちは知らない。だから、向こうがやすやすとやられたり、投降するとは思えない」

アンダーウッドは部下たちに武器を準備し、携帯と衛星電話の音をミュートにするように命じた。一行は無線で連絡しあう、先に自分を通さずに前進作戦基地と話すことは禁じる、意思伝達の流れを明確にするためだ、と彼は続けた。

捜査官たちがマイク付きヘッドフォンとイヤフォンを出して無線機にセットしていたとき、さっきにやにやした男がアンダーウッドに言った。「自分たちは荒野で活動するタイプじゃありません。この馬たちだが……どうですかね。足跡を探す？　そういう訓練は受けたことがない」

アンダーウッドがほかの捜査官たちを見まわすと、二人が同意してうなずいた。アンダーウッドは向きなおってジョーを指さした。

「あんたはどうだ？」

「やったことはある。だが、人の追跡にかんしては専門家じゃない。移動するとき、ブッチは賢いから目立たないように用心すると思う」

「おれたちの助っ人はあんたしかいないんだ」アンダーウッドは言った。

別の捜査官が声を上げた。「この種のことに自分たちは準備ができているとは思えません」

ジョーはうなずいて賛意を示したが、アンダーウッドが彼の意見を一票と数える気がないのはわかっていた。

「気持ちはわかる」アンダーウッドはその捜査官に言った。「だが、聞いただろう。おれは命令を伝えている」

「どこで寝るんですか？」別の捜査官が聞いた。「テントとか寝袋とかあるんですか？」

「ない」

「食料は？」別の捜査官が聞いた。

「荷馬に、瓶入りの水と栄養補給食二箱が積んである」

「こんなのばかげている」捜査官の一人が言い、ほかの者たちもうなずいた。

アンダーウッドが自分を見たとき、ジョーは驚いた。「あんたはどう思う――夜までに彼は見つかるか？」

「軽々には言えない」ジョーはこのなりゆきに落ち着かない気分だった。「座標はどうなっている？」

アンダーウッドは、数字が記されたメモとトゥエルヴ・スリープ国有林の地形図を渡してきた。ジョーはブッチ・ロバートソンがすわっていたのを見た切株に腰を下ろし、腿の上に地図を広げた。

位置を計算して、顔を上げた。「山を越えた向こうだな」

アンダーウッドは尋ねた。「ほんとうか？　そこまでどのくらいかかる？」

「ほぼ一晩」ジョーは答えた。

「ＦＯＢ１に連絡させてくれ」アンダーウッドは衛星電話を手にした。

「車で反対側へ回るほうが得策だろう」ジョーは言った。

アンダーウッドは状況を説明してジョーの提案を伝えた。アンダーウッドの顔がこわばったので、相手の反応がよくないのをジョーは察した。捜査官たちは石のように黙りこくって見守っていた。

「おれたちは命令どおり前進する」通話を終えて、アンダーウッドは告げた。そして非難の視線から逃れるように、自分の馬をその場から動かそうとした。だが、馬は歩こうとしない。

「舌を鳴らすんだ」ジョーはアンダーウッドにささやいた。

アンダーウッドは舌を鳴らし、馬は歩きだした。ジョーの横を通るとき、彼は声に出さずに「ありがとう」と伝えた。

ジョーが先頭、次がアンダーウッドと捜査官四人で隊列を組み、のろのろと山を上っていった。傾斜はまだ急ではないが、続く上りで馬たちは疲れ、ジョーは二十分おきに止めてトビーを休ませた。午後の日ざしがときおり木々を通して洩れてくる以外、彼らは影の中を進んだ。地面にはほとんど落葉がなく、枯れた松葉と、虫食いで枯れた木から落ちた樹皮のかけらでおおわれていた。

木々は枯れ、地面は乾き、かすかな南風はなまぬるい。馬たちはざくざくという足音をたてて、二十四のひづめの不協和音はゆっくり山を上っていく拍手喝采（かっさい）のように響いた。羊皮紙並みに乾いた森をどうやったらこっそり進めるんだ、とジョーは思った。落ちたマッチ一本、タバコの吸い殻一本で、全山が炎に包まれることだろう。捜査官がだれもタバコを吸わないのが、ありがたかった。

森の道に異変——地面が荒れ、腐葉土が一ヵ所掘り返されたようになっている——を見つけて、ジョーはアンダーウッドに指摘した。ブッチ・ロバートソンがたどった道を来ていると、見るというよりも感じた。

ところどころ木々が密集しているので、ジョーはうまくトビーにあいだを歩かせなければならなかった。ときどき、手綱をゆるめて馬にまかせた。捜査官たちもできるだけ従ったが、彼らの乗用馬は何度も急に立ちどまり、進むようにせかさなければならなかった。危険な状況だ。馬たちの一頭が木立の中でパニックになりでもしたら、破滅的な局面に変わりかねない。小さな隊列がもっとも密集した木立を抜けるまで、ジョーは何度か息を殺した。乗用馬はちゃんとした道が好きなのだ。トビーと違って、探検や狭さや登山を楽しいとは思わない。

ブッチがとったルートをジョーはときおり直感で察したものの、障害物や花崗岩の壁の状況から、山越えが目的ならブッチの選択肢はこれしかないと思われることもたびたびだった。上方からの湧き水が流れる小川を渡って、泥の中にかなりはっきりとブーツの足跡を目にしたとき、ジョーの勘が正しかったことが裏づけられた。あとで見つかるかもしれないほかの足跡と比べるために、彼はデジタルカメラで撮影した。

馬を進めていると、背後の捜査官たちの会話の断片が聞こえてきた。アンダーウッドは沈黙を守っていた。

不毛で検討不充分な任務を課された男たちの典型的な不満だな、とジョーは思った、適切な食料も退避先もなく前進作戦基地からこれほど遠い場所にいるのも、馬に乗るのも気に入らず、フリオ・バティスタ地区本部長も気に入らない。

結局のところ、自分も彼らと通じあえるかもしれない、と思った。

水のない野営地をあとにしてから二時間半後、強烈な日ざしが森を輝くオレンジ色に染めるころ、アンダーウッドの衛星電話が胸元で振動した。

ジョーはトビーを歩かせながら振りかえり、アンダーウッドが聞きながら音量を調節するのを見守った。なにを聞いているのかわからないが、暗い表情が顔をよぎり、一、二分するとアンダーウッドは目を上げて空いているほうの手でジョーに止まるように合図した。

引き返せという命令を受けたのか？　とジョーは思った。トビーを停止させて脇に寄せ、アンダーウッドが横に並べるようにした。

近づいてくると、アンダーウッドは耳から電話を離して片手で送話口をおおった。「あんたにだ」

「相手は？」

「バティスタ地区本部長だ」

「なんの用だって？」

アンダーウッドは息を吸って衛星電話を差しだした。「容疑者はどうやってか衛星電話を手に入れて、前進作戦基地に連絡してきた。いま通話中で、基地では会議電話にしようとしているところだ」

「冗談だろう？」

「違う。容疑者によると、三人の人質をとったそうだ、一人はこの郡の元保安官だと。彼は人質を解放する用意があるが、それはこちらが要求リストを呑んだ場合だ。そして、その交渉において唯一信頼できる人間はジョー・ピケットだと言っている」

19

「彼は出たか？」ブッチ・ロバートソンはフリオ・バティスタに聞いた。マクラナハンの衛星電話をぎゅっと顔に押しつけていた。ファーカスが見ると、電話を強く握りしめているブッチの指は透き通るほど白くなっていた。そして、ブッチの頭皮には汗が伝っていた。陽光は黄昏（たそがれ）へと薄れており、この一時間で気温はぐっと下がったので、ブッチが汗をかいているのは暑さのせいではない。

「待っているところだ」バティスタは答えた。「そのままで――技術的な問題だ。いま専門家たちが全員をつなげようとしている」

ファーカスには双方の会話が明瞭に聞こえた。あたりは風もなく静かで、ブッチは衛星電話に慣れていないらしくスピーカーの音量を下げていない。神経質になっていらだっており、目は疲労のせいで真っ赤だった。

「出せないとは……いったい彼はどこにいるんだ?」ブッチは聞いた。

「野外に出ている」バティスタは冷静に答えた。「メンバーをそろえるには少し時間がかかるんだ、頼むから辛抱してくれ」

「彼を出せ」ブッチは主張した。

さきほど、マクラナハン、ファーカス、ソリスに下馬して武器を渡すように命じたあと、ブッチ・ロバートソンは西側斜面の木立の陰から姿を現した。ファーカスは仕事をやめて以来ブッチと会っておらず、彼の外見に驚いた。前よりやせ、歩く姿は少し猫背で、顔にはしわが刻まれて目は疲れている。十歳も老けたように見え、それはこの二日間山中を逃げたせいだけではないとファーカスにはわかった。去年ブッチ・ロバートソンになにかが起き、外見までも変えてしまったのだ。

ブッチは延長弾倉と近距離用スコープが付いたセミオートマティック・ライフルを持って

おり、筒先を振って三人にキャンプからくぼ地の南側の空き地へ行くように合図した。

「馬はどうする？」マクラナハンが聞いた。

「勝手にさせろ。荷馬以外全部。おまえたちがなにを持ってきてくれたのか見たい」

マクラナハンは抗議したが、ブッチはとりあわなかった。彼は三人を空き地に集め、ドレッドノートの鞍の腹帯を解き、ほかの鞍を置いた二頭にも同じことをした。そのあと、ドレッドノートの横腹をたたいた。ドレッドノートは授業終了の鐘が鳴って夏休みが始まったかのように、走りだした。マクラナハンとソリスの馬と予備の馬もそれに続き、荷馬と地面に重なった鞍三つが残った。

「おれたちにどうやって戻れっていうんだ？」マクラナハンは訴えた。

「おまえたちが戻るとだれが言った？」ブッチは答えた。

体を叩いてほかの武器がないのを確認したあと、ブッチは全員を草地にすわらせた。ファーカスの服を叩きながら、彼は言った。「デイヴ・ファーカス、おまえがこいつらと一緒なのはちょっと意外だったよ」

「おれもそうなんだ」

ブッチはソリスに言った。「驚くべき一発だったな。あれはおれだと思ったのか？」

ソリスはうなずいた。ブッチは愛想をつかしてかぶりを振り、マクラナハンに移った。

「では、フリーランスになることにしたんだな？」ブッチはマクラナハンに尋ねた。

「ある意味では」

「町でおれのことをなんと言っているか話せ」

マクラナハンは咳ばらいした。「西部の山にいる連邦政府のやつらは全員、このあたりにいるか向かっているところだ。彼らはあんたが環境保護局の捜査官二人を殺したと思っている。あらゆる法執行機関が大騒ぎだ」

ファーカスは注意深くブッチを観察したが、反応は見られなかった。

「じゃあ、おまえたち三人はなぜ罪のないエルク・ハンターを殺した？」

ファーカスは言った。「あんたには高額の懸賞金がかかっているんだよ」

ブッチはちょっと考えてうなずいた。「いくらだ？」

ファーカスは軽蔑をこめてマクラナハンを見た。「それはおれだって知りたいよ。聞かされたのは、ばか高い金額だってことだけだ」

「それでおまえがガイドとして雇われたのか？」ブッチはファーカスに尋ねた。

「そうなんだ、ブッチ」

「保安官……元保安官が……雇ったんだな？」

「ああ」

「二度とおまえを狩りに連れていくと思わないでくれ」

ファーカスはごくりとつばを呑んで下を向いた。

ブッチはマクラナハンに向きなおった。ファーカスはブッチの絶望した悲しいまなざしに気づいた。以前には見たことがなかった。

ブッチはマクラナハンに言った。「おまえが地元の仲間を売るのにたいした金額はいらないだろうな？」

マクラナハンは弁解しようとしたが、ブッチの表情を見て、今回ばかりは口を閉じた。

「すわれ、全員だ」ブッチは荷馬のほうへあとじさった。「だれかにけがをさせる事態にはしたくない。持ってきてくれた品物を見たいだけだ」

荷籠から中身を出して、ブッチはにやりとした。彼はほとんどを脇に押しやった。ファーカスが見ていると、ブッチは四五口径の拳銃を手にして装塡を確かめ、自分の荷物に入れた。衛星電話二台もとった。

衛星電話の一台をベルトに留め、あとで使うためにプラスティック製の手錠三組をカーゴパンツの腿のポケットに入れて、ブッチは三人に射殺された気の毒なハンターの遺体を埋めるように命じた。「だれなのかわからないが、放置して腐肉食動物に食べられるような目には遭わせたくない」

ブッチがさっき荷籠の中に見つけた折りたたみ式シャベルを使って、ファーカスとソリスがおもに働いた。草のカーペットのすぐ下は岩が多くてたいへんな作業になり、浅い墓穴を掘るのに一時間近くかかった。あきらめろ、自主的に自分たちと山を下るのがブッチと彼の家族のためだ、とマクラナハンは何度も説得しようとした。ブッチはとりあわず、最後にはライフルを持ちあげてマクラナハンの鼻先に銃口を突きつけた。

「あと一言でもしゃべったら、別の墓穴を掘ることになるぞ。おまえはおれを殺すためにここまで来たのを忘れたのか？　おれは忘れていない」

そのあとマクラナハンはしばらく黙っていた。

浅い墓穴を枯木の大枝とかまどから運んできたフットボール大の石でふさぐよう三人に命じたあと、ブッチは彼らに前側で手錠をかけた。それからソリスをあまりにも長いあいだにらんだので、ファーカスは首筋の毛が逆立ってくるのを感じた。

ブッチは言った。「こんなことはしたくなかったが、おれはおまえたちを信用できない」

ファーカスが最初に暗い森へ歩いていき、ソリスと元保安官が続いた。

ファーカスが立ち止まるたびに、ブッチがせかした。特定の目的地があるようだ、とファーカスは思ったが、ブッチはなにも言おうとしなかった。

一行はブッチが撃墜したドローンの残骸の横を通った。目に痛いほど白くて真新しいが、断片となって地面に散らばっていた。ファーカスが通ったとき、裂けた継ぎ目から複雑な配線が見えて、壊れたタンクから洩れだした燃料の臭いがした。ドローンの破損した先端には、みごとに命中した弾の穴が何ヵ所も開いていた。ドローンの墜落によって枯木が何本か倒れ、頭上の木々の天蓋にも裂け目ができていた。

「どこで落ちたか、向こうが知っているのはわかっているだろう」マクラナハンはブッチに言った。

「だから遠ざかるんだ」ブッチは答えた。

「落ちるとなぜわかったんだ?」ファーカスは聞いた。

「わからなかったさ」

一行が密生した木立を出て岩だらけの狭い空き地に入ったとき、太陽が山の端にかかって光線が変わった。出発してから初めて、ファーカスは自分たちがどこにいるのか、どれだけの広大な自然に囲まれているのか、わかった気がした。山頂に沈みゆく太陽の最後の光と、ほかの三方へ波立っていく海のような森が見えた。高すぎて木が育たない森林限界から、そう遠くない場所だ。

ブッチがすわっていいと言ったので、ファーカスはすぐにすわった。登ってきたので服の下に汗をかいており、腿が痛かった。マクラナハンは大きな岩に腰を下ろしながら年寄りじみたうめき声を上げた。ハットバンドの下から顔に汗が流れ落ちている。

ブッチは息切れさえしていないようだ。衛星電話をホルスターから出して電源を入れ、三つの番号をプッシュした。911。

サドルストリングの緊急通信指令係につながると、彼は言った。「ブッチ・ロバートソンだ。みんなが探している男だよ。カイル・マクラナハン元保安官、デイヴ・ファーカス、あとソリスといううぬぼれた若僧を人質にとっている。いまおれの正面にすわっているよ。追跡の責任者と話をしたい、でなければこの三人は明日の日の出を見ることはないだろう」

先方があたふたして五分がたち、ブッチは言った。「フリオ・バティスタだって?」

バティスタという男がブッチに自首して人質を解放し、状況をむずかしく危険なものにしないようにと主張するのが、ファーカスにも聞こえた。自分には交渉する資格と公正な扱いを保証する力がある、とバティスタは言った。

「あんたのことは知っている」ブッチはバティスタをさえぎった。「第八地区の本部長だな?」

「会ったことがあったか?」

ブッチは鼻を鳴らした。「いや、ない。女房とおれはこの一年あんたに電話がほしいと二十件ほど伝言を残したが、秘書より先にたどり着けなかった。書留郵便を何度も送ったが、一度も返事はなかった。いま、あんたは話がしたいのか?」

「わたしを信じてくれていい」バティスタは言った。必死だな、とファーカスは思った。

ブッチは言った。「おれがあんたを信用するわけがないだろう、このくそったれが。ジョー・ピケットを出せ。ここの猟区管理官だ」

「彼がだれかは知っているが、どうしてわれわれ二人だけで話せないんだ?」

「だめだ。ジョーを電話に出さなければ、まずファーカスかソリスを撃って、次は元保安官だ。その責任はあんたにある」

ファーカスはぎょっとして見上げたが、ブッチの顔つきからこけ脅しだと察した。だが、バティスタにはわからないだろう、そこが肝心だ。

なぜそれができないかバティスタが説明しはじめたとき、ブッチは告げた。「五分やる」

すわっている自分のひざが震えているのにファーカスは気づき、両腕で抱えこんだ。つらかった登りのせいだと思おうとしたが、そうではないとわかっていた。ブッチはきびしい表情で、やがて腕時計を見ると、視線を上げてファーカスとマクラナハンを見比べた。ブッチは体重を片足から片足へ移し、ライフルを少し上に向けた。ファーカスは銃口の黒いO形を見た。

ブッチが脅しをかけたとき、はったりだとファーカスは思った。いまや、はったりかどうか確信がなくなった。まったくなくなった。

20

アンダーウッドは衛星電話の送話口を手でおおってジョーにささやいた。「彼がなんと言おうとわかったと答えるんだ、いいな?」

ジョーはうなずいたが、同意したというよりもアンダーウッドの言葉が聞こえたという意味だった。アンダーウッドは馬上で身を乗りだして衛星電話をジョーに渡した。受けとったとき、ジョーはブッチ・ロバートソンの「彼は出たのか?」という声を聞いた。

「ブッチ、ジョー・ピケットだ」

「やあ、ジョー」

「ブッチ」

「あのあほうはまだそばにいるのか?」

ジョーは最初「どのあほうだ?」と返しそうになったが、バティスタが割りこんできた。

「地区本部長のフリオ・バティスタだ。まだここにいるぞ」

ジョーは目の隅で、アンダーウッドが笑いをこらえるのを見た。静かな枯木の森なので会話ははっきりと聞こえる。

「ほかにだれか回線にいるのか?」ブッチは尋ねた。

「われわれ三人だけだ」バティスタがすばやく答えた。ジョーは嘘だと知っていた。前進作戦基地の通信用ヴァンの一台で、ヘッドフォンをつけた捜査官チームが一語も聞きもらすまいと耳を傾け、専門家と協力して衛星電話の通信を三角法で測定し、ブッチ・ロバートソンの正確な居場所を突き止めようとしているのが、目に浮かんだ。

「デイヴ・ファーカスと元保安官とソリスがここにいる」ブッチは言った。

ジョーはかぶりを振った。マクラナハン。ジョーと元保安官のあいだには、つねにわだかまりがあった。

ブッチは続けた。「彼らを傷つけたくないが、おまえたちとの交渉の手札が必要だ。そっちがいかさまをやるのはこの一年でよくわかった、だから保険がいるんだ」

バティスタが答えた。「ブッチ、人質をとることはない。きみはすでに充分なトラブルの渦中にいるが、話しあいの上、自首して解決できる方法を見つけられないわけではない。いま、なにもかも終わらせられるんだ。きみは公正な裁判を受け、自分の言い分を述べるチャンスを――」

「たわごとだ」ブッチはさえぎった。「たわごとだよ。こんどのことには公正な点などなに一つない。おまえたちが公正にものごとを進めると考えるのはやめた。おれとおれの家族がさんざんな仕打ちを受けたあとではな」

「ブッチ、聞け……」

「おまえたちは、おれが自暴自棄になった無法者みたいに懸賞金をかけた」ブッチの声が大きくなった。「そしていまいましいドローンを飛ばしておれを探そうとした。あのくそトンボを撃ち落としてやったのを知っているといいが」

彼は知っている、とジョーは思った。

「なあ、ブッチ……」

「友だち同士みたいに呼ぶな」ブッチはバティスタにどなった。

この二、三分間、バティスタは人質事件に精通した人間から指導を受けている、とジョーは察した。アドバイスされたのだ――冷静に愛想よく理性的に話せ……銃を持った相手と信頼関係を築けるように。犯人にしゃべらせ続けろ。だが、うまくいってはいないようだ。

ブッチは言った。「黙って聞け。おまえたちはおそらくいまおれを見つけようとしているはずだ。だから話を引きのばすのはやめろ。ジョー、いるか?」

「ああ、ブッチ」ジョーは答えた。

「きのうあんたに話したかったが、どうしてもできなかった。やつらがおれにしたことを知っているだろう?」

「一部は知っている。昨夜パムと話して、聞いた。ほんとうに、もっと早くおれたちに教えてくれていたら。あんたがこんな目に遭っているとは夢にも思っていなかった」

「パムと？」ブッチの声が和らいだ。「ハナも一緒か？」

「二人ともおれの家にいた。けさおれが出かけるときもハナはいた」

「二人は大丈夫か？」

ジョーはしばし間を置いた。「元気そうではあったよ、ブッチ、この状況からすれば。あんたを恋しがっていると思う」

「おれも二人が恋しい」ブッチの言いかたに、ジョーの胸は張り裂けそうになった。

「また家族に会えるとも、ブッチ」バティスタがセールスマンのような立て板に水の口調で割りこんだ。

「うるさい黙れ、バティスタ」ブッチは怒った。「おれはジョーと話しているんだ」

バティスタが沈黙したので、ジョーはほっとした。バティスタが人質事件のネゴシエーターに向かって〝努力はしたんだ〟というふうに肩をすくめてみせるのが目に浮かんだ。

ジョーはブッチに言った。「じゃあ、ファーカスたちはあんたのすぐそばにいるんだな？」

「ああ。彼らは懸賞金に釣られたのさ。ところが、おれだと思ってハンターを撃ってしまった」

ジョーは愕然とした。「ハンターを撃った？」

「ああ、愚か者どもめ。アーチェリーのハンターを見て、発砲したんだ。まぬけな長距離狙撃手を一緒に連れてきている」

「ああ、なんてことだ。なにが起きているのか、そのハンターにはなにもわからなかっただろうな」

「まったくな」ブッチは答えた。「気の毒だった」

「死んだのか?」

「ああ、でも即死じゃなかった」

「なあ、マクラナハンはほんとうにあんたと一緒なのかちょっと疑っていたが、いまはそうだとわかるよ。そこまでばかなのはほかにだれもいないからな」

ブッチは鼻で笑った。「あんたがそう言っていたと彼に伝えるよ」

「そうしてくれ」

一瞬、沈黙が流れた。バティスタがその沈黙を破らないようにジョーは祈ったが、むだだった。

「ブッチ、逃げつづける理由はまったくないんだ。奥さんと娘さんをここに連れてきて、勾留する前にきみが家族に会えるように……」

「二人に手を出すな!」ブッチは叫んだ。「二度と家族をこの件に巻きこむな。さもないと通話を切って引き金を引きはじめるぞ」

ジョーは目を閉じてため息をついた。彼がブッチ・ロバートソンと築いていた関係は吹き飛ばされてしまった。ジョーはアンダーウッドを見上げ、アンダーウッドは天を仰いでみせた。

イヤフォンを通して、ジョーは銃声を聞いた。思わず電話を離し、山々にこだまが響くかどうか確かめようと目を閉じた。静かだ。つまり、彼らはずっと遠くにいる。電話を持ちあげると、声が聞こえた。

「いまのはファーカスだ」ブッチだった。「眉間を撃ちぬいた。その口を閉じて聞く気になったか、バティスタ？」

ジョーには信じられなかった。ブッチが非情にもファーカスを殺すとは。

ジョーはファーカスを知っており、この二年ほど事件のたびに出くわしていた。負け犬だが、自分のへまや野心とは関係なく、いつのまにか事件のど真ん中にいる不思議な才能がある。ブッチ・ロバートソンに捕まったとき彼がマクラナハンに同行していたと聞いても、奇妙なことにたいして驚かなかった。ファーカスは作ったフライを釣具店に売り、自分をガイドだとうぬぼれ、障害者手当で生活している。だが、どこにも障害があるようには見えない。

それでも……

「要求は三つだ」ブッチはバティスタに告げた。「応じれば、マクラナハンたちは生きていられる。おれをだまそうとしたら、元保安官もファーカスと同じように射殺される。おれの言うことがわかるか？」

「ああ」バティスタの声は、突然のなりゆきに彼も茫然としているように低かった。

「ジョー」ブッチは呼びかけた。「あんたなら、やつらが従うように確実を期してくれると信じている。あんたはずっとおれに対して率直だった。二度とやつらがおれをコケにしないようにしてくれ、いいな？」

「わかった」恥の感覚がナイフのように胸を刺すのをジョーは感じた。

「一つ目。おれのためのヘリを要求する。着陸できる座標を教える。おれがいまいる場所の近くじゃない。地形がけわしすぎるし、標的同然にここにすわりこんで発見されるつもりはないからな。そして、そのヘリに乗るのはパイロットとジョー・ピケットだけだ。ジョーとほかの人質にはしばらく行動を共にしてもらう。わかったか？」

「わかった」バティスタが言った。「ヘリの目的地はどこだ？」

「おまえたちが存在しないどこかだ」ブッチは答えた。「パイロットには教えるが、おまえには言わない。ジョー、あんたはそれでかまわないか？」

ジョーは目を上げ、アンダーウッドがうなずくのを見た。

「かまわない」ジョーは答えた。

「心配するな――裏切られたら、まずはマクラナハンだ」

「それを聞いて安心したよ」ジョーはさりげなく応じた。

バティスタが言った。「ヘリを確保してそっちへ送るには時間が……」

「もうたわごとはよせ」ブッチは怒った。「ドローンを送りこめるなら、ヘリも飛ばせるはずだ。それからちゃんとしたパイロットにしろ、夜の着陸になるからな。朝までは待たない」

「次はなんだ？」バティスタの声は重苦しかった。

「おまえたちがおれにしたことに対して、公式の謝罪を求める。国じゅうのマスコミを相手に記者会見を開き、おまえとおまえの局がおれと家族にしたことを謝罪しろ。おまえたちになにができるか、ほかの人々にも知らせる必要がある」

ジョーはバティスタの返事を待ち、緊張は一秒ごとにつのっていった。バティスタは嘘をついてヘリを準備すると言うだろう。だが、記者会見で謝罪することに嘘でも同意するだろうか？

「バティスタは応じる」ジョーは言った。

「彼が実行するようにあんたがはからうっていうのか？」

「そうだ」

「で、もう一つの要求はなんだ？」バティスタの声はまだ冷静さを保っていた。

「家族をそっとしておいてもらいたい。おまえの部下に手を引かせろ。もう家族を苦しめるな。これ以上罰金だの、こっちへならず者をよこすだのをやめるんだ。とにかく妻と娘を放っておいてくれ。少なくとも、二人はパムの夢の家をおれの生命保険金で建てられる」

ジョーはまた目を閉じた。自分がどうなるか、その避けがたい運命を承知しているとブッチは認めているのだ。

「要求をくりかえしてみろ」ブッチはバティスタに命じた。

バティスタは嘆息した。「ヘリコプター、公式の謝罪、順守命令の撤回」

「よし。あんたも聞こえたな、ジョー?」

「聞こえた」

「やつらにこの三つを確実に実行させると、誓ってくれるか?」

「最善をつくすよ」ジョーは刃で胸をえぐられるような思いだった。

「じゃあ、いい。あとで着陸地点を連絡する」

バティスタの言いかたには熱がこもりすぎていた。「通話を切るな、ミスター・ロバートソン。そうすればヘリの状況を逐一伝えられる」

返事のない間が一拍空き、ブッチは通話を切った。

だがバティスタはまだ通話を続け、ジョーに言った。「おれが公式に謝罪するだと? よくも言ったな」彼はいきりたっていた。

「しなければならない」ジョーは答えた。「このむちゃくちゃな状況で、一つぐらい正しいことをしろ」

「ばかげている」バティスタは一蹴した。

「連邦政府の官僚たるもの、申し訳なかったとは口が裂けても言わないということか?」

バティスタはどなり声になり、殺された捜査官二人についてわめきだした。

「彼との話は終わった」ジョーはアンダーウッドに告げて、電話を返した。バティスタはまだどなっていた。

アンダーウッドは電話を耳には当てずに離して持っていた。ジョーはトビーの向きを変え、自分とアンダーウッドのあいだに壁を立てるかのように枯木の森へ入っていった。

二、三分後アンダーウッドが受話器を近づけて無表情に尋ねるのを、ジョーは見守った。

「で、ボス、計画はなんです?」

アンダーウッドは耳を傾けてうなずき、何度か同意の返事をしてから通話を切った。衛星電話をベルトに留めたあと、アンダーウッドはチームに向きなおり、山頂のほうへうなずいてみせた。「出発だ」

「ヘリはどうなった?」ジョーは尋ねた。「おれは前進作戦基地へ戻って合流するんじゃないのか?」

アンダーウッドは鼻を鳴らした。「あんたはどう思う?」

ジョーは相手の言葉の意味を察した。

「ブッチに時間はどのくらいある?」アンダーウッドに尋ねた。

「長くはない」アンダーウッドはなにげないが雄弁な視線を空へ向けた。

「バティスタの計画は?」ジョーは聞いた。

アンダーウッドは肩をすくめて背を向けた。

21

「ジョー・ピケットが、あんたはばかだと伝えてほしいそうだ」ブッチ・ロバートソンはマクラナハンに言った。

マクラナハンは「くそったれが」とうなったが、ファーカスには聞こえていなかった。数分前、ロバートソンの指が引き金をしぼったとき、彼は目を閉じていて銃口が自分の額から右へそれたのを見ていなかった。銃声は大気にパンチをくらわしたかのように轟き、そのあとには完全な静寂が訪れた。そして一瞬後、ファーカスは自分が死んでいないと悟った。だが右の耳は聞こえなくなり、小便をもらしていた。目を開けたとき、ブッチは電話に向かって言っていた。「いまのはファーカスだ」ファーカスは唇の動きで読みとった。

銃声によるホワイトノイズの真空のせいで、あとの会話もわからなかったが、死ななかったことを神に感謝した。ほんの一秒とはいえ、死を覚悟したからだ。

ブッチが通話を終え、立ちあがって衛星電話の電源を切るあいだに、ファーカスの聴力はぼんやりと聞こえるぐらいには回復していた。目の前のブッチは苦悩している様子で、仕草には怒りがにじんでいた。マクラナハンが自分を行かせるように――ブッチはファーカスらを人質にしておけばいい――そしてトゥエルヴ・スリープ郡の元保安官を解放すれば相手の敵意も和らぐ、と訴えているのが聞こえた。

突然、ブッチはソリスに命じた。「立て」

「なんなんだ?」ソリスはつばを飛ばしそうな勢いだった。

「ここから離れろ。歩いていって振りかえるな」

「だけど、あんたはおれたちの馬を放しちまったじゃないか! おれには食料も水もない……どうやって戻ったらいいのかもわからない」

ブッチは自分の装備から丸めたデイパックを出して、荷籠にあった予備の服と半分入った水筒と折りたたみ式シャベルを詰めた。

「これを持っていっていい」

「だけど、おれのライフルは?」

「あほぬかせ」

ソリスがマクラナハンに口添えを訴える視線を送るあいだ、ブッチがデイパックのストラップをはずしてソリスのわきの下にくぐらせ、また留めるのをファーカスは見ていた。デイパックをしっかりと固定して、横のポケットをいじった。ブッチがポケットになにか入れたようにファーカスは思ったが、なんなのかよくわからなかった。食べものでないといいが。

ファーカスは腹ぺこで、ソリスがどこかで飢え死にしようといっこうにかまわなかった。

ブッチは肩をすくめた。「行け」彼はライフルでソリスをつつき、後ろを向かせた。

「おれはどこかで死ぬかもしれない」ソリスは肩ごしに叫んだ。目には涙が浮かんでいた。そして手錠をはめられた両手を差しだした。「外してくれないのか？　これじゃデイパックを下ろすこともできない」

「なにか思いつくだろう」ブッチは答えた。「少なくとも、離れればおまえにチャンスはある。ここでそばにいたら、おれはあの気の毒なハンターにおまえがなにをしたかをずっと考えつづけて、そのみじめな人生に終止符を打ってやるかもしれない」

ソリスが足を止めて哀願しはじめると、ブッチは彼に向けて一発放ち、銃声は怒りが弾けたように聞こえた。ファーカスは全身から力が抜けるのを感じた。弾は彼の右頬を削って醜い赤い裂け目を残していた。

ところが、目を上げるとソリスはまだ立っていた。血が顔を流れ落ちて地面に垂れた。

「行けと言ったんだ」ブッチは食いしばった歯のあいだからどなった。

無言で、ソリスはよろめくように去っていった。木の幹のあいだに、しばらくその背は見えていた。ブッチはライフルを構えて見送り、照準は間違いなくソリスの首筋に合わされていた。ファーカスは二発目を待ちうけた。その予感に目を閉じそうになった。しかし発砲はなく、やがてソリスは姿を消した。

「あの男には胸が悪くなる」ブッチはきっぱりと言った。それからファーカスに命じた。「歩きはじめろ」

「おれが言ったことだが……」ソリスが去ったあと、マクラナハンはブッチにささやいた。

「だめだ。二人とも連れていく」

ファーカスはマクラナハンに言った。「ありがとうよ」

「聞こえていたとは思わなかった」元保安官は答えた。「それに、おまえ小便臭いぞ」

「立て、二人とも」ブッチはライフルで促した。

ファーカスは横に転がって脚を体の下にして立ちあがった。手首にはまだプラスティックの手錠がはめられ、動きはまるで仔グマのようにぎくしゃくしている。自分たちのいる灰色の頁岩のくぼみの向こう側が見え、割れた岩の先端から地平線へ向かうように影が伸びているのが目に入った。もうじき暗くなるだろう。

ファーカスはブッチに尋ねた。「どうしてあんなことを？　おれの頭の右側でライフルを撃つなんて？」

「はっきりさせるためだ」

「おれに？」

「やつらにだ」

「でも、いま片耳が聞こえないのはおれだぜ」

ブッチは同情するような身振りをした。「そのうち治る」

「なんでおれを行かせなかったんだ？　元保安官を手元に置きたいのはわかる――大物だからな。だけど、どうしてあのまぬけなソリスを解放しておれを連れてく？」

ブッチは肩をすくめた。「おれたちは一緒に狩りをした。おまえのことは嫌いじゃない、たとえ怠け者のろくでなしでも」

「そうか」

ブッチは南を示した。「あっちだ」

ファーカスはとまどった。「山を越えるんじゃなかったのか？」

かすかな微笑がブッチの唇をよぎった。「やつらにそう思わせたいんだ。だが、おれたちの行動は違う」

ファーカスは説明を求めてマクラナハンを見た。元保安官は言った。「おれもいま自分で考えたところだ。政府の連中がドローンの撃墜地点に狙いを定めているのを、ブッチは知っている。おそらく電源を切る前の衛星電話の位置にも狙いを定めているだろう。二つの地点を地図で計測して線で結び、おれたちが山を越えて連中のほうへ進むと判断するはずだ」マクラナハンはため息をついた。「だが、おれたちはそうしないようだ」

「ああ、そうしない」ブッチは言った。「さあ、行くぞ」

マクラナハンが先頭、次がファーカス、最後が両手でライフルをゆるく持ったブッチだった。ブッチはソリスのスナイパー・ライフルもバックパックにくくりつけていた。山を上り下りせず、迂回するようにブッチは指示した。木立を出ると、四百メートルほど続く岩盤すべりを起こした場所が現れた。その斜面はかなり急で、ゆるんだ岩の落ちた跡がはっきりとついているのが見えたが、指示は変わらなかった。

斜面を横切る問題点は、初めて視線をさえぎるもののない場所を一行が進むということだ、とファーカスは思った。もし政府の連中が別のドローンや偵察機を飛ばしていたら、格好の標的になる。彼らがブッチを倒してもファーカスはかまわなかったが、巻き添えで死ぬのはごめんだ。ブッチも同じことを考えているにちがいない、マクラナハンに急ぐように命じたからだ。

「急げだと」マクラナハンは言った。「この斜面は危険だ」

「見られるのも危険だ」ブッチは答えた。「だからもっと早く歩け、保安官」

「手錠を外してくれたらずっと楽なんだが」

「そうだろうとも。しかし、そうはいかない。さあ、行くんだ。向こう側にドーナツが一箱待っていると思え」

斜面を横切りながら、ファーカスは下を見た。岩盤すべりは表土だけでなく、木々も巻きこんで倒していた。木々ははるか下の一ヵ所に落ちてからまりあっている。まるで川にある倒木の障害物のようだ。足場が悪いばかりでなく、夕日がナイフのような影を梢から投げかけて地表に牢獄の鉄棒のような縞を描き、ものを見えにくくしていた。

フットボール大のゆるんだ岩にファーカスがうっかり体重をかけてしまったとき、岩は動きだしてガンガンと音をたてながら弾んで落ちていき、下の森の中へ突っこんだ。ブーツの底もすべりかけ、ファーカスは山全体が続いて岩を追っていき、自分たちを巻きこむのではないかと息を殺した。

「こいつはピクニックじゃないぞ」なおもせかすブッチに、マクラナハンは力をこめて言った。

夕日の最後の光はとくに強烈だ、とファーカスは思った。まるで光が絞りこまれて天然のレーザービームに変わってしまったように。だが、暑さは気にならなかった。おかげでズボンが乾くかもしれないからだ。

ファーカスはマクラナハンに不平をもらした。「さっき言ったの、聞こえたぞ。あんたを行かせておれを人質にしろって彼を説得してただろう」

マクラナハンは肩をすくめた。カニのように低い体勢で横歩きして、バランスをとろうとしていた。

「それがパートナー同士のやりかたかよ？」

「戦略的に考えていたんだ」マクラナハンは肩ごしに答えた。「解放されたら、おれは政府の連中をブッチのところに先導できる」

ファーカスはぎょろりと目玉を回した。「英雄になる方法を考えるのもいいかげん疲れないか？　いままでのところ、どれもぜんぜんうまくいってないじゃないか」

「黙れ、二人とも」ブッチが後ろから言った。「ここを横断することに集中しろ」

ファーカスはブッチを振りかえった。ブッチは雲一つない空を眺めていた。

ようやく岩盤すべりの場所を越えてしっかりした地面に着き、ふたたび暗い森に入ったとき、マクラナハンは両手をひざのあいだに入れてしゃがみこみ、休もうとした。

「歩きつづけるんだ」ブッチは促した。

「もうへとへとだ」マクラナハンは荒い息のあいまに言った。汗が顔を流れ、ひげの先端から落ちている。元保安官が犬のように舌を垂らしているのを、ファーカスは想像した。

「行くんだ、い、い、か」ブッチは強い口調で命じた。

「どこへ向かっている？」

ファーカスも知りたかったので、肩ごしにブッチを見た。

ブッチはにやりとした。「夕食に遅れたくはないだろう、ええ？」

22

岩峰の稜線の背後に日が沈んだとたん気温が急降下するのには、ジョーはいつも驚かされる。まるでスイッチが押されて、木立に残っていた薄い暖気が見えない通気口にシュッと吸いこまれてしまうかのようだ。そびえる山頂をめざして上りながら、ジョーは後ろに手を伸ばして着古した〈フィルソン〉のベストを鞍袋から出し、身につけた。

「上着なんかなにも持ってきていない」ジョーを見ていたらしい捜査官の一人が背後でぼやいた。「上着も寝袋もなければ、なんの計画もない」

「もうやめておけ」アンダーウッドがうんざりした口調でたしなめた。わざわざ振りかえって、不満をもらした捜査官がだれなのか確かめもしなかった。

ジョーは五感を張りつめて、侵入してくる心の声を押し戻し、目前の状況に集中しようとした。ブッチがどこから衛星電話をかけてきたのか、自分の小型GPS装置で特定できるようにアンダーウッドは座標を教えられているにちがいない——そしてドローンがどこで撃墜されたのかも政府側はもちろん知っている——のだが、ジョーはとにかく安心して馬を進めることができなかった。ブッチ・ロバートソンは憤り、破れかぶれになっている様子だったし、デイヴ・ファーカスを冷酷に射殺した。これで、この八月の三日間の犠牲者は三人になった。そしてブッチはジョーよりもはるかにこの山の地形と秘密にくわしい。

連邦政府側がまずやるのは、ジョーに自分と最後に会った場所へ案内させることだと、ブッチは予測ずみだろう。それは理にかなっている。だから、ジョーが法執行官たちに同行しており、フリオ・バティスタと一緒に留まってはいないとおそらくわかっている。もしかしたらブッチは頂上を横断して待ち伏せをしかけ、ジョーは一行をまっすぐ罠へ導くことになるかもしれない。

ヘリを提供する約束は計略で、ブッチが要求していたジョーの同乗はないとアンダーウッドから聞かされたあと、本気で引きかえそうかと思った。捜査官チームは勝手にやればいい、慣れない馬に乗って慣れない状況で慣れない土地を進んでいけばいい。もちろん、ジョーはリーサ・グリーン＝デンプシーから叱責を浴びることになるだろう。新しい仕事の話は取り消され、解雇されるかもしれない。それは現場のほかの猟区管理官全員への見せしめになる。そして、〈サドルストリング・ホテル〉の失われた事業計画から撤退しているさいちゅうに、自分まで職を失うはめになったら……

考えなければならないのはブッチ・ロバートソンの命そのものだ。たとえ結果は避けられないものだとしても、彼には法廷で主張を述べる権利がある。このような無謀な行為に駆りたてられた理由を明らかにするのを、許されるべきだ。そして刑務所に送られるなり、死刑判決が下されるなりしても、ほかのだれにも二度とこういうことが起きないようにするだけの関心と怒りの声を集められるかもしれない。少なくとも、ブッチにはその権利がある、とジョーは思った。そして、バティスタの断固とした決意を考えれば、ブッチがそれを得る唯一の可能性は、自分が同行していれば山で彼が死ぬのをなんとか回避できるかもしれない、という一点だ。

だからジョーは残った。そして進むごとに、もはや信じられなくなってきたキャリアと価値観と任務に、どんどんからめとられていくように感じた。

空き地を横切るとき、ジョーは携帯電話の電波を確認したが圏外だった。自分のいる場所と理由をメアリーベスに説明し、彼女がどうしているか聞きたかった。リード保安官が彼女に電話しようと思いついてくれるといいのだが。連絡がとれない状況がうとましい。メアリーベスと連絡がとれないときに、往々にして悪いことが起きるのだ。

木々がまばらになって頂(いただき)の下の森林限界が終わりそうになったとき、ジョーはトビーを脇に寄せ、アンダーウッドが追いついて馬を並べられるようにした。アンダーウッドは疑いもあらわに彼を見た。

「いくつか質問をしてもいいか？」ジョーは尋ねた。

「内容による」

「あんたがそうしたいなら、部下たちに聞かれないように先に馬を進めようか」

アンダーウッドは考えながら、閉じそうになるほど目を細めた。それから肩をすくめ、馬上で振りかえって部下たちに命じた。「ここで二、三分待て。頂上を越えるルートを偵察してくる」

捜査官たちは馬を止め、たちまち四十メートルほど後ろになった。しかし、彼らの不平不満が聞こえないほどの距離ではなかった。

「あいつらを責められないよ」アンダーウッドはジョーに言った。「これは受けてきた訓練とは種類が違う。あいつらは、建物に突入して汚染や規則違反の証拠を保全するために訓練してきたんだ。辺鄙（へんぴ）な片田舎での乗馬や西部のカウボーイごっこのレッスンはしていない」

ジョーはうなずいた。アンダーウッドの話しぶりに驚いた。友好的とは言いきれないものの、声を低めた共謀者めいた口調。まるで、一緒にばかげた実習にでも出ているかのような。

「よし、なんなんだ？」アンダーウッドはジョーに聞いた。「質問は承（うけたまわ）るが、答えると期待はしないでくれ。悪く思うなよ、だがあんたはおれにとって何者でもない。たんなる僻地の田舎者の一人だ」

「わかった。連邦組織がいつもやっている感受性訓練が恋しかったろうな」

「恋しくなんかない。これっぽっちも興味はない」

ジョーは大きく息を吸い、話題をそらさないようにした。「おれは州の官僚組織で働いていて、あんたは連邦組織のために働いている。たいていの場合、いかにものごとが進まないかはよく知っている。この世の中、政府の役人に行動を起こさせるのは決してさっさといくものじゃない。空母にすばやくUターンさせようとするのと同じだ」

あまりにもあたりまえの発言なのでそれ以上の反応はいらないかのように、アンダーウッドは肩をすくめた。

「ところがどうなんだ、一人の地主が土を掘りはじめた**その日に**、デンヴァーの環境保護局の捜査官二人が車に飛び乗って六百キロ以上北へドライブしてきたというのは？　そんなに速くものごとが進んだためしは一度だってない」

アンダーウッドは鼻を鳴らしたがジョーを見なかった。「それは少しばかり……異例だな」

ジョーは続きを待った。

「質問に答えると期待はしないでくれ、と言っただろう」

「その一件だけで察しのつくことはあるよ」ジョーは言った。「フリオ・バティスタのもとで働きはじめてどのくらいになるんだ？」

「バティスタのもとで働いてはいない。おれはただ仕事に行く。彼はたまたまいま第八地区の本部長なだけだ。彼の前にもばかどもはいた、そしてこれからも、ほかのばかどもが来るだろう」

アンダーウッドはため息をついた。「数年前国防省から異動になったとき、おれはソフトランディングを求めた——引退まで楽に過ごせる場所を。そこで考えた——環境保護局。デンヴァー。そこなら無害だと思ったんだ。引退まで乗り切れるだろうと。それは、いまの新しい本部長が来るまでの話だった」

きょとんとしてジョーが見ると、アンダーウッドは続けた。「おれがだれのために働いているか知りたいか?」

「ああ」

ちらりと微笑みながら彼は言った。「年金と保険とたまった有給休暇と病欠休暇のために働いている。自分のために働いている。出勤し、あと一日をやり過ごすためにやらなければならないことをする。安全なら、やらなければならないことがなんだろうと屁とも思わない」

ジョーはかぶりを振った。

「なんだ?」アンダーウッドはジョーの不信をあざ笑うように言った。「おれがなんと答えると思っていた? アメリカ国民のために働いているとか? いまいましい環境を守るためだとか? そんなことを思っていたのか? いいか、おれはクアーズ球場(フィールド)を見晴らすデンヴァーのロワー・ダウンタウンの立派なコンドミニアムに住み、ロッキーズのシーズン・チケットを持っている。フロリダにタイムシェア方式の別荘もある。エヴァーグリーンに美人の恋人がいて、別の恋人がフロリダにいるが、彼女はエヴァーグリーンの女のことはなにも知らない。そのためにおれは働いているんだ。ほかのことなんかどうだっていい、あんたもフリオ・バティスタも含めてな。

なあ、おれはコロラド州のグレンウッド・スプリングズに近い小さな田舎町で育った。両親は花屋をやっていた――〈アンダーウッド・フラワーズ〉だ。毎朝六時に起きて仕事に出かけ、八時かもっと遅くまで帰ってこないのを見ていた。一週間休みなし、なぜなら花はあらゆる場合に必要とされるからだ。両親は死ぬほど働き、一度も休みをとらなかった。おれのために店を大きくしているつもりだったんだ――大学を出たらあとを継ぐと思って。だが、こっちはそんなの考えたこともなかった、わかるだろう? なぜ、これからの人生を両親のように身を粉にして働きたいなんて思う? おれには悪い前兆が見えていた、そして自分のために自分の人生を生きたかった。片田舎の家族経営の店に縛られるなんてごめんだったんだ」

アンダーウッドは遠くなった捜査官チームを振りかえった。

「おれはあいつらをよくは知らない。だが、あんたが同じ質問をしたら、同じような答えが返ってくるだろう」

ジョーは言った。「彼らのだれか、あるいは前進作戦基地(FOB)にいる連中が、ここでおれたちがなにをしているか疑いを持つとは思わないのか？」

「どうして疑いを？」

「なぜなら、やりすぎだからだ。どうして地元の法執行機関にまかせない？　リード保安官は有能だ、あほうのマクラナハンとは違う。マクラナハンは前に保安官だったのにブッチに捕まってしまった。リードなら違う方法をとる。フリオ・バティスタではなくリードがブッチと話せば、すべてははるかにスムーズに進むはずだ」

「どうでもいい」アンダーウッドは鼻先で笑った。「大人になってまわりを見ろよ、猟区管理官。昨今仕事を見つけるのがどれほど大変か知っているか？　ましてやリスクがなくすべて社会保障付きの、終身雇用の政府の仕事を？」

「あんたたちは一生安定しているわけだ」

「結構な生活さ」アンダーウッドは活気づいていた。「給料はいい、福利厚生は最高、そしてクビになる心配はない。これでいいんだよ。おやじが人生でいちばん稼いだときの四倍の金をもらって、おれは退職するだろう。気に入らないことがあれば言ってくれ。どうだ」

「州のレベルではそんなに高い報酬はもらえないよ」ジョーは答えた。

「そりゃそうだ。あんたたちはおれたちのほとんどにとってジョークだ。こんなところでやくたいもないことに手を汚している。気を悪くするなよ」

「しないさ」ジョーは歯を食いしばった。「じゃあ、あんたたちがここでしていること――

地元の保安官を押しのけて軍事的とも言える作戦をおこなっている――それに困惑は感じないんだな？」

「感じない。なぜ感じる必要がある？　おれは自分の仕事をしている。おれがここにいなければ、別の者がいるだろう。保安官にもあのとんまなロバートソンにも個人的な敵意はなにもない。結局のところ、彼は人殺しだ。おれは今週は四十時間以上働いているから、ボーナスが出るはずだ。運がよければ、ちょいと軽傷を負って休暇をもらい、障害者給付も出るかもしれない。殺されるのだけはごめんこうむる、十一月にエヴァーグリーンの彼女とハワイへ遊びにいく計画があるんでね。殺されてしまったら計画はご破算だ、だからかならず無事にこれを切り抜けてみせる」

アンダーウッドを馬から突き落としてやりたい衝動を抑えるために、ジョーは急いでトビーの向きを変えた。アンダーウッドのちょっとした演説を聞いたらネイト・ロマノウスキがどう反応するか考えて、苦笑をもらしそうになった。もしネイトが聞いたら、アンダーウッドは耳どころか頭もなくしていることだろう。

「ヘリが来ないなら、どうやってブッチ・ロバートソンを見つけるつもりだ？　別のドローンを飛ばすのか？」

「おれは口を封じられている」アンダーウッドは言ったが、したりげな笑みを浮かべてジョーの推測を裏づけた。

「なぜそう強引なんだ？」ジョーは尋ねた。

「ボスはおれじゃない」

ジョーは首筋が熱くなるのを感じた。アンダーウッドは彼をもてあそんでいる。

「あんたでないなら、そしてあきらかにそうじゃないが、この血迷った作戦を指揮しているのはだれだ？」

「当ててみろ」

「フリオ・バティスタだ。しかし、なぜだ？」

アンダーウッドは両側の木立と正面の地平線を眺めた。組織のスパイが潜んでいて盗み聞きしていないか、確かめるように。ジョーはまた答えにならない答えが返ってくるものと思っていたが、アンダーウッドは言った。「あの男は不満にとりつかれている。じっさい、かなりの数の不満にな。復讐心のかたまりで、心底から権力を愛している。彼の前には、おれは軍人たちに慣れていた。彼らもあほうどもになることがあるが、たいていは義務と伝統を重んじて、ほんとうにくだらないやつらは外されていた。こんどのやつは違う。バティスタはこれまでの人生を、自分を侮辱したり軽蔑したりした人間のリストを作ることに費やしてきたようだ。彼は自分の地位を使って仕返しをしている。おれもそれに手を貸してきた、だからおれは今日ここにいる」

「どういう意味だ？」

「たくさんある中から一つだけ例を挙げよう」アンダーウッドは部下たちに聞かれないように低い声のままだった。「バティスタが第八地区本部長に任命されたとき、彼の年俸は五十万ドルかそこいらにアップした。そこで、自分にふさわしい高級住宅街の新しい家がほしくなった。だから、デンヴァー郊外の〈サミット・ハイランズ〉というゲート付きの野暮(やぼ)ったい住宅地に豪邸を買ったんだ。敷地二万平米ちょっとで二百万ドルとか、そんなやつだ。引っ越したあと、彼は屋根にソーラーパネルをつけるために業者を雇った。ほら、人々にどういう生活をするべきか範(のり)を垂れるためさ。そういうのにいれこんでいるんだ——本物の信者だよ。それに、ソーラーにすれば税額控除や割引を受けられるのを知っている。環境保護局がやっているのはそういうことなんだ、結局」

アンダーウッドは苦々しく笑った。「ところが〈サミット・ハイランズ〉には所有者の自治会があって、規則では所有者の大多数の賛成がなければ家の外観を変更することはできないんだ。どうやら、そこの連中はソーラーパネルは目障りだと思ったらしい。バティスタは争ったが、賛成は得られなかった。そこで、彼は連中を打ち負かすという考えにとりつかれたんだ。

ある日おれをオフィスに呼んで、経歴を尋ね、手を貸してくれないかと頼んできた。おれが他人を怖気づかせると思ったんだろう」

「わかるよ」ジョーは無表情に言った。「それでどうした」

「彼の意向はわかった。だからそのあと五、六週間にわたって、おれは自治会の理事たち全員を訪問してまわった。彼らが家の芝生やゴルフコースに使っている肥料について、そして雨水をどこへ流しているかについて聞いた。何台の芝刈り機と枯葉掃除機を使っているか、騒音レベルはどのくらいか尋ねた。水質浄化法と大気浄化法に違反している可能性があると涼しい顔で言ってやり、記録をとりまくった。いいか、きたないちっぽけな秘密だが、うちの局は三つのものを管理している。大気、水、土だ。考えてみろ。かなりの広範囲にわたる。そして、そのためにわれわれには多くの選択肢がある。おれはだれも脅したり行動に出たりしなかったのに、連中は賢くてAとBを結びつけた。

次の自治会の会合で、フアン・フリオ・バティスタのソーラーパネルは二票差で認められた。そのあと、おれは特別捜査官のトップに出世したよ」

「なぜおれに話しているんだ?」ジョーは尋ねた。

「なぜなら、あのくそったれは今回あまりにもやりすぎだからさ。さっき彼は昔の国防省の仲間におれの名前を出して、なにかにとりかからせた」

「なにをした?」ジョーは背筋が寒くなるのを感じた。

「そのうちわかる」アンダーウッドは言った。話しているアンダーウッドのこめかみの血管がぴくついているのに、ジョーは気づいた。彼は怒っていた。

「もう一つちょいと面白い話があるぞ」アンダーウッドはジョーのほうに身を乗りだして、

さらに声を低めた。「これをだれかに洩らしたら、おれたちがロバートソンにしたようにあんたの人生をめちゃくちゃにする方法を見つけだすからな。おれのボスの改名前の名前を知りたいか？」

「改名？」

「ジョン・ペイトだよ」アンダーウッドは笑った。「彼はジョン・オーウェン・ペイトという名前で、つまらないちびの白人としてイリノイ州で育った。だが、大学を卒業するときに改名したんだ。両親は完全に白人だったが、彼が大学在学中に離婚し、母親はバティスタってやつと再婚したんだ。ジョン・ペイトがファン・フリオ・バティスタになったのは、もっと異国風になりたかったからさ、わかるか？　昨今の組織の中で目立ち、注目を集める名前がほしかったんだ。生まれつき黒髪で目も黒い、だから彼には効果的だったんだ。そして白人でない人間を優遇する政策を利用した」

「どうしてあんたは知っているんだ？」

アンダーウッドは含み笑いをした。「おれは捜査官だぞ、猟区管理官。調べたんだ。ジョン・ペイトだったころのハイスクールの年鑑のコピーを持っているし、両親の離婚記録も、ジョンが二十一のときの母親とセルジオ・バティスタとの結婚通知も持っている。卒業間際に、彼は名前を変えた。ひどいやり口だろう？」

「じゃあ、嘘をついたおかげで就職できたのか？」

「ああいうことはだれもチェックしない。履歴書にチェックマークをつければ、特別枠に移される。それにもしばれたとしても、クビになったかどうかは疑問だな」

「彼は仕事がよくできたから」ジョーは言った。

「そのとおり。局内でよく言われるが、人事こそが政策なんだ。バティスタはちゃんと仕事をした」

「だが、迅速にはしなかった」ジョーは反論した。「本物の政治的影響力のある人間が、空母をUターンさせるまでは」

「やはりそこに戻るんだな?」アンダーウッドの表情が翳った。「おれは屁とも思わないと言ったのを聞いていなかったのか?」

「おれは看過できない」

アンダーウッドは嘆息した。「だれが彼にやらせたのかは知らない。その件については、おれは関与していなかった」

「興味深いな。彼自身が行動を起こした可能性は?」

「知らないし、関心はない。だが、おれは疑わしいと思う。バティスタは政治的な動物だ。大魚を狙い、大見出しを狙う。どうして小さな町のつまらない夫婦に時間を浪費したりする?」

「そこをおれは知りたいんだ」ジョーは言った。

頂上へつながる樹木のないガレ場を偵察するあいだ、ジョーは口を閉じ、憤りをこらえていた。この季節なのに、太陽が溶かしていないところには、よごれた雪が割れた頁岩にまだ詰まって筋になっている。夜になりかけており、頂上から洩れる残照が二人のいる側を暗く、まぎらわしく、ぼんやりさせていた。斜面を照らしだすほど星が夜空を満たすには、まだ早い。

右に曲がり、次に露出した鋭い岩を迂回して左に、そしてまた右に曲がって平らな雪原を横切るルートを、ジョーは提案した。

「まっすぐ上って向こうへ下りられないのか？」アンダーウッドは聞いた。

「馬の脚を折りたくなければな。それに、あんたの部下はちゃんとした乗り手じゃない。いちばん簡単なルートをとって、馬に好きに歩かせるのがつねに最善なんだ」

「じゃあ、そうしよう」アンダーウッドは告げて、チームに合流するために馬首を返した。

ジョーは動かなかった。〈フィルソン〉のベストのえりを立てて氷のような微風を防いだ。アンダーウッドの背中が視界から眼下の薄闇に消えると、ジョーはベストのジッパーを下ろして制服のシャツのポケットを探った。

そして、けさブライス・ペンダーガストに遭遇したときからポケットに入っていたデジタル録音機のスイッチを切った。

23

丸太の差し掛け小屋はきわめて古く、うまく隠されていたので、正確な場所をブッチ・ロバートソンが知らなければ見つけるのはむずかしかっただろう。差し掛け小屋の屋根は地衣類と苔でおおわれて完璧に森に溶けこんでおり、涼しく暗い密生した大きな木立の中に建っていた。

ファーカスは足を引きずって中に入り、白いふたのついたオレンジ色のプラスティック・クーラーがあるのを見て驚いた。ほぼ一日中岩と木とやぶしか見ていなかったあとでは、クーラーの現代性は砂漠の真ん中で道路の円錐コーンを発見したようなものだった。クーラーの横にはふくれた黄麻布の袋があり、革ひもで口を縛ってあった。

ファーカスは足を止めてかぶりを振った。だれがこれをそこに置いたんだ、そしてどうして、ブッチはこれが待ってるって知ってたんだ？

背後でブッチが言った。「紳士諸君、ディナーの準備を手伝ってくれるだろうね、なぜならもうじき光がなくなるから。ファーカス、おまえはたきぎと燃えさしを集めてくれ。保安官、あんたは差し掛け小屋の中にちゃんとしたかまどを作って火をおこしてくれ」

それから、期待をあらわにしてブッチは続けた。「おれはディナーを作る」

彼は二人のあいだを通ってクーラーのふたを開けた。中に入っているものを見て、ファーカスは腰を抜かしそうになった。大きな分厚い肉の白い紙包み、ジャガイモ、タマネギ、スポーツドリンク、それに、見間違いようのないクアーズビール六缶の魅惑的に光るプルタブ。

「おれたち、死んで天国へ来たんだな」ファーカスはつぶやいた。

「持つべきものは友だちだな」ブッチはにやりとして、ライフルを差し掛け小屋の隅に立てかけた。

小さな炎がオレンジ色の光を彼らの顔に投げかけていた。ファーカスはうめいてすわりなおした。腹いっぱいで、動くと苦しかった。ブッチとマクラナハンと同じく、彼も十六オンスのTボーンステーキ、焼いたジャガイモとタマネギを食べ、二缶のビールで流しこんだ。二人より長く野外にいて飢えているだろうに、ブッチは食料を等分に分けてくれたな、とファーカスは思った。

料理しているあいだに、ブッチは肉の包み紙を丸めて火に投げこんだ。丸めた一つがはずれてファーカスの足元に転がってきた。彼はこっそり拾ってジーンズのポケットに突っこみ、それはいまもある。包み紙になにか書いて追っ手が見つけられるように残していくつもりだった。だがポケットに隠したあと、ペンも鉛筆もないことに気づいた。

空は真っ暗になり、星々が白い光を放っている。気温はおそらく十度以下に下がり、差し掛け小屋の中の小さなたき火から離れると寒かった。ビール二缶はファーカスにとっていつもは口開けにすぎなかったが、骨の髄まで疲れきり、渇ききっていたので、心地よい酔いがまわっていた。

食事のあと、ブッチが自分の荷物からヘッドランプを出して黄麻布の袋の中を探るのを、ファーカスは見ていた。毛布、フリーズドライの食品パック、小さなアルミのコーヒーポット、粉コーヒーの入ったビニール袋、双眼鏡、二二三口径の弾薬数箱、古いコルト四五リボルバーと弾薬、フリースのベスト、ダクトテープ、ワイヤとロープ、濾過式浄水ポンプが出てきた。それに、ケンタッキー・バーボン〈エヴァン・ウィリアムス〉のフルボトルも。

「いいものばかりだ」ブッチは独りごとのようにつぶやいた。「すべて使える実用的な品物だ」

彼はリボルバーをズボンの腰に差し、袋の口をまた結んだ。そうしながら、〝おまえがこれを担ぐんだぞ〟という目つきでちらりとファーカスを見た。

ファーカスはうめき、ブッチはにやりとした。

「そのバーボンを開けてくれれば、荷物が軽くなるよ」ファーカスは言ってみた。

「いい思いつきだったがな」ブッチは答えた。

「で、協力者はだれなんだ？」マクラナハンが尋ねた。

ブッチは黙っていた。

「あの毛布を出さないのか？」少ししてブッチがたき火のそばに戻ってくると、マクラナハンは聞いた。

「出さない」

「おれたち、凍えちまう」

「大丈夫、いまは八月だ」ブッチは保安官を見ずに答えた。彼は炎に魅せられてるみたいだ、とファーカスは思った。それとも、深刻な考えごとでもあるのか。炎の舌がブッチの目に映っている。

「ここには泊まらない」炎を見つめながら、ブッチは言った。「進みつづけないと。ドローンが墜落した場所と電話をかけた場所に、まだ近すぎる」

ファーカスはまたうめいた。ブッチが考えなおしてちょっとだけでも寝かせてくれないかと願った。そして、クーラーの中にビールがもっとあったらよかったのにとも思った。

ブッチは続けた。「おれたちはあと数分ここにいて、ご馳走を腹に落ち着かせる。そのあと出発して、また南へ移動する」

ブッチ・ロバートソンと狩りをしていたとき、南の山々について彼が言っていたことをファーカスは思い出した。この先進めるのは、ファーカスも聞いたことはあるが見たことがないけわしい峡谷に阻まれるまでだ。ブッチはそう説明していた。ミドル・フォーク・トゥエルヴ・スリープ川は地質学上の奇跡を造りだした。ナイフのように鋭い絶壁、崖っ縁から狭い谷底までの驚くべき距離、峡谷を渡るための割れ目や裂け目がまったくない岩。峡谷はあまりにもけわしく狭いので、太陽の光もほとんど谷底の川に届かない。

「おれの記憶が正しければ、サヴェジ・ランがある方角だ」マクラナハンは言った。

「そうだ」

「わからないな」マクラナハンは首を振った。「どうして逃亡ルートが途切れるような道を?」

「ポーニー族に囲まれて、シャイアン族の一団が女と子どもを連れて一度だけあそこを渡った」ブッチは言った。「ジョー・ピケットもだ。彼は前にそのことを話してくれた。彼がどこを渡ったのか、わかると思う。おれたちも同じようにできるだろう」

ファーカスとマクラナハンは、もう勘弁してくれという視線をかわした。

少しして、梢を渡るそよ風と火のはじける低い音しか聞こえなくなったとき、ブッチは突然顔を上げてマクラナハンをにらんだ。その表情の激しさに、茫然自失していたファーカスはハッとした。サヴェジ・ラン峡谷を渡るという先行きに、彼は怯えきっていた。

ブッチはマクラナハンに言った。「あいつらがなにをしたかあんたは知っていたのに、おれを追ってきた。なんてむかつく野郎なんだ」

マクラナハンは顔をそむけ、ブッチではなくたき火に向かって言った。「あんたがどうこうってわけじゃないんだ、ブッチ。決してそんなんじゃなかった」

「ほざけ。そして、あんたはおれのはらわたを山中に飛び散らす前におれと目を合わせないですむように、たいした長距離狙撃手を一緒に連れてきやがった」

マクラナハンは口を開きかけたが、思いとどまった。

「あいつらがなにをしたかあんたは知っていた」ブッチはくりかえした。「あいつらはここへ来ておれと家族を破滅させようとした。元保安官は同情してくれると思いたかったよ。この町全体が一人の仲間のために団結してくれると思いたかった。ところがどうだ、あんたは銃を持ちだして二人の世間知らずを雇い、おれを無法者かなにかのように追ってきた」

ファーカスは世間知らずと言われても気にしなかった。自分でもそうだと思っていたからだ。

「ブッチ」マクラナハンは哀願に近い口調になった。「あんたはいまは無法者だ」

「おれや家族に起きたことを、あんたは歯牙にもかけなかった」

「くわしい事情は知らないんだ。知っているのは、あんたに二人を殺した容疑がかかっていることだけだ」

「くわしい事情を調べようともしなかった」ブッチは言った。「金と名誉をほしがっただけだ」

「世間というのは無情なものなんだ、とくに昨今は」

「そうともかぎらない」ブッチ・ロバートソンは答えた。「そうともかぎらないんだ」

なんとか出発の準備をととのえると、ブッチは忘れずに水を火にかけろとファーカスに命じた。クーラーに残っている氷水を使えばいい、と。

ファーカスはクーラーを運んできた。水は中でたぷたぷと音をたてていた。クーラーを足元に置き、ポケットから役に立たない包み紙を出した。ブッチとマクラナハンに背を向けて紙を広げ、たき火の明かりで記された文字を読んだ。

Tボーンステーキ

非売品

ビッグストリーム牧場畜産会社

紙をくべると、たちまち炎に呑みこまれた。

ファーカスがクーラーを傾けると、たき火はシューシューと音をたて、刺激臭のある煙が上がった。消えていく残り火を枝でこすって黒く粘っこい液状にしながら、ブッチ・ロバートソンの友人がだれなのか、彼は知った。

24

メアリーベス・ピケットは、明かりを消してドアを閉めた寝室で服を全部着たままベッドに横たわっていた。開いた窓の両側で、薄いカーテンがこの一時間で涼しくなった風にゆっくりと波打っている。遠くでコヨーテたちが吠えて、静寂を破る。彼らの声は哀れっぽく甲高く、赤ん坊の金切り声を思わせた。彼女は真上の照明器具を見つめ、早く取りはずして蛾の死骸を掃除すると誓った。どうしようもなく無防備で孤独な気持ちだった。

夕食のあいだは大丈夫で、快活さを保っていられたと思う。〈サドルストリング・ホテル〉再建計画の崩壊を娘たちには一言も話さなかった。話しても、どのみちちゃんと理解してもらえるかどうか疑わしい——あの計画が自分にとってどれほどのものを意味していたか。

いつものように、家族一人一人の居場所を頭の中でざっとチェックした。一日に何回かしていることで、その習慣をやめられる自信はない。ルーシーとハナ・ロバートソンは階下でテレビを見ていた。泊まってもいいかどうか、ハナはまた聞いてきた。シェリダンは友人たちと外出中だが、じきに帰ってくるはずだ。エイプリルは自分の部屋に閉じこもり、彼女がすっかり人気者になって以来新しくできたカウボーイの友人たち全員と、メッセージのやりとりをしているにちがいなかった。そしてジョーは山のどこかにいて、家族の友人の追跡に手を貸している。

午後も夜もジョーから連絡はなく、またもや携帯電話の通じない圏外にいるのだろうと、メアリーベスは思った。もうとっくに慣れていなければいけないのに、夫とまったく連絡がとれないのはいまだにつらい。彼も同じように感じていればいいけれど。自分もそうだと以前言っていた。

今日一日、ダルシー・シャルクが携帯のメッセージで山での捜索の進捗状況を逐一知らせてくれた。ビッグストリーム牧場に司令本部が置かれたこと、リード保安官が捜査から遠ざけられたこと（ダルシーは怒り狂っていた）、最後にブッチ・ロバートソンと会った場所へ少人数のチームを案内するようジョーが頼まれたこと。ブッチが人質をとったと主張しており、そのため恐るべき状況が新たな段階に突入したこと。人質の一人が元保安官のカイル・マクラナハンであるとわかってさらに騒ぎは大きくなった。無関係のハンターが殺されたとか違うとか、報告は混乱していた。人質の話を聞くまで、ジョーがすべてを平和的に解決する方法をなんとかひねりだすのではないか、とメアリーベスは期待していた。

ジョーとブッチが敵対し、殺しあうような最悪なシナリオは考えないようにした。何度となく思い描いた最悪のシナリオが、そこまでひどくない結果ですんできたという過去の経緯がなかったら、メアリーベスは心配のあまり死んでしまっていたかもしれない。よく考えるのだが、夫が法の執行官ではない妻たちはこの気持ちがどれほど悲痛なものか、想像もできないだろう。

こうなるはずではなかった、と彼女は思った。母のミッシーは五回結婚してそのたびに金と土地を増やして裕福になっていった。娘も実利的に行動して獲物を狙うことを期待したが、メアリーベスはジョーと結婚した。ミッシーと彼女のやりかたを拒みとおすために、メアリーベスは強い決意で臨んできた。幸福と成功は狡猾さと計算がなくても達成できる、と示すために。そしてここしばらく、それを実証できたのではないかと思っていた。

自分が仕事に——実りのある仕事に——戻り、ジョーが転職できる人生を心に描いた。彼が猟区管理官の仕事を深く愛しているのはわかっていたが、かねてからの官僚組織へのいらだちと家族に迫るあきらかな脅威は、相当なダメージをもたらしてもいた。

たしかに二人の結婚生活と未来への展望は、一歩進んでは二歩下がるパターンをくりかえしてきた。だがいま、夫婦はどんどん後退しているように感じる。〈サドルストリング・ホテル〉再建計画は希望と名誉回復になるはずだった。

彼女は起きあがり、両手で顔をこすった。こんなふうに考えるのはいやだ。結局のところ、自分とジョーには愛し、愛される素晴らしい娘が二人おり、最近危機を脱したらしい里子がいる。もちろんエイプリルについてはまだわからないし、あまり楽観的になるにはためらいがある、でも……

ベッドスタンドの携帯が光り、彼女はジョーからかと思って急いで手にした。そうではなく、マット・ドネルからだった。

彼とは話したくなかったし、きっと調子のいいセールストークで慰めようとしてかけてきたのだ。昼間、彼はピケット一家の生活をめちゃくちゃにした。いまもっとも話したくない相手だった。メアリーベスが腰を据えて待つ気なら、規則をすり抜ける方法を自分が考えだすとでもいうのだろうが、彼女はまだあまりにも打ちのめされていた。

メアリーベスはベッドスタンドに携帯を戻し、ドネルが伝言を残している通知音を聞き、またベッドに横たわった。

デジタル時計は十時二十八分を告げていた。

一分後、ビッグホーン・ロードの砂利がきしる音がして、ヘッドライトがカーテンを照らした。外の車が速度を落としたので、彼女はハッとした。車は道路からピケット家のほうへ近づいてくる。エンジンの回転速度が二、三秒上がったあと、切られて静かになった。

メアリーベスは立ちあがって窓に近づいた。なにか聞こうとしてジョーに会いにきたハンターか釣り人でないように祈った。そういう男たちにはどうしても慣れることができない。タバコの煙とビールの臭いを漂わせていることも多く、夜のどんな時間にでも立ち寄ってかまわないと思っている。仕事の一部なのでジョーはいつも忍耐強く接しているが、彼女はそれほど忍耐強くない。

カーテンを開けると、パム・ロバートソンのフォード・エクスプローラーのヘッドライトが消えるのが見えた。パムはハナの車の隣に止めていた。パムがドアを開けて降りてくるものと思い、メアリーベスは待った。ところがどういうわけか、パムは車の中にすわったままだ。

メアリーベスは明かりをつけ、ドレッサーの上の鏡で自分の顔を確かめた。まなざしは暗く陰鬱だったが、笑みを作り、自分を元気に見せようとした。うまくいくといいが。

ルーシーとハナはソファで薄いブランケットにくるまり、刺青をした少年たちと妊娠した十六歳の少女たちを特集した、ろくでもない十代向けのリアリティ番組を見ていた。メアリーベスが階段を下りていくと、ルーシーはすばやくネイチャー番組にチャンネルを変えた。

メアリーベスは横を通りながらきびしい口調で言った。「二人とも、もう寝なさい」少女たちが見ていた番組が気に入らないこと、ごまかしは通用しないことを、その口調で伝えていた。

パム・ロバートソンはひざに両手を置いて前方を見つめたまま、フォードの中にすわっていた。メアリーベスがゲートを開けると、パムはビクッとして急いで降りてきた。

「ごめんなさい。遅い時間なのはわかっているけれど、どこへ行けばいいのかわからなくて。うちの前にテレビ局のトラックが何台も止まっていて、あの人たちドアをノックしつづけるの。ブッチの運転免許証の顔写真が——ひどい写りなのよ——どのニュースでも流れている。あそこにはとてもいられなくて、裏口からそっと出てここまで運転してきたの」

メアリーベスはパムの腕をつかんで家のほうへいざなった。

「好きなだけいればいいわ」

「ハナに会いたかったんだと思う」パムは言った。「あの子のそばにいたかった」

「わかる」

家に入る前にパムは立ちどまった。「メアリーベス、人質のことを聞いた?」

「ええ」

「とても信じられない。ひどすぎる。もうブッチのことがわからなくなった。夫の名前を使っている危険な犯罪者が山の中にいるみたいな感じ」

メアリーベスはうなずき、中へ導いた。

ルーシーとハナは顔を上げて、メアリーベスの後ろにいるのがだれなのか見た。ハナは苦しげな表情になり、顔色を失って目を大きく見開いた。最初メアリーベスは驚き、自分が部屋に入ってきたとき娘たちのだれかがこんな顔をすることがないように祈った。そのあと、ハナはきっと悪い知らせだと思い、パムが伝えにきたと勘違いしたのだろう、と考えなおした。

「どうしてる、あなたたち？」パムは疲れた口ぶりで尋ねた。

「ママ……」ハナはつぶやいた。

「パパのこと、なにもニュースはないわ」元気を装って——メアリーベスと同様に——パムは言った。

「じゃあ、パパは大丈夫なの？」

「わからない。でも、パパを知っているでしょう。ほかの人たちよりずっとタフよ」

メアリーベスはパムの言葉がクリス・ルドゥの歌の一節だと気づき、胸が痛くなった。

「ワインでも飲みましょうよ」メアリーベスはパムの先に立って居間からキッチンへ入った。

ワインを二杯ずつ空けたあと、メアリーベスはルーシーとハナを寝室へ行かせ、パムのために居間のソファにスペアのベッドを作った。疲れすぎとストレスですっかり酔いがまわったパムは、メアリーベスがタオルのある場所を説明しても、舌がもつれたような返事しかしなかった。

パムはたちまち眠りに落ち、メアリーベスが夜の戸締りを終えたときにはいびきをかいていた。忍び足で階段へ向かっていると、玄関のドアが開いてシェリダンが飛びこんできた。いつものようにバックパックをソファに投げようとして、だれかがそこで寝ているのに気づき、パム・ロバートソンの顔に当たる前に急いでバックパックを引き戻した。

「うわっ」

メアリーベスはシェリダンにシーッと合図し、手振りでキッチンへついてくるように伝えた。

シェリダンはあきらかにとまどった様子でテーブルの前にすわった。メアリーベスはグラスにワインをついだ。シェリダンはにやりとして聞いた。「あたしも一杯飲んでいい?」

メアリーベスは一瞬ためらってから答えた。「一杯だけよ」

「もう大学生なの、忘れてるでしょ」

「そうね」メアリーベスは低い声で言い、グラスをもう一つテーブルに置いた。シェリダンは半分だけついだ。

「どうなってるの?」シェリダンは尋ねた。「パパ、帰ってきた?」

メアリーベスはあふれだすように話した。ブッチと人質のこと、〈サドルストリング・ホテル〉計画の挫折、パム・ロバートソンの突然の訪問。隣の部屋にいるパムを起こさないように、大きな声は出さなかった。

「ひどい一日だった」メアリーベスは言った。これほどシェリダンにいろいろぶちまけてしまってよかったのだろうか。

シェリダンはただうなずいて、ワインを一口飲んだ。これがシェリダンの初めての飲酒ではないとわかっていたが――なんといっても、じきにワイオミング大学二年生になるのだ――親子で一緒にワインを飲むのは初めてだった。

「山にいるお父さんが心配なの」メアリーベスは言った。「それに、パムやハナのことを思うと、ブッチがどうなるかも心配」

携帯が光り、メアリーベスは画面を見た。非通知の番号からだ。彼女はためらった。

「出たほうがいいんじゃない?」シェリダンが促した。

メアリーベスは出た。

「おれだ」ジョーの声だった。

メアリーベスはシェリダンにささやいた。「驚いた、言ったそばから」そしてジョーに答えた。「どこからかけているの?」

「ある男から衛星電話を借りたんだが、急いで返さなくちゃならない。名前を二つ書きとめてくれるか? 頼む、調べてほしいんだ」

「娘たちとわたしは元気よ」〈バーゴパードナー〉で注文をとるときに使うノートとペンを貸してと、メアリーベスはシェリダンに合図した。「聞いてくれてうれしいわ」

「ごめん」

「いいの」頬と肩で携帯をはさんで、ノートを開いた。「どうぞ」

まず、〈ファン・フリオ・バティスタ〉と書いた。

「了解」

「ほんとうに助かるよ。彼についてわかることをすべて調べて、この番号に折り返してくれ。彼がサケット事件と関係しているかどうか、調べてほしい。今晩は帰れない、そして明日のいつになるかもわからない。だが、この名前が重要になるかもしれない」

「名前はもう一つあるって言ったけど?」

「二つ目はペイトだ。ジョン・オーウェン・ペイト」

「了解。ところで、今日サケット事件について調べてみたら、あなたの言ったとおりだった。でも、パムとブッチとの関連は見つからなかったわ。だから、このバティスタが鍵なのかも」

「そうであっても驚かないよ」

「調べる時間はあるの。もうあのばかばかしいホテルに時間を割く必要がないから」

「くよくよするな。きっと次がある」

彼の言いかたから、ほかにもなにかあるのをメアリーベスは察した。

「ジョー？」

「新しい局長から新しい仕事のオファーがあったんだ」

彼の説明を聞きながら、メアリーベスはシャイアン、デスクワーク、一万八千ドルの昇給、と書いた。

「おれは官僚になることになる」ジョーは苦々しく言った。

くわしいことを聞く前に、背後で別の声がするのをメアリーベスは耳にした。

「彼が電話を返してほしがっている」ジョーは言った。「かかってくるのを待っているんだ」

「ブッチを見つけた？」

「まだだ」

「人質がいるって、ほんとう？」

「残念だがそうだ」

「ブッチに何があったの、ジョー？」

「心が折れたんだ。もう切らないと……」

十二時五分前に寝仕度をしていたとき、メアリーベスはマット・ドネルからかかってきた電話のことを思い出した。ため息をついて、伝言を聞いた。

マットは言っていた。「メアリーベス、ちょっとした筋をつかんだようだ。あのがらくた物件をついに売り払えるかもしれない。明日電話して、くわしく話すよ。こうなってしまったのはすべてわたしのせいだと、きみが責めないでくれるといいんだが。とにかくいまいましい防火責任者のせいなんだ。この世界にはああいうタイプが多すぎるよ。われわれのすることなすことにちょっかいを出したがる……」

では、いいものを建てる計画から〝売り払う〟計画へ、自分たちは移行したわけだ、と彼女は思った。

マットは話を続けたが、これ以上聞きたくなかった。

伝言を聞くのをやめて、はだしで暗闇を一階へ下りた。まわりじゅうから規則正しい寝息が聞こえる——不安のうちに眠っている女たちで家はいっぱいだ。

メアリーベスは居間の横にあるジョーの狭いオフィスに入ってドアを閉め、デスクランプをつけた。椅子にすわってジョーのパソコンをたちあげ、www.themasterfalconer.com というウェブサイトを開いた。

古いサイトで、めったに使われていない。まだ存在していることに驚くほどだ。ジョーとネイトは秘密に連絡をとりあうために、去年このサイトのコメント・スレッドを使っていた。ネイトからメッセージがないか、いまもジョーがときどきチェックしているのを彼女は知っていたが、なにもないと彼は言っていた。

チョウゲンボウの訓練にかんするスレッドを開いた。ここを二人は連絡用に使っている。新しいコメントはもう何ヵ月もなかった。

家族一人一人の状況を思い浮かべ、いまどこにいるか考えるとき、彼女はそこにネイトも含めている。血はつながっていないが、ネイトは長年間違いなく家族の変則的な一員だった。大きな暴力が襲ってきて、彼が去るまでは。連邦政府がいまだにネイトを追っているのを、そしてジョーがときおり彼から接触がないか問い合わせや訪問を受けているのを、メアリーベスは知っていた。

スレッドの最後に、彼女は書きこんだ。

〈メアリーベスよ。まだこのサイトをチェックしている？　そうなら、どこにいようと元気だと教えて〉

リプライがあるかと少し待ち、それから自分を責めた。ネイト・ロマノウスキがパソコンの近くにいて、彼女がなにか書きこむのを待っているとでも本気で思っているのか？

そうだとしても、彼になにを頼む？　彼女がみずから掘った穴から家族を助けだせるわけがないし、連邦政府の法執行官でキャパシティ以上にあふれかえっている郡へネイトが来ることなど、ジョーは望まない。

質問を書きこんだ自分をなんと愚かなとメアリーベスは思い、パソコンを終了させた。だが明日、自分がサイトをチェックするのはわかっていた。

階段を寝室へ上っていくとき、外で聞き慣れない音がした。自然の音に家族は慣れている。コヨーテの吠える声、道路の向こうのハコヤナギの茂る川床にいるエルクとムースの鼻息、タカやフクロウのさまざまな鳴き声や金切り声。ビッグホーン・ロードを使う車のエンジンの響きはもちろんだ。

これは違う。遠くで芝刈り機が二台動いているような音。だが、音が聞こえるのは空からだ。

メアリーベスは寝室のカーテンを開けたが、音の正体はわからなかった。それからローブをはおり、ふたたび階下のパソコンへ向かった。

四日目

25

ジョーが頂上に着いて振りむいたときには、真夜中を過ぎていた。はるか先まで見え、遠くにある一本の幹線道路さえわずかな車のライトで認められた。四十キロ離れているビッグストリーム牧場の本部の、小さな明かりもいくつか見える。前進作戦基地(FOB)は眼下の森にさえぎられて視界に入らないが、発電機によるぼんやりとした光でだいたいの位置はわかる。

頂上に樹木はなく、花崗岩(かこうがん)にしがみついている頑固な地衣類以外、どんな種類の植物も生えていない。あたりは月光と、針で突いた点のような何百万もの星の光で照らされている。アンダーウッドと部下たちは後方におり、ざらめ雪のかたまりやゆるんだ黒い頁岩(けつがん)のあいだを、彼らの馬が足場を探して上ってくる。西風が顔をなぶり、涙目にならないようにジョーは帽子のひさしをずっと下げていた。八月にしては風は驚くほど冷たく、顔と手はしびれるようだ。

ジョーは携帯の電波を確かめた。ときどき夜の山の上で気まぐれな電波を拾えることがあるからだが、アンテナは立っていなかった。さっきメアリーベスに電話できてよかった、自分は無事だと彼女は知っている。妻を一人ぼっちにしておくのがいやでたまらなかった。

アンダーウッドのチームのだれかが暗さと寒さに悪態をつき、その荒々しい声は風を通して聞こえてきた。捜査官たちが近づいて周囲に集まりはじめると、ジョーはトビーを促して月光のもと小さな池か湖のように見える広い雪原へ向かい、山を越えた西側斜面へ全員を誘導した。下っていくと、頂上の冷たい風はやんできた。そして密生した木立に馬を乗り入れると、月の光もなくなった。

森の奥深くで、ジョーに見えるのはヘッドランプが照らす黄色い楕円の部分だけだった。トビーは暗闇でも自分よりよく見えるので、一行を倒木に突っこませたり崖から落としたりしないと彼は信じるしかなかった。振りかえると、五つの揺れるヘッドランプが見え、ときおりそれる一つの光が横の森を切りとった。

やがて小さな草地に出て、そこは木々の天蓋がなく月光が差していた。ジョーはトビーの手綱を引いて止まらせ、後続を待った。

二、三分してアンダーウッドが追いついた。ジョーは言った。「こんなの、ばかげている。闇の中を馬で下山するなんて、馬か自分たちがけがをするだけだ」

「そういう命令なんだ」アンダーウッドの答えに自信はなかった。

「命令なんかくそくらえ」チームの一人が暗闇から不満をぶつけた。「休みたいし、おれの脚も尻も感覚がない。いまなにかあったら、このいまいましい不愉快な鞍から下りるだけで五分はかかりますよ」

ほかの男たちも同意し、彼らはのろのろと下馬した。鞍擦れや腫れたひざや痛む尻で、あちこちからうめき声が上がった。一人の捜査官が大声で、いままでで最悪の任務だとこぼした。統率を乱す発言をアンダーウッドがもう叱責しないのを、ジョーは興味深く思った。

そして自分もしんどそうに下馬することで、アンダーウッドは部下たちに同意したように見えた。ここしばらく、彼らは限界を超えていた。

一人の捜査官が言った。「吹きさらしの場所で眠るしかないみたいですね。まったく、地区本部長め、すばらしい計画に感謝しますよ」

アンダーウッドは告げた。「ぴったりくっついて寝てみろ。南北戦争のときはそうしたんだ」

アンダーウッドの提案に怒りの罵声がいっせいに起きたとき、ジョーは笑みをこらえた。無意味と無秩序が重なって、追跡行はこのまま内部崩壊するのではないか、と一瞬思った。望むところだ。自分が好意も敬意も持っていない人間に指揮を命じられたアンダーウッドが、気の毒なくらいだった。しかし、アンダーウッドはプロだし、これまでの経歴が彼を不愉快な任務に縛りつけていた。

「それから、火はたくな」アンダーウッドはどなった。

ちょうどそのとき、アンダーウッドの衛星電話が振動して光った。

「はい、バティスタ本部長」アンダーウッドの応答を聞いて、捜査官たちは静かになった。

「やれやれ」彼らの一人がささやいた。「あの野郎、おれたちが止まったのを知っていやがるのか？」


アンダーウッドがたまに一声うなるか、同意するか以外ほとんど口をきかずに上司の話に耳を傾けているあいだ、ジョーは捜査官たちに、鞍の腹帯のゆるめかたや、それぞれの馬がからまりあわずに草を食べられるように離してつなぐ方法を説明した。そのあと、巻いた重いゴムの雨具がそれぞれの鞍の後ろに結んであることを教えた。

「あまり音をたてたり乱暴に広げたりするな」ジョーは言った。「馬たちを驚かせてしまう。ぱたぱた動くものに怯(おび)えるんだ。その雨具は寝るのに使える。着れば暖かいし、地面の湿気が服に染みてこない」

「おれたちは無法者(ワイルドバンチ)のカウボーイ集団ってわけだ」一人が言って、長いダスターコートのような黄色い雨具を身につけた。

「その映画のやつら、しまいには全員死んだと思うぜ」もう一人が苦々しく言った。

捜査官たちは嬉しそうではなくても休めることに感謝していた。ジョーは草地に寝そべっている彼らを残して歩いていった。黄色い雨具が月光を集めている。黄色をまとった四人が草の上で寝心地をよくしようともぞもぞしている姿がナメクジに似ていて、少し滑稽(こっけい)に見えた。

ジョー自身はトビーを草地のいちばん端へ引いていき、鞍をはずして木につないだ。鞍袋には一人用の小型テントが入っているが、張らなかった。そのかわりにテントをタープがわりに敷き、いつも荷に入れている薄いウールのブランケットをかぶった。

枕にした鞍に頬杖をついて、緊急用キットに二年は入れっぱなしだった栄養補給食二本を食べた。乾いていて口の中でこなごなに砕け、ナルゲンボトルの水で流しこむとペースト状になった。そして、アンダーウッドが上司との通話を終えるのを闇の中で待った。静かなので、ときおりバティスタの声が一言二言聞こえてくる。〝戦略上〟〝交渉の余地がない〟〝位置〟〝検死〟という言葉をはっきりと耳にした。

最後に、アンダーウッドは言った。「何人かの捜査官は疲労の極みにあります。休息が必要です……わかりました……はい、気合を入れて移動を続けます。電話は一晩中電源を入れておきます」

アンダーウッドはひもで吊るした電話を手から離した。「ばか野郎が」

「移動するんですか？」捜査官の一人が挑むように尋ねた。

「いや」アンダーウッドは言った。「だが、あとで彼に聞かれたら移動したことにする」

ジョーは一拍置いてからアンダーウッドに言った。「あんたの馬をここにつないでおいた。プラスティックシートのブランケットがあるから貸せるよ。いるか？」

「そいつは、おれをベイクド・ポテトみたいな格好にする例の銀色のシートか？」

「ああ」

アンダーウッドはため息をついた。「借りるよ」

ジョーはアンダーウッドに、ブランケットと最後の栄養補給食二本が入ったジップロックの袋を渡した。

「あまりうまくないが」

「とにかくありがとう」アンダーウッドは言って、かじりついた。

アンダーウッドが草の上で銀色のブランケットにくるまったあと、ジョーは尋ねた。「明日の計画は？」

「話をしたいのか」アンダーウッドはいらだっていた。

「あんたのチームに聞こえないように小声で話す」

「おれはどうなんだ？　おれには聞こえる」

「ブッチの居場所を向こうは突きとめたのか？」

「ああ。電話の電源が入っていて、回路にＧＰＳが付いている。少なくとも地図上では、彼がどこにいるか正確にわかっている」

「そのことは知っていた。ブッチも賢いから知っている、だから電源を入れたままにしているのは意外だ」

　アンダーウッドは肩をすくめた。「それほど賢くはないのかもな。バティスタは何時間も彼と連絡をとろうとしているが、ブッチは電話をミュートにしているか、たんに話したくないんだろう。本部長は、夜明けにヘリが来ると伝えたいんだ」

「ブッチはどっちへ向かっている？」ジョーは聞いた。

「西だ。おれたちと話したあと彼は方向を変えて山を下ろうとしている。だが、バティスタが言うには彼のルートはかなり一貫性に欠けている。前進作戦基地では、ロバートソンはヘリが着陸できる平らな野原を探しているんじゃないかと考えている」

「しかし、ヘリは来ないんだろう？」

「来ない。ヘリはない」

「ほかに情報は？」

「もう放っておいてくれ」

「だめだ。おれの質問にさっさと答えてくれれば、あんたはさっさと寝られる。でなければ、そのブランケットを返してもらうぞ。たしかにベイクド・ポテトみたいに見えるな」

「うるさい」

「捜査でなにかおれたちが知っておくべきことが起きたのか？」

「たとえば？」

「あんたは検死のことを言っていただろう」

「ああ、そうだ。うちの特別捜査官二名について予備的な検死が終わった。二人とも小口径の銃弾で複数回撃たれていた。ティム・シングウォルドは四回、レノックス・ベイカーは三回。ブッチ・ロバートソンは二二三口径のセミオート・ライフルを持っていたと、あんたは言っていたよな？」

「そう思う。スコープ付きで三十発装塡の二二三口径ブッシュマスターのようだった。このあたりではざらに見かける銃だ」

「捜査官たちを殺した弾は小口径だった。弾道検査をすれば、きっと一致するだろう」

「このあたりでは大勢の人間が二二三口径を持っている」ジョーは言った。「コヨーテ狩りによく使うんだ」

アンダーウッドは鼻を鳴らした。「それに、デンヴァーからシングウォルドとベイカーが乗ってきた車にロバートソンの指紋がべたべたついているのも見つかった。このあたりでは大勢の人間が同じ指紋を持っている、とあんたは言うんだろうな」

「いや。そうは言わない」

「よかった。それじゃ、もう寝てもいいか？」

「あと一つだけ」

「おいおい──なんだよ？」

「あんたの局の動きのことだが。違反行為に対するアクションを即日起こさせるにはどの程度の影響力がいるんだ？　低いレベルか、真ん中あたりか、それとも上層部か？」

アンダーウッドは手で顔をおおってうめいた。

「興味があるだけだ」

「その話はしないと言ったはずだ」

「だが、もういいだろう？　あんたはブッチが犯人だとほぼ確信しているようだ。だったら、そもそもだれが彼を追いこんだのか、話してくれても問題ないじゃないか？」

「だれかが彼を追いこんだとは一度も言っていない」

「そうほのめかした。だから、どのレベルの人間なんだ？」

アンダーウッドは低く毒づいてから答えた。「上層部だよ、もちろん。真ん中の連中がなんらかの調査を始めたのかもしれないが、あんなふうに捜査官をすぐに動かすことはできない。あきらかに、ああいうアクションを起こさせるにはだれに伝えればいいかを知っている、影響力のある人間だ」

「では、フリオ・バティスタは最初からかかわっていたんだな？」

「そんなことは一度も言っていない」

「そうほのめかした」

「くそったれが」アンダーウッドはぶつくさ言った。「いいかげんにしてくれ。ああ、だれが連絡したにしろ、本部長に直接話したとおれは推測しているよ。ほかのだれも、あそこまですばやくデンヴァーから直接捜査官を送りこめたはずはない。通常なら、まずは地元の環境保護局のスタッフに対応させるんだ」

「そうだと思っていた。つまり、バティスタは今回の件の引き金となった人物を知っているが、その情報を提供するつもりはないんだな」

アンダーウッドはうなった。

「そして、ブッチ・ロバートソンが死ねば、バティスタはおそらく永久にそれがだれなのか聞かれることはない」

アンダーウッドはまたうなった。

ジョーはちょっと考えてから尋ねた。「で、おれたちの計画は？」

アンダーウッドは大きく息を吸い、ゆっくりと鼻から吐いた。「このまま西側へ下山して彼の足跡を見つける。あんたは追跡が得意なんだろう？」

「そうでもない」

「おれだって三人の足跡ならたどれると思うが」

「たぶんな」

「とにかく、バティスタが言うには、大規模な合同部隊を編成して西側からこちらの方向へ上らせるそうだ。部隊は四輪駆動車の列を組んでいま向かっている。戦略としては、ロバートソンをおれたちのいるほうへ追いたて、こっちは彼を挟み撃ちにする。ロバートソンは人質を手放さざるを得なくなり、こっちは朝にはあの野郎を仕留めるというわけだ」

ジョーは暗闇の中でうなずいた。「ブッチを追いつめるまで一帯を人で埋めつくす計画か」

「ああ、そうだろう」

「ヘリが来ないと知ったら、ブッチはどうすると思う？　約束を守ると思うか？」

「その時点で彼に選択肢はないとバティスタは考えている」

「どうして？」

「なぜなら、航空機は来る予定だからさ。だが、それがヘリじゃないとロバートソンが知ったときは、もう手遅れだ」

ジョーはぞっとした。「なにが来るんだ？」

微笑したアンダーウッドの歯が月光の中で光った。「おれはさっきそれを気にしていたんだが、彼に実現できるかどうかわからなかった。ドローン――こんどは二機だ。一機は環境保護局のもので、この前のような偵察用だ。カメラとかくだらないものが搭載されている。

だが、二機目は罠だ。バティスタはおれの名前を使って、軍用ドローンをまわしてもらう許可を得た。ノースダコタの空軍基地からはるばる来るんだ。そいつはヘルファイア・ミサイルを積んでいる」

ジョーは一瞬口がきけなくなった。そのあと尋ねた。「彼を吹き飛ばすつもりなのか？」

「百万のかけらにね」アンダーウッドはかぶりを振った。「多くのアルカーイダのナンバーツーと同じように。つまり、もしロバートソンが人質を解放せず投降もしなければ、だ。だから、その点では彼に選択肢はある」

「ヘルファイア・ミサイルは地上の戦車を吹き飛ばすのに使われるんじゃなかったか？」

「そうだ、そして掩蔽壕にいるテロリストを。だが、あれは国内のテロリストにも絶大な効果がある。保証するよ」

「ここで戦争を始めたいというなら、まさにそうなるぞ」

アンダーウッドは、自分には関係はないという顔をした。「おれはべつに心配していない」

ジョーは言った。「おれは心配だ」

「頼むよ」アンダーウッドは背を向けて訴えた。「一人にしてくれ」

「おやすみ、ミスター・アンダーウッド」ジョーは言い、こっそり手を伸ばしてデジタル録音機のスイッチを切った。

「猟区管理官どの」二、三分後、もう眠ったとジョーが思っていたときにアンダーウッドは言った。「こんどはおれが聞きたい」

「なんだ?」

「戦争が始まったら、あんたはどっちにつくつもりだ?」

ジョーはためらった。「それについては、考える時間がいる」

凍てついたような白い星々を眺めていたとき、アンダーウッドの電話が振動するのが聞こえた。きっとバティスタだ、さらに命令を伝えてきたんだ、とジョーは思った。ところが、アンダーウッドはブランケットを肩にはおったままジョーのところへ歩いてきて、電話を差しだした。

「奥さんからだ」彼はいらだった声で告げた。「手みじかに」

「環境保護局のウェブサイトの経歴によると、ファン・フリオ・バティスタは一九六五年シカゴ生まれ」メアリーベスは言った。「つまりいま四十八歳――わたしたちとそう変わらないわね。妻子については記述なし。一九八九年から二〇〇三年まで〈ワン・グローブ〉という環境保護組織のデンヴァー支部で働いていた。そのあと環境保護局に採用され、二〇〇八年にワシントンの大物の推薦で第八地区本部長に任命された。一九八七年にコロラド州立大学卒業、専攻は社会学、副専攻科目は環境問題よ」

「ほかには？」アンダーウッドがそばから離れないのを意識しながら、ジョーは尋ねた。

「メディアにはたくさん露出がある。彼は記者会見を開くのが好きみたいね。環境保護局が汚染者に対して行動を起こしたとき、何十回も名前が出てくるわ」

「ふうむ」

「ええとね」彼女はサイト内のページをスクロールしているようだ。「第八地区の管轄はコロラド州、モンタナ州、ノースダコタ州、サウスダコタ州、ユタ州、ワイオミング州。でもそれは知っていたわね」

「第十地区で働いていたことは？」ジョーは聞いた。

「あなたの考え、わかる――アイダホ州でしょう。サケット事件。いいえ、そこに勤務していたことはない。関連はなにも見つけられなかった」

「彼をパムとブッチに結びつけるものはなにも？」

「なにも見つからなかった」

「ペイトはどうだ？」

「いくつか言及はあったけれど、一九八八年まで」

「時期は符合するな」ジョーはアンダーウッドが明かした事実をメアリーベスに話した。

「それはほんとうに……異様ね」メアリーベスは言った。彼女が考えをめぐらせている様子を、ジョーは思い浮かべた。「明日、図書館でもっと調べてみる」

メアリーベスは図書館のパソコンから、本来資格がないはずの州や連邦政府のデータベースにアクセスできるのだ。彼女の調査はこれまで何度もジョーを助けてきた。

アンダーウッドが電話を返せと手を伸ばしてきた。

「よくやってくれた」ジョーは感謝した。

「無事でいてね」

しばらくして目を閉じたとき、ジョーは二機の無人のドローンが空を飛んでいくブーンという遠い音を聞いた。

26

ジミー・ソリスは月光の下で泣いていた。

背中にデイパックをくくりつけられ、手首は前で手錠をかけられ、木の根につまずいてバランスを失って、じめじめした臭いのする地面に顔から転倒した。頭を強く打ち、眼裏(まなうら)にオレンジ色のスパンコールが散った。顔は泥と松葉だらけになった。

ぎくしゃくとした動きで、もう一度立ちあがった。いまいましいデイパックの重みでよろめき、横歩きしてまた地面に倒れかけたが、疲れた脚でなんとか踏んばった。

そこに佇んで悪態をつき、泣いた。泣いたことなどもう何年もない、どんなときでも。

なにもかも、不公平すぎる……


あのくそ野郎のブッチ・ロバートソンによって頰に弾傷をつけられて追いやられてから、ソリスはやみくもに山を下ってきた。地図もGPSも方向感覚もないまま、ひたすら下ってきた。まっすぐ行くか、右か左に方向転換するか選ぶチャンスがあったときには、かならず下っているほうを選んだ。おかげで何度も入りくんだ小さな渓谷に迷いこみ、もがきながら出なくてはならなかった——服はもうボロボロだ——だが、それが正しい選択だったこともあった。彼がめざすのは黒い森から谷間の平地に出ることだ。そこなら、だれかが自分を探していれば少なくとも見ることも見られることもできる。

くそ野郎のブッチ・ロバートソンに連れられて山を登ったルートをまたたどるのは、とっくにあきらめていた。登るときソリスは通っている道にあまり注意を払っていなかった。なぜなら自分の足元に集中していたし、昼間だったからだ。いまは、なにもかもごちゃごちゃで混乱している。ずっと下っていけば最後には底に着くと、ソリスは自分に言い聞かせた。

理屈ではぜったいにそうだ。

この山歩きは拷問以外のなにものでもなかった。食料はなく——バックパックに入っているかもしれないが、下ろすことも開けることもできない――渇きがいやされるのはわずかな湧き水か小川に行き当たったときだけだ。

二時間前に細い流れを見つけ、彼はひざ立ちになって水に顔を突っこんだが、深さは二、三センチもないと闇の中でわかっただけだった。最初の一口で、砂、小枝、流れていた虫を飲みこんでしまい、シャツの前に吐きだした。のどがからからで、彼は棘のある下やぶをかきわけて上流へ行き、岩に囲まれた天然の広くて深い貯水池のようなものを発見した。ふたたびやぶの中でひざ立ちになり、二本の白くひょろ長い木の根のあいだに頭を入れて、ごくごくと飲んだ。水は冷たく、のどを切り裂くように下って、彼は骨の髄まで寒くなった。それでも、金属的な味を無視して飲みつづけた。

満足すると、すわりなおして口元をぬぐった。水が体内に染みわたり、四肢に伝わっていくのを感じた。水と食料なしで人間がどのくらい生きられるのか、ソリスは思い出せなかったが、水がなかったら長くないのは知っていた。だから、醜い死をいまかろうじて逃れたのだ。

そのあと、自分が大きいスポンジのようなもの、弾力性のあるものにすわっているのに気づいた。腐敗したような臭いもする。振りむくと、死んだミュールジカのうつろな眼窩があった。彼はシカの死骸の上にすわっており、そのあいだから水を飲んだ二本の白くひょろ長い木の根は、腐敗した脚だった。

このとき彼は初めて泣いた。

長距離射撃というスポーツについて初めて聞いたのは二十歳のときだった。それまで彼の人生は、トゥエルヴ・スリープ郡保安官事務所のマクラナハン保安官の下で保安官助手になった筋肉志向の兄ジェイクの陰に隠れていた。ああ、両親はどれほどジェイクを愛したことか。兄はハイスクールでフットボールとバスケットボールをやり、大学在学中はずっとウェイトリフティングをやり(そして成長ホルモン注射を射ち)、体格は二倍も大きくなった。一方ジミー・ソリスはつねに負け組で、しょっちゅうトラブルを起こしていた。ソリス家のジョーク——ジミーは一度も面白いと思ったことはない——は、いつかジェイクがジミーを逮捕するだろうというものだった。

ハハ、とソリスは苦々しく思った。もし去年ジェイクが殉職しなければ、そんな結末もあったかもしれない。兄が亡くなってさびしいとはまったく思わなかった。

ジミー・ソリスは雹(ひょう)をともなう嵐を追って州内を移動する屋根職人グループに入り、モンタナ州、ノースダコタ州、サウスダコタ州にまで行った。そのあいだに初めて現場監督から長距離射撃について聞いたのだった。二人はワイオミング州ラヴェルで屋根の上にすわってランチを食べていた。自分はいまだに全国の競技に参加していて、最高仕様にカスタマイズしたライフルを使って何百メートルも先の的(まと)に当てる、と現場監督は言った。ソリスはそういうものがあると知って興奮した。現場監督は自分のライフルを何挺（ちょう）か見せてくれ、ロックスプリングズの郊外で開催されるイベントに連れていってくれることになった。

ソリスはすっかりとりこになった。彼はたいして優秀なスポーツマンでも学生でもなかったが、光る重い金属でできた小さな弾を空中に発射して的に命中させることのなにかが、内なる興奮を呼びおこした。それは彼を強くした。

弾丸の風力偏差、射角、高度、速度の計算を学び、火薬の量の決めかたや呼吸のしかたを学んだ。

現場監督と一緒に行ったイベントで、ソリスはブースを設置していたカスタムメイドの銃砲メーカーから何枚も名刺をもらい、給料のかなりの部分を貯金するようになった――そして副業として石油採掘労働者にメタドンを売って収入を増やした。最初に買った長距離用ライフル、三三八口径弾薬装填のサコーTRG-42は、ユタ州オレムの招待選手競技会で、二千五百ドルの賞金をもたらした――そこで彼は舞いあがった。賞金をさらに正確に撃てるライフルに投資した。ライフルはいくらあっても充分とは言えないからだ。ライフルをカスタムメイド専門の銃工に送り、引き金を引くとき（トリガー・プル）の重さを微調整してもらい、特殊なスコープ用リングとハイテクレンズを付けてもらった。速度、落下距離、風力偏差を計算する天性の能力を、自分が持っていることにソリスは気づいた。狙ったものはなんでも撃てた。

だが、彼はさらに上を求めた。海兵隊のスナイパーが書いたオーディオ本を二冊聴き、新たに見出した自分の技能をイラク人やイラン人やアフガニスタン人に試したくてたまらなくなった。彼らがとくに憎いわけではなかった。そこでアメリカ海兵隊に志願し、ロックスプリングズのホワイト・マウンテン・モールで徴兵係に向かって、軍は逸材を雇うことになる、目の前にいるのがバスケットボール界でたとえればレブロン・ジェームズに匹敵するスナイパーで、現場の選抜チームに加わろうとみずから志願しているのがわかっていない、とぶちあげた。

海兵隊はドラッグ関係の前科と、ハイスクール時代の未成年のチアリーダーへの性的暴行容疑に鑑(かんが)みて、ソリスをはねた。怒り狂った彼は陸軍、次は海軍に志願した。だが、噂は徴兵係のあいだに広まっており、彼は適格者リストから除名されていた。現場監督は、ソリスの技術を役立てられるプライベートな護衛契約の道もあると言い、彼は興味を持った。生活のために屋根を直すよりは、なんだってましだ。

だから、夜明け前に借家から出て仕事に行くためにピックアップへ向かっていた自分に、車で乗りつけたマクラナハン元保安官が一緒に行くチャンスを与えてくれたとき、ジミー・ソリスは飛びついた。持てるテクニックを人々のために、そして正義の側で使える機会だって？　彼はすぐさま話に乗った。

その結果、メイン州から来たハンターを撃ってしまったり、真夜中に必死で山を下りたりする羽目になるとは、夢にも思っていなかった。そしてすべては、違う男に引き金を引く前に警告しなかったマクラナハンのせいなのだ。

あのくそったれのブッチ・ロバートソンが現れる前のマクラナハンの態度を思うと、はらわたが煮えくりかえる。突然、なにもかもソリスのせいになり、まるでマクラナハンは彼をリクルートせず発砲も指示しなかったかのようだった。

こんなのは不当だ。

さらに悪いことに、ロバートソンがデイパックに隠しておいた電話が鳴りつづけ、彼には応答もできない。ソリスは思った。

・九千ドルもしたライフルをとりあげられた
・道に迷っている
・なんとかしてサドルストリングに戻れても、きっとメイン州のハンターを撃った件で逮捕される
・自分の腹は死んで腐敗したシカから染みでた液体であふれている
・首筋を何度も蚊に刺されているのに手が届かない
・弾で肉を削がれた頬が痛い

それに……

・だれも自分を愛してくれなかった

そして、いまいましい電話に出ることさえできない。

ジミー・ソリスは木立の中にある狭い空き地の真ん中あたりで立ち止まった。首筋の毛が逆立ち、前腕に鳥肌が立つのを感じた。なぜなら、視界からずれたところになにかを見て、聞いて、感じたからだ。倒木や枯れ枝で荒れた道の長い下りのあと呼吸が整うまで、その場にじっと立っていた。

心臓の規則正しい鼓動がまた聞こえるようになると、ゆっくりと右側を、次に左側を向いた。自分の足を止め、毛を逆立たせたものはなんだったのだろう? 何者かに見つめられているような奇妙な気持ちになった。

一時間もけわしい斜面の森をかき分けるように抜けてきたおかげで、地形はいくらか平坦になっている。中天にかかる月は草地を薄青の光で照らしている。だが、空き地を囲む木々の壁は暗く、月光も届いていない。それでなにかが、あるいは何者かが、陰の中に潜んで自分を見つめているような気がするのだ。

「そこにいるのはだれだ?」彼はしわがれた声で叫んだ。「出てこい、でないとこっちが追いかけるぞ」

最後のほうは声が裏返って恐怖があらわになってしまったのを、ソリスは悔やんだ。

返事はあるかと聞き耳をたてた。なかった。

そのとき小さな積雲が煙のように月にかかり、空き地は薄暗くなった。ソリスは雲が行き過ぎてまた見えるようになるのを待った。

自分を怯えさせたものはなんだったのか、目の隅に映ったものはなんだったのか、ちらりと見えたか見たと思ったものはなんだったのか、思い出そうとした。巨大な人間の顔。そんなはずはない。

だが、月光がさえぎられたために目が慣れてきて、幅六十センチ、高さ一メートル弱のその顔が右側の木立の真っ暗闇に浮かびあがった。ソリスは息を呑んで身構えた。顔からの攻撃を避けるために、拘束された両手を前に出した。

練炭ほどの大きさの目、幅広の鼻、厚い口ひげ、冷ややかな笑いが目に入った。自分が見ているのは古いキャビンか差し掛け小屋で、ずっと前にセンスの悪い絵描きが外壁に顔を描いたのだ、と気づいた。

「くそ」ため息をついて手を下ろし、肩の力を抜いた。ただのおんぼろ小屋だ。

小屋に向かい、それがどんなに粗雑でばかばかしい顔か見た。描いた山男かカウボーイは自画像のつもりだったのか、あるいは知人の顔だったのか。だが、そんなことはどうでもいい。

ソリスは小屋の正面側に移動した。ゆがんだ開いたドア、建物が傾いでいまにも倒れそうなせいで右斜めを見ているような壊れた窓二つ。たわんで中に落ちているので屋根はない。だから体を伸ばして眠るスペースはないし、入る理由もない。

小屋の反対側に回り、アスペンのこんもりした木立の中にモデル-Tフォード・ピックアップらしきものの錆びたフレームを発見した。タイヤのゴムはなくなり、座席の布はとっくに動物が食べていた。車のフレームの下から二メートル以上ある木が三本伸びており、一本はエンジンがあったはずのところに生えていた。

ソリスはまた悪態をついた。小屋の中にも周囲にも、役に立つものはなにもない。お粗末な小屋は一九二〇年代か三〇年代に建てられたようだ——電気や電話が使えるようになるずっと前に。森林局がすべての道路を閉鎖して住民が使えなくなる前に。だれがここまで来たにしろ、小屋を建て、顔を描き、ピックアップを置きっぱなしにして、ずっと昔にいなくなったのだ。

そのとき、彼はモデル-Tの錆びたフレームを見つめて、あることを思いついた。

いまの基準からするとフロントバンパーは薄くもろい、とソリスは思ったが、上部のエッジはかなり鋭かった。草の中にひざまずいて、両腕とプラスティック製の手錠をエッジに沿って前後に動かし、つなぎ目に切り込みを入れつづけた。低いきしるような音がした。

一時間近く続けると、いくらか手ごたえがあり、さらに十分たつと完全に切れた。つなぎ目の破片が地面に落ちた。

ソリスは「やった！」と叫び、立ちあがって痛む手首をさすった。ひたすら切っているあいだに二度頭がぼんやりして、バンパーのとがった縁で皮膚に引っかき傷を作ったが、出血はたいしたことはなかった。

信じられないほど自由になった気分で、彼は古い車のフレームから軽やかな足どりで開けた草地へ出て、デイパックを地面に投げ落とした。しょっていないと体がほんとうに軽く、彼はフラップを開けて中身を探った。だいたいは服で用がなかった。だが、水のプラスティックボトルを見つけ、開けて飲んだ。死んだシカの味が口の中から洗い流された。

食料はポークビーンズの缶しかなかった。ナイフか缶切りを探しはじめたとき、電話がまた鳴りはじめた。電話のことは忘れかけていたが、デイパックの横のポケットに入っていた。

画面には307のエリアコードが表示され、発信者の名前はない。最初、表示画面にとまどったが、よくある受話器のアイコンを見つけてボタンを押し、耳に近づけた。

「だれだ。そしてなぜ何度もかけてくる？」

一瞬沈黙が流れた。応答があったことに相手は驚いているようだった。

かすかにヒスパニック系のアクセントのある甲高い声が答えた。「ブッチ、こちらはファン・フリオ・バティスタだ」

「だれだって？」

「そっちはだれだ？」

「だれだと思う？」ソリスは用心深く尋ねた。

「ブッチ・ロバートソンだろう」

「ああ、そうだ」ソリスは皮肉な口調で答えた。

「こういうゲームはやめようじゃないか」

「けっこう、もう切るぞ」

「待て」バティスタはあわてて言った。「頼むから回線を切るな」

「正確には回線じゃないがな」ソリスは言った。

電話の向こうでくぐもった声がいくつか聞こえた。相手は手で送話口をおおっているらしい。ソリスはいらだち、通話を切って屋根職人仲間にかけて、迎えにきてくれるように頼もうかと思った。そのとき、またバティスタが出た。

「ヘリが来る音が聞こえるか？　ちょうどきみの真上にいるはずだ」

ソリスはまごついた。そのときブッチ・ロバートソンの要求を思い出して、にやりとした。もしかしたら、ヘリのパイロットに拾ってもらえるかもしれない。山から、あらゆるものから離れて、すぐには警察に見つからない遠い場所へ行けるかもしれない。

夜空に音がした。音はたちまち大きくなっていく。ソリスはこれまでヘリコプターに近づいたことがなかったが、映画の中では飛んでいるヘリはバラバラという轟音をたてる。この音は飛んでいる芝刈り機といったところだ。

「パイロットが見つけられるように、そこを動くな」バティスタは指示した。「いまいるところには着陸できる空いたスペースはあるか？」

「どうかな」ソリスは小さな草地を見まわした。

「いまいるところから動くな」

「ああ。音は聞こえるが、なにも見えないぞ」

「接近中だ、信じてくれ。上を見ろ」

相手の背後では、さらに多くのくぐもった声の会話が続いている。

ソリスは上を向き、黒っぽい葉巻形のものが東側の木立の上に浮かんでいるのを見た。ライトはつけておらず、彼がそれを認めたのは星空がさえぎられているからにすぎない。それは動かず一ヵ所に留まり、どうも不自然だった。

「ヘリには見えないが」ソリスが言ったとき、球形の赤い炎が無人ドローンの下から現れた。

シユーッという音がまっすぐ自分に向かってくるのを彼は聞いた。

そのあと、なにも聞こえなくなった。

27

強い衝撃音に、ジョー・ピケットはさっと目を開けた。とっさに雷だと思い、嵐雲でいっぱいのはずの夜空を見たが、まだ晴れていて星がチカチカと永遠にまたたいている。続いて、遠い雷鳴のように、爆発の反響が山々にこだました。彼は身を起こして目をこすり、音を耳にしたほかの男たちも月光の下で身じろぎしているのに気づいた。だが、ほかにだれもはっきりと目を覚ましてはいなかった。

そのときアンダーウッドの衛星電話が鳴り、ジョーは胸の悪くなるような予感がした。うなり声とともに目を覚まし、ブランケットの周囲をたたいて電話を探しながら、アンダーウッドは上体を起こした。

ジョーはそばにいたので、「あいつをやったぞ」と言うバティスタの勝ち誇った声が聞こえた。

ジョーは目を閉じた。パムとハナ・ロバートソンのことを思い、二人が眠っていますようにと祈った。そして、できるだけ長くこの知らせを聞かないですむように祈った。なぜなら、親子の人生はいま永遠に変わってしまったのだから。

アンダーウッドが歩きまわり、ブーツの先で起きて準備しろと促すと、特別捜査官チームはぶつぶつ言って手足をばたつかせた。ジョーはすでにテントとブランケットを鞍袋にしまい、鞍を持ってトビーのほうへ歩いていた。アンダーウッドは部下たちに命じた。「よく聞け。いまバティスタ本部長と話した。おれたちの西側にいたブッチ・ロバートソンを軍用ドローンで発見し、ヘルファイア・ミサイルを発射して片づけたそうだ」

ジョーは足を止めて話を聞き、アンダーウッドのほうを向くチームの男たちの顔を見た。一人が言った。「嘘だろ――ヘルファイア・ミサイルだって?」

「こちらのドローンは暗視テクノロジーを使ってロバートソンの位置をピンポイントで特定し、映像を前進作戦基地(FOB)に送っていた」アンダーウッドは説明した。「彼は小さな空き地の真ん中に立って、バティスタ本部長と衛星電話で話していた。人質はそばにいず、周囲は開けていたので、ただちに発射の決定が下された」

「彼は死んだんですか?」捜査官の一人が聞いた。

「死なないわけがあるか。わかっているかぎりでは、付帯的損害はない。位置を特定される前にロバートソンが人質を殺したかもしれないと、バティスタ本部長は心配している。おれたちの任務はそれを確認することだ。現場周辺を封鎖し、FBIの鑑識チームが到着してDNA鑑定を終えるまで、だれも近づけないようにする」

「待て」ジョーはアンダーウッドに呼びかけた。「映像を入手してブッチだと決めつけたのなら、なぜ現場に鑑識を送る必要がある？　あとから研究所でやれる仕事じゃないのか？」

「その答えは知らない」アンダーウッドは言った。「殺害の命令を下したのはおれじゃなかったからな」

「だれが下した？」

「バティスタ本部長だ。彼がみずから衛星電話をかけたんだ。おれが知っているのはそこまでだ」

「終わったな」捜査官の一人が言った。「馬に乗るのも、野原で寝るのも——この苦労はなにもかも無駄だったわけか」

「少なくとも彼がおれたちを撃つことはない」もう一人が安堵とともに言った。

「仕度しろ、おまえら」アンダーウッドは命じた。「できるだけ早く現場に着かないとな。座標は聞いてある、そしてバティスタはここから十三キロ弱だと言った」

彼はジョーに目をやった。「そこまでどのくらいかかると思う？」

「倒木を避けられれば二時間。森の中であっちこっちする羽目になったらもっとずっと長くかかる」

アンダーウッドは顔をしかめてうなずいた。「そんなことにはならないようにしよう。こいつを終わらせて、さっさとこの山とおさらばしようじゃないか」

アンダーウッドがしんどそうに鞍にまたがったとき、ジョーは尋ねた。「じゃあ、こういうことなんだな？」

「なにが？」

「逮捕したり裁判したりする手間さえかけないんだ。ただ映像を見てボタンを押すだけか」

「おれが決めたんじゃない。しかし、それにかんして完全にぶち切れたとは言えないな。おれたちのだれかが負傷する危険をおかすより、彼を吹き飛ばしてくれたほうがいい」

「おれはずっと、法執行機関の仕事の一部には負傷する危険が含まれると思っていたんだが」

アンダーウッドはにやにやして、かぶりを振った。「あんたとその伝統主義のたわごとには参るね」

「もう一度電話を貸してくれ」ジョーは手を出した。

「いまはだめだ。通話は避けなくてはならない、万が一……」理屈が通らないのを悟って、アンダーウッドの声は小さくなった。「百万のかけらになって飛び散ったのなら、ブッチは電話を使えないな」

「ああ」

アンダーウッドはため息をついて電話を吊るしていたひもを首からはずした。「どうして必要なんだ？」

「辞めないと」

「なにを――この任務をか？」

「おれの仕事をだ」ジョーは答えた。

「だったら貸せない」ジョーがつかむ前に、アンダーウッドは衛星電話を引き戻した。「現場を見つけるまで、あんたが必要だ。ここにいるだれよりも、このあたりの山にくわしいんだから」

ジョーは大きく息を吸って、ゆっくりと鼻から吐いた。ここまで来てしまったからには、現場を見届けなければいけないと感じた。

「それだけで、それ以上はやらない」彼は言った。

「心配するな」アンダーウッドは答えた。「あんたが帰りたいのと同じくらい、おれはあんたと手を切りたくてたまらないんだ」

月光の中で笑ったアンダーウッドの歯が光った。

そのときアンダーウッドの電話がまた発光して鳴った。バティスタがさらなる命令を下してくるのか、さらなる自己満足を伝えてくるのだろう、とジョーは思った。

すぐ近くにいたので、ブッチ・ロバートソンの低い声がバティスタに尋ねるのが聞こえた。

「おまえたちまぬけどもは、いまなにをしやがった？」

ジョーは夜空を見上げ、自分の安堵感に少し驚くと同時に恥ずかしくなった。

一瞬後、ハッとした。ミサイルで吹き飛ばされたのがブッチ・ロバートソンでなかったのなら、だれだったんだ？

28

その少し前、デイヴ・ファーカスは銃声にちがいないと思ってぎょっとした。さっと後ろを向いて、飛び来る銃弾を防げるかのように拘束された両手を前に掲げた。大きなバーンという音で、夜そのものが弾けたようだった。衝撃波が襲ったとき北西の木々が揺れるのが一瞬遅れたことに、彼は驚いた。

背後でブッチ・ロバートソンが低い声で叫んだ。「行くぞ！」三人は岩と草におおわれた平原を脱兎（だっと）のごとく駆けだし、遮蔽物（しゃへいぶつ）になってくれそうな岩に囲まれたくぼ地をめざした。ファーカスは走りながら振りかえり、十キロ弱ほど離れた北西の暗い木々の海からバラ色の炎のかたまりが立ちのぼるのを見た。爆発は、昨日の午後彼らが通ってきた谷間に近い森の中で起きたようだ。

岩のあいだに安全な場所を確保し、ブッチはファーカスとマクラナハンにすわれと命じた。手錠をかけられた両手をひざのあいだに置いて、二人は腰を下ろした。一方、ブッチ・ロバートソンは棺に似た形の岩に上った。上が四角で、歩きまわれる広さがあった。ブッチは次の行動を考えているらしい、とファーカスは思った。それか、爆発にひどく憤っているのだ。

岩の上を行きつ戻りつしているブッチの逆さまになった影がファーカスに見えるのは、空のクリーム色の無数の星の光を、彼がさえぎっているからだ。そのとき、衛星電話が光ってブッチの頬を照らした。

「さっきのはなんだったんだ?」ファーカスはマクラナハンに聞いた。

「でかかった」

「たいした専門家だな」

マクラナハンは電話をかけているブッチのほうを示した。

「彼はもう懲りたのかもしれない」マクラナハンは言った。「自首する気になったのかもしれないぞ」

「おまえたちまぬけどもは、いまなにをしやがった?」ブッチは送話口に向かってどなった。

ブッチが衛星電話を顔に押しつけて岩の上を歩きまわっているので、下にいるファーカスには一方の話しか聞こえなかった。

「あれがヘリだったなんて言うなよ、バティスタ。おれをなんだと思っている? かつては海兵隊員だったんだ。ヘリを飛ばしていた。どんな形か、どんな音かよく知っている。あれはヘリじゃなかった……」

ブッチは続けた。「嘘を並べるのはよせ。おまえは別のドローンを送りこんだが、こんどのは完全に武装していた。否定してもだめだ、この嘘つきが。自分のしたことがわかっているか？　おまえはおれが追いやった哀れな負け犬を吹き飛ばしたんだ。彼が罪のない人間だったとは言わない、罪をおかしていたからだ。名前はジミー・ソリス、そして彼があのハンターの腹を撃った。だが、おまえは彼を殺したんだ、バティスタ……」

「こんなようなことをやるんじゃないかという気がしていたが、おまえはたんに部下たちを衛星電話のシグナルで間違った方向へ行かせ、違う人間を追跡させるだけだと思っていた。おれがばかだったよ。デイパックに入っていた衛星電話を理由にミサイルで彼を吹き飛ばすほど、おまえがどあほうだとは夢にも思わなかった。いまや、おまえの手は本物の血にまみれているんだ、バティスタ。どんな気持ちだ？」

「やめろ、とにかくやめろ。ヘリはこんりんざい来ないんだろう？　すべては偽りだった、そうだな？」

「おまえはおれをくそったれのテロリストのように扱っている——顔をつきあわせることなくミサイルを発射して。それがおまえたちなんだ、そうだろう？　不愉快なことを言われるかもしれないから電話を折り返さず、現実の市民と話そうとしない。そして今回も同じ方法なんだな？　すべて快適な距離から指示するだけ。自分の手をよごしたり、じっさいに反撃される心配をしたりする必要はぜったいにない場所からな……」

「で、次はなんだ？　おれの頭上に爆弾を落とすか？　核爆弾でやっつけるか？　おれが知っているドローンはＭＱ－１プレデターで、搭載できるのはヘルファイア・ミサイル一基だけだ。ジミー・ソリスを粉々にするのに使ったのはそれだ……」

「あれで使い果たしたというわけか、バティスタ。じゃあ、男らしくおれと一対一で顔を合わせるか、約束したヘリをよこすか、決めたらどうだ？」

ファーカスはマクラナハンのほうを向いた。「ヘリコプターはなしなんだな？」

「なしだ。もともとなしだったんだ」

「これでこっちの戦略は変わるのかな？」

マクラナハンは肩をすくめた。「あの峡谷へこのまま進みつづけるんだろう。おれにわからないのは、なぜ彼が向こうに電話したかだ。おかげでこの場所が向こうにわかっちゃうじゃないか」

ファーカスは身震いした。それは考えていなかった。空からミサイルがキーンという音とともに落ちてくるまでに、どのくらいあるのだろう。

「いまのところ一発しかないというブッチの推測が正しいのを祈ろう」マクラナハンは言った。「とはいっても、向こうがもっと用意しないとはかぎらんが」

ファーカスは元保安官の言葉をほとんど聞いていなかった。なぜなら、見ているとブッチ・ロバートソンに奇妙なことが起きていたからだ。彼は光りはじめていた。

「見ろよ」ファーカスはささやいた。

さっきまではブッチの体が星々をさえぎるために彼の輪郭が見えていたが、ブッチはいまかすかなオレンジ色を帯びていた。ファーカスにはブッチの顔と服装が見えた。ファーカスが体を横に傾けて岩のあいだから森のほうをのぞくと、木立もオレンジ色に光りはじめていた。

「なんてことだ」ブッチは電話に向かって言った。「さあ、自分たちがなにをしたか見てみろ」

バティスタが返事をする間もなく、ブッチは通話を切って電話を山の下のほうへ投げた。ファーカスは電話が枝に当たり、一瞬後に岩にぶつかる音を聞いた。

「行くぞ」ブッチは二人に声をかけた。

「どうしたんだ?」ファーカスは尋ねた。「あそこはどうなってるんだ?」

ブッチ・ロバートソンはかぶりを振った。「まず、あいつらはフェンスを建ててすべての道路から住民を締めだした。次に、デスクの後ろにふんぞりかえって害虫が無数の木々を食い荒らして枯らすのを傍観していた。そしていま」ブッチの顔は疲労の仮面のようだった。「あいつらはなにもかも焼きつくそうとしている、たぶんおれたちもろともに」

「ミサイルのせいで火事になったのか？」ファーカスは聞いた。
「彼はそう言っているだろうが。おまえはばかか」マクラナハンはどなった。

29

ジョーは暗い下りの山道でトビーを急がせたが、ルートは馬にまかせた。トビーはうまく道を選び、ほとんどの危険箇所を迂回して、一行があと戻りする必要のないはっきりとしたけもの道を進んでいった。ときどきぶつからないようにかがんで枝を避ける以外は単純な騎馬行で、この二時間、ジョーの頭の中では現状の事実と疑問点が浮かんでは消えていた。それらがなんとかつながって納得のいく道筋が見え、なぜ自分がここにいてなにをしているのか、ブッチ・ロバートソンはなにを始めたのか、はっきりするといいのだが。長年の経験で、彼は問題に対して潜在意識を働かせることを学んでいた。するとたいてい、それはいい結果を生むのだった。雷鳴のような啓示は、彼が頭を悩ませているときや議論しているときではなく、エルク用フェンスを牧場の干し草畑に建てているときや、ガレージを掃除しているときや、シャワーを浴びているときに訪れる。

だから、やらなければならない目前のことに集中した――夜の山を下りる、トビーが導いてくれると信じる――そして精神を自由にして、混乱の中に秩序を見つける。

ブッチが家の建築を再開した当日に、環境保護局がすばやく動いた事実は、あいかわらず引っかかっていた。まるで、現地にいただれかが準備万端で連絡する用意をしていたかのようだ。そんなことをやりかねない仕事上の競争相手や個人的な敵対者にパムは心当たりがなさそうだったし、ブッチにそんな憎しみを――しかもそんなに忍耐強く――抱いている人間が気づかれもせず近くにいるとは、ジョーには想像できなかった。サドルストリングではみんながたがいのことをすべて察しており、だれかがブッチを陥(おとしい)れようとしていればとっくに噂になっていたはずだ。だから、ブッチの知らない何者か、あるいは疑いもしない何者かにちがいない――しかも、バティスタをたきつけられる力を持っている何者か。

そして、殺人事件のあと続いた行動。破れかぶれで、ブッチらしくないように思える行動。二人の捜査官を自分の土地に埋め、そのあと彼らの車を峡谷に突き落とした。どちらもずさんで、数時間はともかく数日後にはすぐ露見するとブッチはわかっていたはずだ。二つの行動はまっすぐブッチを犯人と差し示しているものの、ジョーはどうも筋道が通らない気がしてならなかった。

ブッチが逃亡者になるのはそぐわない、とジョーは思った。捜査官たちを射殺したら、車で保安官事務所へ行って自首するほうが彼らしい。あるいは、みずからにライフルの銃口を向けるか。しかし、逃亡するというのは?

それにビッグストリーム牧場まで、だれがブッチを乗せていったのだろう？　犯罪に無関係な人間か、あるいは共謀者か？　ジョーの知るかぎり、突然悪名を轟かせた逃亡者を車に乗せてやったと申し出た者はいない。

連邦政府に敵意を抱き、ブッチの苦境に同情しそうな住民は大勢いる。だがそうはいっても、二人を殺したばかりの武装した男にじっさい手を貸す人間はどのくらいいるだろう？　ブッチへの共感からそんな犯罪にかかわってもいいと、だれが思うだろう？

去年ブッチが経験したこと、いかに彼が追いつめられて精神的な健康を害し、家族も崩壊しかかったかを、ジョーは考えた。パムは事情を胸の内に秘めていた――順守命令のことも、ブッチの抑鬱的な反応も――そのかんに緊張感は強まっていった。そしてハナはルーシーとずっと仲良しだったが、家でママとパパのあいだになにが起きているか、ルーシーには決して洩らさなかった。

ほかにも気になる点があるが、必要以上に意味を持たせすぎていないか、ジョーには自信がなかった。しかしいま、あの午後ブッチが自分を見たときの表情、あのときは読みとれなかったが、自分になにか訴えていたようなまなざしを思った。ジョーはそこに罪悪感かパニックを感じとったが、いま顧みると、あれは別のものだったのかもしれない。ジョーがなんとか理解してくれるかもしれない、とブッチは考えていたのではないだろうか。あのときジョーは理解できず、現在も理解できているかどうかわからない。

なにを理解してほしかったんだ？　自分の行動の理由をジョーが理解してくれると、なぜブッチは思ったのだ？　仲はうまくいってはいたが、ブッチとジョーの関係は娘たちが親友同士という基盤にもとづいたものだった。その点以外では、二人はジョーが野外や町で会う住民たちより親密だったとは思えない。

ふと、八千平方メートルの地所のレイアウトと詳細を思い出した。クボタのトラクター。遺体が発見された、土の掘りおこされた区画。分譲地の木立に隠れた周囲の家々。ライフルの照準を合わせるためと、ストレスを発散するためにブッチが使っていた銃痕だらけの合板。

そのとき、とてもありそうにない考えが浮かんだ。わかっている事実をつなぎあわせる糸。その考えは、まったく気に入らなかった。

真正面の枝が折れる音がして、彼は暗い仮説から現実に引き戻された。トビーの耳がぴんと立っており、またがっている脚のあいだで馬の緊張が感じられた。闇の中、なにかがけもの道をすばやく勢いよく上ってくる。気配を隠そうともしていない。

緊張して鞍の上で前傾し、暗闇の向こうがもう少し見えないかと目を細めた。ヘッドランプの光は木立の奥までは届かず、まだなにも現れない。

背後で、捜査官の一人の馬が脚をこわばらせ、背を弓なりにして跳ねたため、乗り手はコントロールできず叫び声とともに地面に落ちた。

小枝と乾いた大枝が折れる音はだんだん大きくなり、狂ったように舞うホタルに似た青い光の小さな群れが樹間にあふれた。光は、ジョーのヘッドライトを反射している目だった。エルクの群れ――牝たち、仔たち、一本角の若い牡たち、成獣の牡たち――が突然森の中からどっと出現した。牡のまだ袋角のついた重い枝角が幹にゴツッとぶつかり、野球のバットを当てたようなこもった音が響く。群れは接近して、川の流れが島を迂回するようにジョーの前で二手に分かれ、山のずっと上でまた合流していく。

「よし、よし、よし」ジョーはトビーをなだめた。馬の筋肉は緊張でこわばっている。「よしよし、大丈夫だ……」巨大な群れがあたりを囲んで去っていくあいだ、ささやきつづけた。ジョーの後ろで、捜査官たちはそれぞれロデオショーをくりひろげていた。彼らの馬は駆けだし、すぐに鞍の上より地面にいる男たちのほうが多くなった。アンダーウッドの馬は棹立ちになったが、彼はなんとかしがみついていた。

空気に麝香に似た濃厚な臭いを残してすべてのエルクがいなくなったとき、ジョーはまだ馬上にいた。捜査官たちは草の上でうめいたり悪罵を吐いたり身もだえしたりしており、荷馬を含めた四頭がパニックを起こしてエルクの群れを追っていった。あぶみが揺れて、煽動するかのように馬の横腹を打っている。

「驚いた！」アンダーウッドは叫んだ。「いまのはいったいなんだ？」

「エルクだよ」ジョーは冷静に答えた。

「それはわかっている！　しかしなんだって、あんなふうにおれたちに突っこんできた？　馬をなくしたし、部下たちは地面に落ちて負傷している」

「なにかがエルクを怯えさせたんだ」ジョーは馬上で向きを変え、エルクが現れた西の方角を眺めた。

空がかすかなバラ色に染まっており、ジョーは狼狽した。太陽が間違った方向から昇っているだけでなく、時間も早すぎる。

そのとき、煙の臭いがした。

「おれたちを殺すつもりか？」アンダーウッドは衛星電話の送話口でファン・フリオ・バティスタに向かってどなった。「森が火事になっているのをなぜ知らせなかった、くそったれが？」

ジョーはまだ騎馬のまま、両腕を鞍頭にかけて身を乗りだして聞いていた。まだ馬に逃げられていない捜査官たちは手綱を握っていた。馬をなくした二人はただ立ちつくしていた。一人は片腕が折れたと思うと言い、もう一人は足首をくじいて歩けないと言った。

「かまうものか」アンダーウッドはバティスタに大声を出した。「これにそんな価値はない。ここに留まれば全員焼け死ぬだろう、この男たちを無駄死にさせる気はない。いま、すぐ脱出用ヘリをよこしてくれ。着陸できる場所と、そこまで行く方法はこっちで考える」

捜査官たちはうなずき、もっと言ってやれとアンダーウッドを促していた。

「あんたのクビが危なかろうと知ったことか」アンダーウッドは叫んだ。「あんたのために、ほかのだれのためにでも、ここでフライになったりしないからな」

アンダーウッドは憤怒の形相で通話を切った。「ミサイルのせいで森が火事になって、もう手がつけられない。火は東、北、南に燃え広がっている」

「おれたちは東にいる」捜査官の一人が言った。

「長居するものか」アンダーウッドは言った。「あのエルクたちは賢かった。脱出するぞ。森林限界の上に出るまで、来たけもの道の出発点へすぐに戻るんだ。山全体が火に包まれる前に、向こうがヘリをよこしてここから連れだしてくれるだろう」

「どのくらいの速さで燃え広がっているんです？」一人が聞いた。

「とにかく速い」アンダーウッドは答え、ジョーはその声に本物のパニックを感じた。

「馬を持っていないおれたち二人はどうします？」一人が聞いた。

アンダーウッドは手をさしのべてその捜査官を自分の馬の後ろに乗せた。

「馬がなかったら、二人乗りにするんだ」アンダーウッドは立っているもう一人に告げた。

そして馬首を返し、樹間のけもの道をゆる駆け（キャンター）で上りはじめた。馬上の捜査官の一人が足をくじいた仲間に手を貸して後ろに乗せ、ほかの者たちを追った。

彼らの残した武器、ギアバッグ、防弾チョッキが地面に散乱していた。

全員が暗い森に消える前に、アンダーウッドが引きかえしてきてジョーに首を傾けてみせた。

「来ないのか？」

「行かない」

「じゃあ、どうするんだ？」

「ブッチを探しにいく」ジョーは答え、トビーを南のサヴェジ・ランの方角へ向けた。

「ジョー！」アンダーウッドは呼びかけた。ジョーは馬上で振りむき、危ういところでアンダーウッドが投げてよこした衛星電話をキャッチした。

「やっかいなことになったら位置を知らせろ」アンダーウッドは言い、別れの手を振って去っていった。

30

デイヴ・ファーカスはようやく自分がどこを走っているのか見えるようになった。空にあふれて大地を照らし、彼らが入った雑木林を貫いてくる、不自然で地獄のような光のおかげで。空全体がオレンジ一色に染まり、ところどころに灰色の筋が見える。灰が雪のように空中を降ってくる。夜明けだとファーカスは思ったが、煙にさえぎられて太陽が見えないので、判断するすべがない。

火事が起きる前にはこだわっていた秩序にブッチ・ロバートソンはもう拘泥（こうでい）せず、三人は木々ややぶをジグザグに避けながら並んで走っていた。汗がファーカスの背筋をジーンズの中へ流れ落ち、シャツは背中に貼りついている。だが、マクラナハンにとって状況はさらに悪い、と彼は気づいた。マクラナハンは服を全部着たままシャワーから出てきたようなありさまだ。顔は真っ赤で、呼吸は荒く苦しそうだ。

三人の背後ではホワイトノイズが轟いている。気温は上がり、一刻ごとに暑くなっていく。空気そのものも熱く刺激臭があり、ファーカスは走りながらシャツの袖で顔をおおって直接吸いこまないようにした。

煙が充満している空気のせいでのどがひりひりし、目はじくじくする。キャンプファイアの前に立って、肺を煙でいっぱいにしているのと同じだ。

「待て」自分も息切れ寸前のブッチが言った。「待て」

ファーカスは足を止め、振りかえるとブッチが長いナイフをさやから抜いてこちらへ近づいてくるのが見えた。自分たちを始末して、一人で逃げることに決めたのか？

「両手を出せ」

ほっとして、ファーカスは言われたとおりにした。

ブッチは手錠のつなぎ目を切り、両手を差しだしたマクラナハンの手錠も切った。

ブッチは告げた。「二人とも行っていい」

「行くってどこへ？」マクラナハンは怒ったように言いかえした。

「どこでも好きなところへ」

マクラナハンは背後を示した。「どこもかしこも火事なんだ。どこへ行けって言うんだ？」

「おれはあんたについてくよ」ファーカスはブッチに言った。ブッチはしぶしぶうなずいた。

「おれといても安全は保障できない」

「このでぶといるより、あんたと行くほうに賭ける」

マクラナハンは怒りと動揺をあらわにして、後ろが見えるように向きを変えた。まるで、迫りくる炎を通りぬける道を探そうとでもいうように。マクラナハンは悪態をついてかぶりを振った。

そのとき、一キロ半ほどの離れたところで大きなパンという音がして、すぐにまた同じ音がした。

「だれかが撃ってるのか？」ファーカスはブッチに聞いた。

「違う」ブッチは首を振った。「木が爆発しているんだ。中の樹液が熱くなりすぎると、木は文字どおり爆発する」

「なんてこった」ファーカスはつぶやいた。「木が爆発だと」

「早く動きださないとおれたちもそうなる」マクラナハンは言った。彼の目は濡れて血走っており、縁が赤くなっていた。

ブッチはデイパックを下ろして手を入れ、長袖のゆったりしたシャツをとりだした。ナイフで幅広の断片にカットすると、ナルゲンボトルの水で布を濡らした。

「これで口のまわりをふさげ」彼は言った。それからマクラナハンに注意した。「あんたのはとくにきつく結ぶんだ」

「やっぱり峡谷に向かうのか?」ファーカスは冷たい濡れた布で口をおおい、首筋で結んだ。気持ちがよかった。

ブッチはうなずいた。「ほかに方法があると思えないが、あんたたちはどうでも好きなようにしたらいい。炎が峡谷を越えるとは考えにくいし、バティスタが越えられないのはわかっている。だからそこまでたどり着ければ、脱出できるかもしれない」

ファーカスはうなずき、いつでも出発する態勢だった。

「いったいどうやって谷を渡る気だ?」マクラナハンは尋ねた。

ブッチはデイパックのハーネスに腕を通してふたたび背負った。

「道が見つかると思う」

「ばかげている」マクラナハンは近づく火災を振りかえった。じっさいの炎はまだ見えないが、空気はますます熱くなり、爆発する木々は火の手が迫っているしるしだ。

「おれは自分の方法でやってみる」マクラナハンは言った。「溝を見つけて土をかぶって、火が上を過ぎるのを待つ」

「けっこう」ブッチは答えた。「好きにしろ、モンタナ州マン・ガルチの火災を聞いたことはあるか？」

「なんだって？」

「そうだった、あんたはウェスト・ヴァージニア出身だったな。一九四九年に森林消防降下隊員がこれと似た状況に捕まって、十三人が死んだ。煙で窒息しなかった者たちは、あんたが言ったみたいに低くうずくまってやり過ごそうとした。彼らはベイクド・ポテトのように焼死したよ」

その瞬間、胴長でたくましいクーガーがどこからともなく現れ、三人の真ん中を走り抜けた。彼らの脚のすぐそばをなめらかに縫って、もっと高い地面めざして駆けていった。ファーカスは驚愕した。

「おれたちがここにいるのを、気にもしてなかったぞ」ファーカスは言った。

「わかった」マクラナハンはブッチに言った。「おれもあんたと行く」

「残ってもいいんだ」ブッチは答えた。「クーガーにも食料が必要だ」

「一緒に行くよ」マクラナハンは打ちのめされていた。「だけど、あそこを渡る道はだれも知らないんだ。崖っぷちに立ちつくしているうちに炎が襲ってくるのが見えるようだよ」

「峡谷を渡った者たちがいるのを知っている」

「それはインディアンのほら話だ」マクラナハンは首を振った。「あそこを見たことがあるか？」

ファーカスはあった。ブッチと狩りをしていたときだ。二人は縁に立って峡谷を見下ろした。ナイフのように切り立った絶壁、縁から下の狭い谷底までのぞっとする距離、渡るのを可能にする岩の割れ目や裂け目はまったくなかった。峡谷はけわしくて狭く、ミドル・フォーク川にはめったに太陽の光が届かない。谷底に着くまでに、八つの異なった考古学的地層があると、ブッチは言っていた。

「渡ったんだ」ブッチはマクラナハンの目を見つめた。「一度はポーニー族に野営地を囲まれた昔のシャイアン族が、しかも夜のあいだに。次にジョー・ピケットが渡った」

マクラナハンはうんざりして首を振った。「そう主張しているだけだ。あいつはおれの目の上のたんこぶなんだ」

「ジョーが渡ったと言っているなら、事実だ」ブッチは断言した。

「ほら、そこに彼が来たよ」ファーカスは言いながら目を疑った。煙のかすみの向こうから騎馬のジョーが現れ、まっすぐ彼らのほうへ近づいてきた。

31

「あんたはおれを撃たないな、ブッチ？」手綱を引いてトビーを止めてから、ジョーは呼びかけた。だが、答えはわかっていた。ジョーが現れたときとっさに持ちあげたライフルを、ロバートソンは下ろしていたからだ。

「撃たないよ」ブッチは答えた。「そうでなければ、とっくにやっている」

「よかった」ジョーは独りごとのようにつぶやき、トビーの横腹を軽く蹴って自分を凝視している男たちのほうへ向かわせた。三人は、彼らより少しだけ丈の高いコロラドビャクシンのねじ曲がった古木がぽつぽつと立っている場所にいた。

煙で痛む目で、彼はファーカスが死んでいないこと、ファーカスとマクラナハンが手錠もかけられておらず、縛られてもいないのを見た。二人はブッチ・ロバートソンの両側に立ち、ブッチはデイパックを背負い、AR-15を手にして、かすみと熱波の向こうから目を細めてジョーを見ていた。

ジョーが彼らを発見したのは、なによりも勘と計算が当たったおかげだった。アンダーウッドと部下たちと別れたあと、彼は南へ向かい、背後や眼下を眺めて炎の進行を確認できるように、空き地から空き地へと山腹を横切っていった。どれほど速く火が草を燃やしつくすかは知っており、囲まれたくなかったので、草の乾いている地域は避けてその横の木陰や岩に沿って進んだ。

目に映る火災は驚異的で慄然とする規模だった。すべてのルールは一時停止され、すべての賭けは無効となり、なにもかも忘れられ、突然全員がだれにも頼れない状況になったという感覚を、ジョーははっきりとおぼえた。野生動物さえ本能と警戒心をなげうち、彼に一瞥もくれずに前を横切って駆けのぼっていった。エルク、ミュールジカ、クーガー、ボブキャット、三頭のクロクマ（二頭は仔グマ連れ）、そして見覚えのある黒いオオカミ一頭。そのオオカミだけが、軽やかに走り去るときにためらってジョーと目を合わせ、一瞬だけの動物的な情報交換——逃げろ——をして、森の中へ消えた。

「また会ったな」ジョーはつぶやいた。

草地の端からめずらしくはっきりした視界が得られたとき、溶解した炎の川が何本も、下から上の逆方向へ猛烈な速さで流れているのが見えた。川は貪欲で凄まじく、思慮も慈悲もなく、小さな谷を呑みつくして上へ突き進んだり、マツの高い枯木の天辺から天辺へあわただしい小悪魔のように飛び火したりして、欲するものすべてを焼きつくしていった。火災はあまりにも大規模で激しいため、みずから天候を生みだしているようだった。熱い突風が山を襲い、乾いた森に導火線をつけてさらなる破壊を呼んだ。長くもちこたえていた木々もズシンという音とともに倒れ、爆発して炎に包まれた。下やぶは甲高い音の狂騒とともに弾け、ひび割れた。

ある場所では、炎の壁がアスペンの木立に襲いかかり、しばしの休息をとるかのように青青とした木々に一瞬留まったあと、枯れた低いマツ林へ横からほとばしるようにあふれだして、そのまま進みつづけるのを見た。雪を思わせる灰が降りそそいで、そのときの風速と風向きしだいで地吹雪(じふぶき)のように地面と平行に渦巻くか、空中を静かに流れくだっていった。大混乱だった。乾いた熱風はつねに東へ吹いていたが、ときおり渦となって反対に向きを変え、ブローランプのように北へ、そして西へと吹きすさんだ。二度、木立から上がった炎の渦が十メートル近い火柱となるのを彼は目撃した。渦は揺すられているかのように右へ左へと動いた。一つの渦が突風で倒れても燃えつづけ、地上で炎となって這い進み、行く手の草すべてに火をつけていった。

火の進む速度から、消すすべはないとジョーにはわかっていた。湿気の供給がまったくなかった暑い乾燥した天気という、完璧なコンディションで起きたこの火災は、なにもかも焼きつくすまで消えない。あまりにも高温の炎が、通りすぎたあとも大地を不毛にしてしまったと聞いたことがある。これはそういう火災だ、と思った。

どれほどの大火事になるかは推測するしかない。すでに制御できずどんどん拡大しているからだ。山頂に燃えるものがあれば、山を越えてビッグストリーム・ヴァレーまで広がるかもしれない。空中の燃えさしを風が運べば、発生現場から遠く離れた乾いた木々に落ちるだろう。ジョーは胸が悪くなると同時に、大自然の恐るべき猛威に無力感をおぼえた。森林火災を目撃したのはこれが初めてではない――何度も見ている――しかし、今回はもっとも大きく最速だ。以前に火災を目にしたときは、安全な距離からだった。

火事は自然の一部だ、それは知っていた。森は再生しなければならないし、木々の天蓋を開き、有機堆積物を舐めつくし、アスペンの若木やマツの種を活性化することによって、火事はすみやかに再生のプロセスを始動させる。昔から山は何度となく燃えてきた、逃げだす人類が存在するずっと前から。

とはいえ……

そこで彼は南を、サヴェジ・ランの方角をめざした。ブッチが同じルートを選び、ほかのすべてはミスディレクションだと考えたからだけでなく、そこがまだ炎に包まれていない唯一の場所だからだ。

三人のそばまで上ると、ジョーは言った。「ブッチ、これが終わったら、おれはあんたを逮捕する。それはわかってくれるな?」

ブッチはうなずいた。

「はっきりさせておこう。おれはこの事件が公明正大に地元で扱われるように努力する。ダルシーにまかせて、できるかぎり連邦政府はかかわらせないようにする」

「ありがたいよ」

「だがいまは全部を置き去って、ここを生きのびよう。それで話はついたか？」

「ああ、ジョー」

「よかった」

「ここから峡谷までどのくらいだ？」マクラナハンが前置きなしでジョーに尋ねた。

「三キロちょっとだ」

「おれたちを渡らせることができるか？」

「約束はできない。あれからずいぶんになるし、その後行ってはいないんだ」

「ちくしょう」マクラナハンはうなった。「ここで焼け死ぬわけか」

ジョーは肩をすくめた。マクラナハンと話す時間や気持ちはなかった、たとえ森林火災が刻々と迫っていなくても。

「あんたは死んだと思っていたよ」ジョーはトビーから下りながらファーカスに言った。

「おれだってさ」ファーカスは目をぐるりとブッチ・ロバートソンに向けた。「あのトリックは彼のアイディアだ」

ジョーはファーカスに尋ねた。「どうしてあんたは、まずいことが起きるたびにいつもそのど真ん中にいるんだ?」

「わからないよ!」ファーカスはわめくように答えた。「だけど、おんなじことがあんたにも言えるじゃないか」

「もっともだな」

「あれははずみだったんだ」ファーカスを殺したと告げたことについてブッチは説明した。「あのバティスタの野郎にあんまり頭にきたので、おれは本気で必要なら人質を殺すとやつに信じさせる必要があった」

「だったら、どうしてマクラナハンじゃなかった?」ジョーは聞いた。「そうすればもう少しましな世の中になっていただろうに」

「おい!」傷ついた元保安官は叫んだ。「余計な口をきくな」

だが、ブッチが笑いをこらえているのにジョーは気づいた。

「ヘリが決して来ないのはわかっているな」ジョーはブッチに言った。

「そんなことだろうと思っていた」

「スナイパーを行かせたとき、連中が彼を吹き飛ばすのはわかっていたのか?」

「いや」ブッチは答えた。

「では、なぜ彼に衛星電話を持たせた?」

「あれにGPSがついているのは知っていた。やつらが彼をおれだと思って追跡すれば、ここから逃げる時間が稼げると思ったんだ。くそったれのミサイルを撃ちこむなんて、思いもしなかった」

「どうしようもないのはこの火災だけじゃないな」ジョーは言った。

自分たちが立っている場所を見まわした。乾燥していて岩が多く、生えているのはコロラドビャクシンだけだ。「周囲の草に火をつけて、消えるまでその内側に伏せているという話を聞いたことがある。そうすると、燃える草がないので火事は迂回していくんだ」

ファーカスとマクラナハンは希望を見つけたようにジョーを見上げた。ブッチは違った。

「だが、ここではうまくいかない」ジョーは続けた。「充分な草がないし、ビャクシンはおれたちの背丈を超えている。それに、この火事は高温になりすぎている。人が死ぬのはだいたい煙と熱が原因なんだ。焼け死ぬわけじゃない」

「峡谷が唯一のチャンスだ」ブッチは断言した。

「そうだな」

ブッチ、ファーカス、マクラナハンはじりじりした顔で待っていたが、ジョーは言った。

「一分待ってくれ」

「一分の猶予（ゆうよ）もない」マクラナハンは叫んだ。現実の炎がジョーが来た方向の木から木へ移って迫ってくるのを、見ていたのだ。

「先に行ってかまわないぞ」ブッチがマクラナハンに言うと、元保安官は黙った。

トビーの鞍をはずして、ジョーはすばやく自分の重要備品入れからキャンバス製の証拠品袋と革ひもを出した。ポケットからデジタル録音機も出し、それを証拠品袋に入れて革ひもで口を締め、黒いマーカーで袋の上に〈ルーロン知事へ、親展〉と書いた。革ひもをトビーの首に結びつけると、「気をつけていけ、相棒」と声をかけて馬の横腹を平手で叩いた。

トビーはびくりとして走りだした。そして一度だけ振りかえった。

「行け！」ジョーは馬にどなった。「おれの体重と鞍がなければ、あいつが助かるチャンスは大きくなる」ジョーは言ったが、山を駆けあがっていく馬を見つめる彼の目はちくちくし、それは煙のせいではなかった。

鞍袋から衛星電話をとりだした。

ブッチに向きなおって言った。「ブッチ、おれならその荷物を捨てていく」

彼は迷った顔で視線を返した。

「条件を忘れたのか」

ブッチはうなずいて荷物を下ろした。「ライフルは？」

「おれならそれも置いていく」

「だめだ。これは持っていく」

ジョーは口論したくなかった。ブッチのまなざしを見れば、言い争っても無駄だとわかった。

「じゃあ、行こう」ジョーはまだ衛星電話を持ったまま、三人のあいだを南へ向かって歩きだした。目をやると、メッセージがあると画面に示されていた。大混乱の中で、鳴ったのが聞こえなかったのだ。

時間ができしだい見よう。

「その通路をあんたが見つけるように祈るよ」マクラナハンが叫んだ。

「ああ」ジョーはむっつりと答えた。「おれもだ」

32

サヴェジ・ラン峡谷の南側の縁に着いたとき、ジョーは背中に熱さを感じていた。北西から強風が吹きあがり、背後から追ってくる炎の壁を勢いづかせた。ときおり、風に運ばれる燃えさしが視界を横切り、一つは彼の肩の上に落ちて、布に焼け焦げの穴を開けた。ジョーは、燃えさしをスズメバチかなにかのように払い落とした。

空気はあまりにも熱くて吸いこむと肺が焼け、一呼吸が酸素のないうつろなものに思えた。

煙がたちこめており、前方に開ける峡谷をジョーは見るというよりは感じて、突然立ち止まった。ファーカスは目を閉じて歩いていたらしく、彼の背中にぶつかってきた。

「二度とするな」ジョーは警告した。

「ごめん」

棘のあるコロラドビャクシンが峡谷を弓形の眉のように縁どり、岩だらけの土にくいこんでしがみついている。そのせいで、どこが峡谷のほんとうの縁なのかわかりにくかった。

ジョーは視線を上げ、煙のために目の高さでは峡谷の反対側を見ることさえできないと知って、驚いた。身を低くして目を馴らすと、かすかに反対側の壁が見分けられた。悪夢に出てきたときと同じく、絶壁は垂直でなめらかで、道はどこにも見えなかった。

「あとどのくらいだ?」ブッチ・ロバートソンがねばついたしわがれ声で聞いた。

「わからない」ジョーは肩ごしに答えた。

十メートル弱しか視界がないので、自分が昔見つけた古いジグザグの道の近くにいるのかどうかさえ、わからない。ジョーははっきりした記憶を呼びおこそうとし、道を発見するには東でなく西へ歩かなければならないと確認した。選択を間違えたら致命的だ。

峡谷の縁と平行に移動する場合、問題は火災がいま背後からではなく横から彼らを脅(おびや)かしていることだった。呑みつくそうとする炎から逃れる唯一の方法は、飛んで空中に身をゆだねるしかなくなるかもしれないが、そんなことをするわけにはいかない。たとえ落下の途中で壁にぶつからずにすんでも、谷底の浅い川に激突した衝撃で死んでしまうだろう。

　この峡谷を渡ったのは十年前だ。あのときは、スティーウィ・ウッズという環境テロリストと、ウッズの友人の女性ブリトニー・アースシェアと一緒だった。彼らは老人のヒットマンに追われており、逃げる唯一の道は峡谷を渡ることだった。ジョーは伝説を知っていた。シャイアン族の一団――戦士たちは山の別の場所へ狩りに出かけていたので、ほとんどが女と子ども――が、殺意に満ちたポーニー族に襲われる前に、ほぼ確実な死をものともせず真夜中に峡谷を渡りきった、と伝わっている。渡れる場所を探さざるをえなくなったシャイアン族がその位置を知っていたのか、あるいはたんにとてつもなく幸運だったのかは、だれにもわからない。だが、ほとんどのシャイアン族が渡りきり、下りの道にはティピー（北米先住民の円錐形の天幕）の柱、そり（トラボイ）、二、三人の遺体が残っていただけだという。渡る通路のある地点をジョーたちが見つけたとき、捨てられていたシャイアン族の子ども用の革と毛皮でできた人形をスティーウィ・ウッズが拾った。その人形はいまもピケット家に飾られている。

　見つかったところにあの人形を置いてきていたらよかった、そうすれば下る道がどこなのかわかったかもしれないのに、とジョーは思った。

　さらに多くのホタルのような燃えさしが空中を舞っている。炎のうなりはあまりにも大きく、ほかにはなにも聞こえないほどだ。

あのときスティーウィがやぶに隠れていた岩につまずき、もう少しで峡谷に落ちて死ぬところだったのに真下に岩棚があって助かったのを、ジョーは思い出した。その岩が――正しい方向に進んでもう一度見つけることができれば――〝ジャイアン・クロッシング〟の道の入口を示してくれるはずだ。この十年のあいだに、やぶはさらに高くびっしりと茂っていた。

パニックが始まろうとしているのをジョーは感じた。ぼんやりとしたショック状態に陥らないように、歩きながら首を振って頭をはっきりさせようとした。左側の肩、横腹、脚は炎が近いせいで熱い。皮膚もちりちりする。熱くなった服があまり肌に触れないように、大股で歩くようにした。

「ああ、頼む、ああ、くそ」マクラナハンがうめいた。「こんな死にかたは最悪だ」

「おれはずっと凍死が最悪だって思ってた」ファーカスの声は、口をおおう湿った布のせいでこもっていた。

ブッチは無言だったが、すぐ前のマクラナハンが止まって休もうとするたびに元保安官をせかしつづけた。ブッチも息をあえがせていた。

隠れた岩にぶつからないかと、ジョーはビャクシンの端を右足で探りながら進んだ。

同じような状況に追いこまれたときにいつもそうするように、家族のことを考えた。メアリーベスは自分がどこにいるか、なにが起きているかまったく知らない。彼女はきっと家にいて、山から居間の窓へ流れてくる煙を恐怖とともに見つめているだろう。火災が発生した場所や、原因や、巻きこまれている人々について、まだちゃんとした情報はないにちがいない。公式のスポークスマンが組織されて発表があるまで、時間がかかるからだ。それに、すべてがあっというまに起きた。

シェリダン、ルーシー、エイプリルが、それぞれ別の場所から火災の方角を見ているのを思い浮かべた。シェリダンは〈バーゴパードナー〉のバイトに行くためにウェイトレスの制服を着て、ピックアップで町中へ向かっている。カウガールの服装をしたエイプリルは、その隣で不機嫌そうにしている。ルーシー――そしてハナ――は居間でメアリーベスの両側にいる。すべての顔がそうとは知らずジョーのいるほうに向いている。

火災はどのくらい北へ広がっただろう。自宅にいちばん近いウルフ山の山腹も燃えているのか？　トゥエルヴ・スリープ・ヴァレーのハコヤナギの茂みまで進んだのか？　サドルストリングの町そのものに襲いかかろうとはしていないのか？

マクラナハンが悲鳴を上げ、ジョーは振りむいて彼がぴょんぴょん飛びはねているのを見た。燃えさしが背中に火をつけ、シャツが燃えていた。ブッチが火を叩いて消そうとしたがマクラナハンはもがきながら離れ、ブッチは動くなと叫んだ。ファーカスは麻痺(まひ)したかのように眺めていた。

ジョーはファーカスのそばをすりぬけ、マクラナハンに身をかぶせて地面に押さえつけた。マクラナハンは横向きに着地した。ジョーとブッチで元保安官を腹ばいにさせ、背中に土をかけた。マクラナハンがのたうっているあいだ、二人は消えるまでてのひらで火を叩いた。元保安官の背中の肉はじくじくした真紅になり、大きな黄色い火ぶくれができはじめていた。シャツの断片は真っ黒に焦げていた。

マクラナハンが下でうめいているとき、ブッチは縁の赤くなった目を上げて言った。「ジョー、近くまで来ているといいんだが」

火事嵐は独自の生態系を生むため、風は数秒ごとに逆から吹いた。そのときは、大気が澄んで強烈な熱が弱まり、ジョーは行く手を見ることができた。

苦痛に顔をゆがめてマクラナハンがふたたびよろよろと立ちあがったあと、風が一瞬止んだ。峡谷をのぞこうと、ジョーは慎重にビャクシンの中を押し通った。マクラナハンの背中の火を消してやけどしたため、茂みに触れるとてのひらが痛んだ。だが、なんとか枝をかき分けて頭を突き出した。煙の渦が戻ってくる前に、峡谷の形状をすべて観察して記憶しておきたかった。

まっすぐに見下ろすと、川が見えた。谷底の陰になった川は、ねじ曲がった薄い金属片のようだった。あそこはどんなに涼しいだろう、と思った。

そして、自分の立っている場所から四百メートルほど上流に目をやったときだった。たくさんのティピーの柱が崖の斜面に沿って散らばっているのが見えた。古くなっているために銀色の爪楊枝（つまようじ）に似たそれらは、十年たってもまだそこにあった。その前の百五十年間そこにあったように。ジョーの選んだ方向は正しかった。

「見つけた！」彼は叫んだ。

「道か？」ブッチがしわがれ声で聞いた。

「そうだ」

「ああ、ありがたい」

「まだ〝下り〟があるぞ」

ジョーの言葉を強調するかのように、風が周囲に湧きおこり、南へ吹きはじめた。炎は木から木へ飛び移りながら彼らに向かって轟音を上げて迫ってくる。

五分後、ジョーの爪先が探していた岩にぶつかった。ビャクシンの茂みに完全に隠れていた。茂みをかき分けてじりじりと崖っぷちへ近づくと、縁の真下に長さ五十センチほどの岩棚が見つかった。岩につまずいて落ちたあと、スティーウィはその岩棚に立っていたのだ。半分しか残っていなかった――幅三十センチ、長さ五十センチの露出した岩棚。あとの半分は崩れ落ちていた。下りの岩棚の道がじっさいに始まる場所まで絶壁を下りるのは、相当困難だろう。

「ああ、くそ」ジョーはつぶやいた。

「急げ、急ぐんだ」恐慌状態のマクラナハンがどなった。

ジョーは後ろを見て、その理由を悟った。火は三メートル先にまで迫っており、巻きひげ状の炎の先端が彼らに向かって地上を突進し、松葉や枯葉の堆積を燃えあがらせていた。

「いいか」ジョーは冷静さを保とうとつとめた。血走った三組の目が、すすで黒くなった仮面のような顔から彼を凝視している。

「脚立のいちばん上と変わらない大きさの平らな岩棚がこの下に一つあって、その先に岩棚が階段状に連なる道がある。崖の縁から下りの道まで、この下の岩棚を使って下りなくちゃならない。壁にぴったりと身を寄せろ、岩棚の道の幅は三十センチぐらいだから。その道を一段ずつ下りる、バランスを崩さないように。わかったか?」

三人はうなずいた。怯えていたが、必死にうなずいた。

「おれが先頭だ」ジョーは言った。「あんたたちが下りるときは一人ずつ手を貸すようにする。あわてるな、そして手足をばたつかせるな、でないと一緒に真っ逆さまだ。いいな?」

「くそ、さっさと行け」マクラナハンは仮面の奥からせかした。言いながら彼が歯を食いしばっているのに、ジョーは気づいた。

「その岩棚までどのくらいだ?」ブッチは尋ねた。

「二メートルちょっとだ、記憶が正しければ。だが、空中を落ちる一瞬は遠く感じるだろう」

「ああ、ちくしょう」ファーカスがうめいた。

岩棚の上の傾斜した岩面を下りながら、ジョーは顔をゆがめた。脚と背中は十年前と同じくしなやかというわけではない。峡谷の壁に刻まれた道に無事飛びおりられたとしても、その先の岩棚が——一つ目と同様に——崩れている可能性がある。下るすべがなく四人が道で孤立し、唯一のほかの選択肢は崖の上へ戻って焼け死ぬことしかなかったらどうしよう、とは考えないようにした。

絶壁のほうを向いて、岩のとがった角をそれぞれの手でつかみ、体がぶら下がるまでずりさがった。空中で岩につかまっているあいだ、シャツの前から見下ろして岩棚がまだ眼下にあるのを確かめた。あった。ジョーは祈りをつぶやいて、手を離した。

ブーツの底が岩棚の表面にドンと当たり、衝撃でひざが悲鳴を上げた。十年前はこんなではなかった。はるか下で、なにかが岩にぶつかる音がして、飛んだはずみで衛星電話がジーンズのポケットから落ちたのに気づいた。しばらくメアリーベスに電話できない。ジョーは悪態をついた。

「早く!」マクラナハンが叫んだ。

「わかった」彼は叫びかえした。角度のせいで、上にいる三人は見えなかった。「みんな来い。道はここにあって、おれは岩棚に立っている。一度に一人ずつだ、手を離したらおれが支えて着地させる」

数秒後、ファーカスのビブラムソールのワークブーツがジョーの頭の上にぶら下がった。上では炎が轟音とともにはぜていても、ファーカスが恐怖で弱々しく泣いているのが聞こえた。

「大丈夫だ」ジョーは手を上げてファーカスのベルトの後ろをつかんだ。「手を離せ」

「ああ、くそ」ファーカスは叫び、まだしがみついていた。

「離せ」ジョーはどなった。

ファーカスは落ちてきて、ぶざまな格好で岩棚に着地した。彼がバランスを崩して峡谷へ転落しないように、ジョーはベルトを離さなかった。

ファーカスがやっと立って壁に貼りついたので、ジョーは慎重に彼の向こう側へなんとか回りこんだ。ファーカスの震えが感じられた。

「次の岩棚へ進め。そうすればおれが動く余地ができる」ジョーはファーカスに言った。それからマクラナハンとブッチに叫んだ。「次!」

「ここで焼死しそうだ」ブッチがしわがれ声で答えた。

「だったら急げ」ジョーは答えた。

見上げた瞬間に、小石が上の岩から落ちてきて頬のすぐそばの壁にぶつかった。すると、ジョーが反応できるより速くカイル・マクラナハンの巨体が無言で落ちてきて、下の峡谷へ消えた。

自分の横を足から落下していく元保安官の顔を、ジョーはほんの一瞬だけ見た。マクラナハンの表情は恐怖ではなかった——たんに、足がかりを失ったことに困惑しているようだった。あまりにも寸時の出来事で、ジョーには手を伸ばすチャンスもなかった。たとえそうしていても、マクラナハンの体重と勢いで、自分も道連れになっただろう。

いま目撃したことを思いかえしたとき、はるか下で重い衝撃音が聞こえた。氷の詰まった袋を歩道に落としたような音だった。

「どうしたんだ?」ジョーはブッチに叫んだ。

「あのまぬけ野郎、岩を下りたときに足をすべらせた」ブッチは答えた。「つかまえようとしたが、あっというまだった」

ジョーは頭を振って思いを振り捨てた。「よし、あんたの番だ、ブッチ」

「行くぞ」

ジョーはブッチの足首を叩き、自分はちゃんといると伝えた。ブッチの服の生地は熱でくすぶっていた。ジョーはファーカスのときと同じようにブッチのベルトをつかみ、岩棚の上に下ろして安定させた。ブッチがライフルを置いてきたことに気づいた。それでも、彼はまだウェストバンドに拳銃を突っこんでいた。

ジョーは次の岩棚でまたファーカスを壁に貼りつかせ、肩で押しのけるようにして迂回した。

「彼、死んだかな?」

「たぶん」

「ドーナツを食いすぎたんだ」ファーカスはそう言ってかぶりを振った。

壁につかまりながら、ジョーは狭い岩棚の道を横歩きで下りていき、割れ目やゆるんだ岩があると危険を知らせた。ファーカスが続き、そのあとがブッチだった。最初のスイッチバック地点を過ぎたあと、岩棚の幅は広くなり、彼らは肩を張ってゆっくりと下りていけるようになった。ジョーは片手をつねに壁から離さないようにした。ゆるんだ地面で滑った場合、マクラナハンのように峡谷に落ちるのではなく壁側に倒れたかった。

降下していくにつれて、火災の轟音は聞こえなくなっていったが、頭上の空はまだ煙ですすけていた。空に青さは一片もない。煙を通して洩れてくる光は、すべてをよごれた黄色に染めた。

最初から、ジョーはマクラナハンとはまったく反りが合わなかったが、いまの出来事には愕然としていた。落ちていったとき元保安官の顔に浮かんでいた完全な困惑の表情は、決して忘れられないだろう。

ジョーは自分たちの進みぐあいを、峡谷の反対側の壁を観察して推測した。二十分ほどのトレッキングで、まだ半分近くしか下っていない。反対側の壁に刻まれた道がジグザグに上っているのが見えたが、すべてがやぶにおおわれているようだ。

「あの冷たい水に入るのが待ちきれないよ」ブッチが絞りだすように言った。ファーカスとマクラナハンが道へ下りるのを上で待っていたあいだ、高温の熱に耐えていたせいで、痛いにちがいない。露出している皮膚のあらゆるところにやけどができていた。

ジョーはうなった。岩棚の道が崩落していなかったのはありがたいが、先はまだ長い。

岩棚の道のすぐ下に突き出した巨礫（きょれき）の上にうつぶせで倒れているマクラナハンの遺体を、彼らは見つけた。間違いなく死んでいた。手足はスノーエンジェル（雪の上に寝て手足を動かして作る天使の形）を作ろうとしているかのように四方に伸ばされていたが、体は妙にゆがんでいた。出血はほぼないとはいえ、落下の衝撃でマクラナハンの骨はほとんど折れているはずだ、とジョーは思った。元保安官の頭は巨礫の下がった斜面へ垂れており、勾配のあるテーブルに置かれた水風船のようだった。

「きっと即死だったのがせめてもだ」ジョーはしばし帽子をとった。ブッチも同様にした。

「疑われているといけないから念のために言っておくが、おれは彼を押したりしなかった」

「疑ってはいなかったよ」ジョーは答えた。

「押しても責めたりしないさ」ファーカスは言った。「なんてったって、彼はあんたを殺すためにここへ上ってきたんだ」

「彼を殺したければ、とっくにやっていた」ブッチは答えた。「ずっとウェスト・ヴァージニアにいればよかったのに」

「哀れなでぶのばか野郎」ファーカスはつぶやいた。

マクラナハンの遺体をこんな状態のままにしておくのは、ジョーはいやだった。遠からず、近くにいる腐肉食動物――齧歯類、カラス、峡谷に巣を作っているハクトウワシさえ――が見つけて死骸を食べるだろう。

「なんとかして遺体を運ばなければ」ジョーは言った。

「どうやって?」ブッチは尋ねた。

「わからない」

「放っておけばいいんじゃないか」ファーカスはたんたんと言った。

だが、ジョーとブッチは狭い道の上に腹ばいになって遺体に手を伸ばし、それぞれ足首をつかんだ。

ジョーが声をかけた。「一、二、三……」そして二人で持ちあげた。

しかしマクラナハンの遺体は重く、骨折がひどかった。ジョーは脚を引っ張ったが、中の骨が折れているので脚はすぐに長く細くなり、胴体は持ちあがらない。ジョーはうなり声を上げて引っ張り、ブッチもそうしたが、二人の努力は平衡(へいこう)を崩し、遺体は巨礫の端から下の川へ向かって滑り落ちはじめた。

「そのままにしよう！」ジョーは叫んだ。これで遺体を運びながら下りなくてすむ。

遺体は途中で別の岩にぶつかり、回転しながら川に落ちて大きな水しぶきを上げた。ジョーはなんとか立ちあがった。息を切らし、脚が長く伸びたときの戦慄(せんりつ)を振りはらうことができなかった。

「いまのはいい思いつきじゃなかったな」ジョーはつぶやいた。

ブッチはうなずいた。

「ああ、まずい」マクラナハンの遺体を落としてから二、三分後、ブッチはつぶやいた。ジョーは振りむき、彼の不安の原因を目にした。

ブッチは道に立ったまま動かず、上を見ていた。

ジョーはその視線を追った。

オレンジ色のねじれた炎――火の渦――が、岩棚の道が始まる峡谷の縁まで突進してくるのが見えた。ヘビの舌のように、炎は空間へ突き出しては引っこんでいく。

「あそこの上で風があおっているにちがない」ジョーは言った。

そのあいだにも、炎を上げる燃えさしが彼らの頭上の狭い空を、南の縁から北の縁へ渡っていく。一瞬後、北の縁に生えているやぶに火がついた。

「峡谷を越えた」ジョーは言った。

「おれたち、どうやってここから出るんだよ？」ファーカスが訴えた。

33

炎のせいで体の芯(しん)があまりにも熱く、ミドル・フォーク・トゥエルヴ・スリープ川に胸までつかったときには水がシューシューと音をたてて蒸発するのではないかとジョーは思っていたが、そうはならなかった。流れていかないように帽子をきつくかぶりなおして、彼は水面下にもぐった。たちまち周囲は静かになり、水は澄んで冷たかった。目を開けると、川床はさまざまな色のなめらかなジャガイモ大の石で、岸の下のくぼみに近い流れの中、三匹の太ったカットスロートマスがひれを動かして泳いでいた。マスはなんの苦労もなくそこに留まっており、自分もそうできたらとジョーは思った。

ブーツを川底に着けて立ちあがった。水面の上に出ると、また音が聞こえてきた。滔々(とうとう)たる川の流れ、百五十メートル上で燃えさかっている火事。ジョーは冷たい水が体をさまし、慰撫（いぶ）するにまかせた。

「ああ、もう」ふたたび水面の上に出たブッチが言った。「なんて気持ちがいいんだ」

ジョーが見ると、ブッチは目を閉じて立ち、顔には安堵のほほえみが浮かんでいた。破れた火ぶくれやどした肌に、冷たい水はどれほどの救いか、とジョーは思った。

ファーカスはゆっくりおずおずと、一歩一歩用心深く、水がひざの高さになるまで川に入った。

「来いよ」ジョーは呼んだ。「最高だぞ」

「おれ、泳げないんだ」

「溺（おぼ）れるほど深くない。おれたちは二人とも立っている」

ファーカスは顔をしかめた。「どんな浅い水だって溺れることがあるんだ」そう言って前へ踏みだしたが、石で滑って腕をばたばたさせながら沈んだ。水を噴きだし、悪態をつきながら、彼は二メートルほど下流で浮きあがった。

そのあと三人は無言で川の中に立ち、それぞれの思いにふけった。ジョーは鳥肌が立つまで体を冷やした。真上にある峡谷の狭い空間を、まるで別世界のように見上げた。あの上は地獄なのだ。

午前中のなかばにもかかわらず、空は暗くまだらになっている。炎の舌が峡谷の両側から突き出している。上から遠く離れていても、灰が静かにそばへ落ちてきて下流へ運ばれていく。

とうとう、ファーカスが尋ねた。「登って脱出するまでどのくらいここにいるんだ？」

「登って出るのはむりだ」ジョーは答えた。「火事は長時間まわりじゅうで燃えつづけるだろう」

「じゃあ、どうする？」ファーカスの声はパニックで甲高くなった。「ティピーでもこしらえてこのまま下にいるのか？」

「あそこの柱を拝借することはできるな」ブッチが冗談を言ったが、ファーカスは笑わなかった。水を見つけてからブッチの気分が劇的に高揚したことに、ジョーは気づいた。

「おれたちにできるのは川を下ることだけだ」ジョーは言った。

「下ったことがあるのか？」ファーカスは聞いた。

ジョーはかぶりを振った。峡谷と川にはほぼ踏みこめないため、〈トゥエルヴ・スリープ原生地域（ウィルダネス・エリア）〉と名づけられているのだ。アクセスする道路はなく、登山道もほとんどない。荒々しくけわしい古くからの地形で、春の雪解けのシーズンに冒険好きがカヤックで下る以外、航行できない。

「でも、ずっと前から見てみたかったんだ」ジョーは言った。

「あんた、どっかおかしいよ」ファーカスは口をとがらせた。

ジョーはにやりとした。メアリーベスもしょっちゅう同じことを言う。

ファーカスとブッチが堆積した漂流物につかまっているあいだ、ジョーは下流を偵察に出かけた。

すいすい泳げるだけの水量はなく、峡谷の壁があまりにも切り立っているので、乾いた歩ける土手はほとんどなかった。川を下るのが唯一の選択肢だが、そのためのたやすい方法も実際的な方法も見当たらない。川床に勾配があるため、流れの状態は曲がるたびに変わるだろうと、ジョーは思った。長く深い静かな水が泡立つ急流になり、次にはたまたま川が流れている岩っ原のようになる。

両手を腰に当ててひざまでの深さのよどみに立ち、ジョーはかぶりを振った。

二人のそばへ戻って下流の様子を説明したが、途中でふと口を閉じた。

「なに?」ファーカスは尋ねた。「どうかしたか?」

「どうもしない」ジョーは堆積物の山を見つめた。長きにわたって、上流で根こそぎになった木々は、洪水のあった年や雪解けのあいだに押し流されてきた。三人のいる漂流物の山は、水流で樹皮がなめらかになり、色が白くなった流木が密に組みあわさっている。一種の墓場のようだ。しかし、積み重なっているのが木だからといって、浮くとはかぎらない。だいたいは水が染みこんで浮力がなくなっているだろう。

ブッチは彼の考えを察したらしく、すわっている場所から見まわした。そして、山の上のほうにある折れた木の幹を指さした。幹の直径は五十センチ弱、長さは二メートル半か三メートル近くある。山のかなり上の部分なので、最近流れてきてそれほど水につかっていないかもしれない、とジョーは思った。全員を支えられるほど頑丈そうだし、かつて枝があった場所がこぶになっているため、そこにつかまれる。

「あれがおれたちの舟になりそうだ」ジョーは言った。

複雑にからまりあった漂流物の山からその木の幹を出すのに、三十分近くかかった。だがついに幹は自由になり、川にころがり落ちた。ぷかぷかしたが沈まず、ブッチが押さえているあいだにジョーとファーカスがつかまる場所を探した。

幹の表面はなめらかで滑りやすく、樹皮は流れにもまれて剝げていたが、乾いていて浮力はあった。三つ数えて、彼らは足を川底から離し、幹を深みへ押しだした。

浮いた。

「下流へ向けつづけることができれば、うまくいきそうだ」ジョーは言った。「後ろの端を回転させてしまうと、岩や漂流物に引っかかることになる。それはまずい」

彼らはつかまってバランスのとれる場所を見つけた——ジョーは右腕を幹の上に渡して左

側につかまり、ブッチは少し後ろの右側、ファーカスは流れる方向によって幹の根もとの左右に移動した。

「用意はいいか？」ジョーは聞いた。

ほかの二人が答える前に、幹と岸のあいだの川面で大きな爆発があり、水しぶきが彼らの顔を打った。

最初にジョーが思ったのは、峡谷の壁から岩が崩れて落ちてきた、ということだった。しかし、目からしぶきをぬぐって見上げると、枝角に袋角がついた大きなミュールジカが空から自分たちに向かって落ちてくるところだった。銃撃を浴びた戦闘機が墜落する前のように、煙の尾を引いている。

「もぐれ――真上に落ちる……」ジョーは叫び、幹を離して身を沈めた。

シカの群れは追いつめられたのだ、と思った。峡谷の縁までけんめいに逃げてきたものの、火災の側面に回るすべはない。峡谷の縁に集まったところを炎に焼かれ、ついに谷間を飛びこえようとして失敗したのだ。

その牡ジカは激しい衝撃とともに木の幹に当たり、音は川の上にこだました。白い泡と渦巻く血の雲の中に、ジョーはばたつく脚とひづめを見た。幹の端もシカの重みで沈みかけている――だが、その重みの下からぬけだしてバランスを立てなおした。

浮きあがると、ブッチ・ロバートソンの怯えた目があった。彼は少し離れた場所に立っていた。間に合わせの舟はゆっくりと下流へ漂っており、あと少しのところで手が届かない。そしてデイヴ・ファーカスはどこにも見えない。

「あんたは幹を確保しろ」ジョーはブッチに叫んだ。「おれはファーカスを探す」

ジョーは大きく息を吸って、また水面下にもぐった。

少し下流に二つの動かない体が見えた。岩に沿ってゆらゆらと揺れている。一つは牡ジカだ——背骨が折れ、鼻孔から血の筋が流れだしており、毛は焼けただれている——もう一つはファーカスだった。

ジョーはすばやく近づいてファーカスのシャツのえりをつかんだ。引きあげるあいだ、彼に抗う（あらが）気配はない——生きているしるしやもがく仕草も。水深は浅いので立ちあがって息ができた。ジョーはファーカスの両脇の下に手を入れて相手の背中をしっかりと自分の胸に引き寄せ、ファーカスの体を水の上に保ちつづけた。狭い岸辺にあとずさっていき、ファーカスを岩に下ろした。

息はしているが、小さく浅い。ファーカスの左肩は右肩と釣りあいがとれておらず、ジョーがかがんでシャツをゆるめると、ファーカスの左肩——たぶん鎖骨と胸骨——は衝撃で砕かれているのがわかった。

ファーカスはうめいて一瞬目を開け、また気を失った。

「落ちてくるシカで殺されかけるのはあんたぐらいのものだぞ」ジョーは声をかけ、落下の衝撃であまりたくさんの骨が折れていなければいいがと思った。

ブッチが幹を引いて急いで近づいてきた。二人でファーカスを持ちあげ、幹をまたがせるようにうつぶせに乗せた。ファーカスの手足は水につかり、頭は横向きに木の上に置かれている。滑り落ちないように縛りつけるのはやめ、ジョーとブッチのあいだでバランスをとることにした。ファーカスを縛ったら、急流で幹がひっくり返ったり、自分たちから離れたりしたときが怖い……

ジョーとブッチは川のもっとも深い部分へ幹を引いていった。流れが背後から押し寄せてきた。二人は幹を押し出し、水面下三十センチのあたりに足を前向きに上げ、あとは漂うにまかせた。

ドリフトボートで釣り人を案内しているかのように、ジョーは下流に目をこらしつづけた。高度なテクニックの要るむずかしい川だった。こつは、深みがどこか予測し、できるだけ流れの速い場所に留まっていることだ。しかし、流れが速度を増して露出した大岩や倒木や崖の側面に引きこまれそうなときは、危険を回避するべく幹を操り、なおかつ進みつづけなければならない。

ジョーとブッチはすぐに動きを合わせられるようになり、たがいの考えを読みとって間に合わせの舟――そしてファーカス――を前に進めた。幹の先端がジョーのいる左側を向きはじめると、ブッチは底の岩に引っかかるまで足を深く下ろして、舟の舳先を右側へ戻すのだった。足を錨のように川底に下ろして速度をゆるめたり、一人が足を固定してもう一人が前へ飛びだすことですばやく方向転換したりする方法も会得した。言葉はほとんど交わさず、感覚と本能だけで木の幹を操った。

「川は右」ジョーが言うと、ブッチは片足を錨がわりにするか、体重を移動して幹をその方向へ進ませた。

「川は左――急カーブ」ジョーが叫んで足を突き立てると、ブッチは舟の向きをくるりと変えて、右側の水路をふさぐ、南北戦争の兵士の墓の列のような尖った岩を避けるのだった。

　川の音はつねに聞こえていたが、ジョーは頭上の火災の勢いが衰えていくのがわかった。頭上の森がもう灰燼に帰したのか、炎がまだそこまで到達していないのか――それはわからない。細長い空はまだ煙に満ちていたし、光は煙を通して洩れてくる。

　状況がいかに悲惨でも、木の幹の舟で漂いながら目にする光景や地形にジョーは驚嘆を禁じえなかった。いつか戻ってこよう、たぶん経験豊かなカヤック乗りと一緒に。そして時間をかけて川を下って楽しむのだ。山々の中にこれほど自然のままの川はない。峡谷の底では非実用的なので一度もダムが作られたことはなく、下流に鉄道が敷かれて町ができたときも、水量が充分でなかったので水路として用いられず、枕木や材木を流すのにさえ使われなかった。峡谷の壁のせいで灌漑の役にも立たなかった。

ミドル・フォーク川は岩が多く流れが急で、野生的で道徳観念とは無縁だ。人間の手が入ったことはまったくと言っていいほどない。

地図上では、ミドル・フォーク川は最終的に、十キロ弱先でノース・フォーク・トゥエルヴ・スリープ川に合流するのをジョーは知っていた。だが、川における距離は地図上の距離とは違うし、曲がり目や深水部や蛇行のせいで、実際の距離は地図上の距離の二倍にも三倍にもなることがある。ミドル・フォーク川とノース・フォーク川の合流点には、人気のある森林局のキャンプ場があり、キャンパーたちがいるかもしれない——まだ避難していなければ。火災の広がりの速さを考えれば、きっともう避難しているだろう。

キャンパーがいれば車や携帯電話や、たぶんファーカスのための医薬品もある。また、どちらにしてもブッチ・ロバートソンの旅路の終わりを意味する。ブッチにはわかっているはずだ。

しかしまずは、そこへたどり着かねばならない。

峡谷の壁がとりわけ両側から迫ってしぶきが上がっている箇所では、急流は独自の生態系を生んでいた。峡谷の壁にほぼ平行にポンデローサマツが生えており、マツの外周は二メートル半近く、高さは二十メートル近くあった。この山々でジョーが目にしたうちで、もっとも高く古い樹木だ。途中の小さな岩棚には、見慣れないランに似た野生の花が鮮やかな色を貼りつかせていた。日常的にかかる川のしぶきと昼間の日陰が育てるのだろう。ブッチは、粘板岩に似た一枚岩に刻まれた古代の象形文字にうなずいてみせた。人、槍、弓、矢の形をジョーは認めた。槍を持った人間たちはバイソンを狩っているように見えたが、バイソンはジョーが見慣れたバッファローというより、ヌーのようだった。カメラを持っていれば、と思った。

だが、ジョーの集中力が川の前方の見張りからそれるたびに、幹は左右に流れ、進路を大きく修正しなければならなかった。あるいは、ファーカスが哀れっぽくうめくか、嘔吐(おうと)した。シカが当たったときと比べてファーカスの肩が二倍もふくらんだように見え、えりの下から首に黒っぽい変色が広がっていることに、ジョーは気づいた。覚醒と失神をくりかえしていたが、それにもかかわらず内なるなにものかが彼を幹にしがみつかせていた。

水は冷たく、湧き水や高所からの雪解け水が源(みなもと)になっている。炎の熱さのあとで最初はうれしかったが、ジョーは低体温症が心配になってきた。手足はしびれてこわばり、ときどき動かなくなる。冷たい水が体力を吸いとってしまったかのようだ。小さな日だまりを通りすぎたとき、その中で温(あたた)まり、顔をぬくもりのもとである太陽へ向けた。

ファーカスを一瞥したとき、彼もまた寒さを感じているのがわかった。皮膚は真っ白で、唇は血の気がなく紫色に染まっていた。

最初の一時間――下ったのはせいぜい五キロ弱だとジョーは思っていた――彼らは大きな災難には見舞われず乗り切った。状況を考えれば、川下りを楽しんでいるなど恥ずべきことだ、と彼は感じた。

それも、前方で雷鳴のような轟きが聞こえるまでだった。

しかし、雷ではない。

34

サヴェジ・ラン峡谷の両壁が狭い川を押しつぶさんばかりに迫っていた。流れは圧迫されて速さを増した。ジョーは必死で左右に目をやり、前方を偵察するため岸につけて舟から離れられる場所を探した。だが、岸はない――切り立ったつるつるの壁だけだ。

前方で川幅はさらに狭まり、約百メートル先で鋭いV字形になった岩壁より向こうは見えない。向こうに川が続いている様子はない。つまり、急角度に落ちているのだ。

「ああ、くそ」ブッチがつぶやいた。

ジョーは舟の上に乗ってちらりとでも前方を窺おうとしたが、もう少しでファーカスを水中へ引っくりかえすところだった。

「ミドル・フォーク川に滝があるなんて聞いたことがあるか?」ジョーは激流の響きに負けずに叫んだ。

ブッチは恐怖を湛えた目で見かえした。「ない」

「おれもない。だから、ただ流れが下っているか速まっているかで、滝じゃないだろう」

「どうしたらいい?」ブッチは叫んだ。

川は水位を上げて渦巻く力を結集し、一つとなって彼らをV字形のあいだへ運ぼうとしているようだ。両側の壁はどんどん過ぎていく。ジョーは慎重に左足を下ろして水深を測ろうとしたが、川底に届かなかった。

「幹を川の中央に保ってしっかりつかまれ」ジョーは命じた。「なにかにぶつかりそうになったら叫べ」

ブッチはがくがくとうなずき、V字形になった岩壁に向きなおった。幹はそこへ突進していく。

ジョーはファーカスの耳にどなった。「起きろ、デイヴ、つかまれ」

ファーカスは顔を上げて前を見ると、悲鳴を上げた。

V字形に飛びこんだときの最初の感覚は太陽の光と無重力感だった。幹の先端は一瞬空中に浮き、ジョーが見上げたとき目に入ったのは川ではなく木々の梢（こずえ）だった。次の瞬間、幹は傾き、突っこんだ。

結局ミドル・フォーク川の滝はあったのだ。幹は約六メートルを垂直に下った。ジョーにできたのは、両腕で幹にしがみつき、顔をなめらかな表面に押しつけていることだけだった。落下の勢いで両脚は幹と平行になるまで後ろへ押され、彼は幹の下の深い水へ引きずりこまれ——ふたたび限りない静寂——すぐ水の上に浮いた。

すばやく周囲に目をやった。ブッチ・ロバートソンは水を吐きながらむせているが、大丈夫だ。ファーカスはうめきながらジョーの横へ落ちかかってきたので、幹の上へ押し戻してバランスを保たせた。

そのあいだ、幹がまたスピードを上げていることにジョーは気づかなかった。

「おい——前を見ろ」ブッチがどなった。

ファーカスが叫んだ。「おれはつかまってる！」

さっと振りかえると、ジョーの目に川が飛びこんできた。恐ろしい光景だった。彼らのいる位置から四百メートルほど先で流れが左へ急カーブする地点まで、ところどころ岩がのぞく白く泡立った奔流（ほんりゅう）になっていた。そして、そのカーブへ向かってじょじょに下っている。

川はとらえどころがなく、危険を避ける主流も、もっと深い迂回路もない。川みずからが岩だらけのウォータースライドに呑みこまれようとしているかのようだ。

ジョーは急いで後ろの元の位置につき、両足を前に出した。首を曲げてより深い――水の色が黒いほど、深いのだ――箇所を探した。自分たちの進む速さのせいで、前方を窺うより先に、航行できる水面へ流されているのがわかった。急流を乗り切るには一瞬の調整が必要だ。

「できたら大声で合図する」ジョーは言った。「もし投げだされたら、とにかく流れにあおむけになって、足を前に出しておけ」

「わかった」ブッチは大声で答えた。「頼むぞ、船長！」

ジョーはもう少しでほほえみかけた。

ピンからピンへ、バンパーからバンパーへ弾かれるピンボールの球のように、彼らは急流を下った。ジョーは叫んだ。「左、左、右、左、右、右、右！　左、左、右……」

五感を張りつめ、頭で考えなかった。見て反応して叫んだ。幹の先は左右に動いて岩をよけ、ときには大岩の側面をかすめてまた流れに戻った。岩のあいだの隘路(あいろ)は狭すぎて、当ってははね返る下りのあいだ、彼はひざと腿(もも)を何度もぶつけた。左ひざが勢いよく岩に当たり、その衝撃は股関節にまで響いた。左脚はしびれ、衝突のあと彼はすぐに下を見て脚がまだあるかどうか確かめた。あった。

急流を半分下ったところで、ファーカスが意識をとりもどして頭をもたげた。置かれた状況を見るなり、彼は金切り声を上げてさらにぎゅっと幹にしがみついた。それでよかった。ジョーはファーカスのことはほぼ忘れていた。

ジョーが外側で押してすばやく脚を動かし、ブッチが内側で軸となって、彼らは激しく右へ傾きながら巨大な岩を回避した。幹の先がその岩を回りこんだとき、ジョーが目を上げると、流木の山にすわった姿勢で上体を立てたうつろな目のカイル・マクラナハンが、ジョーを見つめかえしていた。マクラナハンの上体は水の上に出ており、安楽椅子でくつろいでフットボールの試合を見ているかのように、両腕は漂流物の上に伸ばされていた。頭はかすかに傾いている。顔は真っ白で弛緩し、口は少し開いている。

目にしたジョーはあやうく幹から手を離しそうになったが、マクラナハンはやはり死んでおり、遺体は落下地点から漂流物に引っかかるまで流れてきたのだと気づいた。

たちまちいくつかの考えが浮かんだが、川はまた勢いを増して彼らを押し流した。

•まだ信じられないが、元保安官カイル・マクラナハンは死んだ。

•マクラナハンはジョーよりわずかに早く町に来た。彼らの十二年あまりのつきあいはひどいものだった。マクラナハンはジョーに対して悪だくみをめぐらし、有能な部下の命を奪い、身体不自由にする決断を下してきたとはいえ、たいした敵だった。

•トゥエルヴ・スリープ郡では保安官というのはあまりうまくいかないようだ。

そして……

•冷たい山の川を流れてきた死体には独特の特徴がある——皮膚はあまり損なわれず、腐肉食動物に荒らされることは稀で、膨張しない。冷たい川の中の死体は山のミイラとなる、しばしのあいだは。

あざと擦り傷だらけでも骨を折ることはなく、彼らは岩場の最悪の部分を越えた。岩場があと百メートルほど続くところで、よどみに幹を寄せることができ、さいわい水深が浅かったのでまた川底に足をつけて立てた。

ジョーとブッチは息を荒くしていたが、やがて呼吸はととのい、またもやジョーは水がきわめて冷たかったのをありがたく思った。そうでなかったら、負った傷が痛むだろう。水の中を見下ろすと、左脚の数ヵ所の深傷から血が出て小さな渦を巻いている。はいている〈ラングラー〉のあちこちが裂け、細長い切れ端が流れの中に浮いている。ブーツをなくしていないのが驚きだった。

「あれをおれたちが乗り切ったなんて信じられない」上方の急流を振りかえって、ファーカスがしわがれ声で言った。

「おれたちだと？」ブッチが異議を呈した。

「おれ、幻覚を見てるんだと思う」ファーカスは言った。「こんな夢を見たんだ、マクラナハン保安官が木の上にすわって、おれたちが通りすぎるのを眺めてるんだよ」

ブッチが幹を押さえているあいだ、ジョーはよどみのいちばん下流まで歩いていき、前方を偵察した。最後の百メートルはそれほど岩が多くはないが、傾斜のある狭い谷川で、曲り目の手前で広いゆったりした流れになっている。これまでの川下りのあとでは、ピクニック同然に思えた。

前方を眺めながら、肩に日の温み(ぬく)を感じるのにジョーは気づいた。振りかえった。峡谷の入口はもはや背後にある。あたりはまだ山だが、前よりゆるやかで平らで野趣(やしゅ)に乏しく、両側は崖というよりは山襞(やまひだ)に近い。そして空は煙におおわれてどの景色もセピア色ではあるが、火災はまだここまで下流には迫っていない。

ジョーは両肩から大きな重荷が下りるのを感じた。最悪の部分は切り抜けた。水深がこうまで浅い八月にミドル・フォーク川を下った者がいるとは聞いたことがない――正気の人間ならやろうとは思わないからだろう。彼はうしろめたい誇りを押しかえした。

幹の舟へ戻ると、ファーカスがまた気を失っていた。ブッチは腰まで川につかって、幹が流れないように押さえていた。彼の表情はつらそうだったがストイックだった。その理由は、彼が負った多くの傷のせいなのだろうか？　あるいは、ジョーと同じく、キャンプ場まであと一時間もかからないのを知っているせいなのだろうか？

狭い谷川に岩はあまりなかったが、傾斜は急で流れは速かった。ジョーはこの下りに気分が高揚し、それは舟の勢いとアドレナリンのせいだった。強い日ざしを顔に感じ、帽子は風で頭から飛ばされそうだ。自分たちはベテランのプロフェッショナルのように急勾配を下った、とジョーは思った。浮いている幹に愛着をおぼえはじめ、トレーラーにのせて家へ持って帰りたくなった。それから、特別で大いに愛すべき幹であってもただの幹なのであり、それがガレージにあったらメアリーベスはきっと首をひねるだろうと思いかえした。いちばん下のよどみに着いて速度を落としたとき、彼はひそかにもう一度この川下りをやってみたいと思った。

十分後、ジョーとブッチは幹を曳(ひ)いて水の温(ぬる)んだ浅瀬を歩いていた。もはや舟ではなく、デイヴ・ファーカスを乗せた浮くストレッチャーという感じだった。

川底はやわらかい砂で、水温は高い。重い足どりで進むうち体が温まると、ジョーの切り傷やあざは痛みだした。ブッチも顔をしかめている。急流や滝から逃れたいま、そのために支払った代償が体にきているのだ。

ジョーは下流へ目をやった。深さはひざあたりまでで、流れは静かだ。彼らの背後で火災は凶暴に燃えさかっているが、風はまだ北へ吹いてはいない。北へ吹きはじめたらもう時間の問題で、両岸のあらゆるものがたちまち炎に呑まれるだろう。ジョーは自分をちっぽけで無力に感じた。こういう状況では、そのまぎれもない真実をしみじみと悟る。

そろそろブッチと話す頃合いだ。まもなくチャンスはなくなるだろう。深呼吸して口を開こうとしたとき、ブッチが不意に言った。「ジョー、おれを助けてくれてありがとう。一人ではどうしようもなかった」

ジョーはうなるような返事をした。

「つまり、おれは山の中で多くの時間を過ごしてきた。一帯を知っているし、自分で考えて切り抜けなければならない状況に身を置いてきた。だが、川を下った経験は一度もないし、おれたちがやったことは自分ではぜったいにできなかった」

ジョーは言った。「ありがとう」

「このことは一生忘れない。あんたがしてくれたことは忘れない。どうなってもおかしくなかった、おれにはわかっている。しかし、あんたがおれの命を救ってくれた。そしてまぬけなデイヴ・ファーカス――あんたは彼も救った」

ジョーはそれには答えずに、こう言った。「ブッチ、あんたこそ別の方法をとる機会が何度もあった。ファーカスを幹から突き落とせたし、おれの頭を殴るとか、たんに幹を離しておれ一人でやらせることもできた。あんたには逃げるチャンスがあった、おれはそれが言いたいんだ。きっと簡単だったはずだ。だが、あんたは踏みとどまってくれた、感謝している」

ファーカスが意識をとりもどしているかどうか、ジョーはちらりと振りかえった。意識がないのを見てほっとした。

「また気を失っている」ジョーは言った。「いつ意識をとりもどすかわからない。だから、おれたちがここを歩いているあいだに……」

質問されるのを予期していたように、ブッチはにやりとした。

「じきにキャンプ場に着くのはわかっているよな」ジョーは言った。「そこにだれがいるか、なにが起きるかわからないぞ。だから、いまは二人だけだし、おれたちが人前に姿を現す前に……」

「なんだ?」

「いくつか決めておかなければ」

「ああ、わかっている」ブッチは観念している様子だった。「ヘリを用意させると約束したとき、あんたは嘘をついていたのか?」

ジョーは答えた。「そうだ。どうしようもなかった」

心の中でチェックマークをつけるように、ブッチはうなずいた。

「おれを罠にはめようとしていたのか？」

「違う。おれはあいだに入れるようにその場にいあわせたかったんだ。それが環境保護局のチームに同行した唯一の理由だ。彼らがあんたを見つけたときそこにいて、おれが逮捕してあんたの命を守りたかった。バティスタは流血を欲していたからな」

予想外だったかのように、ブッチは鋭い視線をジョーに返した。

「あいつは本気でおれを殺したかったんだな？」

「ああ、そうだ」

「なぜか知っているか？」

「まだわからない。だが、わかったら最初にあんたに知らせるよ。そして、ぜったいに突き止めてやる」

三十分後、ブッチはサドルストリングの方角にうなずいてみせた。「町の人々はおれの味方なのか、それとも敵か？」

ジョーは肩をすくめた。「わからない。なにもかもあっというまに起きたし、事実はまだはっきりしていない。あんたは自分の立場から話すチャンスがなかった。でも話せば、味方する者たちはいるだろう。とはいえ、あの捜査官たちを殺した件は別だ。それでも、正気の人間ならバティスタがあんたにしたことを正しいとはぜったい思わないよ」

ブッチはうなずいたが、ジョーのほうを見ようとはしなかった。悩んでいるようだ。

「前に言ったとおり、この事件は地元で引きうけるようにしよう。リード保安官とダルシー・シャルクに自首するんだ。罪をのがれるわけにはいかないが、二人は公正に事件に対処するよ」ジョーは言った。

「あんたが確実にそうなるようにしてくれるのか？」ブッチは疑わしげに聞いた。

「最善をつくす」ジョーは答え、ほかの思いは口にしなかった。これ以上は言いたくなかった。

「だったら、わかった。正しい方法をとろう」

「ありがとう、ブッチ」

ほんとうは選択肢などないかのように、ブッチは鼻先で笑った。だが、彼にはあるのだ。

ジョーはすぐさま話を始めた。「ブッチ、あんたはあの環境保護局の捜査官二人を殺したのか？」

ブッチはその質問にショックを受けたふりをした。「もちろん、おれが殺した」

「そのとき現場にいたのはあんただけ？」

「そうに決まっている」

「あの二人はただ来て車から降り、あんたはたまたま二二三口径を持っていたので撃ち殺したのか？」

「そうだ」

「二人のうちどちらかがあんたを脅したり、銃を抜いたりは?」

その瞬間を思いおこすように、ブッチは間を置いた。「一人目、若いほうだが、彼は銃を抜くべきじゃなかったんだ。勝ち目はなかった。おれはまず彼を撃ち、彼は倒れた。そのあと年上のほうが銃を抜こうとしたので、その前におれは撃った。まったく、あの瞬間まで、あいつらが武装しているとは思っていなかったんだ」

ジョーは胃が引きつるのを感じた。いままでの奮闘の余波なのか、失血の影響なのか、ブッチがいま告白したことのせいなのか、わからなかった。三つ全部が原因かもしれない。

「では、相手がだれかも知らずに二人を殺したというんだな？」

「そういうことだ、ジョー」

「それについてどう感じる？」

ブッチはためらってから答えた。「べつに」

「二人のうち一人には家族がいたんだぞ、あんたやおれと同じように」

「そんなこと、わかるわけがないだろう？」

「わからなかっただろうな。しかし、考えるべきだった」

キャンプ場へ続く川の曲がり目が見えてきた。今日初めて、ジョーはほかの人間たちのたてる音を聞いた。車のエンジンの音、タイヤが砂利を噛む音、とびかう声。

あまり時間がない。

ジョーは言った。「そのあと、つまり捜査官二人が倒れたあと、どうした?」

「どういう意味だ?」

「次になにをした?」

「トラクターを使って二人を埋めた」

ジョーはうなずいた。「なぜ自分の地所に埋めたんだ? だって、あまりにもわかりきっているだろう」

「あまりちゃんと考えていなかったんだ」ブッチは答えた。「毎日二人の男を殺しているわけじゃないからな。目の前から消したかっただけだ、わかるだろう? 弾の穴の開いた死体をただそこに放っておくことはできなかった」

「なるほど。それでどうした? 彼らの車に乗った?」

「ああ。降りたときにキーは差しっぱなしだった。おれは車を始末できるとわかっていたへイゼルトン・ロードのあそこまで運転していった。道路の端へ車を走らせて自分は飛び降り、落ちるのを見ていた。木立の中に引っかかって谷底まで転落しなかったので、頭にきたよ」

「じゃあ、それもあんたが?」

「もちろんだ」

ジョーは幹を曳いてのろのろ歩きつづけた。切り傷とあざだらけの脚は激しく痛み、手のやけどはひりつき、ペンダーガストにやられた傷はうずき、筋肉は悲鳴を上げていた。

「じゃあ、整理させてくれ。あんたは環境保護局の車を道路から転落させた。だが、どうやって自分の地所へ戻ったんだ？」

ブッチは答えようとして口を閉じた。

「そこがわからないんだ」ジョーは言った。

ブッチは肩をすくめたが、ジョーと目を合わせようとしなかった。

「それからあんたがあそこへ、ビッグストリーム牧場へ行ったときだが、車に乗せてもらったよな、でなければあんたのピックアップが道端にあるのをおれは見ていたはずだ。ほかにあそこまで行く方法があるか？」

ブッチはまた肩をすくめた。

ジョーはもう一押しした。「二日前に会ったとき、おれたちがなにを話したか覚えているな」

「ああ」

「どうやらわかりかけてきたんだ。あんたはあのときおれを撃とうと思えば撃てた、そうしてもだれにもわからなかっただろう。なにがあったのか、だれかがあんたを探していたのか、おれは知らなかった。だが、あんたは黙っておれを行かせた」

自分が害を加えようと思えばできたという事実をジョーが考慮したことさえ信じられないように、ブッチは彼を見つめて目を細めた。

「おれはそれについて考えに考えていたんだ、あんたが言ったこと、おれたちが話したこと。だから、教えてもらいたい。これは公式の尋問じゃないんだ、ブッチ。あんたとおれだけの話だ。だが、知りたい」

ブッチは大きく息を吸って前へ進んだ。ジョーはブッチをじっと見つめているうちに、彼の真実を悟った。

そういうことだったのだ。

単純なこと。

最悪の推論を声に出して言う必要はないほどだった。だが、とにかく話した。

ジョーの推論を認めたあと、ブッチは低い声で言った。「なあ、こんどのこと全体を考えてみると、両手(もろて)を上げて降参したくならないほうが不思議だ」

ジョーはいま話しあった内容にまだ少し茫然としながらブッチを見た。

「あいつら、環境保護局な、連中は環境を守るのが仕事だろう？　だから存在しているわけだ」

ジョーは黙っていた。

「あいつらは山全体を燃やしやがった」

ジョーは穏やかに答えた。「そのとおりだ」

ブッチは苦い笑い声を上げた。

ジョーは言った。「もうすぐキャンプ場だ、ブッチ」


彼らは苦労して浅瀬の曲がり目を進んだ。流れが少し速まるのをジョーは感じた。ラブラドール犬がまた走りたいと促すかのように、幹が彼の脚の裏に当たった。

「このまま通りすぎることもできる」ジョーは言ってみた。「おれたちがいまここにいるのさえ、彼らは知らないかもしれない。だが、それは取り決めとは違うな」

「決めたことは決めたことだ」ブッチは答えた。

ジョーの推論を認めてから、ブッチ・ロバートソンは背丈も力も自信もなくしてしまったように見えた。かつての彼自身の抜け殻同然に、ジョーには思えた。

「おれは本気だ」ジョーは言った。「これは二人だけの秘密だ」

「ありがとう」

「あんたは自分の供述を貫くつもりか？」

「当然だ。そしてあんたが秘密にしておいてくれると信じている」

ジョーはうなずいた。

「あんただって同じことをするだろう、違うか、ジョー?」

彼はたじろいでから答えた。「それは聞かないでくれ」

「そうするさ。あんたはいいやつだ」

ジョーは話題を変えた。

「さて、このまま黙って通りすぎるか、岸に寄せて自首するか、どうしたい?」

ジョーが突然選択肢を与えたことに、ブッチは驚愕したようだった。「二番目で頼む」

そのあと、あきらめの口調で続けた。「逃げきれないよ。あいつらは数が多すぎる」

ジョーは一瞬ためらった。「捕まらないように手を貸してくれる味方が見つかるかもしれない。何年も法の枠外で活動している友人がいる。彼ならきっと助けてくれる」

ブッチはうなずいた。「ああ、おれを助けられる人たちがいるのは知っている、たとえばフランク・ツェラーだ。だが、ほかの人たちを面倒に巻きこむ理由はないだろう? これはおれの問題で、彼らは関係ない」

「彼らはそうは思わないかもしれない」

「おれの心は決まっている。それを変えるチャンスをもう与えてくれるな」

「わかったよ」ジョーはうなずいた。「では、その銃を渡してくれ。もう必要ないだろう」

ブッチは腰から銃を抜いてジョーに差しだした。ジョーは銃を岸へ放った。

キャンプ場はごったがえしており、その原因は一目瞭然だった。多くの車両、テント、通信用ヴァン、ビッグストリーム牧場の前進作戦基地(FOB)から来た人員を、ジョーは目にした。彼らは新しい基地を作っているのだ、古いほうが火災で被害を受けているから。バティスタがキャンプ場の使用者を避難させて、新しい拠点を作っているのだろう。彼らがこれほど迅速に集まって移動できたことに、ジョーは感心した。しかし、自分がブッチ・ロバートソンを虎の穴に連れていこうとしているという事実が、恐ろしかった。

幹の先をキャンプ場のぬかるんだ土手へ向けると、騒がしい人の声や車の音が静かになった。連邦組織の何十人もの男女がジョーとブッチのほうへ顔を向けて、あえぎ声を上げ、ぽかんと口を開けた。

だれかが言った。「驚いた、彼だ」

ジョーは人込みの中にルーロン知事の姿を探したが、見えなかった。だが、新しい狩猟漁業局局長リーサ・グリーン‐デンプシーはいた。ジョーを目にして彼女はショックを受けたようで、しゃれたサングラスの奥でしきりにまばたきした。自分の外見は相当なものにちがいない、とジョーは思った。濡れて、服は破れ、髪は乱れ、幾筋もの血が腿からブーツの中へ流れ落ちている。

ハインツ・アンダーウッドが肩で人込みをかき分けて近づいてきた。ジョーに向かって、彼はにやりとした。「やったな、このクレイジーなやつめ」ブッチを指さして言った。「その男を逮捕しろ」

ジョーが知らない五、六人の捜査官が進みでようとした。横でブッチが体を硬くするのを彼は感じた。

「よせ」ジョーはブッチの前に立ちふさがり、右手をグロックのグリップにかけた。

捜査官たちは足を止めてアンダーウッドを振りかえり、指示を待った。

「バティスタはどこだ?」ジョーは聞いた。

「本部に呼ばれたそうだ」アンダーウッドはちらりと目をきらめかせて答えた。「一時間前に出発した。大急ぎでな」

ジョーはそっけなくうなずいた。なるほど。

リーサ・グリーン‐デンプシーが横から口を出した。「ピケット猟区管理官、そこをどきなさい。協力するのよ」

「協力はもう充分だ」ジョーはきっぱりと答えた。そしてグリーン‐デンプシーに言った。「リード保安官を呼んですぐにここへ来させるんです。この男は彼に、彼だけに投降します。あなたがたがブッチに会いたいなら、郡の留置場でどうぞ」

アンダーウッドはグリーン‐デンプシーに言った。「これは連邦政府の案件です。あの男を引き渡すよう部下に命じてください」

「ピケット猟区管理官――」彼女は力なく言いかけたが、ジョーはさえぎった。

「わたしはブッチと取り決めをしました。彼は保安官に自首することに同意した」

沈黙が流れた。

ジョーは真剣だった。内側には怒りがたぎっていたが、銃を抜きたくはなかった。

グリーン-デンプシーが近づこうとしたが、ジョーは低い声で制した。「残念ながらあなたもあちら側だ。とにかく連絡を」

彼女は立ち止まり、息をあえがせた。そして、iPhoneを口元に近づけた。

手錠をかけられたブッチ・ロバートソンのあとから保安官事務所の身障者用ヴァンに乗りこむ前に、ジョーは制服のシャツからバッジを外してリーサ・グリーン-デンプシーのてのひらに置いた。彼女はバッジを握り、悲しげにかぶりを振った。

「こうする必要はないのに」

「いいえ、あります」ジョーは言った。「こんどのことすべて、あまりにも後味が悪くて、二度と元には戻れないと思います」

「あなたの心身は傷ついている。この件が片づいたら、きっと気持ちが変わるでしょう」

「知事はまだいますか?」

「町のどこかに」

「わたしの馬は生きていますか？」

「あなたの馬？」

「放したんです」

局長は肩をすくめて首を振った。トビーのことは、なにも知らなかった。

ジョーは不安のうめきを発してヴァンに乗り、スライドドアを閉めた。

「マイク」彼はリード保安官に声をかけた。「電話を貸してもらえないか？　妻にかけないと」

リードは自分の携帯を渡した。

ヴァンがほこりの雲を巻きあげながらキャンプ場を出るとき、ジョーは後ろの窓から外を振りかえった。まだ彼のバッジを握りしめたリーサ・グリーン－デンプシーが、首を振り振りアンダーウッドになにか言っていた。

ヴァンの背後では、黄色い煙の巨大な柱が何本も山々から空へ昇っている。

「さっきはありがとう」ブッチ・ロバートソンが言った。

ジョーはうなずいた。

「パムとハナにおれは大丈夫だと伝えてくれと、メアリーベスに頼んでもらえるか？」

ジョーとブッチは理解しあっている者同士のまなざしを交わした。

「わかった」ジョーは言った。

自分は無事だがけがをしており、二、三日入院するかもしれないと伝えた。メアリーベスはほっとしたあとで言った。「けさ、とても妙なことがあったのよ。わたしのメッセージを読んだ？」

「いや、どうしたんだ？」

「パムにメールをチェックしたいからパソコンを貸してくれと頼まれて、置き場所を教えたの。あなたが連絡してきたあと、昨夜から起動したままだった。ところが、パソコンの前にすわったとたん、パムは真っ青になったの。環境保護局のサイトがまだ開いてあって、バティスタの写真と経歴が画面に出ていた……」

ジョーはどきっとした。

「……そしてパムは彼の写真を指さして言ったの、『このばかはここでなにをしているの？それになぜファン・フリオ・バティスタって呼ばれているの？』って」

「ちょっと待て」ジョーは言った。「彼女はジョン・ペイトとして知っていたんだな」

「そこからいろいろなことがつながりだしたのよ」

その名前を口にしたとき、ブッチがさっと頭を上げるのにジョーは気づいた。

一週間後

35

ネイト・ロマノウスキをピックアップの助手席に乗せて、ジョーは州間高速道路から降り、燃えつづけている山々へ向かう州道に入った。ジョーはもう制服を着ておらず、自分がどこか欠けているような気がしていた。七着の赤いシャツは寝室の片隅に重なっている。まるで放射性物質であるかのように、彼がそこに放りだしたのだ。予備のバッジ、名札、銃、仕事用のベルト、ラミネート加工されて隅の折れたミランダカード（容疑者に対して黙秘権などの告知をするというミランダ原則の書かれたカード）が、シャツの山の上に積まれている。

ジョーは視線を下げた。私物のレミントン・ショットガンは銃口を下にして二人のあいだのベンチシートに置いてある。ダブルOバックショットは装塡ずみだ。

ネイトは背が高く骨ばった体つきで、射抜くような青い目ととがった鼻、金髪は一年前からまた伸ばしはじめたので短いポニーテールにしている。五〇〇ワイオミング・エクスプレスを差したショルダーホルスターの革のストラップを、白いTシャツの上に斜めに締めている。そして、真珠貝のボタンのカウボーイ・シャツを前を開けてはおっている。

上りにかかり、ジョーはヘッドライトをつけた。煙はまだ空中に濃く漂っており、この一週間太陽も青空も見ていない。沸騰してあふれないように、だれかが谷にふたをしたかのようだ。

道の両側に生きている木はなく、ねじ曲がった黒い枝をさらした骸骨が立っているだけだ。地面は焦げ、ところどころまだくすぶっている。大気には鼻を突く刺激臭があり、吸いこむと肺がひりひりする。

「第一次世界大戦のモノクロの映像を思い出すな」ネイトが言った。「月面の風景みたいだ」

ジョーはうむと答えた。

「いま火災の規模はどの程度だ？」

「最後に聞いたときには、北へ百六十キロ、南へ百キロほど広がっているそうだ。風しだいで、一日三十キロから四十キロほど延焼している」

「でかいな」

「どんどんでかくなっている」

ローカルニュースは、火災の現状や焼け落ちていくキャビンと牧場、避難命令が出た町、死んだりけがをしたりした森林消防降下隊員たちの話ばかりだった。外出するとき人々はマスクをし、保健所は幼い子どもたちを外に出さないように警戒を呼びかけている。サドルストリングの老人ホームの住民はほとんど、楽に呼吸のできるほかの場所へ空路搬送されていた。

「向かう先はどこだって？」ネイトは尋ねた。

「〈アスペン・ハイランズ〉という分譲地だ」

「そういう幼稚できどった名前は嫌いだ」

三日前の夜、ネイトは突然ピケット家に現れた。けがの治療が終わって退院を許可されたジョーを、メアリーベスが車で連れ帰ってきたとき、ネイトはポーチにすわって本を読んでいた。同様の負傷をしたことは何度もあったが三日もの入院は初めてで、病院に留めおかれたのは重傷だからではなく、ブッチ・ロバートソンについて宣誓供述書や意見を求められたからだと、ジョーは皮肉な気分で思っていた。デイヴ・ファーカスは隣の病室にいて、順調に回復していた。自分がいかに銃弾や炎や激流から生還したかを、魅力的な看護師を相手に語っているそうだ。そして、この話をどうやってハリウッドに売りこむつもりかも。

ジョーとメアリーベスの車を見たとき、ネイトは顔を上げ、彼にしては間の抜けた笑みを浮かべた。

メアリーベスはジョーの体にはちょっとこたえる急ブレーキを踏み、ヴァンから飛び降りて鷹匠(たかじょう)を抱きしめた。運転席のドアは開けっぱなしだった。

ジョーは足を引きずりながらヴァンの反対側へ回ってドアを閉め、ネイトとメアリーベスに向きなおった。ネイトとまた会えて嬉しかった。

ネイトは燃えている山々のほうを手振りで示した。「すまない。どうやら遅すぎたようだ」

そしてメアリーベスに言った。「一年近く留守にするとこうだからな。きみの夫はここいら全部を焼きはらった」

「じつのところ、あんたはちょうどいいときに来たよ」ジョーは言った。

「おれに頼みがあるのか？」

「ああ」

「いますぐ？」

「考えをまとめるのに二日ほどくれ」

ネイトはうなずいた。「いいよ。シェリダンがチョウゲンボウを手に入れたそうだな。見てみたい」

メアリーベスは少女のようにはしゃいで手をたたいた。「あの子、大喜びであなたに見せるわよ、ネイト」

黄色い煙の渦が前方を横切ったため、ジョーは車の速度を落とした。煙の向こうを透かし見ても炎はどこにもなく、燃えるものはもう残っていないだろうと思った。

ネイトは言った。「長い目で見れば、火災はいい結果をもたらすものだ。新しい下生え、アスペン、すべて生まれかわる」

「ああ、まったくだな。この一週間いやというほど聞いた」

「不機嫌だな」

「ブッチのことを考えつづけているんだ。おれだって彼のようになってもおかしくない」

「あまり考えすぎるなよ」

「そういうすばらしい忠告が聞きたかったよ。いや待て、もういい」ジョーは険のある言いかたをした。

「で、これから訪ねる男の名前はなんだった？」

「ハリー・ブレヴィンズだ。ハリー・S・ブレヴィンズ」

「どういうなりゆきでそいつのことを知った？」

「マット・ドネル、大物の不動産屋からだ。ドネルが家に来てあのホテルを売るとメアリーベスに話したとき、郡の記録部のコネを使って土地の所有権がどうなっているか調べるようにおれはマットに頼んだんだ。そうしたらブレヴィンズの名前が出てきた」

「ほう」

ドネルはいい知らせに文字どおり舞いあがっていた。土地管理局の古いビルが人員を収容しきれなくなっているので、もっと広い場所を探していると、ドネルは聞きつけた。チャンスをすばやくつかんだ彼は〈サドルストリング・ホテル〉の土地をオファーし、土地管理局の担当者はその場所が気に入った——町のど真ん中にあるのだ。

投資はすべて回収できる、とマットはメアリーベスに話した。利益は出ないし修理にかけた費用は損失となるが、莫大な投資額は戻ってくる。その知らせにメアリーベスは喜ぶだろうとジョーは思っていたが、違った。

「土地管理局は建物を壊すんでしょう?」彼女はドネルに聞いた。

「当然壊すはずだ」ドネルはうなずいた。

「それじゃ、完璧で新しい中身のないお役所ビルが建つわけね」

「ああ」

「皮肉ななりゆきじゃない。マット?」

「もちろんだよ。でも、わたしは皮肉を商売にしているんじゃない。不動産を商売にしている」

「あなたにふさわしい」メアリーベスは肩をすくめて言い放つと、階段を寝室へ上っていった。

「メアリーベスは喜んでくれると思ったのに」ドネルはジョーに言った。彼はあきらかに動揺していた。

ジョーは言った。「少し時間をやってくれ」

「簡単じゃなかったんだ、土地管理局にあそこを買わせるのは。わたしが言いたいのは、こっちには多少の費用負担が発生しているってことなんだ、わかるかな」

ジョーは理解を示した。

そのとき、ドネルに権利を調べるように頼んだのだ。


「じゃあ、あんたは無職か」ヘイゼルトン・ロードを車で上っているとき、ネイトは言った。

「ああ」

「いつ家を出なくちゃならないんだ？」

「まだそこまで話はいっていない」ジョーは答えた。「いくらなんでも月末まではいられると思う。新局長は、外からはおれが辞職したと見えないように引き延ばしたいんだ。政府のやることはかなりのろいのさ、知っているだろう」

「そうじゃないときもあるぞ」ネイトはにやりとした。「で、これからどうする？」

ジョーは肩をすくめた。「なにか違った仕事。正直な仕事。朝、鏡で自分をまっすぐ見られるようになりたい」

「それはどんな仕事だ？」

「当てはなくもないんだ、ネイト。ルーロン知事がこの二日で二度おれの携帯にかけてきた。仕事をオファーしたいそうだ」

「ほんとうに？」

「ほんとうに」

「で、まだ知事に折り返していないのか？」

「まだだ」

ネイトはうなずいて、しばらくなにも言わなかった。それから口を開いた。「姿を消してから、おれ自身いくつか事業を手がけた。かなりうまくいっている。おれには需要があるのさ。その内容を聞いた上でパートナーになるのはどうだ？」

ジョーはネイトを見て目を細めた。「さあ。どうだろう？」

ネイトは猛々しい笑みを浮かべた。「それは、あんたがその正義を守る田舎の警官スタイルを完全に捨て去ったかどうかによる」

「捨てていないよ」

「だったら、この話はべつの機会までとっておくほうがよさそうだ」

ジョーは好奇心を感じたが、あえて聞くほどではなかった。ネイトにはどこか困惑を感じる、と思った。あまりにも陽気に、無頓着に見える。以前からネイトには極端なところがあったが、彼なりに名誉を重んじていた。この変化は去年ネイトの身に起きた恐ろしい出来事のせいだと思い、重なる悲劇が人間にどれほど影響を与えるか、わかってはいた。

それにしても……

郡検事長ダルシー・シャルクが二日前ピケット家を訪れ、知事がバティスタに怒りまくっているとジョーとメアリーベスに話した。

牧場主のフランク・ツェラーが数日前に牧草地でよその馬が草を食んでいるのに気づき、それがトビーだった。ツェラーはデジタル録音機を回収してみずからルーロンに届け、知事は録音の内容を聴いたのだ。

ダルシーはくわしいことは知らないと言っていたが、フリオ・バティスタは彼のとった行動の調査を受けるために休職扱いとなっている――そこには、正式な許可なしのヘルファイア・ミサイル使用ももちろん含まれている。知事はバティスタの逮捕を望み、ダルシーを含めて聞く耳を持つ者にはだれにでもそう主張していた。

ジミー・ソリス殺害の容疑でファン・フリオ・バティスタの起訴を考えている、とダルシーは言っていた。いまのところ、連邦組織はドローン攻撃の音響と映像のビデオの引渡しを拒んでいるが、ダルシーは粘り強く、数週間以内には受けとってみせると決意していた。そのときには、彼女はバティスタの身柄をトゥエルヴ・スリープ郡で拘束する書類を提出するつもりだった。

ジョーは言った。「ジミー・ソリス殺害？　それだけか？　やつは指揮官の見地から作戦の不確定要素を言いたてるだろう。運がよくても、故殺（計画的ではない殺人）容疑どまりだ」

「なにもないよりましよ」ダルシーは弁解するように答えた。

「もっとあるんだ」ジョーは言い、まとめたファイルをメアリーベスがダルシーに渡すのを見守った。

「それにたぶん、彼が自分でこっちへ来るように仕向けられる」

昨日、ジョーは郡の留置場にいるブッチ・ロバートソンに面会した。ブッチは、背中と胸ポケットにＴＳＣＤＣ――トゥエルヴ・スリープ郡留置センターの頭文字――と書かれたオレンジ色のジャンプスーツを着ていた。ひげを剃ってシャワーも浴びていたが、両腕は包帯に包まれていた。面会ブースの厚いガラスごしだと前より小さく見える、とジョーは思った。

自白について気持ちは変わらないか、とジョーは尋ねた。

変わらない、とブッチは答えた。

「代理人の件を相談したいんだ」ブッチは続けた。「犯罪者の立場についてはなにも知らない。起訴手続きだかなんだかわからないが、明日ヒューイット判事の前に出ることになっている。おれはヒューイットの家の増築工事をしたことがあるんだ。彼はおれを知っている、その点は有利だと思う。郡は無料の弁護士をつけてくれるというんだが」

「ドゥエイン・パターソンだな」ジョーは言った。「公選弁護人だ。あんたのような注目度の高い事件を扱った経験はない」

「いい男のように見えたが」

「いい男だよ。もっとひどい弁護士がつくことだってある」

「ある公選弁護人事務所から電話をもらったんだ。そこは環境保護局をぎゃふんと言わせてやりたい弁護士チームを抱えているそうだ。そっちでもおれはいい。やつらがおれたちにしたことに少しでも関心を持ってくれる人間が世間にいるのかどうか、疑いはじめていたから」

「それはいいニュースだ」

ブッチはかぶりを振った。「もうおれの手には負えなくなっている、違うか？　いまや、おれはシステムの中の駒にすぎない」

「世間にはいい人たちもいるんだ」ジョーは言った。「少なくともその弁護士事務所の話を聞けよ。たとえ自分たちの主張の正しさを証明するためにあんたの弁護を引き受けるのだとしても、あんたの主張でもあるんだ」

そのあと、ジョーはハリー・S・ブレヴィンズという名前に聞き覚えはあるかと尋ねた。

ブッチはちょっと考えてハッとした。そして、顔を真っ赤にした。「あのくそったれ。じゃあ、やつだったんだな？」

「そうだと思う」

「だったら、どうしてやつはおれに連絡してこなかった？　どうして一対一で話しあおうとしなかった？」

「そういうことを連中はしないんだろう」ジョーは言った。

「で、おれになにをしてほしい？」〈アスペン・ハイランズ〉の半分焼けた看板の横を通ったとき、ネイトは聞いた。「殺してほしいのか？」

「いや」ネイトが冗談を言っているのかどうか、ジョーにはわからなかった。「ただ脅してもらいたい。おれがリードするから、恐ろしいネイトでいてくれ」

「それはできると思う」


ミズーラの森林消防降下隊がそこに降りて、分譲地の周囲に向かい火を放つことで建物を救っていた。山火事が到達する前に、乾燥した燃えやすいものを向かい火が焼きつくしたのだ。だが多くの木々の梢は燃え、分譲地を囲う、X形に組んだ丸太に横木を渡したフェンスも同様だった。〈アスペン・ハイランズ〉は焼け焦げた不毛な地面に残った緑のオアシスだった。ジョーはもちろん消防隊員の手柄だと思ったが、山火事がロッキー山脈北部の前縁部全体の町や都市を脅かしているときに、人員をこの分譲地に振りむける影響力をだれが持っていたのだろう、と思った。

ピックアップをブッチ・ロバートソンの地所の隣に止めた。トラクターはまだそこにあり、捜査官たちが発見された穴も埋め戻されていなかった。犯罪現場のテープの内側の草は、大勢の法執行官たちに踏みつけられて平らになっていた。

「ここが現場か？」ネイトは静かに尋ねた。

「ああ」

「もっと広いと思っていた。たいしたことないな」

ジョーはうなずき、エンジンをかけたままにしてドアを開けた。「すぐに戻る」

ジョーは、色褪(いろあ)せた合板の標的を持ってきた。それをピックアップのからの荷台に放りこんだ。

「いまのはなんだ？」ネイトは聞いた。

「なんでもない」答えてから、ジョーは上方にある緑色の金属屋根の二階建てログキャビンを示した。捜査官たちが発見された日に、その家を見たときのことを思い出した。

「あれがハリー・ブレヴィンズの引退後の住みかだ」

「結構な家じゃないか」ネイトは言った。

「結構な年金なのさ」

キャビンの横のカーポートには新型のジープ・チェロキーが止まっていた。

「彼はいる」

「一人暮らしか？」ネイトは聞いた。

「おれが知るかぎりでは。マット・ドネルの話だと、離婚したそうだ。ここと、やはり家があるデンヴァーと、一年の半分ずつ暮らしている」

「引退前はなにを？」

「国税局の監督官だった」

「そいつの頭に一発お見舞いさせてもらえないかな」

ノックする前にブレヴィンズが彼らの来訪に気づいていても、ジョーは驚かなかった。〈アスペン・ハイランズ〉の中は静かだし、ブレヴィンズはピックアップが自宅の私道へ曲がる音を聞いていたにちがいない。

ショットガンを持ったジョーが近づいていくと、ブレヴィンズはドアを開けた。ネイトはジョーのすぐ後ろにいた。

ブレヴィンズは猫背でやせており、白髪まじりの髪は薄かった。間隔の狭い目、細い鼻、小さな口、それらを補うがっしりと突きだしたあご。さわれそうなほどの不快なオーラを持つ男だ、とジョーは思った。

「道をお尋ねかな?」ブレヴィンズは尋ねた。「なぜ銃を持っている?」

「ハリー・ブレヴィンズ?」

「そうだが、あなたは?」

「ジョー・ピケット。最近までこのあたりの猟区管理官だった。十日ほど前、制服の赤いシャツを着たわたしを見かけたんじゃないかな。保安官事務所の人間と一緒にロバートソンの地所にいたから。ここからなら全部見えたと思うが」

ブレヴィンズは苦い顔をしてかすかに首を振った。ジョーの話した前提を否定するかのように。

「真相がわかったとき、あんたがどんな顔をしているのか見たくなった。思っていたとおりの顔だ」

「わたしは狩りも釣りもしない」ブレヴィンズは言った。「猟区管理官がうちに来る理由はない」

「わたしはもう猟区管理官じゃない。一人の住民として来た」

「解雇されたのか?」

「辞職した。つまり、もう規則どおりに行動する必要はない」

ブレヴィンズはジョーの顔を凝視(ぎょうし)した。ジョーはたじろぎもしなかった。ブレヴィンズがネイトのほうにも用心深い視線を何度か向けるのに気づいた。ネイトを見た人々はまず普通ではいられない。

ブレヴィンズは言った。「会えてうれしいが、いま忙しくて時間がないんだ」

ジョーは言った。「捜査がおこなわれていたとき、わたしが振りかえってこのすてきなキャビンに目を向けたのを、見ていたか？　真相に気づいたんじゃないかと、ちょっとは不安にならなかったか？」

「ほんとうに、こんな話をしている暇は……」ブレヴィンズはあとじさってドアを閉めようとした。

ネイトがジョーの後ろから不意に進みでて腕を突きだすと、手首でドアを押さえた。「おれの友人はあんたに話があるんだ。お行儀よくしろ」

初めて、ブレヴィンズの目に恐怖がよぎった。

「あんたは貯水池の景色がロバートソンの家でさえぎられるのがいやだった」ジョーは言った。「そしてある男から連絡を受け、工事の進捗状況を逐一知らせれば手を貸すと言われた」

「なんの話かわからない」

その声は弱々しくて小さく、言葉とは正反対の意味を伝えていた。

ジョーは話を続けた。「フリオ・バティスタとどういう知り合いなのかわからないが、彼のほうから接触してきたんだろう？　あんたたちには共通の利益があったからだな？　で、あんたとバティスタはことを始め、あんたはこのすてきなキャビンの中でただすわって、連邦政府がブッチを破滅させるのを眺めていたんだ」

「ばかげた言いがかりだ」ブレヴィンズは反論した。

「どうとでも。だが、あんたがブッチ・ロバートソンを時限爆弾にしてしまったのは疑いない」

「彼がだれかを殺すなんてわからなかった。そんなことになるとは夢にも思っていなかったんだ」

ジョーはためらってから聞いた。「ブッチが引き金を引くのを見たのか？」

「いや。わたしは事件があった日は町に出かけた」

「好都合だな」ジョーは間を置いた。「あんたはブッチのことをちょっとでも知ろうとはしなかった、そうだろう？　あんたにとって、彼は野球帽をかぶった貧乏白人にすぎなかった、違うか？　家族がいる地元の建設業者だとは知らなかったんだろう？　あんたから見れば、彼はやかましいトラクターを動かして、おたくの完璧な眺望をだいなしにしようとする頭の悪いゴリラだった。そして事態が手に負えなくなっても、止めるためになに一つしようとはしなかった。一年間あんたの景観を邪魔しないでいたブッチがあの日ここに現れたとき、すぐさま電話をかけたんだな？」

ブレヴィンズが答える前に、ネイトがうなるように言った。「なんというあほうだ」

ジョーはブレヴィンズに言った。「五人が死に、一人が逮捕され、幸せだった家族が崩壊した。何千もの動物や鳥が焼け死んだ。森がまるまる灰になった。あんたはたいしたものだな？」

「なあ」ブレヴィンズの声は動揺しきっていた。「起きたことすべてはわたしの責任じゃない。ただ電話をかけただけなんだ」

「ブッチ・ロバートソンの弁護士があんたのことを知って証言席に呼んだら、面白いことになるだろう。あんたの行為が知れ渡ったら、あんたは一生びくびくしながら後ろを振りかえって過ごすんだ。そうだな、ネイト？」

「振りかえるとおれがいるかもしれない」ネイトは殺意をこめてささやいた。

「いまの話を証明はできないぞ」ブレヴィンズの上唇の上に汗が光っていた。ネイトのほうを向いて尋ねた。「それで、あんたは何者なんだ？」

始末に負えないグリズリーに生の赤肉が放られたのを見たことがあったので、ジョーはたじろいだ——同じ状況だ。

しかし、ネイトは寸時ためらった。そして次の瞬間、爆発した。ネイトは手を突きだしてブレヴィンズの耳をつかみ、ねじった。ブレヴィンズは悲鳴を上げて前のめりになった。ネイトは大型拳銃を抜いてブレヴィンズの上にかがみこむと、彼のこめかみに銃口を押しあてた。

「おまえの耳をねじ切るか、脳みそをネブラスカまで吹き飛ばしてやることもできる」ネイトはたんたんと告げた。「あるいは両方でもいい、順番にな。そっちのほうがおれの好みだ」

ブレヴィンズはうつむいてかぼそい泣き声を上げ、むせんだ。止めるべきかとジョーは思ったが、その気になれなかった。

ネイトはさらにブレヴィンズに体を寄せ、五〇口径リボルバーの撃鉄を起こした。

そしてブレヴィンズに告げた。「おれはこの手であんたよりずっとうまく人間をずたずたにしてきた。鼻の骨を折り、耳をねじ切り、両手足を引きちぎってそれで頭を殴りつけてやった。そういう報いに値するやつらにはおれは喜んでやってやる、よく聞いておけ。おまえはたいていのやつらより報いに値する。だから、友人のジョーにいますぐ吐かないと、十秒以内に自分の金玉を口に突っこまれることになるぞ。わかったか?」

ジョーはぎょっとしたが、同時に効果的だと思った。

ブレヴィンズは猫のような弱々しい泣き声を発したあと、言った。「ロバートソンがトラクターを運んできたとき、フリオに電話した。どうなるか、まったく知らなかったんだ」

「だからあの捜査官たちはあんなに早く現れたんだな」ジョーは言った。「どうしてなのか、頭がおかしくなるほど考えたんだ。それで、バティスタと最後に話したのはいつだ?」

「なぜそれが重要なんだ?」

ネイトはブレヴィンズのこめかみに銃口をねじこみ、皮膚が切れた。ブレヴィンズは悲鳴を上げた。

「質問に答えろ」ジョーは命じた。

「二日前。彼が電話で、パム・ロバートソンが今日記者会見を開くことについてなにか知っているかと聞いてきた」

メアリーベスがプレスリリースを書いて、八百キロ以内のすべての新聞、ウェブメディアにメールしたので、ジョーはその件を全部知っていた。

「バティスタになんと話した？」ジョーは聞いた。

「今日の午後の予定だと」

「パムの家への道を聞かれたか？」

一拍置いて、ブレヴィンズは答えた。「ああ」

ネイトの指が引き金を絞った。

「頼む、ああ神さま、こいつをどこかへやってくれ」ブレヴィンズは訴えた。

ネイトはジョーを見てにやりとした。ジョーは落ち着かない気持ちだった。なにかがネイトに起きて、彼がつねにあると主張してきた倫理的境界線を越える行動に駆りたてている。自分が「やれ」と言えば、ブレヴィンズは間違いなく殺される、とジョーは思った。頭を吹き飛ばされる。

そうは言わず、ジョーは新しいデジタル録音機を胸ポケットから出して確認し、ブレヴィンズに見せた。

「あんたはいまの話を法廷でもう一度聞くんだ」

まだネイトに押さえこまれているブレヴィンズは見上げ、その目には恐怖と狼狽(ろうばい)があいなかばしていた。

ジョーの家へ帰る途中、ネイトは言った。「ああいうばかが多すぎる。だからおれたちには革命が必要なんだ」

ジョーは答えなかった。さっきは証拠を得るためにブレヴィンズへの燃えるような怒りをなんとか抑えていたものの、ひと苦労だった。ネイトの過剰な反応が空気をおかしくしてしまった。

「あんたのことが心配だ」ジョーは助手席のネイトを見ずに言った。

「どうした？　おれが彼の脳みそを吹き飛ばすと思ったか？」

「ああ」

「脅かせと言っただろう。ネイトでいろと」その口調には怒りがあった。

「それでも、あんたは本気でやりたがっているように感じた」

「やりたかったさ」ネイトは即座に答えた。「社会を動かしている特権階級の能なし官僚ほどひどいものはこの世にない。やつらはぜったいに捕まらないし、捕まっても現実に裁かれることはない。さっきのどあほうにはなんらかの裁きを下してやりたかった」

「わかるよ。だが、彼の名前が広まって今回のすべての発端が彼だと知れ渡ったら、世間から爪弾き（つまはじき）にされるだろう——もっとひどいことになるかもしれない。刑務所にいるほうがましだと思うだろうよ」

「だったらよかったじゃないか？」

ジョーはどう答えればいいのかわからなかった。

「あのウェブサイトの書き込みを見て、メアリーベスがおれの助けを求めていると思った。最近のおれの状況をあんたはわからないだろうし、知りたくないだろうが、助けがいると知って、おれはなにもかも放りだして来た。だから大目に見てくれ、ジョー。あんたのためにやったんだ」

「感謝している」

「いつだって引きかえせるぞ。やつを撃ち殺すことも家を焼くこともできる」

ジョーはかぶりを振った。「火事にはもううんざりだ。それに、もっとでかい魚を釣りあげないと」

ジョーは携帯を出して自宅にいるメアリーベスにかけた。

「ハニー、ハナかパム・ロバートソンはまだそこにいるか？」

「ハナはいるわ、もちろん」メアリーベスは答えた。「パムはこのあとの記者会見の予習をしている。わたしたちが受けた電話の数からして、マスコミが大挙して来るはずよ」

「よかったな」

携帯の画面に別の着信が表示された。相手の名前を見て、ジョーはメアリーベスに言った。

「別の電話をとらないと――リード保安官からだ」

「あとでかけて」

「わかった」ジョーはリードの電話に出た。「保安官」

「ジョー、あんたの読みどおりだった。郡境を越えた瞬間に彼を連行した、いま取調べ室にすわって弁護士を要求している」

「銃を持っていたか？」

「装填ずみの十二番径ショットガンが後部座席にあった」

「十五分以内にそっちに行く」ジョーは通話を切った。

ネイトは期待の目を向けた。

「うまくいった。記者会見に釣られてのこのこ出てきたよ」

ネイトは満足げにうなずいた。「あんたの家で降ろしてくれ。一緒に行ってあの野郎をシメてやりたいのはやまやまだが、大勢の警官に見られるわけにはいかない」

ジョーは同意してひそかに微笑した。

うまくいった。

36

ジョーはトゥエルヴ・スリープ郡保安官事務所の受付ホールの両開きのドアを通り、通信指令係のウェンディにあいさつした。彼女は手を振った。中の壁面には、ほこりを払う必要のあるエルク、シカ、プロングホーンの頭部やマスの剝製が飾られている。

「マイクは？」ジョーは尋ねた。

「オフィスで待っている」ウェンディは答えてから彼を眺めた。「制服を着ていないあなたを見るのは変な感じね」

「おれも変な感じだよ」ジョーが答えてカウンターを回ると、リード保安官が車椅子でオフィスから出てきて迎えた。

「彼はその中か？」ジョーは取調べ室の閉まったドアを手で示した。

「モニターで監視している」リードは答えた。「いらいらしているよ、控え目に言っても」

リードはオフィスの中へ車椅子をバックさせ、ジョーはついていった。テレビモニターの前の折りたたみ椅子にすわっていたジャスティン・ウッズ保安官助手、ゲイリー・ノーウッド鑑識官、ダルシー・シャルクが顔を上げた。モノクロの映像のファン・フリオ・バティスタが、なにもないテーブルを前にすわっている。頭上のカメラレンズを意識していて、こっそりと目をやっている。

ダルシーは心配そうだった。彼女は規則にのっとった手法で有名な郡検事長だ。問題なく起訴できる、それほどたくさん規則違反はおかしていない、と請け合うべく、ジョーはダルシーに笑顔を見せた。これは法的には罠に近いかもしれないが、一線は越えていない、と。

ジョーはデジタル録音機を掲げた。「バティスタと共謀していたのはブレヴィンズだった」

そしてノーウッドに言った。「文字起こしするときには、脅迫の部分は削除したほうがいい」

ノーウッドは微笑し、ダルシーはうめき声を上げた。

「心配いらないよ、ダルシー、あとでテープと写しは紛失したことにすればいい。こういうものは必要ないくらいだ」

ジョーは画面のバティスタに視線を移した。小さく、青ざめて、不安そうに見えた。右目の上は醜いみみずばれで赤くなっている。

ジョーの考えを読んだように、リードはあからさまな嘘をついた。「パトカーに乗せるときに、彼はかがむのを忘れてね。手錠をかけられるのは好きじゃないらしい。どうやら、まだわれわれスモールタウンの田舎警官を高く評価していないようだ」

「彼はしゃべったのか?」

「いや。しばらくはしゃべらないと思う。すぐに出られないかもしれないと悟れば、変わる可能性はある」

ダルシーは慎重に言った。「彼は質問に答えるのを拒否し、ただちに弁護士を要求したので、わたしたちは譲歩したの。いま顧問弁護士がデンヴァーから飛んでくるところのようよ」

ジョーは言った。「もうそういうことを気にしなくてすむ身分になってよかったよ」

「ジョー……」ダルシーの声は小さくなって消えた。

「バティスタが来たら十分だけやると約束した。それ以上はだめだ」リードはジョーに告げた。「だからさっさと入って出てこい。急げ」

ジョーはうなずいた。「モニターで見ているのか？」

「ええ、そして記録されている」ダルシーはあきらかに取り決めを不快に思っていた。「だからぜったいに……」

だがジョーはすでにきびすを返し、オフィスを出て取調べ室へ向かっていた。

フアン・フリオ・バティスタは罠にかかった動物のようにジョーを見上げた。手錠をかけられた両手をテーブルにのせ、指を組んでいた。ジョーが向かい側にすわると、彼は目を細めた。

バティスタは言った。「弁護士がここへ来るまでわたしはだれにも一言もしゃべらない。これ以上わたしを尋問する権利はきみたちにない。自分の権利は知っているんだ」

ジョーは肩をすくめた。「わたしは法の執行官じゃない。そういう規則は適用されないんだ。辞職した、忘れたのか?」

「だったらどうしてここにいる?」

「バッジをつけていないほうが効率的に進む場合もあるとわかったんだ」

バティスタはとまどった表情になった。

ジョーはポケットから録音機を出して、二人のあいだのテーブル上に置いた。ブレヴィンズとの会話を再生するボタンを押した。聴いているバティスタの顔から血の気が引いた。ブレヴィンズが「頼む、ああ神さま、こいつをどこかへやってくれ」と訴えたところで止めた。

「そこにずっと頭を悩ませてきたんだ」ジョーは言った。「ブッチが作業を再開したとき、どうしてあんたがあんなに早く捜査官たちをこっちへよこせたのか。これでわかったよ」

「あきらかに強要された発言だ」バティスタの声は自分で願っているほど力強くはない、とジョーは思った。「法廷ではぜったいに通用しない」

「その必要はないんだ。ブレヴィンズは司法取引をして、自分が逃れるためにあんたを差しだすだろう。それに、あんたが何度も彼に電話しているのを証明するには、環境保護局の通話記録を手に入れればすむ。わたしの友人であるFBIのチャック・クーンがいま手続き中だ。あんたは刑務所へ行くんだ、バティスタ。ワイオミング州ローリンズが新しい住まいとなる。そして、あんたほどそこにふさわしい人間はいない」

バティスタの目の中でなにかが死んだ。

「わたしの妻はじつに賢くてね、時系列を整理してくれた」ジョーは続けた。「彼女が間違っていたら教えてくれ、いいね？　全貌を解明したと確認したいんだ」

バティスタは無言だった。

「あんたはジョン・ペイトというださい名前でシカゴで育った。好かれる子どもじゃなかったのでだれにも好かれなかったが、あんたには偉くなりたいという強い願望があり、いつか見返してやると思っていた。だから、過去をすべて捨てて州外のフォート・コリンズのコロラド州立大学へ行くのが待ちきれなかった。そこで自分を徹底的に変えるつもりだったんだろう？　大学はそれに適した場所だ。ここまでは合っているか？」

「じつにばかげている」バティスタは答えた。

「肯定するという意味だな。あんたは社会学と、環境問題うんぬんを専攻した。大学四年のときには大物きどりだった。新入生のオリエンテーション週間のあいだに、あんたはワイオミング州ダグラスから出てきたとても魅力的で純真な一年生の女の子に目を留めた。牧場からそのまま来たような雰囲気で、あんな大きな大学の中で友だちもいなかった。名前はパム・バーリッジ。あんたは彼女にのぼせあがり、広い大学で途方に暮れていたパムはしばらくはあんたが世話を焼くのを感謝していた」

バティスタは視線をそらしてそっぽを向いた。いい兆(きざ)しだ、とジョーは思った。

「だが、あんたは彼女に対して高圧的すぎた。独裁者同然に支配しようとしたんだ。パムが新しい友人をつくるのを嫌ったし、未来の生活を共にしようとしつこく迫って彼女を怯えさせた。パムの仕事は自分を支え、隣でにこにこしていることだと言った。ほかの男とちょっとでも話をしようものなら、あんたは嫉妬で怒りまくった。自分をあまりにも高く評価していたので当時は気づかなかったろうが、彼女はあんたから離れたくてたまらなかったんだ。フォート・コリンズのオールド・タウンにあるクラブで、パムは逃げ道を見つけた。彼の名前はブッチ・ロバートソン。ハイスクールしか出ていない無教養な建設労働者で、サドルストリングに戻る途中に立ち寄っただけだった。彼はあんたが軽蔑するたぐいの男だった――ブルーカラーで無骨で洗練もされていない。田舎者だ」

バティスタは首を振ったがジョーのほうを見なかった。そしてこれからが、ペイトについてのメアリーベスの調査が成果を上げたところなのだ。

「あの晩そのクラブでたいした騒ぎになったたな？　故郷のワイオミングから来た田舎者と話しこんでいるのを見て、あんたはパムの腕をつかんだ。するとその田舎者はあんたをさんざんぶちのめした。あんたの友人たちの目の前で！　ブッチを訴えた警察の調書によれば、あんたは複数の打撲傷を負い、肋骨も何本か折れたそうだな。しかし、フォート・コリンズの警察はブッチを逮捕しなかった、そのときにはもういなくなっていて、しかもパムを一緒に連れていった。彼女はあんたをポイと捨てたんだ。そのあと退学して、相手の男と結婚した」

バティスタの首筋の血管がギターの弦のようにぴんと張りつめた。

「こたえただろうな？ パムはあんたのことをきれいさっぱり忘れたが、あんたは脳裏から彼女を消すことができなかった。名前を変えて官僚組織での出世が始まったあとでさえ、まだ内心は煮えくりかえっていたんだな？ このばかな小娘はあんたを振って教育もない負け犬に乗り換えたと？

だから一年前、あんたは彼女を探しだして電話した。自分の新しい名前を教えたり、そのときなにをしているかちゃんと話したりはしなかった。ただ、うんと成功しているとだけ言った。ちょっと連絡をとって、何年もたったあとでどうしているか知りたかっただけだ、と。だが、あんたの声を聞いてパムが目を覚ますのを期待していたのはあきらかだ。ところが、パムは二度と電話してこないでくれと言った。自分とブッチは幸せでいまは娘もいて、楽しく暮らしている、と。事実、一家はあの地所を手に入れていた……」

ジョーはすわりなおし、バティスタが向きなおってこちらを見るのを待った。

バティスタが目を合わせると、ジョーは続けた。「先週環境保護局のウェブサイトであんたの写真を見たあと、パムは全部話してくれたんだ。あんたの顔写真のせいで昔の悪い思い出がよみがえったが、あんたからの電話はあまりにもささいなことだったので彼女は忘れていた、それでブッチに話しさえしなかった。少しばかり胸が痛むだろう？」ジョーはさらにバティスタの気持ちを逆なでした。

「こんな話を聞く必要はない」バティスタは歯ぎしりするように言った。

「ここで妻が整理した時系列がものをいうんだ」ジョーは追いつめていった。「一年前あんたがその電話をかけたとき、アイダホ州のサケット事件が注目を集めていた。第八地区のあんたの同僚にも身を引き締めた者はいたはずだ。だが、あんたはそういう見かたをしなかった。サケット一家がなにをされたかをくわしく知って、パムとブッチを破滅させるのに最高の手段が見つかったと思った。二人からこうむった苦痛と屈辱の仕返しができる。だからデンヴァーのオフィスでこっそり二人が買った土地を調べて、ブレヴィンズの存在に気づいた。あんたは権力の座から今回の事件をスタートさせ、ロバートソン夫妻にもほかのだれにも、背後に自分がいると悟られずにブッチたちをやっつけられると考えたんだ」ジョーはちょっと間を置いた。「そしてあの二人の捜査官をここへ送りこんで死なせた」

バティスタは怒りを爆発させ、手錠をかけられた両手でテーブルを叩いた。「違う！　彼らは順守命令書を手渡して戻ってくるはずだった」

ジョーは「やったぞ」と言うように、天井の右隅にあるカメラをちらりと見た。そしてバティスタに視線を戻した。

「ああ、あんたはそんなつもりはなかったよな。銃撃事件になるなんて思ってもいなかったと、わたしはじっさい信じている。しかし、起きてしまったとき——あんたはパニックになった。とはいっても、この話が外に洩れれば自分の世界とキャリアが吹き飛ぶのはわかった、だからダメージコントロールをしようとした。ブッチがしゃべれば自分の存在がばれるから、彼を殺す決意をした。そして今日、あんたのこととあんたがなにをしたかパムが暴露する前に、彼女を脅迫するか殺すかするつもりだったんだ。記者会見はあんたをここにおびき寄せるための妻のアイディアだったんだよ、地元で起訴できるようにね。あんたがここまで向こう見ずで愚かだったとは、おれは完全には信じられなかったが、ブレヴィンズが真実だと認めた。そして彼は証人席でも認めるだろう」

「やつは嘘つきだ」

「そうかもしれない。しかし、ショットガンを所持しているところを捕まったのはあんただ」

バティスタは鼻先で笑ったが、顔色は真っ青だった。

「あんたはどこか怪しいとおれが最初に思った理由がわかるか?」ジョーは椅子に背をあずけた。「懸賞金を出すと、自分ではなくアンダーウッドに発表させたときだよ。あれは超必殺技だったし、あんたみたいな名誉に飢えた政治屋が自分の名前を新聞に載せるチャンスを逃すのは、合点がいかなかった。だが、あんたはパムかブッチにジョン・ペイトだと気づかれて、ことの真相を悟られたくなかった、そうだな？ 自分自身を救う唯一の方法は、たくらみを突き止められる前に夫妻を葬(ほうむ)り去ることだった。そして、いまはこのざまというわけだ」

ジョーは立ちあがってかぶりを振った。「あんたのせいで家族が崩壊し、五人が死に、そのうちの一人はあんたが手を下した。最悪のやりかたで権力を濫用したんだ。わたしに言わせれば、あんたがどうなろうと当然の報いだし、まだ足りないほどだ」

「弁護士を……」バティスタは言いかけたが、途中で頭が真っ白になったようだった。

取調べ室のドアを閉めたあと、ジョーはリードのオフィスをのぞいた。

「役に立ったか？」彼は聞いた。

「あのくそったれを吊るしあげてやる」ダルシーがいきりたった。

「それでこそきみだ」そしてジョーはリードに言った。「ブッチに経過を伝えてくれないか。刑務所でバティスタとばったり会ったときのために、ウェイトトレーニングを始めたいんじゃないかな」

リードは大きな笑い声を上げた。

「やれやれ」ジョーは重いため息をついた。「おれはもうしゃべり疲れた」

それにもかかわらず、ジョーは郡庁舎の駐車場のピックアップからメアリーベスに電話した。「終わったよ」

「よかった。パムに話すわ」

「ハナはまだそっちにいるのか？」

「いつものようにルーシーと一緒よ、夕食も食べていく」

「きみは聖人だな」

メアリーベスが目を白黒させているのが想像できた。彼女は答えた。「食べさせる人数が一人増えただけ。どうってことないわよ」

「あの子から目を離すな。話をしなくちゃならない」

「ジョー」メアリーベスの声は心配そうだった。「どうしたの？　なんだか変よ」

「まだきみには話せないんだ」

「ブッチが伝言をよこした？　ほら、ハナは面会できないでしょう。面会には年齢が若すぎるから。だから、娘に伝えたいことを彼はあなたに託したんじゃないかと思ったの。違う？」

ジョーは目を閉じた。これからしようとしていることは、生涯でいちばんつらく感じられる。メアリーベスがそばにいて、事態をさらに困難にするのではなく、自分を勇気づけてくれればいいのだが。しかし、彼女は知らない。

ジョーは言った。「ハナを家から出さないでくれ、頼む」

37

ジョーが自宅に入ると、ハナ・ロバートソンがルーシーとやっていたボードゲームから顔を上げた。その目には恐れがあった。ルーシーはとまどった表情で友だちを、そしてジョーを見た。

「ハナ」ジョーは声をかけた。「散歩しないか?」

少女はうなずき、身構えるように立ちあがった。

「パパ——どうしたの?」ルーシーが尋ねた。

「いいの」ハナはルーシーに言った。「すぐに戻ってくるね」

「パパ」ルーシーの声はいらだっていた。

メアリーベスがキッチンからとりなした。「ルーシー、お父さんはハナにお話があるのよ」

ジョーはメアリーベスに感謝の視線を投げ、メアリーベスはどうなっているのというように眉を吊りあげた。

ジョーはハナに指を一本上げ、ちょっと待ってと合図した。そしてメアリーベスを脇に連れていった。妻に顔を寄せて言った。「あの子にはおれたちの助けが必要だ。とくにきみの助けが必要なんだ、メアリーベス」

そして、彼女に打ち明けた。

それに対して、メアリーベスは目を見張り、二本の涙の管のバルブが開いたかのようにたちまち涙ぐんだ。彼女は両手で口元をおおった。

そしてささやいた。「なんてことなの……」

ジョーは言った。「あの子の力になってやってほしい。馬の世話や乗馬はセラピーになるときみは言っていたね。それが役立つかもしれない」

「少しは役立つでしょう。でも、克服するにはあまりにも大きすぎることよ」

「エイプリルの問題も大きすぎて克服できないとおれたちは思っていた、だがいまのあの子を見ろよ。きみはエイプリルに奇跡を起こしたんだ」

メアリーベスは目に疑いの色を湛えて、ジョーに視線を返した。


ネイトはシェリダンと一緒に家の裏の野原にいて、ひもの先のハトの羽のルアーで空中に弧を描いていた。シェリダンのチョウゲンボウは煙の漂う上空で輪を描き、次の瞬間ルアーに飛びついた。シェリダンの喜びの叫び、次にネイトの低く響く笑い声をジョーは聞いた。

ハナはジョーについて裏庭の門から出た。ジョーは門を閉めた。

「こっちだ」彼は道路のほうを示した。

ハナは足が重くてしかたがないかのように、絞首台へ向かっているかのように、従った。

「おれたち二人とも、つらいところだ」ジョーはハナに言った。

うなずいた少女の目は大きく見開かれて怯えていた。

「きみのお父さんが刑務所に入るのは知っているね、おそらく終身刑で。それはわかっている、そうだね？」

ハナはうなずいた。「耐えられない」

「ハナ、おれはきみの車のトランクの中で二二口径ライフルを見つけた。だれも気づかないうちに、早くどこかへやらないとだめだ」

ハナの目に涙があふれたが、少女は動かず、なにも言わなかった。

「鑑識チームは捜査官たちが小口径の弾で殺されたのを知っている。彼らはきみのお父さんの二二三口径から発射された弾だと考えているが、どこかの時点で気づかないともかぎらない」

ハナはその場で凍りついたようになっていたので、ジョーは手を後ろに伸ばしてやさしく腕をつかみ、誘導した。

「きみとブッチが標的で射撃練習をしていたときに、あの捜査官たちが現れたんだね？」

「撃ってたのはあたしだけ」小さなささやき声だった。「パパはトラクターでなにかやってた」

パパがようやく帰ってきてどれほど嬉しかったか、あの日一緒に分譲地へ行きたいと言ったときパパの笑顔がどれほど楽しそうだったか、それを語る少女の声はすすり泣きで震えていた。

「なにがあったか正確に話して」ジョーは促した。

「最初に若い男の人が車から降りてきて、パパのほうへ歩いていった。銃を持ってたの。パパの顔を見たとき、パパが銃に気づいてないのがわかった。びっくりして、怒ってるように見えた。その男がパパを撃とうとしてるとあたしは思ったの。そのとき手に二二口径を持ってて……あたしは撃ってた。彼が倒れたとき、年上の男の人が上着の内側に手を入れたので、その人も撃ったの。パパがやめろと叫んだけど、もう遅かった」ハナは泣いていた。「ただ引き金を引いたの。いまでも自分のしたことが信じられない。なにも考えてなかった。ただ、追いはらいたかっただけ」

「二人は名乗らなかった?」

「二人を殺すつもりじゃなかった。

「うん。『あんたがブッチ・ロバートソンか?』って聞いただけ」

ジョーはハナを抱き寄せ、泣きじゃくるにまかせた。

「パパはやっとうちに戻ってきて、また楽しそうに見えた。あたしはパパにそのままいてほしかったし、なにもかも普通の状態が続いてほしかったの。でも、あの人たちが来て、パパのあの顔を見たら……」

ハナはジョーにしがみついて泣きつづけた、両手で抱きかかえすべきなのか、ジョーは迷った。

「そのあと、きみたち二人はビッグストリーム牧場へ行って、きみはブッチを降ろして彼のピックアップを家まで運転していった。それから自分の車に乗ってここへ来た。そこまでは合っている？」

「パパはあたしをやっかいな目に遭わせたくなかったの」ジョーのシャツに顔を埋めたハナの声はくぐもっていた。「だれにも言わないって、パパは約束させた。パパは、あたしにもう一度チャンスをやりたいって」

「きみのママは知っているのか？」

「まさか、知らない」少女は叫んだ。「お願い、ああ神さま、ママに言わないで」

ジョーはハナの背中をなでた。

「あたしを牢屋に入れる？」

「いや。真相を突き止めたとき、それはしないときみのパパに約束した。彼はもう自供しているし、それを撤回する気はない。おれはメアリーベスにだけは話した。彼女はこんどのことにきみが向きあう手助けをすると言ってくれたが、努力してメアリーベスの話をよく聴くと約束してもらわなければ」

「約束する」ハンナは言った。「ルーシーには？　あたしの親友」

「それはきみしだいだ」この質問にどう答えたらいちばんいいか、メアリーベスに相談しておけばよかった、とジョーは後悔した。

「ほかにだれか知ってるの？」ハンナは尋ねた。

ジョーは深いため息をついた。「なにがあったか目撃できたはずの唯一のほかの人間は、あの午後たまたま家にいなかった」

「じゃあ、あたしは牢屋や刑務所には行かない？」

「おれはもう法の執行官じゃないんだ」

家のほうを見ると、メアリーベスが窓の前にいて、また口元を両手でおおっていた。メアリーベスに重荷を負わせすぎたのではないか、とジョーは危ぶんだ。

「パパはきみのためにすべてをなげうったんだ」ジョーは言った。「自由、名誉、未来。きみは彼にした約束を守り、彼の誇りにならなければ」

「そうする、ぜったいに」ハンナは悲痛な泣き声を上げた。

ハンナが落ち着くまでそばにいてから、ジョーは促した。「さて、家に戻ろうか」

「ありがとう」少女は言った。

「彼はいい父親だ」

「最高よ」

まだ肩を上下させながらゆっくり家へ向かうハナを、ジョーは見守った。メアリーベスが入口で出迎えた。

そのあとジョーは携帯を出した。ルーロン知事の電話に折り返す頃合いだ。

仕事がいる。

著者あとがきと謝辞

この物語の前提は事実に基づいている。

アイダホ州ノードマン在住のマイク&シャンテル・サケット夫妻に感謝を捧げる。本書で描かれた事件と似た状況で環境保護局と闘った二人の勇気にだけでなく、快く体験を話してくださったご好意に。権力の濫用(らんよう)に激怒された読者の皆さんは、サケット夫妻を弁護して、二〇一二年に最高裁で九対〇という素晴らしい画期的な判決を勝ちとった、パシフィック・リーガル・ファウンデーション法律事務所(http//:www.pacificlegal.org)に寄付を検討されるのもいいだろう。

ボブ・クローター、ヒュー・ヒューイット、ジェイク・バド、マーク&スージー・ダニング、マーク・ネルソン。皆さんが惜しみなく提供してくださった識見、伝手(つて)、背景、協力に格別の感謝を。

わたしのそばで支援してくれたローリー・ボックス、ベッキー・リーフ、モリー・ドネル、ロクサーン・ボックス、ジェニファー・フォネズベック、ドン・ハジチェクに、心からありがとうと言いたい。パトナム社のイヴァン・ヘルド、マイケル・バーソン、トム・コルガン、そして伝説的なニール・ナイレン(賢くもわたしの電話に折り返してくれた)、ならびにニューヨークのすばらしきアン・リッテンバーグに感謝を申し上げる。

連邦政府の土地所有率（上位12州）

州名	州面積 （平方キロメートル）	連邦政府の所有率 （パーセント）
1 ネヴァダ	159,408	87.6
2 ユタ	92,522	68
3 アラスカ	633,581	67
4 アイダホ	89,406	65.2
5 オレゴン	88,277	55.5
6 カリフォルニア	129,090	49.9
7 ワイオミング	80,035	49.7
8 アリゾナ	83,470	44.3
9 コロラド	66,953	38.9
10 ニューメキシコ	72,890	36.2
11 ワシントン	36,218	32.8
12 モンタナ	76,969	31.9

出典：国立自然保護区域研究所

訳者あとがき

猟区管理官ジョー・ピケット・シリーズの新作『発火点』をここにお送りすることができ、感謝と喜びでいっぱいだ。やむをえない事情で講談社文庫で新作が出せなくなり、訳者として愛し、しかも多くの読者がついてくださっているこのシリーズを、ぜひとも続けたいと願っていたところ、東京創元社が刊行を引き受けてくださった。

アクション満載の傑作だったシリーズ前作『鷹の王』で、ジョーの盟友ネイト・ロマノウスキの謎に満ちた過去が明らかになったあと二人はどうなったのか、と待ってくださっていた皆さま、版元さんは変わっても、引き続き変わらない面白さでお届けするので、今後ともどうぞお引き立てのほどを。

そして初めましての皆さま、創元推理文庫で出してくださるからには、ミステリとしてのクォリティは保証つきだし、途中からでも充分楽しめるシリーズなので、お手にとっていただければ嬉しい限りである。

とくに時節柄、思うように出かけられずストレスが溜まっている方々には、雄大な自然の中でくりひろげられるこの白熱の冒険サスペンスで、日常を忘れる爽快感を味わっていただること、請け合いだ。

仕事中に娘の友人の父親ブッチ・ロバートソンと山中で出会ったワイオミング州猟区管理官ジョー・ピケットは、ブッチのいつもとは違う様子を妙に思いながらも、そのまま別れてしまう。ところが、ロバートソン夫妻所有の地所から合衆国環境保護局の捜査官二人の射殺死体が発見される。

捜査官たちは、夫妻の地所の工事を差し止める文書を送達しにきたのだった。引退後の家を建てるために、経済的に豊かではないロバートソン夫妻がようやく手に入れた土地なのだが、約一年前に突然、環境保護局からそこは湿地帯であり、水質浄化法に違反するので工事はできない、と理不尽な通告を受けていた。

捜査官たちが来たことで逆上したブッチが彼らを殺して山へ逃走した可能性が濃厚となり、環境保護局、FBIなどの連邦組織がワイオミング州に押し寄せてきた。そして地元の保安官事務所を押しのけ、大規模な人狩りを開始した。容疑者ブッチを最後に目撃したジョーは、狩猟漁業局の新しい局長から協力を命じられ、捜索の案内役を務めることになる。ブッチの行動にはなにか深い理由があるのではないか、連邦組織側の対応はあまりにも強引ではないか、とさまざまな疑いを抱きつつ、ジョーは環境保護局のチームとともに山中へ向かうが

……

本作は、『発火点』というタイトル（原題は*Breaking Point*）に象徴される物語といえよう。さまざまな登場人物の内面が、とうとう発火する温度に到達してしまうのだ。田舎町で地道に働いてきたブッチとその家族は、連邦政府から思いもよらぬ仕打ちを受けつづけ、ついに限界に達する。ジョー自身も新局長からデスクワークを打診され、これまでさんざん衝突してきた官僚組織に組み入れられてしまうかどうかの瀬戸際に立たされる。愛する家族の生活を守る責任とみずからの倫理観の板ばさみとなり、ジョーの導火線もじりじりと燃えていく。また、ブッチを追いつめる環境保護局第八地区本部長バティスタもじつは、過去に由来する発火点を秘めていた――

さらに、『鷹の王』で負傷したまま姿を消したネイトもちらりと登場するのだが、彼もどうやら発火点に達した、もしくは限界点を突破してしまった、そんな暗示も垣間見える。

重層的に展開するストーリーの中で、最大の読みどころは捜索作戦のさなかに森林火災が起き、すべてを舐めつくす炎からジョーたちが決死の脱出を敢行する場面だろう。臨場感のあるアクションと自然描写で、いまC・J・ボックスの右に出る者はいない。それはもう手に汗握るシーンの連続で、脱出行はけわしいサヴェジ・ラン峡谷で山場を迎える。昨年、未訳だったシリーズ第二作『逃亡者の峡谷』が講談社から電子書籍オリジナルで刊行され、やはりこのサヴェジ・ラン峡谷が物語のクライマックスの舞台になっているので、合わせてお読みいただくとよりいっそう楽しめるのではないかと思う。

『発火点』に寄せられた本国の書評をご紹介しよう。

西部を舞台にしたサスペンスに求められるすべての要素が詰まっている。（中略）横溢する危険とサスペンス、圧倒的な大自然と森林火災。（中略）ボックスは期待通りのみごとな文章で物語を紡ぎ、その簡潔で正確な言葉にときおりまじる、著者とジョー・ピケットの心の故郷である大地の詩的な描写もみごと。

——ワシントン・タイムズ

ボックスはその才能の頂点を極めてしまった、と思うと、雲が消え、空が晴れわたり、前作よりはるかに高い新たな頂点が現れる。この『発火点』こそ、その好例だ。

——ブックレポーター

次に、日本における本シリーズの評価も既刊の講談社文庫の解説から引用させていただく。

この豊かな感情体験としてのミステリということで、僕は、冒険小説の王者、ディック・フランシスの競馬シリーズ（『興奮』『大穴』）を思い出す。（中略）アクション小説／冒険小説が絵空事になりつつあるときに、C・J・ボックスは、さまざまなことで葛藤する生身の男を創造し、強靭さと同時に脆さもしかと捉えて等身大のヒーローを作り上げた。

――『凍れる森』池上冬樹氏

ジョー・ピケット物は、冒険サスペンス愛好家のみならず、ミステリー読者の読書リストに加わるべきシリーズなのである。「超絶お薦め！」と声を大にして言いたい。

――『フリーファイア』折原一氏

迫力満点のアクションにも息を呑むけれど、戦うネイトは美しい。（中略）どきどきしながら読み進むのである。

――『鷹の王』北上次郎氏

日本でも根強い人気を保つこの長寿シリーズの特長は枚挙にいとまがない。まず、誠実で頑固で家族を愛してやまない主人公ジョーの好ましさ、というか、有能ではあるのだがどこか放っておけない不器用なキャラクターがある。そしてジョーと同じくらい読者の人気が高い鷹匠（たかじょう）、孤高で非情なネイト・ロマノウスキの惚れ惚れするかっこよさも魅力で、『鷹の王』など、ネイトが主人公でジョーが脇にまわる作品も書かれているほどだ。

次に、訳者が毎回脱帽するのは、現代アメリカを象徴する新しいテーマをつねに盛りこんでくる、著者の着眼点の鋭さだ。西部の片田舎にいまのアメリカ社会の光と影が凝縮（ぎょうしゅく）されていると聞くと不思議に思うかもしれないが、ご一読いただければボックスの洞察力と問題意識に感心するはずだ。

また、ワイオミング州の大自然の迫力と美しさのみごとな描写は、訳者として余すところなくお伝えしたいといつも腐心している。

最後に、愛妻メアリーベスと三人の娘の成長を描くピケット一家の大河ドラマとして読める点もいい。第一作から『発火点』まで十三年ほどの月日がたっているが、いくつもの事件に巻きこまれ、ときには悲劇に見舞われながらも、家族はジョーを支え、ジョーも彼女たちの支えを頼りにしてきた。苦労しながらも力強く歩んでいく一家がこれからどうなっていくのか、楽しみだ。

初めて本シリーズを読まれる方々のために、C・J・ボックスについてあらためて紹介しておこう。ワイオミング州に生まれ育ち、牧場従業員、釣りのガイド、地方紙の編集者などを経て、二〇〇一年にデビュー作であるジョー・ピケット・シリーズ第一作『沈黙の森』で、アンソニー賞、マカヴィティ賞、バリー賞などの新人賞を総なめにした。エドガー賞だけは最終候補に残るも逃してしまったが、二〇〇八年発表のノン・シリーズ『ブルー・ヘヴン』(ハヤカワ・ミステリ文庫)で最優秀長編賞を受賞し、リベンジしている。最新作 *Long Range* を含む二十冊のジョー・ピケット・シリーズと、単発作品八冊(一冊は短編集)を刊行しており、ニューヨーク・タイムズ・ベストセラー・リストの常連作家だ。彼の作品は全世界で一千万部以上を売りあげ、三十ヵ国語に翻訳されている。

講談社文庫の既刊シリーズはすべて電子書籍化されており、刊行が最近のものは紙の本も残っている。どの巻から読んでも問題ないが、とくにお勧めするなら、『沈黙の森』『凍れる森』『震える山』『フリーファイア』『狼の領域』『鷹の王』だろうか。シリーズの次作 *Stone Cold* も、創元推理文庫から来年刊行される予定なので、楽しみにお待ちいただきたい。

末筆ながら、これまでお世話になった講談社文庫の歴代編集者の皆さん、そして今回、東京創元社で新たな担当編集者としてお世話になった佐々木日向子さんに、心から感謝申し上げる。

訳者紹介　東京外国語大学英米語学科卒業。出版社勤務を経て翻訳家に。フリードマン「もう年はとれない」、クリスティ「秘密組織」「二人で探偵を」、パーキン「小鳥と狼のゲーム」、ボックス「鷹の王」「暁の報復」など訳書多数。

検印
廃止

発火点

2020年6月30日　初版
2024年10月11日　4版

著者　C・J・ボックス

訳者　野口百合子（のぐちゆりこ）

発行所　（株）東京創元社
代表者　渋谷健太郎

162-0814/東京都新宿区新小川町1-5
電話　03・3268・8231-営業部
　　　03・3268・8204-編集部
URL　http://www.tsogen.co.jp
DTP　工友会印刷
萩原印刷・本間製本

乱丁・落丁本は、ご面倒ですが小社までご送付ください。送料小社負担にてお取替えいたします。

ISBN978-4-488-12713-8　C0197